INHALT

VORWORT VON MARY HIGGINS CLARK

Oft bin ich gefragt worden, warum es in fast all meinen Geschichten eine Andeutung oder einen Anflug von Liebe und Romantik gibt.

Die Antwort ist einfach: Kriminalgeschichten sind schon seit Adam und Eva ein Bestandteil der menschlichen Existenz. Überlegen Sie einmal: Nur zwei Menschen auf Erden, und *sie* überredet *ihn* dazu, ein Verbrechen zu begehen. Sie bekommen zwei Söhne, und einer ermordet den anderen. Damit waren für uns alle die Würfel gefallen.

Da ist ein Hauch von Romantik, so glaube ich, für alle befriedigend – sowohl für den Leser als auch für die fiktiven Gestalten, die wirklich einiges durchmachen mussten, um ihr Ziel zu erreichen: nämlich den Schuldigen herauszufinden und zu fassen – denjenigen, der oft genug ein Lächeln auf den Lippen und Blut an den Händen hat.

Eine Liebesgeschichte hat auch noch andere Funktionen. Sie kann Verrat, Eifersucht, Hass und das Bedürfnis nach Rache auslösen. Manchmal kommt der Täter mit der Tat davon, und wir applaudieren verschmitzt oder auch von ganzem Herzen. Manchmal versetzen wir uns an die Stelle der Figur und kommen zu dem Schluss, dass das, was aus Liebe oder auch aus Mangel an Liebe begangen wurde, verständlich ist.

Vor Jahren las ich, dass Catherine Drinker Bowen, eine

prominente Schriftstellerin, einen einfachen Zettel in ihrem Arbeitszimmer aufgehängt hatte. Darauf stand: »Wird der Leser umblättern?« Ich glaube, diese Frage sagt alles. Wir wollen, dass Sie, die Leser, jede Seite dieses Buches umblättern, und ich bin voller Zuversicht, dass Sie es tun werden.

Sally Gunnings Geschichte von einem eifersüchtigen Liebhaber wird Sie dazu bringen, zweimal zu überlegen, bevor Sie eine Einladung in eine abgelegene Hütte annehmen.

Joseph Hansens Teilzeit-Detektiv, der eine Auszeit von seinem Job als Pferdepfleger nimmt, um herauszufinden, warum ein liebenswürdiger älterer Witwer ins Gras biss, wird Sie in Atem halten.

Mit Sarah Shankmans Heldin, einer schönen jungen Frau, die man(n) vor dem Traualtar stehen ließ, werden Sie bis zu einem gewissen Grad sympathisieren.

Sie werden die Angst einer jungen Reporterin vor der Dunkelheit teilen, sollten Sie jemals mit einem toten Mann in einem Tunnel eingeschlossen werden – das ist die verzwickte Ausgangslage, die Nancy Pickard uns beschert.

Die Geschichte um ein vermisstes vietnamesisches Kind, das von der Frau, die seinen Vater liebt, gesucht wird, stammt aus der Feder von Eleanor Taylor Bland.

Brendan DuBois untersucht die Rivalität zwischen einem Bruder und seiner Schwester, die ausgesprochen unterschiedliche Anschauungen darüber haben, was rechtens ist.

Manchmal ist eine literarische Gesellschaft nicht der durchgeistigte Zirkel, der zu sein sie vorgibt. Edward D. Hoch findet noch eine andere Einsatzmöglichkeit für die Haggard Society.

Für eine frisch gebackene Ehefrau ist es keine schlechte Idee, mehr über ihren Ehemann herauszufinden, als er ihr zu erzählen beliebte, vor allem wenn seine Aktivitäten ihr Leben in Gefahr bringen. Diese Prämisse untersucht Loren D. Estleman.

Angela Zeman konzentriert sich auf einen schikanierten Angestellten, der eine verhängnisvolle Wahl trifft, um sich ein neues Leben zu finanzieren.

Schließlich lädt uns Noreen Ayres mit einem zart besaiteten Privatdetektiv, der nach Gerechtigkeit für den ermordeten jüngeren Bruder seiner Angebeteten sucht, in die Südstaaten ein.

Kurz: Dies ist eine Sammlung von Kurzgeschichten geworden, die Sie ebenso genießen werden wie ich. Ich habe nicht den geringsten Zweifel daran, dass Sie eifrig umblättern werden!

Viel Spaß,

Mary Higgins Clark

SALLY GUNNING

Zwei Hütten am See

Zwei Minuten danach war ich mir nicht mehr sicher, ob es überhaupt geschehen war. Auf dem Fußboden sah ich das Glas von dem zerbrochenen Bild, in meinem Hinterkopf konnte ich an der Stelle, wo er gegen die Wand geknallt war, das Pochen fühlen, aber ich konnte auch Jeffrey sehen und spüren, dessen Gesicht vom Schock verzerrt war und dessen Hand zitterte, als sie mein Gesicht berührte.

»Mein Gott, Hannah, schau uns an. Siehst du, was du angerichtet hast? Willst du es so haben?«

Ich schob seine Hand weg und versuchte, mich zu konzentrieren. Was hatte ich denn getan? Ich war in die dunkle Wohnung gekommen. Meine Wohnung. Jeffreys Stimme hatte mich angefallen. *Wo warst du?* Ich hatte zum Lichtschalter gegriffen, aber es hatte mich etwas davon abgehalten. Hände. Stark. Wütend. Hatten sie nach mir gegriffen? Mich gestoßen? Ich war rückwärts gegen die Wand gekracht. So viel wusste ich. Ich war gegen die Wand geknallt, das Licht war angegangen, und Jeffrey war da gewesen.

Jeffrey. In meiner Wohnung. Eine Woche, nachdem ich ihm gesagt hatte, ich bräuchte einige Zeit für mich allein.

»Verzeih mir«, sagte Jeffrey jetzt. Ich sah, wie sich sein Brustkorb unter dem Hemd hob und senkte, während er darum kämpfte, sich zu beruhigen. »Ich habe dich erschreckt, nicht wahr? Ich wollte mit dir reden. Ich bin mit dem Schlüssel hereingekommen. Aber du hast mich durcheinander gebracht, Hannah. Ich hatte nicht vor ...« Er

13

brach ab und wischte sich mit einer Hand übers Gesicht. »Ist alles in Ordnung?«

Ich befühlte meinen Kopf und zuckte zusammen.

»Nein, dir geht es nicht gut. Hier, setz dich.« Er führte mich zur Couch und setzte sich neben mich. Geschickte, sanfte Finger untersuchten meine Kopfhaut. Das war eines der ersten Dinge, die ich an Jeffrey geliebt hatte. Als erstes das breite, ungezwungene Lächeln, aber gleich danach diese kompetenten, beruhigenden Hände. Nein, seine Hände konnten es nicht gewesen sein.

Jeffrey hörte auf mit der Untersuchung und strich mir das Haar zurück. »Nicht einmal eine Beule. Aber da siehst du, was passieren kann. Es tut mir Leid, dass ich hereingeplatzt bin und dich erschreckt habe. Ich bin heute nicht ganz der alte. Aber du bist auch nicht du selbst. Das sieht dir gar nicht ähnlich, so herumzuschleichen.«

»Ich bin nicht herumgeschlichen. Ich ging mit Ellen und Paul zu …«

»Du kannst Ellen da rauslassen, Hannah. Wir wissen doch, dass Ellen nicht dabei war, nicht wahr? Du warst nur mit Paul zusammen. Aber Ellen ist auch Teil des Problems, stimmt's? Deiner Schwester gefällt es nicht, wenn wir all unsere Zeit zusammen verbringen, oder? Ich weiß nicht, warum du auf sie hörst. Da liegt das Problem. Nicht *du* brauchst Zeit allein für dich, sondern *wir* brauchen Zeit allein für uns. Nur wir zwei, ohne dass irgendjemand dazwischenkommt. Ich weiß, was wir machen, wir fahren auf die Hütte.«

»Jeffrey …«

»Sch.« Jeffrey lehnte sich zurück und zog mich mit sich, bis meine Wange auf der harten Fläche seines Brustkorbs

14

lag. »Du weißt, dass ich Recht habe, Hannah. Probleme lassen sich nicht lösen, indem man sich vor ihnen versteckt. Wir lassen die Stadt hinter uns und ziehen uns am Samstag für das lange Wochenende in die Hütte zurück. Wir werden allein sein. Wir reden und klären alles.« Während er sprach, streichelten seine Hände – *diese* Hände – mein Haar, meinen Hals, mein Gesicht.

Ich wusste, ich sollte mich bewegen, aufstehen, ihn bitten, zu gehen. Warum erschien mir das plötzlich so schwer, so sinnlos, so … so lächerlich? Was, wenn Jeffrey Recht hätte? Vielleicht, wenn wir allein wären, wenn keine Dritten dabei wären, die ihn ärgerlich machen, wenn *ich* ihn nicht aufregen würde … Und was hatte er schließlich schon getan? Er war eifersüchtig geworden. Eigentlich war es schmeichelhaft.

Jeffreys Hände ergriffen meine Schultern und schoben mich behutsam zur Seite. »Schau, du hast ja Recht. Du brauchst Zeit für dich, das kann ich verstehen. Ich gehe jetzt. Ich hole dich am Samstag ab.«

Als er mich am Samstag abholte und ich den frischen Haarschnitt sah, das makellos rasierte Gesicht, die Jacke, die ich besonders mochte, weil sie seine Schultern so breit aussehen ließ, da dachte ich an Harry's – dort hatten wir uns kennen gelernt, in *Harry's Tap*. Jeffrey hatte damals bei Harry's diese Jacke getragen. Bei Harry's war alles frisch und neu gewesen. Jeffrey hatte mich kennen gelernt, begehrt und umworben.

»Wir fangen schön früh an«, sagte Jeffrey jetzt. Er lächelte mich vom Fahrersitz aus an – dieses Lächeln, das mir als erstes bei Harry's aufgefallen war. »Oder sollte ich sagen, wir fangen schön von vorn an?«

Von vorn anfangen. Wieder dort anfangen, wo wir bei Harry's gewesen waren. Das Wochenende, das vor mir lag, begann plötzlich hell zu schimmern.

Meine Tagträume lösten sich auf, als Jeffrey begann, mir die Geschichte der Hütte zu erzählen. Sie gehörte Jeffreys Vater, dem sie durch die Schlichtungsvereinbarung bei seiner unangenehmen Scheidung zugefallen war. Sie sei ein unvergleichlicher Schatz, sagte Jeffrey, und stand praktisch allein inmitten der achthundert Hektar eines Naturschutzgebietes. Den größten Teil des Jahres war sie unbewohnt und wartete darauf, dass Jeffreys Vater sich an sie erinnerte und über die Autobahn rauschte, um dort ein Sommerwochenende zu verbringen mit Leuten, von denen man meinen sollte, dass er ihnen würde entfliehen wollen. Er brachte Geschäftspartner mit, Politiker, Freunde, Bekannte, wen auch immer er finden konnte, sagte Jeffrey.

Nur Jeffrey nahm er nie mit.

Aber Jeffrey schien sich über diese elterliche Vernachlässigung gar nicht so zu ärgern, wie ich gedacht hätte. Er erzählte ganz ruhig, wie er, sobald er volljährig war, mit seinem Vater seine eigenen Zeiten in der Hütte aushandelte. Juli und August gehörten seinem Vater, die Monate der Nebensaison gehörten Jeffrey. Wegen der Frostgefahr entwässerte Jeffrey die Rohre normalerweise am letzten Wochenende im September und schloss die Hütte für den Winter ab. Nur der ungewöhnlich warme Oktober, ein wahrer Indianersommer, hatte dieses Jahr den späten Aufenthalt ermöglicht.

Zuerst hörte ich aufmerksam zu, während Jeffrey von der Hütte sprach – dass es viele Hirsche, Füchse und Forellen gab, aber kein Telefon, keinen elektrischen Strom und keine Nachbarn –, aber als die Sonne durch die Windschutzscheibe brannte, die Reifen über die Fahrbahn summten und Jeffreys Stimme sich hob und senkte, wurde ich schläfrig. Ich schloss die Augen.

Ich wachte auf, als wir auf die erste Fahrrinne auf dem Feldweg stießen.

»Du hast gerade Fairnham verpasst«, sagte Jeffrey.

»Fairnham?«

»Die letzten Ausläufer der Zivilisation; wenn man es überhaupt so nennen kann: ein Postamt, ein Waschsalon und ein Rathaus.«

Ich sah mich um. Ringsum gab es nichts als Wildnis – tief, schwarz, wild. Riesige Nadelbäume wehrten das Sonnenlicht ab, und Dorngestrüpp, dichte Bäumchen und tote Baumstümpfe verdreckten den Waldboden.

Etwa zehn Meilen weit ratterten wir immer wieder in die Wagenspuren hinein und wieder heraus, bis Jeffrey plötzlich das Lenkrad scharf nach rechts riss und wir zwischen die Bäume eintauchten.

Ich schnappte nach Luft.

Jeffrey lachte. »Wir sind fast da.«

Als ich mich wieder gefangen hatte, sah ich, dass wir nicht etwa einen neuen Weg durch jungfräulichen Forst bahnten, wie ich zuerst angenommen hatte, sondern tatsächlich einer kaum erkennbaren Spur über die Baumnadeln und toten Blätter folgten. Es schien ewig so weiterzugehen, die Bäume kamen auf beiden Seiten immer näher, bis ich schließlich – gerade, als ich sicher war, zu ersticken, wenn ich nicht gleich Himmel oder Licht oder Luft sehen würde – durch die Bäume das Schimmern des Wassers sah.

Der Wagen rollte aus und blieb stehen.

»Gefällt's dir?«, fragte Jeffrey.

Ich antwortete nicht gleich. Ich war mir nicht sicher. Wenn ich geradeaus schaute, schien die Düsternis des dichten Waldes verschwunden zu sein, als ob jemand einen Zauberstab geschwungen hätte, und die Sonne warf einen willkommenen Teich aus Licht über die Oberfläche des Sees. Ein schmaler Steg aus rauen Planken überbrückte die Lücke zwischen Sonne und Hütte, aber als ich mich umwandte, um die Hütte selbst anzuschauen, sah ich, dass weder Sonne noch Wasser so weit vorgedrungen waren. Die Hütte duckte sich in den Schatten, der so dunkel war, dass er wie die Nacht erschien, und die mit Flecken überzogenen Schindeln der Veranda hüllten das, was ich von Türen und Fenstern sehen konnte, in noch dunklere Schatten.

Ich spürte, wie Jeffreys Augen auf mich gerichtet waren.

»Hannah?«

»Ich ... ja. Es ist ... der See ... ist schön.«

Er grinste. »Warte, bis du das Innere siehst.« Er zog mich hinter sich her über drei Steinstufen zur Hütte hinauf. Als ich die Veranda betrat, gab der Boden leicht unter mir nach. Jeffrey zog einen rostigen Schlüssel aus seiner Jackentasche, zwängte ihn quietschend ins Schloss, und die Tür öffnete sich mit einem Stöhnen. Er ließ mich vorgehen, und ich trat ein.

Es roch nach Moder. Ein fahles grünes Licht drang durch einen Spalt in den Fensterläden, flatterte über den Fußboden und beleuchtete, was unsere Vorgänger uns hinterlassen hatten – Matratzenfetzen, leere Samenkapseln, Mäusedreck. Meine Augen wanderten zur gegenüberliegenden Wand.

Ein Paar schwarzer Perlenaugen starrte mich an.

Ich schrie auf.

Mit zwei Schritten durchmaß Jeffrey den Raum. Er schnappte sich etwas von der Wand und zog es ins Licht. Die gläsernen Augen eines ausgestopften Fuchses schimmerten mir entgegen. Jeffrey lachte. Er setzte den Fuchs ab und zeigte mir die Hütte.

Sie schien hauptsächlich aus dem Raum, in dem wir standen, zu bestehen – eine Sitzecke links vom Holzofen, mit einer eisernen Pritsche als Couch und einer Holzkiste als Tisch. Die Küche befand sich rechts vom Ofen – ein Holztisch, zwei Stühle, an denen Querleisten fehlten, eine kleine Kühlbox, eine Spüle mit einer rostigen Pumpe und ein Küchenschrank aus Metall. Von den Balken hing eine Sammlung von Angeln.

Jeffrey führte mich ins Schlafzimmer. Das Bett schien es ganz auszufüllen, denn ringsum gab es nicht mehr als dreißig Zentimeter Platz zur Wand. Ich suchte nach der Toilette und entdeckte sie durch einen Spalt im Fensterladen – eine Kabine wie eine hölzerne Telefonzelle zwanzig Meter weiter zwischen den Bäumen. Ich muss lange Zeit durch diesen gesprungenen Fensterladen geschaut haben.

Jeffrey fragte hinter mir: »Wer ist dort draußen?«

»Niemand. Gibt es denn überhaupt keine Nachbarn?«

»Nicht mehr. Ich sagte schon, wir sind mitten im Naturschutzgebiet. Unsere Hütte und die der Blakes weiter unten am Strand waren die einzigen hier, bevor der Park eingerichtet wurde. Nach dem Gesetz haben wir beide Nutzungsrecht auf Lebenszeit, aber Blake verließ vor einigen Jahren seine Hütte. Komm, ich mach hier alles betriebsfertig, und du machst sauber. Der Besen ist hinter der Kühlbox.«

Jeffrey ging hinaus, und fast unmittelbar danach hörte ich die Geräusche von knarrendem Holz, als er die Fensterläden öffnete. Das Licht, das durch die Bäume drang, trug dazu bei, die dunklen Räume zu erhellen. Ich fand den Besen und kehrte die Rückstände der Mäuse zusammen. Ich packte unsere Bettwäsche aus und bezog die Betten. Als ich schließlich den Küchenschrank mit unseren Vorräten gefüllt hatte, war Jeffrey verschwunden.

Ich trat auf die Veranda hinaus. Kein Jeffrey. Die Sonne stand hoch über den riesigen Bäumen, und ich konnte die Stelle erkennen, wo sie später im Westen untergehen würde, und einen Moment lang erfasste mich Panik. Ich wollte diesen Ort nicht ohne Sonne erleben. Ich schlich mich auf den Steg und sah den Strand entlang. Ich sah einen zweiten, verfallenen Steg hundert Meter weiter links, aber kein Lebenszeichen. Jeffrey hatte Recht gehabt, unser einziger Nachbar war weg.

Ich drehte mich um und rief in der Hoffnung, die Panik aus meiner Stimme verbannt zu haben: »Jeffrey!«

»Hier unten!« Die Stimme kam von irgendeiner Stelle unter der Hütte. »Die Rohre sind in Ordnung. Probier mal die Pumpe aus, ja?«

Ich ging hinein und betätigte den Griff der Pumpe. Rostbrauner Dreck sprudelte und spritzte in das Spülbecken.

»Mach weiter«, sagte Jeffrey hinter mir, »es wird klarer werden.«

Er verschwand wieder, und bis ich das Wasser klargepumpt hatte, war er mit einem Arm voll Holz zurück. »Ich muss noch mehr klein machen. In der Nacht werden wir den Ofen brauchen.«

In der Nacht!

Plötzlich spürte ich, dass ich an die Luft wollte, ins Sonnenlicht. »Könnten wir einen Spaziergang machen?«

Jeffrey folgte mir nach draußen. Ich stand auf dem Steg und sah nach links und rechts. Die Wahl der Richtung war klar. Nach Osten hin verschwand der weiße Sandstrand zwischen wucherndem Schilf und Unterholz zwanzig Meter von unserem Steg entfernt, aber nach Westen hin erstreckte sich der Sandstrand in einem einladenden Bogen bis hin zu dem Steg des abwesenden Nachbarn und darüber hinaus. Wir verließen unseren Steg und gingen nach Westen.

Sonne oder nicht, ich merkte, wie ich nach Jeffreys Hand griff. Als wir uns der Hütte von Blake näherten, spannten sich seine Finger in den meinen an.

»Was ist los?«

»Da steht ein Stuhl auf der Veranda.«

»Ach? Glaubst du, er ist hier?«

»Nein. Er ist jahrelang nicht gekommen, und es ist auch kein Auto da. Ich habe einfach noch nie diesen Stuhl bemerkt.«

Trotzdem starrte Jeffrey auf die Hütte und ich mit ihm, gespannt. Sie schien ganz wie die unsere zu sein, nur kleiner, wenn das überhaupt möglich war, mit den gleichen dunklen Schindeln und winzigen Fenstern, aber die trockenen Zweige und Blätter auf dem Dach und der Riss in der Fliegengittertür ließ sie irgendwie einsam und verlassen aussehen.

Jeffrey schien es genauso zu empfinden. Er kehrte um. »Komm, lass uns zurückgehen. Wir haben noch zu tun.«

Jeffrey wies mir meine üblichen Aufgaben zu – Geschirr

spülen, Eintopf kochen. Nachdem ich herausgefunden hatte, wie ich in der primitiven Küche zurechtkäme, und der Eintopf auf dem Herd blubberte, trat ich ins Freie und war überrascht, dass der Tag fast vorbei war.

Die Sonne streifte die Baumwipfel. Irgendwo in den Wäldern hinter mir hörte ich den Klang von Jeffreys Axt. Ich ging auf den Steg hinaus und setzte mich hin – meine Füße baumelten knapp über dem Wasser, und ich beobachtete, wie die Sonne verschwand.

Plötzlich bewegte sich einer der hohen, dunklen Pfähle auf dem entfernten Steg. Irgendetwas kam platschend aus dem Wasser, tanzte in der Luft und plumpste zurück ins Wasser. Nachdem ich den Fisch gesehen hatte, nahm ich die dunkle Angel wahr, die sich zwischen dem Fisch und dem langen Schatten des Mannes auf dem Steg bog. Ich sah fasziniert zu, wie die Angel eintauchte und sich wieder aufrichtete und der Mann sich mit ihr bewegte, bis der Fisch wieder aus dem Wasser sprang. In der Luft zuckte er noch einmal heftig und silbrig und schien Flügel zu bekommen. Die Angel schnellte zurück, der Fisch flog in einem eleganten Bogen durch die Luft und platschte wieder in den See, in die Freiheit.

Ich hatte eigentlich nicht vorgehabt zu applaudieren. Das Geräusch schien wie eine kleine Salve von Kanonenfeuer über das Wasser zu hallen. Der Schatten auf dem Dock wandte sich in meine Richtung. Ich spürte, wie unter mir die Holzplanken vibrierten, und hinter mir sagte Jeffrey:

»Also ist er doch hier.«

Ich wandte mich überrascht um, weil seine Worte mehr gezischt als gesprochen waren.

Ich berührte Jeffreys Arm. »Dann ist er eben hier. Das macht doch nichts.«

»Macht nichts? Natürlich macht es etwas aus. Darum ging es doch. Verdammt noch mal, darum ging es mir doch gerade, ich wollte mit dir allein sein.«

Ich lachte und machte eine zittrige Geste in Richtung der endlosen, schwarzen Wälder. »Ich glaube, wir haben genug Platz.«

Jeffrey sah zu mir herunter. Die Verspannung in seinem Kinn löste sich, als er lächelte. Die seltsame Panik, die ich wegen des Mangels an Sonnenlicht gehabt hatte, verschwand. Er legte den Arm um mich, und wir gingen zusammen über den Steg zurück.

Bevor wir die Veranda betraten, schaute ich noch einmal nach dem Angler, aber er war weg.

Die Laterne beruhigte mich, der Holzofen, der duftende Eintopf, und auch Jeffrey, der alte Jeffrey, der von Harry's Tap, der plauderte und lachte und über den wackeligen Tisch griff, um meine Hand zu berühren.

Als der Eintopf vertilgt war, die Teller gespült, die Weingläser noch einmal gefüllt, stand er auf und führte mich zu dem Feldbett. Er schob die Kissen an die Wand, lehnte sich dagegen und zog mich an seine Schultern. »Jetzt lass uns reden«, meinte er. »Was ist los? Was ist mit uns passiert, Hannah? Oder sollte ich eher fragen, was ist mit dir passiert? Meine Gefühle sind immer noch die gleichen. Und, weißt du, ich glaube, dass tief innen drin, wo es wirklich zählt, die deinen auch gleich geblieben sind.«

»Jeffrey«, sagte ich ausweichend. Es muss der Wein gewesen sein, mein Gehirn schien in den Leerlauf gerutscht zu sein.

»Dann ist es wohl so. Ich hatte Recht, nicht? Es liegt nicht an uns. Wenn wir nur zu zweit sind, weg von allem und allein, dann ist alles in Ordnung. Du gehörst zu mir, Hannah, kannst du das nicht sehen?«

»Ich ... ja ... manchmal ...«

Der Arm, den er um mich gelegt hatte, spannte sich an. War er ärgerlich? Ich wollte nicht, dass Jeffrey sich ärgerte. Und jetzt, in diesem Augenblick, schien ich tatsächlich zu ihm zu gehören. Das Holz knisterte und knackte behaglich im Ofen, die Laterne tauchte die dunklen Holzwände in ein freundlicheres Licht, Jeffreys Hände wärmten meine Haut, und die Zweifel, die ich vielleicht in Bezug auf ihn gehabt hatte, schienen mit den dunklen Wäldern zu verschwinden.

Aber ich schlief trotzdem schlecht in jener Nacht, denn ich war zu empfänglich für die Geräusche des Holzes, die Hüttengerüche und Halluzinationen. Als der Tag anbrach, ging es mir besser, und ich befand mich immer noch in einem wirren Halbschlaf, als um neun Uhr Jeffreys Lippen über meine Wange strichen.

»Ich muss in der Stadt Eis holen. Bleib noch liegen. Der Kaffee steht auf dem Ofen.«

Ich nahm kaum seine Worte wahr und wurde erst mit einem Ruck hellwach, als der Motor des Wagens brummte. »Jeffrey!« Ich griff mir meinen Morgenmantel und rannte auf die Veranda, aber ich kam um Sekunden zu spät. Die Bremslichter des Autos blinzelten einmal durch die Bäume und waren verschwunden.

Aber die Sonne war da, ein herrlicher, zitronenfarbener Ballon, der über den Baumwipfeln schwebte, die Schatten vertrieb und die Luft erwärmte. Ich ging in die Hütte, um mir Kaffee zu holen, und nahm ihn mit hinaus auf den Steg. Ich streckte meine Zehen ins Wasser, das überraschend warm war. Als ich den Kaffee getrunken hatte, ging ich wieder hinein, zog meinen Badeanzug an, nahm Anlauf über den Steg und tauchte mit einem Kopfsprung ins Wasser.

Weiter unten war das Wasser kälter. Ich tauchte prustend auf und kraulte steif am Ufer entlang. Es war einige Zeit her, dass ich ernsthaft geschwommen war, und ich wurde viel zu schnell müde. Ich war zwanzig Meter von der Hütte unseres Nachbarn entfernt, als ich bereits erschöpft war. Ich beschloss, direkt zum Ufer zu schwimmen und zu Fuß zurückzulaufen. Ich erreichte den Strand und stieg fröstelnd aus dem Wasser, beugte mich vor und wrang das Wasser aus meinem Haar, als ich hinter mir eine Stimme hörte.

»Ist man Ihnen in den Rücken gefallen?«

Mein Herz stolperte. Ich drehte mich um. Da stand ein Mann, ohne Lächeln, die Hände in die Seiten gestemmt und die bloßen Füße fest auf dem Boden: der Angler. Es musste der Angler sein, aber der lange, schwarze Schatten des vergangenen Abends schien jetzt golden zu sein. Die Sonne glitzerte in den feinen Haaren auf seinem Kopf, seiner Brust, den Beinen und Armen. Selbst die kakifarbenen Shorts sahen golden aus.

»In den Rücken gefallen?«

Er zeigte auf meinen Rücken. »Diese Schnittwunde sieht aus, als ob man Sie gestochen hätte.«

Stammelnd stolperte ich rückwärts. »Nein. Nein, ich bin nicht gestochen worden. Es war Glas. Ein Bild. Ein

Stück Glas. Ich fiel gegen die Wand, und der Bilderrahmen ging kaputt, und ich schnitt mich am Glas. Es war ein Unfall. Ein dummer Unfall. Ich –«

Bis ich bemerkte, dass er lächelte, hörte er schon wieder auf damit. Er schaute mich seltsam an. »Ich machte nur Spaß. In den Rücken gefallen. Sie brauchen nichts zu erklären. Aber ich sprach es an, weil es so aussieht, als ob man sich um die Wunde kümmern sollte. Ich schätze, Sie können sie nicht sehen, aber sie scheint infiziert zu sein.«

»Ich ... oh.« Ich stand schweratmend da.

Der Mann fuhr fort, mich zu betrachten, immer noch mit dem seltsamen Gesichtsausdruck. Schließlich streckte er eine Hand aus. »Peter. Peter Blake.«

Ich schüttelte ihm die Hand. »Hannah Templeton. Ich bin dort drüben einquartiert.« Ich zeigte auf Jeffreys Hütte.

»Das dachte ich mir. Sie sind diejenige, die applaudiert hat. Dann gefällt es Ihnen also, Männer verhungern zu sehen?«

»Ich ... verhungern?«

»Dieser Fisch gestern war mein Abendessen. Ich quäle die Tiere nicht zum Spaß.« Er lächelte leicht. »Aber es macht trotzdem Spaß, besonders, wenn sie ordentlich kämpfen.« Er schwieg. Anscheinend wartete er auf etwas. Worauf – etwa auf eine Entschuldigung?

»Es tut mir Leid«, sagte ich. »Ich hatte nicht vorgehabt zu applaudieren. Es war nur ein schöner Fisch, und er kämpfte so tapfer. Er ...«

Da war das angedeutete Lächeln wieder. »Ich weiß, er verdiente es, zu gewinnen. Bleiben Sie lange hier?«

»Eine Woche.« Ratlos machte ich eine Pause. »Wir waren überrascht, Sie hier zu sehen.«

»Überrascht?«

»Ich sollte vielleicht sagen, Jeffrey war überrascht. Er sagte, Sie hätten aufgehört, hierher zu kommen. Kennen Sie Jeffrey? Jeffrey Holtz? Die Hütte gehört seinem Vater.«

Der Ansatz eines Lächelns verschwand. »Ich kenne Jeff. Es stimmt, ich bin ein paar Jahre nicht hier gewesen. Das letzte Mal, als ich da war, war es nicht gerade ... angenehm.«

»Nun, jetzt ist es bestimmt angenehm.«

Peter Blake schien anderer Meinung zu sein, zumindest sagte er nichts darauf. Vielleicht war es ihm angenehmer erschienen, bevor ich sozusagen in seinen Vorgarten geplatzt war.

»Es tut mir Leid«, sagte ich noch einmal lahm. »Ich nehme an, ich bin hier in Ihr Territorium eingedrungen, aber wenn ich nicht ans Ufer gegangen wäre, wäre ich hier ertrunken angespült worden, und das hätten Sie vermutlich auch nicht allzu angenehm gefunden.«

Irgendetwas passierte mit seinem Gesicht. Was war das nur? Er machte keinen Versuch, auf mein sinnloses Gestammel zu antworten – nicht, dass ich das verdient hätte –, aber irgendetwas an der Art, wie er mich ansah, überzeugte mich davon, dass es das Beste sei, wenn ich meinen Mund hielt und weiterging. »Ich gehe wohl besser«, sagte ich. »Viel Glück mit Ihrem heutigen Abendessen. Ich verspreche zu applaudieren, wenn Sie gewinnen.«

Ich ließ ihn groß, golden und schweigend in der Sonne stehen.

Jeffrey stand auf unserem Steg und wartete auf mich. »Was hatte das denn zu bedeuten?«

»Das ist Peter Blake. Er …«

»Ich weiß, wer er ist. Ich fragte, was du gemacht hast.«

Ich hatte einen Fuß auf dem Steg, als er sprach. Ich zog ihn zurück und stellte ihn wieder in den Sand. O Gott, bitte lass Jeffrey nicht wütend sein. »Ich bin zu weit geschwommen und beschloss, zu Fuß zurückzugehen. Er kam auf mich zu und stellte sich vor. Das ist alles.«

»Du bist ins Wasser gesprungen, ohne irgendetwas darüber zu wissen, stimmt's?«

»Nein, ich …«

»Ich weiß nicht, warum ich mich immer noch über deine Dummheiten wundere, Hannah. Mittlerweile sollte ich mich daran gewöhnt haben. Trotzdem, es interessiert dich vielleicht, dass es da draußen eine starke Strömung gibt. Weißt du nicht, dass, wenn du dich zu sehr verausgabst, du anfällig für Krämpfe wirst? Weißt du nicht, wie leicht man ertrinken kann? Und glaub ja nicht, dass Peter Blake dich rettet. Er hat keinen Finger gerührt, als seine eigene Frau ertrank.« Jeffrey drehte sich um und ging ins Haus.

Ich folgte ihm. »Seine Frau ist ertrunken?«

Jeffrey bückte sich, fingerte am Ofen herum und sagte, ohne sich mir zuzuwenden: »Vor zwei Jahren. Genau da draußen.«

»O nein.«

»Geschah ihr ganz recht. Es war ziemlich dumm. Sie hatte getrunken, fuhr mit dem Boot hinaus, fiel seitlich über Bord und ertrank.«

»Und er konnte sie nicht retten?«

»Er konnte nicht oder wollte nicht. Er behauptete, er

wäre nicht mal hier gewesen. Aber selbst wenn er hier gewesen wäre, hätte er sich wohl kaum die Mühe gemacht. Sie hatte sich herumgetrieben.«

»Jeffrey!«

Er richtete sich auf. Der Blick, den er mir zuwarf, war fast amüsiert. »Nach seiner Version versuchten sie gerade, sich wieder zu versöhnen. Er sagte, sie hätten vorgehabt, sich an jenem Wochenende hier zu treffen, um über alles zu sprechen, aber als er hier ankam, sei sie schon tot gewesen. Er sei es gewesen, der ihre Leiche fand, die da drüben an den Strand geschwemmt worden war.«

»O *nein*.«

Jeffrey wandte sich um. »Um Himmels willen, Hannah, beruhige dich. Ich habe nur versucht, dich zu warnen, das ist alles. Wenn du vorsichtig bist, wird dir nichts passieren.«

»Das ist es nicht. Ich ... ich habe etwas Schreckliches gesagt ... zu Peter Blake. Ich sagte zu ihm, ich wäre fast als Wasserleiche an seinen Strand angeschwemmt worden. Er sah mich ganz seltsam an. Ich konnte mir nicht vorstellen ...«

Ich brach mitten im Satz ab, als Jeffrey den Kopf zurückwarf und lachte.

Beim Mittagessen sprachen wir kaum. Mit meinen Gedanken war ich noch bei meinem Gespräch mit Peter Blake. Ich spürte, wie ich vor Ärger rot anlief und wie Jeffrey mich beobachtete, aber ich sah ihm nicht in die Augen. Wenn er noch einmal lachen würde ...

Nach dem Mittagessen bekam ich eine Atempause, als Jeffrey in die Wälder ging, um nach Würmern zu graben.

Als er zurückkam, holte er eine Angel von den Dachbalken und zog ein altes, zerbeultes Kanu aus Aluminium aus dem Raum unter der Hütte hervor, wo es aufbewahrt worden war. »Kommst du mit?«

Ich schüttelte den Kopf.

Jeffrey schob das Kanu ins Wasser und paddelte hinaus, bis er hinter einer Biegung im See verschwunden war. Ich beobachtete ihn durch das Fenster über der Spüle, während ich das Geschirr wusch. Als ich mit Aufräumen fertig war, zog ich eine Decke vom Regal im Schlafzimmer, ging zum Strand hinunter und breitete sie auf dem warmen Sand aus. Aber ich setzte mich nicht nieder. Ich konnte nicht, nicht solange meine Gedanken bei Peter Blake weilten. Was musste er nur von mir denken? Er musste angenommen haben, ich kenne seine Geschichte und hätte ihn grausam gequält. Ich sammelte das bisschen Courage zusammen, das ich überhaupt jemals besessen hatte, und ging den Strand entlang zu seiner Hütte.

Er war auf der Veranda und reparierte das kaputte Fliegengitter in der Tür. Er hatte immer noch kein Hemd an, und die langen, glatten Muskeln an seinem Rücken bewegten sich unter der goldenen Haut, bis er mich hörte und sich umwandte. Ich ließ ihm gar keine Chance, zu sprechen. »Ich bin gekommen, um mich für meine Bemerkungen zu entschuldigen, die Ihnen sehr spitz und unnötig grausam erschienen sein müssen. Ich versichere Ihnen, ich hatte keine Ahnung, was passiert war, bis Jeffrey es mir vor einer Stunde erzählte. Ich hätte nie gesagt ... Ich würde nicht leichthin ... Ich habe bestimmt nicht ... Ich hoffe nur, Sie können irgendwie verstehen ...«

Diesmal gab es kein angedeutetes Lächeln auf seinem

Gesicht, aber als er sprach, klang seine Stimme herzlicher, als ich es verdiente. »Zwei Minuten, nachdem Sie weg waren, wurde es mir klar. Es war offensichtlich, dass Sie nicht der Typ für grausame Späße sind. Es ist keine Entschuldigung nötig. Es tut mir nur Leid, dass ich mich nicht rechtzeitig genug erholte, um Sie zu beruhigen.«

»Ach, bitte, entschuldigen *Sie* sich jetzt nicht. Das war alles meine Schuld. Jeffrey sagt, dass ich immer wie eine Idiotin plappere, wenn ich nervös bin. Danke, dass Sie so verständnisvoll sind und mein Geplapper ein zweites Mal ertragen. Auf Wiedersehen.«

Ich drehte mich um und machte, dass ich wegkam. Ich war bereits die Stufen hinunter und auf dem Strand, als ich ihn »Auf Wiedersehen« sagen hörte.

Ich ging zu meiner Decke zurück und sank erschöpft, aber erleichtert zusammen. Ich glaube, ich schlief ein, aber ich konnte nicht lange geschlafen haben. Als ich aufwachte, setzte ich mich auf und sah mich um. Jeffrey war immer noch nirgends in Sicht, aber dieses eine Mal war ich froh darüber. Ich nahm etwas verspätet wahr, dass es noch andere Dinge gab, die es wert waren, gesehen zu werden. Während wir durch die vielen Hektar Wald gefahren waren, hatte ich nichts anderes bemerkt als Kiefern und Eichen, aber auf der anderen Seite des Sees musste es eine ganze Reihe von vereinzelten Sumpf-Ahornbäumen und Buchen geben, die sich an den hellen Mustern von Rot und Gelb unter all dem Grün und Bronze erkennen ließen. Der See glitzerte silbern in der Sonne, der Himmel hatte jenes Türkisblau, das es nur im Oktober zu geben schien, und die Luft war so frisch und klar, dass die Sonne anscheinend nicht mit Gold aufzuwiegen war.

31

Gold. War es dieses Wort, das mich an Peter Blake denken und in seine Richtung schauen ließ, oder war es irgendeine übernatürliche Intuition? Wie auch immer, in dem Augenblick, in dem ich den Strand entlangsah, tauchte er aus seiner Hütte auf und kam auf mich zu. Er trat bis an den Rand meiner Decke heran und streckte eine Hand aus, in der er irgendeine weiße Tube hielt. »Für die Schnittwunde.«

Ich nahm die Tube entgegen und las das Etikett – es war eine antibiotische Creme. »Vielen Dank, aber es ist nicht so schlimm. Wirklich.«

Ich wollte ihm die Tube zurückgeben, aber er blickte mich ernst und feierlich an. Seine Augen hatten das blasse Grün des flachen Wassers mit Sandboden. »Ich hätte es gern, dass Sie sie anwenden. Ich habe schon gesehen, wie solche Verletzungen schlimmer wurden.«

»Na gut.« Ich legte die Tube neben mich auf die Decke.

»Ich würde die Wunde zuerst einweichen. In warmem Wasser.«

Ich lachte. »Warmes Wasser ist hier etwas schwierig zu bekommen.«

Sein Mund zuckte in diesem angedeuteten Lächeln. Inzwischen konnte ich natürlich verstehen, warum dieses Lächeln sich nie voll entwickelte, und während ich ihn näher betrachtete, bemerkte ich, dass es seine Bräune war, die ihn so golden aussehen ließ. Ich sah zum Wasser, um meine Augen zu entspannen, und entdeckte, dass Jeffreys Kanu wieder auftauchte.

»Sagen Sie mir nur, wie man gegen eine Wand fallen kann?«

Ich erschrak und war verwirrt. »Wie bitte?«

»Sie sagten, Sie seien gegen eine Wand gefallen. Wie macht man das denn?«

Ich sah, dass Jeffrey zu uns hersah, aufmerksam und mit steifem Rücken. Ich stand auf. »Wissen Sie, es scheint jetzt hier draußen kälter zu sein als heute Morgen. Ich glaube, ich gehe besser hinein.«

»Drinnen wird es kühler sein. Schauen Sie, es geht mich ja nichts an …«, er brach ab.

Meine Augen waren auf den See gerichtet. Jeffrey paddelte eifrig in unsere Richtung. Ich hob meine Decke und die Tube auf. »Ich muss gehen. Viele Dank für die Creme. Ich gebe sie Ihnen zurück, bevor ich wegfahre.«

»Ich brauche sie nicht. Schauen Sie …«, fing er noch einmal an.

Ich sah ihm ins Gesicht. Diesmal gab es nirgendwo die Spur eines Lächelns. Seine Augen waren fest auf mich geheftet.

Und ich stand da, in seinem Blick gefangen, bis das Kanu über den Sand schleifte und Jeffrey über den Strand zu uns gesprungen kam.

Es war dumm von mir gewesen, Angst zu haben. Jeffrey streckte die Hand aus und lächelte, als er auf den anderen Mann zuging. »Blake. Schön, dass Sie wieder da sind. Es ist schon eine Weile her.«

Aber es war noch nicht überstanden. Nicht Jeffrey, sondern Peter Blake war es, dessen Gesicht erstarrte, und eine Sekunde lang sah es so aus, als ob er Jeffreys Hand ignorieren wollte. Ich glaube, ich schloss die Augen. *Nimm sie. Guter Gott, gib ihm die Hand.* Als ich wieder hinsah, lagen die große braune und die große weiße Hand ineinander.

Ich atmete tief durch.

Die grünen Augen schossen kurz zu mir und dann zurück zu Jeffrey, und Peter Blake zog seine Hand zurück. »Sie sind dieses Jahr spät hier.«

»Ja«, sagte Jeffrey. »Ich beschloss, es zu riskieren. Es lohnt sich, finden Sie nicht?« Er lächelte zu mir her, und ich lächelte zurück. Er machte eine Geste mit einem Arm, und ich kam nah genug, dass er ihn um mich legen konnte. Ich kannte Jeffrey.

Peter Blake sah zu. »Ich habe Ihrer Freundin etwas für diese Schnittwunde in ihrem Rücken gebracht; die war mir heute Früh aufgefallen. Ich denke, sie könnte medizinische Behandlung brauchen.«

»Ich habe ein Auge darauf gehabt, vielen Dank«, sagte Jeffrey.

»Hannah, du scheinst zu frieren. Lass uns reingehen. Wie lange wollen Sie bleiben, Blake?«

»Ein paar Tage. Ich muss an der Hütte ein paar Sachen ausbessern.«

»Dann werden wir Sie sicher noch sehen«, meinte Jeffrey.

»Ja, bestimmt.«

Ich sagte: Auf Wiedersehen. Peter Blake nickte zum Gruß. Jeffrey führte mich hinein, meine Schultern immer noch fest umfangen.

Bis zu diesem Tag weiß ich nicht recht, was es war – ob es Peter Blakes Frage war oder die Art, wie er Jeffrey und mich betrachtete, aber dort am Strand, denke ich, sah ich Jeffrey, den wahren Jeffrey, den Mann hinter dem Lächeln, den Mann hinter diesen Händen, zum ersten Mal. Was immer es war – als ich aus der Sonne ins Dunkel der Hütte getreten war, wusste ich es.

Ich war nicht gegen diese Wand gefallen.

Und ich gehörte nicht zu Jeffrey.

Als wir hineingingen, war mein erster Gedanke, es ihm auf der Stelle zu sagen. Ich wollte ihm sagen, dass ich ihn nicht mehr sehen wollte. Und dann würden wir zusammenpacken, heimfahren und mein Leben würde wieder normal werden. *Normal.* Ich hatte eine lächerliche Unterhaltung an einem Strand mitten in der Wildnis gebraucht, um zu begreifen, wie abnormal mein Leben geworden war. Ich traf keine Freunde, keine Verwandten, ich sah niemanden außer Jeffrey. Und was war in dem Augenblick geschehen, als ich versucht hatte, den Kontakt zu einigen jener Leute wiederherzustellen, die ich so rücksichtslos vernachlässigt hatte? Jeffrey hatte mich ihrer Reichweite entzogen.

Ich glaubte, da wurde mir schließlich bewusst, wie viel Angst ich wirklich hatte. Plötzlich wusste ich, es wäre sehr töricht, Jeffrey von meiner Entscheidung, ihn zu verlassen, zu erzählen, während wir hier allein festsaßen. Es war besser, ihn in dem Glauben zu lassen, alles sei in Ordnung, bis wir wieder in die Zivilisation zurückkehrten. Das war inzwischen mein Ziel: so schnell wie möglich wieder unter Menschen zu kommen. Mit großer Willensanstrengung schob ich meine Hand um seine Hüften und lächelte zu ihm hoch.

»Wie war's beim Fischen?«

»Nichts zu machen. Nicht, dass ich es erwartet hätte. Sie kommen normalerweise erst zur Abenddämmerung an die Oberfläche. Wie sieht es aus? Möchtest du fischen lernen? Blakes jämmerlicher Versuch gestern schien dich zu faszinieren.«

»Ich würde es sehr gerne ausprobieren«, antwortete ich. Was sonst hätte ich sagen können? Alles andere hätte Jeffrey davon überzeugt, dass ich nur an Peter Blakes Angelkünsten interessiert war, nicht an den seinen. Ach, ich kannte ihn so gut, in vielerlei Hinsicht. Es war besser, dieser Sache zuzustimmen, die nicht viel bedeutete, während ich mir überlegte, wie ich ihn dazu bringen konnte, in das eine einzuwilligen, das wirklich wichtig war. »A propos Peter Blake, er hat mich wegen dieser Schnittwunde nervös gemacht. Sie hat höllisch gepocht, und den ganzen Vormittag fühlte ich mich fiebrig. Ich glaube wirklich, ich sollte heimfahren und sie anschauen lassen.«

Jeffrey drückte mir eine Handfläche auf die Stirn. »Du fühlst dich nicht heiß an. Lass mich mal sehen.« Er drehte mich um und zog mein Hemd hoch. »Der Mann hat dich umsonst beunruhigt. Ich gebe zu, sie ist ein bisschen angeschwollen.«

»Er sagte, ich solle sie in warmem Wasser baden. Wir haben kein warmes Wasser. Wirklich, Jeffrey, vielleicht sollten wir gehen, und …«

»Unsinn. Schau, ich habe die Kohlen am Brennen gehalten. Wir haben Wasser, das heiß genug ist, um dich zu verbrühen.«

Jeffrey öffnete die Ofentür, stocherte in den Kohlen und warf frisches Holz hinein. An der Pumpe füllte er einen Aluminiumkessel, hob den Ofendeckel ab und setzte den Kessel fein säuberlich über das Feuer.

Ich wagte nicht, weiter zu drängen. Ein paar Minuten später lag ich bäuchlings auf der Eisenpritsche mit einer heißen Kompresse unter meinem Pullover. »Na bitte. Wenn sie kalt wird, tränke sie wieder mit heißem Wasser. Mach weiter so, dreißig Minuten lang. Ich bin in einer Stunde zurück.«

Ich hob den Kopf. »Wo gehst du denn hin?«

»Ich fahre in die Stadt. Das Zeug, das Blake dir gegeben hat, ist nutzlos. Ich hole etwas, das wirkt.« Er platzierte einen Kuss zwischen meinem linken Ohr und meiner Augenbraue und ging.

Die Einleitung meines Vorhabens war also nicht gelungen, aber wenigstens hatte Jeffrey keine Ahnung, wie sich meine Gefühle verändert hatten. Das konnte ich sicherlich noch eine Nacht und einen Tag aufrechterhalten, und dann wären wir zu Hause. Die einzige Schwierigkeit, die ich sehen konnte, bestand darin, mich von Peter Blake fern zu halten, um Jeffrey auch nicht den leisesten Grund zur Besorgnis zu geben. Es sollte nicht schwierig sein, einem Mann aus dem Weg zu gehen, der offensichtlich hierher gekommen war, um allein zu sein, um seine eigenen Geister zur Ruhe zu bringen. Bisher war unser Kontakt zufällig gewesen. Wenn ich an meinem Ende des Strands bliebe, gab es überhaupt keinen Grund, dass sich unsere Wege wieder kreuzen würden.

Und warum, fragte ich mich, erschien mir die Aussicht auf die kommende Nacht und den nächsten Tag plötzlich doppelt so trostlos?

Jemand klopfte an die Tür. Ich schloss auf, und die Kompresse glitt von meinem Rücken und auf den Boden. »Wer ist da?«

»Peter Blake.«

Es gab keinerlei Grund dafür, dass mein Herz anfing,

wie wild zu schlagen. Ich stand auf und öffnete die Tür. Im Schatten der Veranda, und mit einem Hemd bekleidet, sah er völlig normal aus.

»Ich sah, wie Ihr Freund wegging. Ist alles in Ordnung bei Ihnen?«

»Natürlich. Was sollte nicht in Ordnung sein?« Ich wedelte mit der Kompresse. »Schauen Sie, ich mache genau das, was Sie gesagt haben. Jeffrey ist in die Stadt gefahren, um eine bessere Salbe zu holen, aber er wird bald zurück sein.«

Verstand er die Warnung? Nein. Die Sonnenfältchen auf seiner Stirn vertieften sich, aber anstatt wieder zu gehen, kam er herein.

»Schauen Sie, ich bin herübergekommen, um ... Gott weiß, warum ich gekommen bin. Nein, ich weiß, warum ich hier bin. Sie haben jedes Recht, anzunehmen, dass ich verrückt bin. Aber ich glaube, ich bin es nicht. Irgendetwas stimmt nicht, oder?«

Ich versuchte zu lachen. »Stimmt nicht? Wie kommen Sie denn auf diese Idee?«

»Die Art, wie Sie reagierten, als ich Sie nach dieser Schnittwunde fragte, zum Beispiel, und die Art, wie sie ihn ansahen. Man könnte sagen, das habe ich schon einmal gesehen. Sie hatten Angst vor ihm.«

»Ach, wirklich?« Ich sah auf meine Uhr und versuchte zu denken, aber das einzige, an das ich denken konnte, war, dass ich ihn loswerden musste.

»Und Sie haben auch jetzt Angst«, sagte Peter Blake. »Warum? Er ist nicht hier. Ich habe ihn im Auto wegfahren sehen.«

»Und wenn er zurückkommt und Sie hier findet ...« Ich

brauchte meinen Gedanken nicht zu Ende zu bringen. Ich sah in seinem Gesicht, dass er begriff.

»Natürlich«, sagte er. »Das war auch das Problem am Strand. Er hätte es bemerkt.«

Ich fragte nicht, was er bemerkt hätte. Er hätte mich ohnehin nicht gehört. Er schien über etwas anderes nachzudenken.

»Aber was mit Ihrem Rücken passiert ist, hat mit mir nichts zu tun.«

Nein, dachte ich, das hatte nichts mit Peter Blake zu tun. Das ist wegen meinem Schwager Paul geschehen. Der arme, unschuldige Paul und seine Frau, meine Schwester, die die ganze Zeit bei uns war. Und noch vor einer Woche hatte ich mich geschmeichelt gefühlt, anstatt diese blinde, unsinnige Eifersucht so zu sehen, wie sie war. Aber das Wichtige, das Entscheidende war im Augenblick, nicht wieder Jeffreys Eifersucht auszulösen. Und das bedeutete, ich musste Peter Blake hinausschaffen.

Ich nahm mich zusammen und sah ihm in die Augen. »Ich habe Ihnen gesagt, was mit meinem Rücken passiert ist. Wenn es seltsam klang, dann deshalb, weil ich mich wie eine Närrin fühlte.«

»Es klang verdammt seltsam. Es hätte besser geklungen, wenn Sie mir gesagt hätten, ich solle mich um meine eigenen Angelegenheiten kümmern. Das hätte ein normaler Mensch getan.«

»Vielen Dank«, sagte ich kalt.

»Sehen Sie, es tut mir Leid. Gott, ich hab vielleicht Nerven, Ihnen zu erzählen, was normal ist. Ich glaube, ich habe keine zwei normalen Worte gesagt, seit ich Sie kennen gelernt habe. Die Wahrheit ist, mir gefällt Ihr Jeff

Holtz nicht sehr. Ich habe meine Gründe. Oder vielleicht auch nicht. Ich weiß nicht.«

Die schmerzhafte Ehrlichkeit in seiner Stimme durchfuhr mich. Wie hatte ich diesen Mann vorhin normal nennen können? Ich konnte ihm auf seine Äußerung nur antworten:

»Dann geht es Ihnen wie mir.«

Einen Moment lang war es schwierig, in seinem Gesicht zu lesen. Dann wurde es von etwas überzogen, das wie Erleichterung ausgesehen hätte, wenn das nicht zu absurd gewesen wäre. »Sie sollten nicht hier bleiben. Lassen Sie sich von mir heimfahren.«

»Und Jeffrey unterwegs begegnen? Das wäre das Schlimmste, was ich machen könnte, glauben Sie mir. Ehrlich, das Beste, was Sie tun können, ist, hier zu verschwinden.«

Es schien mir, als ob er mich eine Ewigkeit lang ansah.

Er gab mir die Hand. »Na gut. Ich werde Sie nicht mehr beunruhigen. Wenn Sie irgendetwas brauchen, wissen Sie, wo Sie mich finden.«

»Vielen Dank.«

Nachdem er gegangen war, erwartete ich, freier atmen zu können, aber ich stellte fest, dass ich fast gar keine Luft mehr bekam.

Als Jeffrey zurückkam, lag ich allein und flach unter einer weiteren heißen Kompresse. Er untersuchte meine Wunde, schmierte sie mit etwas ein und machte sich daran, unsere Angelausrüstung zusammenzusammeln – alles, ohne zu sprechen. Er reichte mir schwere Gummistiefel, zwei Paar Socken und einen dicken Wollpullover.

»Brauche ich das alles? Wenn es so kalt wird, gehe ich vielleicht lieber nicht mit.«

»So kalt wird es nicht.«

Ich sagte nichts mehr.

Gerade, als wir zur Tür hinausgingen, nahm Jeffrey mein Kinn in seine Hand und lächelte mich an. »Wir haben gar nicht das ganze Wochenende gebraucht, nicht? Es war alles in Ordnung zwischen uns, stimmt's?«

»Ja, stimmt.«

»Ich bedaure solche armen Teufel wie Blake. Komm.«

Die Sonne stand hinter den Bäumen, als wir zum Boot gingen. Aus dem Augenwinkel heraus konnte ich sehen, wie in Peter Blakes Hütte eine Lampe anging. Wir paddelten in die Richtung, in die Jeffrey vorher gefahren war, und ich fragte mich törichterweise, ob Peter uns beobachtete. Nein. Warum sollte er auch? Und selbst wenn, wir waren im Nu um die Biegung und weg.

Jeffrey fand die Stelle, nach der er gesucht hatte. Er spießte einen Wurm auf meinen Haken und warf ihn für mich aus. Wir saßen schweigend da, während es kalt und dunkel wurde, bis mir schließlich die Schatten Mut machten.

»Jeffrey, du hast Recht. Wir brauchen nicht das ganze Wochenende. Es steht nichts zwischen uns. Warum fahren wir nicht noch heute heim?«

Schweigen.

Ich bewegte mich nicht und atmete nicht.

»Du machst dir doch nicht noch immer Sorgen wegen dieser albernen Wunde.«

»Nein, natürlich nicht. Ich möchte einfach gerne heimfahren.« Ich versuchte ein Lachen. In der Düsternis klang es unecht. »Sehen wir den Tatsachen ins Auge, ich kann nur begrenzte Zeit ohne meinen Haartrockner leben. Und, gib's doch zu, wäre nicht ein schönes, heißes Bad jetzt sehr angenehm?«

»Wunderbar. Aber es kann bis morgen warten.«

Ich gab auf.

Das Schweigen wurde länger.

»Sollten wir nicht zurückfahren?«, fragte ich nach einer Weile. »Der Wind scheint aufzufrischen.«

»Gut. Ich locke die Fische an.«

»Also, es ist schrecklich kalt.«

»Wir rudern um die Spitze, dann sind wir aus dem Wind.«

Ich hörte seine Leine zischen, als er sie einholte, und ich holte meine auch ein. Jeffrey nahm mir die Angelrute ab und verstaute sie am Boden des Kanus. Er gab mir mein Paddel. Es muss eine halbe Meile über den See gewesen sein, und es war inzwischen so dunkel, dass ich kaum die Bäume am Ufer erkennen konnte. Die kurzen, unregelmäßigen Wellen schlugen jetzt laut gegen das Alumininumkanu und übertönten jedes Geräusch, das unsere Paddel machten. Als wir um den Vorsprung herumfuhren, fiel mir als erstes auf, dass Peter Blakes Licht nicht mehr da war. Als zweites bemerkte ich, dass der Wind hier schlimmer war. Er pfiff durch meinen schweren Pullover und brachte das Kanu gefährlich zum Schaukeln.

Ich drehte mich um. »Jeffrey, lass uns zurückfahren. Ich hab genug, du nicht?«

»Ja, ich glaube, ich habe auch genug.«

War irgendetwas mit seiner Stimme nicht in Ordnung? Ich war nicht sicher, aber plötzlich wollte ich mehr als alles andere hier weg. Ich drehte mich wieder nach vorn und arbeitete mit meinem Paddel und zwang uns mit meiner Willenskraft näher und näher zur Hütte, zum Auto und heimwärts. Zuerst schien Jeffreys Paddel so entschlossen wie das meine, aber sobald wir bis etwa fünfhundert Meter an den Strand herangekommen waren, spürte ich, wie wir langsamer wurden.

Als Jeffrey wieder den Mund öffnete, sprach er nicht mit seiner eigenen Stimme, sondern mit einer geschickten Imitation meiner Stimme. »›Es steht nichts zwischen uns.‹ Ach, Hannah, glaubst du wirklich, ich bin so dumm?«

Nein. Nicht hier. Nicht jetzt. Ich stieß mein Paddel ins Wasser und ruderte in Richtung Ufer.

»Ich hab dich gesehen, und ich hab ihn gesehen. Ich wusste, er würde kommen, sobald mein Auto weg wäre. Also parkte ich ein Stück weiter weg an der Straße und ging zu Fuß zurück. Ich muss zugeben, er hat nicht lange gebraucht. Was habt ihr vor? Wir fahren heim, du servierst mich ab, und ihr beide kommt allein zurück?«

Keine Panik, sagte ich zu mir. *Das hast du schon mal erlebt. Was du tun musst, ist …* Aber was musste ich denn tun? Nichts, was ich gesagt hatte, war jemals durch diese verrückte Eifersucht von Jeffrey hindurchgedrungen. Keine Erklärung hatte jemals geholfen. Aber vielleicht war das ja das ganze Problem, dass ich immer versuchte, zu erklären. Ich dachte an Peter Blake. *Es hätte besser geklungen, wenn Sie mir gesagt hätten, ich solle mich um meine eigenen Angelegenheiten kümmern.* Ein normaler Mensch hätte das getan. Und in diesem Fall? Was würde hier ein normaler Mensch sagen? Ich legte das Paddel auf meine Knie und drehte mich um, so weit ich konnte, ohne unser

Gleichgewicht zu gefährden. »Wenn du das glaubst, Jeffrey, dann bist du wirklich dumm. Es ist jetzt spät, und ich friere, und ich möchte in die Hütte.«

Ich muss zugeben, dass schien ihm zu denken zu geben. Zumindest kurzzeitig. »Na, na, na, hör dir selber zu. Wirst du jetzt keck? Lass dich warnen, die letzte, die das versuchte, ist damit nicht so gut gefahren.«

»Ich weiß nicht, wovon du sprichst, und es ist mir auch egal. Ich geh jetzt rein. Sofort.« Ich paddelte weiter.

»Nicht wovon, Hannah, sondern von wem. Rosemary Blake. Willst du nicht wissen, was wirklich mit ihr passiert ist?«

Jetzt war ich an der Reihe, innezuhalten. »Rosemary Blake?«

»Peter Blakes Frau. Ich nehme an, ich sollte wohl sagen, Peter Blakes verstorbene Frau. Und sie wäre jetzt Blakes Exfrau, wenn sie nicht so dumm gewesen wäre. Wir waren einen Monat lang, oder zwei, recht reibungslos miteinander zurechtgekommen, jedenfalls besser, als die beiden jemals klargekommen waren. Natürlich erfuhr er nie, dass ich es war. Zumindest war er sich nie ganz sicher. Aber dann passierte etwas. Dieser Tugendbold muss sie irgendwie erreicht haben. Sie sollte ihn hier treffen. Sie kam früher, um mit mir zu sprechen und mir zu sagen, dass es mit uns Schluss wäre.«

»Nein.«

Ich merkte gar nicht, dass ich es laut aussprach, bis Jeffrey antwortete. »O doch, Hannah, doch. Aber du hättest unser Zusammentreffen sicher gebilligt, denn ich sah, dass es keine Hoffnung gab, sie umzustimmen, und so nahm ich ihre Entscheidung wie ein Gentleman an. Ich bot ihr einen

Drink an, und sie war über meine Reaktion so erleichtert, dass sie ihn in einem Zug austrank. Es war nicht schwer, sie zu einem zweiten Glas zu überreden. Ich begleitete sie nach Hause. Hab ich dir nicht gesagt, wie leicht man ertrinken kann? Man braucht nur etwa dreißig Zentimeter Wassertiefe. Ich schob sie einfach hinein und hielt sie unter Wasser. Sie war nicht in der Lage, sich selbst zu helfen. Ich brauchte nur Blakes Ruderboot mit ihrem Pullover darin hinauszuschieben, alle Spuren meines Hierseins zu entfernen und in die Stadt zurückzufahren.«

Der Wind – nein, seine Stimme ging mir durch Mark und Bein. Ich konnte nicht aufhören zu zittern. Das *nein*, das mir vorhin entschlüpft war, war nur rhetorisch gewesen. In Wirklichkeit glaubte ich jedes Wort, fast bevor er es ausgesprochen hatte. »Und Peter Blake ...«

»Peter Blake war nicht hier, Hannah. Sie wollten sich erst am folgenden Tag treffen. Er war in jener Nacht weg, und jetzt ist er auch nicht da. Als ich vor einer Weile in der Stadt war, ist etwas Interessantes geschehen, hab ich dir das nicht erzählt? Die Polizeistation wurde telefonisch verständigt, dass seine Mutter ernsthaft krank sei. Hier draußen gibt es keine Telefone, deshalb mussten sie herfahren, um ihn zu benachrichtigen. Sie sollten solche Anrufe wirklich erst überprüfen, bevor sie den Streifenwagen losschicken, findest du nicht? Aber das taten sie nicht. Als wir um die Biegung paddelten, sah ich, wie die Polizei bei seiner Hütte vorfuhr. Jetzt ist er wahrscheinlich schon halb in Hempstead. Dort lebt seine Mutter, das erzählte er mir vor ein paar Jahren. Also, er braucht drei Stunden dorthin, dann wird es ein paar Stunden dauern, um die Verwirrung zu beseitigen, und dann noch mal drei Stunden zurück. Im-

mer in der Annahme, dass er überhaupt hierher zurückkommt.«

Also war Peter Blake für acht Stunden oder länger aus
dem Weg. Aber warum wollte Jeffrey Peter Blake gerade
jetzt loshaben?

Plötzlich war es mir, als ob jemand in meinem Gehirn einen Zündschlüssel herumgedreht und aufs Gas getreten
hätte. Jeffrey hatte mir gerade erklärt, dass er Rosemary
Blake ermordet hatte. Egal, was ich jetzt sagte oder tat, er
würde mich ebenfalls ermorden müssen.

Wir waren mitten auf dem See. Nein, nicht in der Mitte,
aber fünfhundert oder inzwischen sechshundert Meter
entfernt vom Strand, von der Hütte, vom Auto und vom
schnellsten Weg nach Hause. Ich hörte, wie die Wellen gegen die linke Seite des Kanus schlugen, was bedeutete, dass
der Wind uns zum anderen Ufer trieb. Und was gab es am
gegenüberliegenden Ufer? Endlose, leere, schwarze Wälder. Und was war im Kanu? Jeffrey.

Ich hatte mich gerade entschieden, wo ich bessere
Chancen hatte, als er das Paddel hob, wie einen Baseballschläger mit den Händen umklammerte und ausholte.

Aber zum ersten Mal in meinem Leben war ich ihm einen
Schritt voraus. Bevor er seinen Schlag vollendet hatte, war
ich bereits dabei, über den Dollbord zu hechten, und obwohl der Rand des Ruderblatts mich berührte, streifte er
doch nur den unempfindlichsten Teil von mir – meinen
Schädel. Dann passierten zwei Dinge, die mein Schicksal
hätten besiegeln sollen, mich aber letztlich retteten. Das erste bestand darin, dass ich das Kanu volllaufen ließ, während ich seitlich über Bord ging. Das bedeutete, dass Jef-

frey zu viel damit zu tun hatte, das Boot im Gleichgewicht zu halten, als dass er die Zeit hätte aufbringen können, nach mir zu suchen. Das zweite war, dass ich wegen Jeffreys Hartnäckigkeit mit schweren Gummistiefeln und mehreren Lagen von Kleidung sowie einem dicken Wollpullover beladen war.

Sobald ich das kalte, schwarze Wasser berührte, ging ich unter.

Und sank und sank.

Es schien, als ob ich ewig dort unten blieb. Und bis es mir schließlich gelungen war, mich wieder nach oben an die Luft zu kämpfen, waren genügend Meter und die Dunkelheit zwischen uns, um mich seinem Blick zu entziehen.

In dem Moment war das Einzige, was ich wollte, nicht in Jeffreys Blickfeld zu sein. Ich sog so viel Luft ein, wie ich konnte, tauchte wieder ab und strampelte wie wild vom Kanu weg, und als ich zum zweiten Mal an die Oberfläche kam, paddelte Jeffrey wieder, aber er und das Kanu schienen kleiner zu sein als vorher. Ich tauchte wieder ab, und als ich das nächste Mal hochkam, wusste ich, dass ich Recht hatte. Ich war mit dem Wind vom Kanu weggeschwommen, dem gegenüberliegenden Ufer zu. Jeffrey hatte angenommen – wie es wohl jeder andere auch getan hätte –, dass ich zum nächstgelegenen Ufer schwimmen würde. Er paddelte parallel zum Strand und suchte das Wasser ab, zwischen der Stelle, wo ich untergetaucht war, und dem Ufer der Hütte. Es war ein großer See. Er musste sich auf einen bestimmten Bereich konzentrieren, doch er hatte sich den falschen ausgesucht.

Ich konzentrierte mich darauf, regelmäßig zu atmen. Ich wollte und durfte nicht in Panik ausbrechen. Um jedes bisschen Energie aufzusparen, bewegte ich meine Gliedmaßen nur so viel, dass ich an der Oberfläche treiben und warm bleiben konnte, und ließ Wind und Wellen die Arbeit tun. Ich hatte jedes Gefühl für Zeit und Raum und Orientierung verloren, als meine Füße über Schlamm streiften und ich in die rabenschwarze Wildnis des anderen Ufers halb stolperte, halb kroch.

In dieser Nacht erfuhr ich etwas über Wolle: Selbst wenn sie nass ist, hält sie einen warm. Ich weiß nicht, wie lange ich dort lag, wo ich gelandet war, auf einem durchweichten Pfad aus Schilf und Gras, bevor ich wieder zu Atem kam und mich die Kälte dazu trieb, mich zu bewegen.

Schließlich kam ich mühsam auf die Beine und sah mich um.

Hinter mir gab es nichts außer schwarzem Dickicht. Ich musste nicht lange hinschauen, um zu begreifen, dass ich für immer verschwinden würde, wenn ich mich dort mitten hinein begäbe. Jeffrey hatte gesagt, da draußen gebe es achthundert Hektar unberührter Wildnis. Ich konnte jede Hoffnung aufgeben, zufällig auf ein Haus oder ein Auto zu treffen. Ganz zu schweigen davon, dass ich schon am hellen Tag auf vertrautem Terrain keinen Orientierungssinn hatte – nachts in fremden Wäldern würde ich sicherlich ziellos im Kreis laufen, bis ich erfrieren oder vor Erschöpfung zusammenbrechen würde. Es gab nur eine Möglichkeit: ich musste mich, so gut ich konnte, um die Biegung des Sees herumarbeiten in Richtung der Straße, die irgendwo östlich von Jeffreys Hütte verlief. Aber was wäre, wenn ich über die Straße hinausgeraten und in die Nachbarschaft der Hütte stolpern würde, in die Gegend von Jeffrey? Und selbst wenn ich die Straße fände, ohne Jeffrey über den Weg zu laufen, was dann? Wo waren wir von dem Feldweg mit den Wagenspuren abgebogen? In welcher Richtung lag die Stadt? Fast hätte ich laut aufgelacht. Als ob ich die Kraft hätte, es allein und zu Fuß bis in die Stadt zu schaffen.

Ich weiß nicht, wie lange ich zitternd vor Kälte dasaß, bevor ich sah, wie das Licht anging.

Es war diesmal nicht meine Vernunft, die mich auf die Füße brachte und mich durch das Schilf am Rande des Sees trieb, aber ich war noch nicht weit, als die alten Gehirnzellen in Gang kamen. Peter Blake war hier, natürlich war er hier. Er musste nicht bis nach Hempstead fahren, um herauszufinden, ob seine Mutter krank war. Peter Blake musste lediglich die etwa fünfzehn Kilometer nach Fairnham fahren und ein Telefongespräch führen. Wenn er die Täuschung herausfand, dann wüsste er, was los war. Er würde zurückkommen, weil er meinen Rücken gesehen hatte und meine Furcht und weil er Jeffrey kannte. Und jetzt war Peter Blake hier, in seiner Hütte, und sobald ich ihn erreicht hatte, wäre ich so gut wie zu Hause.

Ich weiß nicht, wie lange ich dazu brauchte, mir meinen Weg um diesen See herum zu kämpfen. Der Wollpullover blieb an jedem Zweig hängen, die Dornen zerkratzten mein Gesicht, und ich schürfte mir die Hände auf, während ich mich durch das Sumpfgras schleppte. Meine dicken Jeans schützten meine Beine gegen den Dschungel, aber die Hose war nass und kalt und schwer. Jeffreys große Gummistiefel lagen irgendwo am Grunde des Sees, und ich hatte noch nicht einmal die halbe Strecke zurückgelegt, als meine Socken in Fetzen hingen, aber ich lief weiter. Als ich auf den glatten Sandboden traf, hätte ich fast vor Erleichterung geweint, und als ich Peters erste Treppenstufe betrat, wusste ich, dass ich tatsächlich zu weinen anfing, aber es war mir egal. Hier gab es keinen Grund für falschen Stolz.

Oder Furcht.

Tränen brannten auf meinen zerkratzten Wangen, als ich die Hüttentür aufstieß und in den Schein der Laterne trat.

Und Jeffrey gegenüberstand.

Er war nass, tropfnass, aber er hatte Peter Blakes Ofen angefacht, seine Laterne angezündet und es sich in seinem Sessel gemütlich gemacht, und er streckte seine bestrumpften Füße zum Feuer hin. Er sah so entspannt aus wie eine Spinne, die auf ihre Fliege wartet.

»Hallo, Hannah«, begrüßte er mich. »Du siehst überrascht aus. Warum? Ich bin nicht überrascht. Obwohl ich sagen muss, du hast so lange gebraucht, dass ich dachte, du bist vielleicht wirklich schon tot. Aber ich wusste, wenn du noch lebst, würdest du zu ihm rennen – ich hab ja gesehen, wie ihr euch heute am Strand angestarrt habt. Oder vielleicht sollte ich fairerweise sagen, wie ihr versucht habt, euch nicht anzustarren. Im Ganzen war es ein äußerst jämmerliches Schauspiel.« Jeffrey schob seinen Stuhl zurück und stand auf. »Na, na, Hannah, wein doch nicht. Du kannst nicht sagen, ich wäre nicht fair gewesen. Ich sagte dir doch, dass er nicht hier ist, stimmt's? Komm her, komm ins Licht. Du siehst schlimm aus. Was ist mit dir passiert?«

Er packte mich am Arm und zog mich zu sich. Ich hätte

mich nicht bewegen können, auch wenn ich es versucht hätte. Ich war völlig erschöpft. Ich hätte es wissen sollen. Hatte ich denn nichts gelernt? Ich rannte zu Peter Blake, damit er mich rettet, aber es gab niemanden, der mich retten konnte. Es gab nur Jeffrey und mich. Als Jeffrey mich zur Lampe herumdrehte, muss er gespürt haben, wie wenig in mir übrig geblieben war. Er lachte leise und schubste mich rückwärts. Ich versuchte, mich mit einer Hand aufzufangen, und streifte die Laterne. Sie wackelte, warf wilde Schatten und ließ Jeffreys Gesicht vor meinen Augen tanzen.

Jeffrey.

Und ich.

Meine Finger schlossen sich um die Laterne. Als er mich hochzog, schlug ich ihm die Laterne ins Gesicht.

Jeffrey schrie auf, presste die Hände an seine Augen und ließ mich los. Ich fiel zu Boden. Eine kleine Flammenstraße zischte hinter der Lache aus Lampenöl über den Fußboden der Hütte, und ich rollte mich weg und stieß mit einer Metallkiste am Boden zusammen. Sie fiel um und brach auf. Angelgeräte. Jeffrey fuhr sich mit dem Hemd übers Gesicht, sah mich und warf sich auf mich. Ich riss ein Fischmesser aus der Gerätekiste, und Jeffrey lachte.

»Also wirklich, Hannah, was hast du denn damit vor?«

Ich weiß ehrlich nicht, was ich getan hätte, wenn Peter Blake nicht gerade in der Sekunde durch die Hüttentür gekracht wäre. Die Tür flog wie ein Donnerschlag zurück, und Jeffrey wirbelte herum, aber ich sah noch den Blick auf seinem Gesicht, als er sich auf Peter warf. Ich war mir sicher, dass Peter größer und stärker war, aber Jeffrey war von Sinnen. Ich trat, so nah ich konnte, an die beiden ringenden Männer heran und stieß das Messer in sein Ziel.

Jeffreys Körper wurde steif und sackte zusammen. Ich sah den überraschten Blick auf Peters Gesicht.

»In den Rücken gestochen«, sagte ich ruhig und setzte mich ruckartig auf den Boden.

Wir ließen Jeffrey dort zurück, wo er hingefallen war. Ich glaube, ich sah schlimmer aus, als ich mich fühlte, und Peters Hauptanliegen schien es zu sein, mich in seinen Jeep zu laden und in ein Krankenhaus zu bringen. Es stellte sich heraus, dass Fairnham keines besaß, aber die nächste Stadt, Pittsville, hatte eines. Irgendwo zwischen der Krankenschwester und dem Arzt schlich Peter sich weg. Er muss wohl ein paar Telefonanrufe erledigt haben. Die Polizei besuchte mich im Krankenhaus, und es war schon fast wieder Tag, bevor ich Peter wieder sah.

Er erschien an der Tür meines Krankenzimmers. Er sah müde aus und war überraschend schmutzig, bis ich mich daran erinnerte, dass er mich zu seinem Jeep getragen hatte, und ich war schließlich mit Schlamm und Schmutz bedeckt gewesen.

»Alles in Ordnung?«, fragte er.

»So weit ja. Sie sagen, ich kann gehen.«

»Dann lass dich von mir heimfahren.«

»Es ist eine lange Fahrt. Ich kann jemanden anrufen. Du solltest …«

Er lächelte, fast ein Dreiviertellächeln. »Hier verschwinden? Ich glaube nicht. Diesmal nicht.«

JOSEPH HANSEN

Ausritt am Morgen

Der neue Stalljunge hat verschlafen – diese jungen Leute können ja bis Mittags schlafen. Bohannon fährt in eine Levis und seine Stiefel, zieht sich ein Hemd über, steigt über das Fensterbrett hinweg auf die lange Veranda des Ranchhauses und strebt auf das Stallgebäude zu, dessen niedrige Konturen sich klar gegen den grauen Hintergrund der verschlafenen Berge abheben.

Die Pferde bewegen sich rastlos, poltern und schnauben hinter den geschlossenen Türen der Boxen. »Buck?«, ruft er. »Seashell? Geranium?«, und nennt im Vorübergehen auch die anderen beim Namen. Es sind seine eigenen Pferde sowie solche, die er beherbergt – für Leute aus der kleinen Stadt Madrone am Fuß dieses Canyons am Meer.

Er klopft mit den Fingerknöcheln an die weiß gekalkten Bretter der Sattelkammertür. »Kelly? Zeit zum Aufstehen.« Keine Reaktion. Er klopft noch einmal. Nichts rührt sich. Er hebt die schwarze Metallzunge an, die als Riegel dient, schiebt die Tür nach innen und streckt seinen Kopf durch die Öffnung. »Kelly? Wach auf.« Aber die Stahlpritsche sieht leer aus. Er tritt in die Kammer. Sie ist tatsächlich leer, aber sie wurde ausgiebig benutzt – das Betttuch ist zerknittert, und die Decken hängen halb auf den Boden. Er schaut sich um in dem schwachen Morgenlicht, das durch das einzige Fenster fällt. Zwei Pferdezeichnungen von George Stubbs hängen an der Wand (sollten es nicht drei sein?). Keine Stiefel unter der Pritsche. Er öffnet die Schubladen der unlackierten Kommode. Nichts. Keine Kleider

55

im Schrank. Er schließt die Augen und flucht. Wieder einer abgehauen.

Er geht unter dem Vordach des Stallgebäudes zurück und öffnet dabei die oberen Türhälften. Er wendet sich nicht um, aber er weiß, dass die Köpfe der Pferde herausragen, um ihn zu beobachten. Hufe scharren nervös und hoffnungsvoll. Bei der letzten Box angekommen, öffnet er die ganze Tür, nimmt Buck am Zaumzeug und führt ihn hinaus. Er schlingt die Zügel um einen Pfosten und geht in das Gebäude, um den Sattel zu holen.

»Komm«, sagt er, während er Decke und Sattel über Bucks breiten Rücken wirft. »Heute fangen wir mit einem Ritt an.« Er brummt und bückt sich, um den Sattelgurt zu befestigen. Buck brummt ebenfalls. Bohannon steckt seinen Stiefel in den Steigbügel und schwingt sich schwerfällig hinauf. »Mit einem schönen, langen Ritt.« Er stupst Bucks stattliche Seiten mit seinen Fersen, und sie bewegen sich hinaus auf den Kieselboden und unter die blätterraschelnden Bäume. »Verflixt, vielleicht reiten wir einfach weiter.« Buck strebt zu dem Tor mit dem hölzernen Bogen darüber, der einen einzelnen Namen aus gesägten Holzlettern trägt: BOHANNON. »Vielleicht kommen wir nie zurück.« Er beugt sich vom Sattel herunter, um den linken Torflügel aufzumachen, und als sie draußen sind, bückt er sich wieder und zieht ihn zu. Gewohnheit. Heute Morgen hätte er nichts dagegen, wenn jemand käme und die ganze Ranch stehlen würde, mitsamt den Pferden. Er würde ihm damit einen Gefallen tun. Auf der pockennarbigen Teerstraße lenkt er Buck nach links, den Canyon hinauf.

Er kann sich schon nicht mehr daran erinnern, wie viele Stallburschen er verloren hat, seit Rivera als Erster ging.

Bei ihm hatte er es ohnehin erwartet: Rivera war in der Ausbildung zum Priester gewesen. Danach war George Stubbs, der bereits betagte Rodeo-Veteran, gekommen, den seine Arthritis schließlich ins Pflegeheim gebracht hatte. Es waren Säufer und fernwehgeplagte Männer gefolgt, faule Jungs, die noch nicht trocken hinter den Ohren waren, und sogar ein junges Mädchen, das schwer arbeitete, aber dann wegging, um zu heiraten. Als Bohannon Kelly einstellte, schwor er sich, der würde der letzte sein. Wenn auch Kelly ihn im Stich lassen würde, dann wäre das ein Zeichen, aufzugeben und die Ranch an einen Makler zu verkaufen, so wie es anscheinend alle anderen im Canyon taten. Es war nur noch Arbeit und machte keinen Spaß mehr. Warum sollte er das Elend noch weiter verlängern?

Inzwischen reitet er nicht mehr auf dem Hauptweg, sondern ein paar Meilen den Canyon hinauf. Buck nimmt die Umgebung aufmerksamer wahr als er selbst, und dann scheut er. Das ist die Art Aufbäumen, das höchstens einen frisch gebackenen Reiter aus dem Sattel wirft. Buck ist schließlich kein Fohlen mehr, er hat schon fünfzehn Jahre auf dem Buckel, wenn nicht mehr, und er ist schwer, deshalb gelingt es ihm nicht, Bohannon abzuwerfen. Eine Sekunde lang muss der Mann kämpfen, um sich aufrecht zu halten. Mit seinen zähen zwei- oder dreiundfünfzig Jahren sind seine Reflexe auch nicht mehr ganz das, was sie einmal waren.

»Brr, was ist los?«

Und schon sieht er, was los ist. Ein Mann liegt mit dem Gesicht nach unten halb auf der Straße und halb über der Böschung. »Ruhig.« Bohannon zügelt Buck, und sie überqueren die Fahrbahn, wo Bohannon sich aus dem Sattel schwingt und die Zügel an einen Baum bindet. Ein paar Mal streichelt er beruhigend über Bucks bebende Flanke und geht dann zu dem Mann. Er kniet sich nieder und berührt ihn, legt ein paar Finger leicht unter dem Ohr auf den Hals des Mannes. Aber es ist nicht nötig, nach einem Puls zu suchen: der Mann ist kalt. Er ist schon stundenlang tot.

Lange Zeit war Bohannon Hilfssheriff gewesen. Er weiß, was er in solch einer Situation zu tun hat. Aus der Hocke schaut er sich um und lässt den Blick über die weitere Umgebung schweifen – den Canyon, die Bäume, die Felsen, das ausgetrocknete Flussbett darunter, dann über den Hang, der zu seiner Rechten ansteigt. Als nächstes untersucht er die unmittelbare Umgebung der Leiche: Blutspritzer, danach das, was sich in der Nähe seiner Stiefelsohlen befindet: getrocknetes Laub – sichelförmige Eukalyptusblätter, gewellte Eichenblätter, Kiefernnadeln – dazu Kieselsteine, keine Kugel, keine Patronenhülse. Nichts klebt an den Schuhsohlen des Mannes.

Der Mann ist gut angezogen, nicht für eine ländliche Gegend wie diese, sondern für die Stadt: dunkler Anzug, Krawatte. Das Hemd ist weiß – da, wo es nicht mit Blut befleckt ist. Dieser Mann wurde von vorn erschossen. Bohannon erkennt eine Austrittswunde, wenn er eine sieht, und er sieht eine: genau zwischen den Schulterblättern; nicht viel Blut; der Mann war schnell gestorben.

Er berührt die Leiche nicht mehr, auch die Kleider nicht. Es *war* einmal sein Job, ist es aber nicht mehr. Er steht auf, klopft sich Splitt und Staub von den Händen und schaut wieder nach rechts. Vor ein paar Minuten hatte er geglaubt, er hätte ein Stück den Hang hinauf einen flüchtigen

Augenblick lang Metall gesehen. Stimmt. Er geht darauf zu, und ihm sinkt der Mut, als seine Vermutung sich als zutreffend herausstellt. Es ist Steve Belchers zerbeulter Campingbus. Belcher ist ein bärtiger, langhaariger Vietnam-Veteran, der in dem Wagen wohnt, alle anderen in Ruhe lässt und von ihnen in Ruhe gelassen werden möchte. In den vier oder fünf Jahren hier ging es ihm am besten, seit er sich in die Canyons geflüchtet hat. Zuerst hatte er seinen Campingbus an verschiedenen Stellen in Madrone geparkt, aber die Bürger hatten ihn weitergeschickt. »Weiter« war dann ein altes, undichtes Fischerboot, mit dem er in Short's Inlet vor Anker lag – einem Gewässer, das niemandem etwas bedeutete, außer ein paar wandernden Enten hier und da, um das sich aber plötzlich alle sorgten, sobald Belcher sich dort niedergelassen hatte. Belcher verschmutzte die Umwelt dort, nicht wahr? Ein schönes, natürliches Habitat von Wildvögeln.

Also gab Belcher auf, nachdem er auf Stadtratsversammlungen ein paar hässliche Szenen gemacht hatte – er hatte ein grobes Mundwerk, dieser Belcher –, und er hatte sich mit seinem rostigen Campingbus in die Canyons zurückgezogen. Er ging nie in die Stadt, außer um seine monatliche Versehrtenrente abzuholen und Vorräte einzukaufen. Ansonsten hielt er sich abseits. Allerdings hatte er einmal sein Lager in der Mozart-Arena aufgeschlagen. Dr. Dolores Combs und der Rest der wohlhabenden Musikliebhaber der Stadt hatten ihn beinahe dafür hängen lassen.

Bohannons Stiefel knirschen über verstreutes Papier, zerdrückte Dosen und Kunststoffverpackungen. Kojoten oder Waschbären haben auf der Suche nach einer Mahlzeit einen Müllsack aufgerissen. Er hört ein Geräusch und schaut auf: Da steht Belcher, splitternackt, in der verbeulten Tür des Busses, in der Hand eine 9-mm-Browning.

»Ich bin's«, sagt Bohannon. »Nicht schießen.«

»Verdammt früh«, knurrt Belcher. Sein schmutzig blondes Haar und der Bart sind vom Schlaf zerzaust. »Was willst du? Du machst mir doch nie Ärger. Du nicht.« Er kneift misstrauisch die Augen zusammen. »Bis jetzt jedenfalls nicht.«

»Da unten liegt etwas auf dem Weg«, sagt Bohannon, »das gehört da nicht hin. Zieh was an, ich möchte, dass du dir das anschaust.«

Belcher neigt den Kopf zur Seite. »Was meinst du mit ›etwas‹?«

»Jemand«, sagt Bohannon.

Belcher starrt ihn an. »Ein toter Jemand?«

»Schuss in die Brust, mitten in der Nacht. Was gehört?«

»Jesus.« Belcher krault sich den Bart. »Jesus.«

»Willst du mir antworten?«, fragt Bohannon. »Willst du mir deine Pistole geben, damit ich daran riechen kann?«

Belcher zuckt vor Überraschung zusammen. Er hat die Waffe vergessen. »Die gehört mir nicht.« Er legt sie im Bus ab. »Sie ist nicht abgefeuert worden.« Seine Stimme ist heiser, und unter seiner gegerbten Lederhaut ist er blass geworden.»Und ich hab auch keinen Knall gehört.«

»Gehört dir nicht? Das ist die Sorte Pistole, die die Army ausgibt, Steve.«

»Die ist gegen den Bus geknallt, mitten in der Nacht. Hab sie da beim Vorderrad gefunden.« Er zieht eine zerlumpte Jeans an. »Himmel, warum hier?«

»Das ist heute nicht gerade dein Glückstag«, sagt Bohannon. »Komm mit, schau ihn dir an.«

»Ich versteh nicht, wozu«, sagt Belcher.

»Damit ich dein Gesicht sehen kann, wenn du sagst, dass du ihn nicht kennst. Ich habe dir immer vertraut. Ich will wissen, ob ich dir immer noch trauen kann.«

Belcher knurrt und kommt mit schlaksigen Bewegungen die kleinen Metalltritte des Busses herunter. Seine Füße sind schmutzig. »Ich will keine Schlottermänner mehr sehen. Hab genug gesehen. Hab ich dir schon gesagt. Zum Kuckuck, Bohannon, ich hab genug umgebracht. Zu viele. Es macht mich verrückt, wenn ich davon träume. Ich würde nie mehr jemanden umbringen.«

»Du hast immer noch deine Pistole«, sagt Bohannon.

»Die hätte ich noch«, sagte Belcher, »wenn sie Geister killen könnte. Sie gehört mir nicht, Bohannon, das hab ich dir schon mal gesagt. Ich hasse diese gottverdammten Dinger.«

»Komm schon.« Bohannon wendet sich ab und geht den Abhang hinunter. »Du weißt, dass Lieutenant Gerard dich aufspüren wird. Du bist der naheliegenste mögliche Verdächtige.« Er geht schnell, der Boden ist vom Morgentau schlüpfrig, und fast fällt er. »Er und ich, wir waren mal Partner, und wenn ich ihm sage, ich bin sicher, dass du es nicht warst, könnte das was bringen.« Er schaut über die Schulter zurück.

Die Fahrertür des Busses schlägt zu. Der Motor heult auf.

Bohannon dreht sich um, strauchelt, fällt auf Hände und Knie. »Warte. Steve, mach das nicht!«

Der Motor brummt. Belcher schaut zum Fenster hinaus. »Vergiss es, Bohannon. Du weißt, was Gerard tun wird. Ich bin ein mordlustiger Wahnsinniger. Er wartet schon seit Jahren darauf, das zu beweisen.« Er löst die Handbremse, der Campingbus rollt etwa dreißig Zentimeter zurück und schnellt dann vorwärts. »Mach's gut.« Die alten, grauen Reifen wirbeln Staub auf, und Belcher fädelt den Wagen schnell zwischen den Bäumen hindurch.

Bohannon kommt auf die Füße. »Du machst es nur schlimmer«, ruft er.

Aber vielleicht auch nicht. Möglicherweise kann Belcher an seiner Lage ohnehin nichts mehr verschlimmern.

Er setzt sich auf einen Baumstumpf, zündet sich eine Zigarette an und wartet. Er kann nicht weggehen und die Leiche da liegen lassen. Hätte er den Lieferwagen genommen, anstatt mit Buck hier heraufzureiten, dann könnte er jetzt die Station des Sheriffs anfunken. Er sitzt einfach fest, das ist alles, bis jemand vorbeikommt. Und der Rodd Canyon ist nicht gerade für viel Verkehr bekannt. Der ganze, verflixte Tag könnte ohne ein einziges Auto vergehen, und ganz sicher würden keine Pferde vorbeikommen. Nicht, bevor er bei seiner Ranch ist – sie ist der einzige Mietstall weit und breit. Er steht auf. Das ist eine böse Geschichte.

Vierzig Minuten vergehen (er schaut immer wieder auf die Uhr), und dann hört er einen Motor, das gelegentliche Klappern und Quietschen eines Fahrzeugs. Es ist ein kleiner, roter Lieferwagen. Feuerwehrpatrouille. Er tritt auf die Straße. Der Fahrer ist Sorenson, den er seit Jahren kennt. Sorenson hält den Wagen an. Er starrt durch die Windschutzscheibe auf die Leiche, die auf der Straße liegt.

»Was hat das zu bedeuten?«, fragt er Bohannon.

»Das bedeutet, du kannst dein Funkgerät benutzen«, sagt Bohannon, »um es die in Madrone drunten wissen zu lassen, und dann können sie kommen, um ihn zu holen. Er ist erschossen worden.«

»Steig ein.« Sorensen streckt sich und öffnet die Beifahrertür. »Du weißt ja, wie man das Ding benutzt.«

»Tu es für mich«, bittet Bohannon. »Und sag T. Hodges, du hast ihn gefunden. Lass mich aus dem Spiel. Würdest du das für mich tun?«

Sorenson – blond, sonnengegerbt und zwanzig Jahre jünger aussehend, als er wirklich ist – zieht die Stirn in Falten. »Wozu das? Soll sie nicht wissen, dass du den Canyon heraufgeritten bist? Warum nicht?«

»Tu es einfach«, sagt Bohannon.

»Hey.« Sorenson legt sich halb auf den Sitz und reckt sich, um den Hang hinaufzuschauen. »Wo ist Steve Belcher? Da oben hatte er doch seinen Campingbus.«

»Tatsächlich?«, fragt Bohannon. »Jetzt ist er nicht hier.«

»Ich frag mich, warum?«, meint Sorenson. »Du hast ihn immer wieder gedeckt, Hack. Aber eine Schießerei? Bei einem Toten?«

»Zieh Belcher da nicht hinein«, sagt Bohannon. »Melde ihnen einfach die Leiche, okay?«

Sorenson nimmt das Mikrofon des Funkgeräts vom Haken. Es sind Geräusche zu hören, Knistern, Sandpapierstimmen, undeutliche Worte. Er stellt sie ab und spricht. »Sorenson, hier oben im Rodd Canyon, an dem Weg, der von der Hauptstraße abzweigt an der Gruppe der großen, alten Eukalyptusbäume links. Auf der Straße liegt die Leiche eines älteren Mannes. Anscheinend erschossen.« Krachend kommt eine Antwort, und Sorenson sagt: »Zehnvier«, und hängt das Mikrofon an seinen Platz.

»Danke. Ich weiß es wirklich zu schätzen.« Bohannon sitzt schon im Sattel und strebt zur Hauptstraße zurück. »Ich muss heim. Hab schon wieder meinen Stallburschen verloren. Auf mich wartet Arbeit für drei.«

Zur Antwort lässt Sorenson kurz seine Sirene aufheulen.

»Als registrierter Privatdetektiv«, sagt Gerard, »kannst du nicht einen Verdächtigen fliehen lassen. Du kannst nicht so einer Sache Vorschub leisten ...«

»Halt den Mund, Phil«, sagt Bohannon und grinst. »Das hier ist mein Haus, und ich muss dir nicht zuhören, wie du hier rumwetterst. Hier nicht. Setz dich. Trink etwas.«

Mit rotem Gesicht reißt Gerard einen Stuhl unter dem runden Tisch hervor, der mitten in Bohannons großer, mit Kiefernholz verschalter Küche steht, und lässt sich darauf fallen. Er knallt seinen Helm auf den Tisch. »Nä, ich mein es ernst, Hack. Du bist einfach dagestanden und hast zugeschaut, wie er wegfuhr. Und du hast uns glauben lassen, du warst nicht mal da oben.« Bohannon reicht ihm ein Glas mit Old Crown Whisky. »Ich versteh dich nicht.«

»Ist der Mann mit einer neun Millimeter Browning erschossen worden?«

»Neun Millimeter irgendwas.« Gerard nimmt einen Schluck aus seinem Glas und zieht eine Grimasse. »Wie kannst du bloß so ein Zeug trinken?«

Bohannon gluckst in sich hinein. »Ich komm damit zurecht. Hast du irgendeinen Ausweis bei der Leiche gefunden?«

»Raub, Belcher wollte es wie einen Raubmord aussehen lassen«, sagt Gerard. »Jedenfalls war keine Brieftasche da. Aber es ist ein guter Anzug, und die Etiketten sind drin. Teuer, vielleicht sogar maßgeschneidert. Wir werden morgen den Laden befragen.«

Bohannon knurrt. Er hat seine Brille auf und Papiere vor sich ausgebreitet. Er schiebt sie zu einem groben Stoß zusammen, den er in einen großen Umschlag steckt. Das war George Stubbs' Arbeit. Bohannon kann nicht den Schreibkram erledigen und gleichzeitig trinken. Verflixt, er hasst Schreibkram selbst an einem Supertag. Und heute ist nicht gerade ein Supertag. Er ist erschöpft davon, die Pferde zu striegeln, Hufe auszukratzen, den Stall auszumisten, Kiesel zu harken, Wasser zu holen, Heu aufzuladen, Quittungen zu schreiben, bescheuerte Telefonanrufe entgegenzunehmen, überfällige Rechnungen einzutreiben und kleine Kinder auf Pferden in dem Oval herumzuführen, das er dafür gebaut und mit einem Geländer versehen hat – damals, als Rivera hier war.

»An seinen Sohlen hat es nichts gegeben, was auf eine Wanderung hindeuten würde. Er ist dorthin gefahren.«

Gerard betrachtet ihn eingehend. »Da war kein Auto. Ein Wagen hat ihn hinaufgebracht und den Killer auch? Und der Täter fuhr danach weg?«

Bohannon nickt. »Was Steve Belcher außen vor lässt.«

»Wie denn?«, fragt Gerard. »Sein Campingbus stand nur ein paar Meter von dem Opfer entfernt. Warum soll ihn Belcher nicht aus der Stadt hochgebracht haben zu irgendeinem Treffen? Das lief nicht so gut, Belcher verlor die

Beherrschung und erschoss ihn? Er hat ein ungezügeltes Temperament, Hack, das musst du zugeben.«

»Vielleicht, aber er ist nur ein wenig verrückt. Er würde die Leiche doch nicht dort liegen lassen. Er würde sie anderswo hinbringen. Komm, Phil.«

Gerard gibt einen skeptischen Laut von sich, nimmt seinen Helm und steht auf. »Wir werden ja sehen, was in dem Camper zum Vorschein kommt.«

Bohannon starrt ihn an. »Du hast den Bus gefunden?«

»Er war nicht schwer zu finden«, sagt Gerard. »Er war noch nicht in Fresno, als unsere Leute ihn einholten.«

Bohannon macht die Lampe in der Mitte des Tisches an. Draußen gibt es noch ein wenig Tageslicht, aber die Küche bekommt nicht viel davon ab. Die Lampe ist eine alte Kerosinlaterne, die für Elektrizität ausgerüstet und rot emailliert ist. Linda hatte diese Idee gehabt – seine Frau, die schon lange in einer privaten Nervenklinik ist, gleich jenseits der Hügelkette, und anscheinend für immer dort bleiben wird. Gerard geht zur offenen Tür.

Bohannon sagt: »Du wirst den Wagen des Toten irgendwo im Canyon finden – einen Mercedes, BMW oder Jaguar –, in einem Graben zurückgelassen; die Fingerabdrücke werden abgewischt sein.«

»Ich weiß schon, wie ich meinen Job zu machen habe«, sagt Gerard und stößt die Fliegengittertür auf.

Bohannon ruft ihm nach: »Ach, und such einen Jungen namens Kelly. Warte einen Moment.« Er geht zum Büfett und nimmt ein Blatt Papier aus einer Schublade. Er setzt die Brille wieder auf und beäugt den Zettel. »Kelly Larkin. Stammt aus San Bernardino. Jockey-Größe, rasierter Kopf, Tätowierungen. Wahrscheinlich ist er zu Fuß unterwegs, er hat jedenfalls kein Auto. Er war mein Stallbursche – bis er heute in aller Herrgottsfrüh davonlief. Vielleicht war das ja etwa zur gleichen Zeit, zu der der Mann in dem teuren Anzug erschossen wurde.«

»Wir haben den Verrückten, der diesen Mann erschossen hat«, sagt Gerard, »und du weißt es. Auf Steve Belcher wartet schon seit Jahren eine Katastrophe. Du hast dich immer auf seine Seite gestellt, mach jetzt nicht wieder diesen Fehler. Du steckst schon ziemlich tief drin, weil du ihn heute Morgen hast entkommen lassen.«

»Was hätte ich denn tun sollen? Er hatte eine Pistole, ich nicht. Er hatte ein Auto, ich nicht.«

»Stimmt. Also, warum gibst du nicht einfach zu, dass du dort warst? So wie du dich verhalten hast, kann man sich alles Mögliche denken.«

»Das machen die Leute sowieso.« Bohannon geht zur Tür hinaus und schaut zu, wie Gerard über diese Veranda zu seinem braunen Streifenwagen geht. Er ruft ihm nach:»Hast du da oben die Kugel gefunden? Es war ein glatter Durchschuss.«

»Noch nicht«, ruft Gerard, »aber wir werden sie finden. Mach dir keine Hoffnungen.« Er lässt den Motor an, knallt die Tür zu und fährt weg.

Bohannon kann es nicht verstehen. Er geht aus seinem Schlafzimmer und den Flur entlang in die Küche, immer dem Duft von Schinken und Kaffee nach. Die Haare nass von der Dusche, steht er barfuß in Jeans und T-Shirt da, und blinzelt im Licht der Lampe. Es ist noch nicht hell. Die alte Schulzimmeruhr an der Küchenwand zeigt zehn nach fünf. Und neben dem riesigen Herd aus Nickel und

Porzellan steht T. Hodges, die schlanke, dunkle junge Stellvertreterin des Sheriffs, die Bohannons beste Freundin ist. Sie schlägt Eier in eine Porzellanschüssel mit indianischen Mustern und wirft ihm ein Lächeln zu. »Guten Morgen.«

»Ich sag's ja! Was ist der Anlass?«

»Der Lieutenant hat mir gesagt, dass Kelly gegangen ist«, erklärt sie. Ein Krug Orangensaft steht auf der Anrichte. Sie schenkt ihm ein Glas ein und hält es ihm hin. Er schleppt sich zu ihr und nimmt es. »Dass du hier versuchst, alles allein zu machen – die Arbeit von Stubbs, Rivera und deine eigene.«

Bohannon nickt und trinkt etwas Orangensaft. »Stimmt, aber ...«

»Also hab ich mir gedacht, ich könnte dir wenigstens Frühstück machen«, meint sie.

»Das ist sehr nett von dir. Ist aber ziemlich früh für dich.« Er stellt das Saftglas auf den Tisch und geht zum Herd, nimmt den alten, blau gefleckten Emailletopf vom hinteren Brenner und gießt sich einen Becher Kaffee ein. »Soll ich für dich auch was einschenken?«

»Noch nicht, danke. Setz dich und trink erst mal.« Sie dreht und wendet eine Eisenpfanne im Licht, um sie zu prüfen, findet sie annehmbar sauber, stellt sie auf den Herd und schneidet Butter hinein. »Es gibt Neuigkeiten. Der Name des toten Mannes lautet Lubowitz, Cedric. Ein Börsenmakler. Alter: fünfundsechzig. Seit kurzem verwitwet.«

Bohannon zündet sich eine Zigarette an und blinzelt sie durch das Licht der Tischlampe an. »Wie haben sie das alles rausgekriegt?«

»Sein Bild war in den Nachrichten«, sagt T. Hodges. »Anscheinend ist er hier und da in der ›Woche der Wall Street‹ aufgetaucht.«

»In deiner Abteilung schaut niemand ›Woche der Wall Street‹ an?«

Sie lacht. »Stell dir das mal vor«, erwidert sie.

»Und was machte er im Rodd Canyon? Was wollte er überhaupt in dieser Gegend? Hier gibt es nur Rinder, keine Aktien.«

»Und er handelte ohnehin nicht mit Waren«, fügt T. Hodges hinzu.

Der Kaffee ist heiß und stark. Er gibt Sahne hinein. »Und Belcher. Kannte Belcher ihn?«

»Belcher schaut sich noch viel weniger ›Die Woche der Wall Street‹ an als Gerard.« Sie bringt einen Teller mit Schinken, Eiern und gerösteten Kartoffeln und stellt ihn vor Bohannon. »Hau rein.«

»Und was ist mir dir?«, fragt er.

»Meines ist gleich fertig«, erklärt sie. Eine Minute später sitzt sie ihm gegenüber. Jetzt steht auch ein Stapel Toast auf dem Tisch. Sie legt sich eine Baumwollserviette auf den Schoß, nimmt ihre Gabel und sieht ihn an – sehr ernst. »Hack, du kannst nicht zulassen, dass Gerard das Steve Belcher antut. Er ist das sanfteste, traurigste Geschöpf der Welt, aber alle sind bereit, das Schlimmste zu glauben, das weißt du.«

Bohannon häuft Guaven-Gelee auf eine Toastscheibe. »Das tut Belcher auch. Ich kann nichts dagegen tun. Er wäre besser dran, wenn er nicht einfach …«

»Er hat diesen Mann nicht umgebracht«, stößt T. Hodges hervor.

»Das glaube ich auch nicht«, sagt Bohannon. »Aber ich bin nicht das Gericht.«

»Du meinst, du lässt das einfach so geschehen? Du lehnst dich einfach zurück und ...«

»Teresa«, sagt Bohannon sanft. »Du hast mir bereits gesagt, dass ich versuche, hier die Arbeit von dreien zu machen. Ich lebe davon. Ich kann nicht mehr Detektiv spielen, selbst wenn ich die Energie dazu hätte, aber ich habe keine Zeit dafür.«

»Ich mache die Laufarbeit für dich«, bietet sie ihm an. »Du sagst mir einfach, was getan werden muss, und ich tu es. Kelly. Gerard sagt, du glaubst, Kelly könnte es getan haben. Ich finde ihn und bringe ihn her.«

»Du hast einen Job, Liebes«, gibt Bohannon zu bedenken. »Acht Stunden am Tag und manchmal auch mehr. Jedenfalls wird Gerard nicht zulassen, dass du in dem Fall gegen ihn arbeitest, hinter seinem Rücken. Schlag dir das aus dem Kopf.« Sie setzt zum Widerspruch an, aber er kommt ihr zuvor: »Iss dein Frühstück, Mädel, und hör auf deinen alten Mann. Jeden Tag passieren eine ganze Menge Sachen, die mindestens so ungerecht sind wie das, was Steve Belcher gerade erlebt. Auf der ganzen Welt. Wir können es nicht verhindern, egal, wie sehr wir es uns wünschen.«

»Ach, Blödsinn«, widerspricht sie. »Also wirklich, Hack. ›Alter Mann‹, was du nicht sagst! Noch mal: Du verrätst mir, wohin ich gehen soll, wonach ich suchen soll, mit wem ich reden soll, und ich mache es. Ja, ich hab einen Job, aber ich habe daneben auch noch eine Menge Zeit. Außerdem ist Gerard ein Sexist. Er gibt mir nie einen eigenen Fall. Das Äußerste ist, dass ich verschwundenen Kindern nachspüren darf. Ein Fall wie dieser ist Männerarbeit, stimmt's?«

»So ist Phil eben«, knurrt Bohannon. »Das ist besseres Rösti, als Stubbs jemals gemacht hat. Was ist dein Geheimnis?«

»Die Kartoffeln vorher nicht kochen. Roh raspeln.« Sie schüttelt ungeduldig den Kopf. »Lenk nicht vom Thema ab, zum Kuckuck. Hack, Fred May sagt, es ist hoffnungslos, er kann ohne dich nicht gewinnen.«

May ist der örtliche Pflichtverteidiger – ab und zu, wenn hier in der Gegend einmal ein Pflichtverteidiger gebraucht wird. Er ist dick und liebenswürdig, widmet den größten Teil seiner Zeit seiner Frau und den Kindern und dem Schutz der Wale, der Wölfe und der Wildnis. Bohannon hat schon oft als sein Ermittler fungiert.

»Schau mich nicht so an«, sagt er. »Ich kann es nicht machen, Teresa. Ich habe Pferde, um die ich mich kümmern muss. Sie können sich nicht gegenseitig das Futter austeilen oder selbst den Stall ausmisten, das weißt du. Sei vernünftig.«

»›Vernunft‹ wird Steve Belcher nicht retten.« Tränen stehen in ihren Augen. »Die Stadt kann es nicht erwarten, ihn loszuwerden, das weißt du doch.«

»Und ich kann sie nicht daran hindern.« Bohannon steht auf, nimmt seinen Teller und den ihren – sie hat noch kaum etwas gegessen – und trägt sie zur Spüle. Er bringt die Kaffeekanne und füllt noch einmal ihre Tassen. Seine ganze Haltung verrät Widerwillen, als er sich hinsetzt. »Was, zum Teufel, hat Cedric Lubowitz hier überhaupt gesucht?«

»Das habe ich mir gedacht, dass Sie das wissen wollen«,

sagt eine scharfe Stimme von der Tür her. Im Türrahmen steht Belle Hesseltine, im Rücken das erste schwache Licht des Sonnenaufgangs. Sie ist Ärztin und zog vor vielen Jahren nach Madrone, um sich zur Ruhe zu setzen, aber inzwischen mehr beschäftigt als je zuvor. Ein mageres, zähes, altes Mädchen, und sie ist für viele die größte Stütze – sie vermittelt Hoffnung und Mut und Anteilnahme. Auch für Bohannon. »Ich kam bei der Außenstelle vorbei, um es dem Lieutenant zu sagen, aber er ist noch nicht da.« Sie geht zum Tisch, zieht einen Stuhl hervor, setzt sich und sieht T. Hodges an. »Sie waren auch nicht da.« Ihre Schultertasche stellt sie auf den Boden. »Also dachte ich mir, dass Sie der richtige Ansprechpartner wären, Hack.«

»Nun, da täuschen Sie sich«, sagt Bohannon. »Aber ich freu mich trotzdem, Sie zu sehen. Kaffee?«

»Ich mach das«, sagt T. Hodges, springt auf und holt die Kanne. »Bringen Sie ihm bei, dass er dem armen Steve Belcher helfen muss.«

Belle Hesseltine sieht Bohannon kritisch an. »Beibringen? Was heißt das? Haben Sie nicht vor …? Aber der Mann ist erledigt, wenn sich nicht jemand dazwischen stellt. Er hat keine Chance. Allein kommt er nicht klar. Er kriegt seine Gedanken gar nicht zusammen. Er kann sich nicht wehren. Hack, ich bin schockiert.«

»Belle, ich sitz hier fest. Ich muss diesen Laden allein am Laufen halten. Sobald der Arbeitstag vorbei ist, kann ich nur noch schlafen.«

Belle sieht zu, wie T. Hodges einen Kaffeebecher für sie hinstellt. »Was ist aus meinem tätowierten Engel geworden?«

»Kelly? Hat gestern Früh die Flügel ausgebreitet und ist weggeflogen. Ich hab Gerard gesagt, es könnte zur selben Zeit gewesen sein, als Lubowitz erschossen wurde. Phil sieht aber keine Verbindung. So wie ich ihn kenne, macht er sich nicht mal die Mühe, das zu untersuchen.« Es ist riskant, und er weiß es auch, aber er zündet sich trotzdem eine Zigarette an. Die alte Frau funkelt ihn missbilligend an, aber diesmal schimpft sie ihn nicht aus. Und er fragt: »Also … was für eine Verbindung hatte Lubowitz zu unserer kleinen Stadt?«

»Seine Schwägerin«, sagt Belle und nippt an dem Kaffee. »Aah!« Sie hält den dampfenden Becher einen Moment lang voll Bewunderung hoch und stellt ihn dann mit einem bedauernden Kopfschütteln wieder ab. »Wie kommt es nur, dass alles, was so gut schmeckt, so schlecht für uns ist?«

»Schwägerin?«, wundert sich T. Hodges.

»Mary Beth Madison.« Belle Hesseltine beugt sich über den Tisch und sieht ganz gierig aus. »Ist das Guaven-Gelee von George Stubbs? Hack, schieben Sie mir diesen Toast und die Butter rüber. Dieser tolle alte Mann machte absolut verboten köstliche Marmeladen …« Sie schnappt sich Hacks Messer und stürzt sich auf Toast und Gelee, als ob ihretwegen die Erde ihre Drehung ausgesetzt hätte. Als ihr Mund voll gestopft ist und ihr Gebiss fröhlich klappert, sie sich die Finger leckt und Kaffee schlürft, bemerkt sie schließlich die angespannten Gesichter der anderen beiden und versucht zu schlucken, damit sie sprechen kann. Sie stellt den Kaffeebecher ab. »Sehr gute Familie aus Pasadena. Cedric Lubowitz heiratete Mary Beth' ältere Schwester Rose. Es gab einen Skandal, und man sprach davon, Rose zu enterben, weil sie einen Juden geheiratet hatte, aber das legte sich wieder.«

Ein Mundwinkel der alten Frau zuckt.

»Schließlich waren sie Lubowitz' Nachbarn, und ihr Haus war genauso prächtig. Die Mädchen und der junge Cedric hatten ihre Kindheit zusammen verbracht und standen sich sehr nahe. Ich habe außerdem den Verdacht, dass ein finanzieller Rat seitens der Familie Lubowitz geholfen hatte, das Vermögen der Madisons zu stabilisieren, denn es hatte gewackelt. Henry Madison III. war mit seinem Erbe nicht klug umgegangen. Zu seinen unbedeutenderen Torheiten hatte es gehört, dass er in Madrone und Settlers Cove Land gekauft hatte, das zu der damaligen Zeit wertlos gewesen war. So kam es, dass Mary Beth sich hier niederließ. Und« – sie sieht einen nach dem anderen an – »es war auch der Grund dafür, dass ich mich hier zur Ruhe setzte. Mein Vater war der Hausarzt der Familie Madison und hatte ein Grundstück hier oben als Kompensation für eine Rechnung angenommen, als die Zeiten schlecht waren.«

»Und daher wissen Sie auch all diese interessanten Einzelheiten«, staunt T. Hodges. »Aber lebt nicht Miss Mary Beth Madison mit Dr. Dolores Combs zusammen? Kammermusik? Canyon Mozart Festival? Die Woche mit Greogorianischem Gesang in der alten Missionsstation?«

Belle Hesseltine nickt. »Und auch noch vieles andere. Ja, das ist Dolores. Es ist schwer zu glauben, dass sie in ihrer Jugend kaum mehr als ein Findelkind war, nicht?«

T. Hodges bleibt der Mund offen stehen. »Machen Sie Witze?«

»Die Madison-Mädchen schlossen sie ins Herz, brachten sie eines Tages aus dem Park mit nach Hause, und danach war sie fast ständig im Hause Madison. Die Familie akzeptierte sie schnell, denn was ihr an Herkunft und Bildung fehlte, machte sie durch Intelligenz und Talent wett.«

Bohannon sagt: »Heutzutage gibt sie eine ziemlich gute Figur ab.«

Belle Hesseltine lächelt. »Ihre Angehörigen waren arm und ungebildet, der Vater trank. Sie hatten keine Ahnung, dass sie ein musikalisches Wunderkind in der Familie hatten. Es waren die Madisons, die ihr ein Klavier kauften, ihr Unterricht geben ließen und sie auf die Universität schickten.«

»Und als für Cedric Lubowitz die Zeit reif war, zu heiraten«, sagt T. Hodges, »und er Rose wählte, kämpften sich Dolores Combs und Mary Beth Madison allein weiter?«

Bohannon lacht.

Sie zieht die Stirn in Falten und sieht ihn erschrocken an. »Was ist daran lustig?«

»Du hast mir nie verraten, dass du Liebesgeschichten magst«, grinst er.

»Na, das tu ich ja auch nicht«, protestiert sie. »Aber hier geht es um einen Mordfall, Hack. Das steht genauso in unserem Ausbildungshandbuch. In jedem Mordfall ist die wichtigste Person das Opfer. Und der am ehesten in Frage kommende Täter ist jemand, den das Opfer gut kannte. Stimmt's?«

»Für mich klingt das mehr nach Agatha Christie«, sagt Bohannon.

»Nun …«, Belle Hesseltine hebt ihre große, knochige Gestalt vom Stuhl und nimmt ihre Schultertasche auf. »Ich muss Patienten besuchen.«

»Warten Sie«, sagt Bohannon. »War Cedric Lubowitz hier oben, um Mary Beth zu besuchen – ist es das, was Sie mir sagen wollten?«

»Ach, das nehme ich eigentlich nicht da. Ihm gehörte eines dieser Grundstücke, die sein Schwiegervater vor so langer Zeit gekauft hatte«, sagt die alte Ärztin. »Vielleicht hatte er geplant, darauf zu bauen und sich niederzulassen, um hier seinen Lebensabend in Ruhe zu verbringen. Ha! Darüber hätte ich ihm was erzählen können, nicht wahr?« Sie öffnet die Fliegentür und schaut zurück. Vielleicht macht sie nur Spaß, denn sie sieht T. Hodges an. »Andererseits – nachdem er die geliebte und hübsche Rose verloren hatte, war er vielleicht einsam und kam, um seine Bekanntschaft mit Mary Beth aufzufrischen, die genauso hübsch ist. Ich denke, wenn Sie Liebesgeschichten mögen, dann können Sie das ruhig glauben.«

Und mit bellendem Gelächter marschiert sie davon.

So müde er auch ist, er will Stubbs besuchen. Es ist eine lange Fahrt nach San Luis, aber er hat schon den gestrigen Abend ausgelassen, und noch einer wäre nicht nett. Der alte Mann ist verdammt einsam, außerdem vermisst ihn Bohannon. Wenn es nichts zu reden gibt, dann spielen sie Schach oder sehen sich im Fernsehen Pferderennen oder Bullenreiten an. Heute ist Steve Belcher das Gesprächsthema, und Cedric Lubowitz. Stubbs betrachtet Bohannon aus seinem schmalen Bett heraus, in dem er gegen die Kissen gelehnt sitzt, mit seinen Utensilien zum Zeichnen neben sich auf der ausgewaschenen Patchworkdecke. Wenn die Schmerzen nicht zu stark sind, kann er immer noch zeichnen.

Vorwurfsvoll fragt er:

»Du hilfst ihm nicht?«

»Mein Stallbursche ist weg. Keine Zeit, George.«

»Ach, Kelly«, knurrt Stubbs. »Ja, ich weiß. Er kam gestern sehr früh hier vorbei. Bittet mich, es dir zu sagen. Er musste nach Hause. Die Mutter braucht ihn. Sie wollen sie aus der Wohnwagensiedlung hinausdrängen. Sie hatte Streit mit ihrem Freund.«

»Er hätte einen Zettel hinterlassen können«, meint Bohannon.

»Er hatte kein Schreibzeug«, erwidert Stubbs, »und kein Papier.«

»Auf dem Küchentisch«, sagt Bohannon. »Er wusste es, wusste auch, wo ich schlafe. Er hätte mich aufwecken und es mir sagen können. Dich hat er ja auch aufgeweckt.«

Stubbs winkt mit seiner knorrigen Hand ab. »Er musste mich sprechen. Er hatte eine meiner Zeichnungen, hatte sie von der Wand der Sattelkammer genommen, weil er sie für sein Zimmer zu Hause wollte. Er wollte sie nicht stehlen, bot mir fünf Dollar dafür an. Ich gab ihm die Zeichnung.«

»Wie ist er so früh hier reingekommen?«

»Es war warm.« Stubbs zeigt mit dem Kopf zum Fenster. »Da kam er rein.«

Bohannon fragt: »Von dem Mord hat er nichts erzählt, oder?«

Stubbs zieht die Stirn in Falten. »Wie hätte er davon wissen sollen?«

»Ich frag ja nur«, meint Bohannon.

Stubbs blinzelt ihn überrascht an. »Du glaubst doch nicht, er hätte diesen Lubo ... soundso umgebracht? Warum?«

»Das würde ich ihn gerne fragen«, sagt Bohannon.

»Er hätte eine Pistole dazu gebraucht«, gibt Stubbs zu bedenken. »Wo hätte er die her?«

»Es war eine automatische Browning. Ich weiß nicht. Irgendjemand hat eine in die Hand bekommen – und nach den Schüssen weggeworfen.«

»Und Belcher hat sie nur aufgehoben?«, fragt Stubbs.

»Das ist seine Version der Geschichte, und ich glaube nicht, dass sie Papiere für die Waffe finden. Sie wurde höchstwahrscheinlich auf der Straße gekauft. Und die Tätowierungen deuten an, dass Kelly die Straße kennt.«

»Ist der Bericht der ballistischen Untersuchung schon da?« Stubbs hat die buschigen, weißen Augenbrauen hochgezogen. »Wissen sie, dass es die Browning war?«

Bohannon schüttelt den Kopf. »Sie können die Kugel nicht finden. Aber ein Paraffintest besagt, dass Belcher vor kurzem mit der Waffe geschossen hat.«

»Oh, Mist«, meint Stubbs.

»Er sagte Gerard, dass er einen Herumtreiber verscheuchen wollte«, erläutert Bohannon, »aber mir gegenüber hatte er zuvor behauptet, dass er sie nicht abgefeuert hatte.«

»Siehst du nun, warum du dich ranmachen und ihm helfen musst?«, fragt Stubbs. »Dieser Narr ist sich selbst der größte Feind. Das war schon immer so.«

»Nicht immer«, widerspricht Bohannon. »Früher mal war Onkel Sam sein größter Feind.«

»Wart mal.« Stubbs massiert nachdenklich seine weißen Bartstoppeln. »Konnte der Herumtreiber vielleicht Kelly gewesen sein?«

Bohannon blinzelt überrascht. »Menschenskind! Guter Gedanke, George. Warum nicht?«

Er biegt in den Hof der Ranch ein und sieht im Scheinwerferlicht einen braunen Streifenwagen, auf dem die Lichter blinken. Zwei Türen stehen offen, daneben ringen zwei Menschen. Er fährt nahe an sie heran. Die eine ist T. Hodges, deren Helm auf dem Boden liegt, der andere ist Kelly Larkin. Er schubst T. Hodges, so dass sie rückwärts hinfällt. Er dreht sich um und rennt direkt auf Bohannons Lieferwagen zu. Von einem Handgelenk baumelt ein Paar Handschellen, die im Licht glänzen. Sein Hemd ist am Rücken zerrissen, rutscht über seine Schultern herunter und bringt seine Tätowierungen zum Vorschein. Bohannon tritt heftig auf die Bremsen, springt mit einem Brüllen aus dem Auto und greift sich den Jungen. Der windet sich und schlägt mit der Handschellenfaust um sich – Bohannons Hut fliegt zu Boden.

»Hör auf«, befiehlt er. »Zum Teufel, bleib stehen, Kelly.«

»Ach, lass mich los«, keucht der Junge. »Ich hab nichts getan.«

»Dann schlag auch nicht um dich«, erwidert Bohannon. »Na also, schon besser.« Er ruft T. Hodges zu, die von seinen Scheinwerfern beleuchtet wird. »Alles in Ordnung?«

»Kelly ...«, stößt sie mit bedrohlicher Stimme hervor und kommt auf die beiden zu.

»Es tut mir Leid«, sagt der Junge schuldbewusst.

»Das hoffe ich.« Mit dem Ärmel wischt sie den Staub von ihrem Helm. »Ich war dabei, ihm die Handschellen abzunehmen. Ich sagte ihm, ich würde ihm vertrauen, und du siehst, was passiert ist.«

»Wir legen sie ihm einfach wieder an«, sagt Bohannon und lässt die zweite Handschelle um Kellys anderes Handgelenk zuschnappen. »So.« Er hebt seinen Hut auf. »Jetzt gehen wir in die Küche, setzen uns hin, trinken Kaffee und reden zivilisiert darüber, in Ordnung?«

»Ich hab nichts zu sagen«, protestiert Kelly, während er in Bohannons festem Griff vorwärts stolpert. »Das ist verrückt.«

Sie gehen über die lange, überdachte Veranda des Ranchhauses. Bohannon schaut T. Hodges an, über Kellys Kopf hinweg. »Ist es verrückt?«

»Ich glaube nicht«, meint sie, »nicht, wenn man bedenkt, dass sein Familienname nicht Larkin lautet ...«

»Aber ich könnte so heißen«, wendet Kelly ein. »Das war der Name meiner Mutter.«

Bohannon öffnet die Fliegentür zur Küche, sie gehen hinein, und er hängt seinen Hut auf. Die Lampe auf dem Tisch glüht. »Du heißt Belcher, stimmt's?«

Kelly starrt ihn an. »Woher weißt du das?«

»Setz dich.« Bohannon geht zum Herd und nimmt die blaugesprenkelte Kaffeekanne, aber T. Hodges nimmt sie ihm aus der Hand. »Ich mach das«, sagt sie, »sprich du mit ihm.«

»Das hier wird dir Schwierigkeiten mit Gerard einhandeln«, meint er.

»Um Gerard kümmern wir uns später«, beschwichtigt sie ihn.

Bohannon lässt sich auf einen Stuhl am Tisch fallen, und während er sich eine Zigarette anzündet, betrachtet er eingehend den trotzigen Burschen. »Du bist nicht zufällig bei mir vorbeigekommen, auf der Suche nach Arbeit. Du hattest herausgefunden, dass dein Vater hier ist, und du wolltest ihn sehen, mit ihm sprechen.«

»Er ging weg, als ich vier war«, erklärt Kelly. »Er hat einfach meine Mom und mich im Stich gelassen – hat sie verprügelt, ging weg und kam nie mehr zurück.«

»Und das hat deiner Mutter das Herz gebrochen?«, fragt Bohannon.

»Das nicht gerade. Sie hat es nicht mehr ausgehalten. Er war durch den Krieg so durcheinander und außer sich – all das Töten und Sterben, diese Albträume, er schrie und versteckte sich …« Tränen schimmern in Kellys Augen, er senkt den Kopf, schnieft laut und wischt sich die Nase mit dem Handrücken. »Er konnte nichts dafür, das wusste ich. Sie wusste es auch, aber er wollte sich nicht helfen lassen. Die Veteranen haben Anrecht auf Hilfe, und er bekam auch Therapie, bevor sie heirateten, aber dann war er glücklich, und eine Zeit lang ging es gut. Aber die Zustände kamen wieder, weißt du! Es fing alles noch mal von vorn an. Er konnte keinen Arbeitsplatz behalten, er trank ständig, warf Sachen durch die Gegend und machte aus allem Kleinholz, schlug sie …« Dem Junge versagt die Stimme, er schüttelt den Kopf und schaut zu Boden.

»Und du bist gekommen, um ihn zum Heimkommen zu überreden?«, fragt Bohannon.

Der Bursche nickt und hebt sein vor Tränen glänzendes Gesicht. »Es ist Jahre her, und sie braucht ihn. Sie hat ständig neue Männer, die alle nichts taugen. Straßenkerle. Sie ist Kellnerin, arbeitet schwer – sie nehmen nur ihr Geld, liegen rum und glotzen den ganzen Tag in den Fernseher.«

»Du glaubst, er ist jetzt kuriert?« T. Hodges bringt Kaffeebecher und stellt sie den beiden Männern hin. »Kelly, er arbeitet nicht. Er lebt von seiner Versehrtenrente.«

»Ja.« Kelly nimmt seinen Kaffeebecher »Und er hasst alles und jeden.«

»Hast du mit ihm gesprochen?«, fragt Bohannon.

Kelly zieht eine Grimasse. »Er war nicht erfreut, mich zu sehen. Es war kein gutes Gespräch, ganz und gar nicht das, was ich erwartet hatte.«

»Was du dir erträumt hattest, meinst du.« T. Hodges setzt sich mit ihrer eigenen Tasse an den Tisch. »Kelly, manche Dinge sollen einfach nicht sein.«

Kelly bläst den Dampf von seinem Kaffee und probiert ihn vorsichtig: »Ich wollte nicht aufgeben. Ich wollte ihn zurückbringen, ich hatte es meiner Mutter versprochen, wollte ihn mitnehmen, und es wäre wieder wie in den Siebzigern, wir wären wieder eine Familie. Wir hatten gute Zeiten. Damals war er in Ordnung. Stabil. Sogar heiter. Ein guter Dad. Ich hab ihn wirklich vermisst. Zwanzig Jahre sind eine lange Zeit.«

»Allerdings«, stimmt Bohannon zu. »Du hast also noch mal versucht, mit ihm zu sprechen?«

»Drei-, viermal. Er verscheuchte mich, sagte, ich solle ihn, verdammt noch mal, allein lassen.«

T. Hodges hat das schon lange Zeit nicht mehr gemacht, aber jetzt greift sie nach Bohannons Packung Camels auf dem Tisch und zündet sich eine an. Durch die langsam um die Lampe ziehenden Rauchschwaden sagt sie: »Und vorletzte Nacht?«

»Da konnte ich nicht schlafen. Im Geiste stritt ich immer weiter mit ihm. Ja, ich bin dort hochgegangen.« Kelly schaut weder sie noch Bohannon an. Seine Stimme ist fast zu leise, um verstanden zu werden. »Er hat auf mich geschossen.«

»Bist du sicher, dass er dich gesehen hat, dass er wusste, auf wen er da schießt?«

»Na, zum Teufel, wie soll ich das wissen?«, erwidert Kelly. »Glauben Sie vielleicht, ich bin dageblieben, um es herauszufinden? Er hatte eine Waffe, und ich hab mich verdrückt. Du weißt gar nicht, wie schnell du rennen kannst, bis jemand auf dich schießt.«

»M-hm«, murmelt Bohannon. »Und worüber bist du gestolpert?«

»Was?« Kelly setzt sich mit aufgerissenen Augen ganz gerade hin. »Was?«

»Du bist aus Angst davongerannt, und du hast nicht aufgepasst, wohin du getreten bist, und weiter unten auf der Straße bist du über die Leiche eines Mannes gestolpert.«

»Mist«, sagt Kelly, »woher weißt du das?«

»Deine Hände sind aufgeschürft und schorfig, weil du auf Asphalt gefallen bist«, erklärt Bohannon.

»Und ich fürchte«, fügt T. Hodges hinzu, »dir ging der Gedanke durch den Kopf, dass dein Vater diesen Mann erschossen haben könnte und dass er sich in diesen zwanzig Jahren mehr verändert hatte, als du dir vorstellen konntest, und plötzlich hattest du ziemlich Angst vor ihm.«

»… und wolltest nicht mehr in seiner Nähe bleiben«, ergänzt Bohannon. »Du nahmst die Beine in die Hand. Deshalb hast du dir nicht mal mehr die Zeit genommen, mir einen Zettel zu schreiben.«

»Ich hab Stubbs noch besucht«, verteidigt sich Kelly.

»Ja, hundert Kilometer weiter«, stimmt Bohannon zu. »Und George hat es nicht gerade als einen langen Besuch beschrieben.«

»Was werden sie mit meinem Dad machen?«, fragt Kelly besorgt.

»Du liebst ihn trotz allem«, staunt T. Hodges.

»Mach dir keine Sorgen um ihn«, meint Bohannon. »Ich glaube nicht, dass er den Mann erschossen hat, aber es würde helfen, wenn ich wüsste, wer es getan hat.«

T. Hodges drückt ihre Zigarette aus. »Du hast niemanden hier in der Gegend gesehen? Vielleicht ein teures Auto?«

Kelly lacht, aber es klingt hohl. »Ich hab solche Angst gehabt, dass ich überhaupt nichts gesehen habe. Mensch, ich war da draußen, ich meine, ich bin um mein Leben gelaufen.« Sie beobachten ihn ohne Kommentar, er hält inne, blinzelt ernst vor sich hin. »Moment. Nein. Sie haben Recht, da war ein Auto. Auf der anderen Straßenseite. Ein Mercedes. Auch noch falsch geparkt.«

»Kein Fahrer?«, fragt Bohannon.

»Nicht dass ich wüsste.« Kelly wird blass. »Du meinst den Mörder?«

»Ich meine den Mörder«, bestätigt Bohannon.

Lange Zeit hatte er kein Telefon neben dem Bett gewollt, aber als Stubbs schließlich einen Rollstuhl brauchte, war es gut, eines zu haben, als Wechselsprechanlage in Notfällen. Nachdem Stubbs ins Pflegeheim gegangen war, hatte Bohannon das Telefon neben dem Bett einfach nicht mehr abgeschafft. Und jetzt klingelt es. Früher Morgen. Er hat verschlafen. Er stöhnt, tappt umher, bekommt den Hörer zu fassen und murmelt »Bohannon« hinein.

»Die Waffe war das stolze Eigentum des Gestorbenen«, verkündet Gerard, »Cedric Lubowitz. Aber die einzigen Fingerabdrücke darauf gehörten Steve Belcher.«

»Die gute und die schlechte Nachricht in einem Paket?«, krächzt Bohannon.

»Nein, die schlechte Nachricht ist, dass ich alles über Teresas Aktivitäten gestern Abend weiß, und sie hat frei, bis dieser Fall abgeschlossen ist. Ich halte Kelly für mindestens zweiundsiebzig Stunden fest. Die Herkunft der Waffe deutet darauf hin, dass er der Täter sein könnte. Motiv: Raub. Die Brieftasche des Opfers ist noch nicht aufgetaucht.«

»Hat Kelly Geld bei sich?«

»Nicht viel«, meint Gerard, »du solltest deine Helfer besser bezahlen.«

»Ich hätte gedacht, ein Mann wie Lubowitz würde ein paar hundert Dollar in bar mit sich rumtragen.« Bohannon wirft die Decken beiseite und setzt sich auf die Bettkante. »Also, wenn du die Brieftasche nicht hast, dann heißt das, sie war nicht in dem Campingbus? Damit ist Steve ohnehin entlastet.« Er greift nach seinem Hemd, das auf einem bemalten mexikanischen Stuhl hängt, und angelt sich eine Zigarette. »Natürlich hast du nachgesehen, ob der Täter irgendwo entlang der Straße die Brieftasche weggeworfen hat.«

»Dafür bezahlen mich die Bürger«, kommentiert Gerard. »Aber mich, nicht dich, Hack. Wirst du dich da jetzt raushalten?«

»Ich versuch es«, meint Bohannon. »Mach dir keine

Sorgen, ich hab keine Zeit. Nicht, wenn mein Stallbursche im Knast sitzt. Und er legt auf.

»Er hat dir nichts vom Auto des Mannes erzählt?«, fragt T. Hodges. Sie steht wieder am Herd, um ihm das Frühstück zu machen. Zuvor hat sie die Boxen ausgemistet, sowie die Pferde gefüttert, getränkt und gestriegelt, während er noch schlief. Jetzt stellt sie Teller mit Schinken und Eiern und gebratenem Maisbrei auf den Tisch. »Sie haben es beim Tides Motel am Strand gefunden, wo er sich einquartiert hatte.«

Bohannon zieht seine Augenbrauen hoch. »Er hatte nicht das Gästezimmer des schönen Hauses seiner Schwägerin und ihre ewigen Freundin Dr. Combs bezogen?« Bohannon fällt über sein Frühstück her. Mit vollem Mund fügt er hinzu: »So viel also zum Motiv der Liebesgeschichte.«

T. Hodges gießt schweigend Sirup auf ihre Maisbreistücke. »Zieh keine voreiligen Schlüsse«, entgegnet sie. »An seinem ersten Abend waren sie alle zusammen zum Dinner bei Brambles. Sehr angenehm. Frischer Lachs, Champagner, viel Gelächter und Witze darüber, wie er Mary Beth mit der Concorde nach Paris entführt. Die Rechnung ging auf seine Kreditkarte.«

Bohannon kaut ein Stück Schinken. »Und danach …?«

»Der Kellner bei Brambles sagt, sie nahmen Mr. Lubowitz danach mit nach Hause zum Dessert und um ein paar neue Mozart-CDs anzuhören. Das Motel sagt, er kam nicht vor Mitternacht zurück.«

»Mozart. Weißt du noch, wie Steve Belcher damals in der Mozart-Arena kampierte?« Das ist ein kleines, natürliches Amphitheater zwischen den Kiefern im Sills Canyon. »Dr. Combs ging ihm deswegen ganz schön an den Kragen.«

T. Hodges lacht. »Sie hatte einige potenzielle Sponsoren des Canyon Mozart Festivals dort hinaufgebracht, damit sie den Ort in all seiner unverdorbenen Schönheit sehen konnten. Sie hatte nicht gerade erwartet, dort das Lager eines Vietnamveteranen vorzufinden. Sie hätte ihn umbringen können.«

»Das meinst du nicht ernst«, gab Bohannon zu bedenken.

Sie fuchtelt abwehrend mit ihrer Gabel. »Nur so 'ne Redensart. Als unser Team den Mercedes von Lubowitz untersuchte, waren keine Fingerabdrücke daran, weder innen noch außen, weder die des Opfers noch sonst welche.«

»Ein sorgfältiger Mörder«, meint Bohannon und nippt an seinem Kaffee. »Jemand, der vorausplant und Handschuhe trägt. An diesem Tötungsfall ist nichts Spontanes, Teresa.« Er setzt seine Tasse ab und zündet sich eine Zigarette an. »Im Motel hat niemand gesehen, wer den Mercedes zurückbrachte?«

Sie schüttelt den Kopf. »Weder die Tagesschicht noch die Nachtschicht, und auch keiner der Gäste, die Vernon zum Befragen finden konnte.«

»Tja«, sagt Bohannon und schaut zu den sonnenerleuchteten Küchenfenstern hinaus. Sie sind geöffnet, der Duft von Salbei und Eukalyptus weht mit einer kühlen Brise herein. Über den Felswänden ist der Himmel strahlend blau. »Gerissen eingefädelt. Ein Kopf, der organisiert, der gewöhnt ist, Leute und Veranstaltungen zu managen.«

»Aber verrückt«, meint sie. »Cedric Lubowitz war ein liebenswürdiger alter Mann.«

»Stimmt.« Bohannon schiebt seinen Stuhl zurück, steht auf, geht zur Tür und bleibt im Rahmen stehen. »Keiner hat mir die Resultate des Gerichtsmediziners gegeben. Nein, sag nichts, lass mich raten. Er wurde aus der Nähe erschossen, stimmt's? Aus nur ein, zwei Meter Entfernung und durch die Brust. Er hat seinem Mörder ins Gesicht gesehen. Sein Mörder war ein Freund.«

»Das muss er wohl geglaubt haben.« T. Hodges räumt die Teller ab und trägt sie zur Spüle. »Geh du los und finde heraus, was du wissen willst«, ruft sie. »Ich kümmere mich hier um alles.«

»An einem Tag wie diesem«, überlegt er, »wird es jede Menge Leute geben, die reiten wollen. Du wirst heute Abend zum Umfallen erschöpft sein.«

»Sei vorsichtig«, sagt sie nur.

Und er nimmt seinen Hut und geht.

Steve Belcher sitzt auf der Pritsche in seiner Zelle und starrt finster vor sich hin. Draußen ächzen riesige alte Eukalyptusbäume im Wind. Der dicke Freddy May steht an der sandfarbenen Löschbetonwand. Bohannon lehnt sich gegen die Gitterstäbe. Weiter vorn spielt jemand leise Mundharmonika. Ein schwieriges Lied. »I'm comin' back, if I go ten thousand miles ...« Eine billige Kaufhausmundharmonika schafft das nicht, aber der Spieler versucht es.

Bohannon wiederholt seine Frage:

»Du sagst, da ist jemand rumgeschlichen, und du hast geschossen, um ihn zu verscheuchen. Wie hat der Kerl ausgesehen, Steve?«

»Woher, zum Teufel, soll ich das wissen? Es war Mitternacht. Kohlrabenschwarz.«

»Groß, klein?«, fragt Bohannon weiter. »Dick, dünn, was hat er angehabt?«

»Ich hab nur gehört, wie er rumgetrampelt ist«, antwortet Belcher.

May sagt mit seiner leisen Stimme: »Es war Kelly, stimmt's? Dein Sohn Kelly?«

»Ach, Mist«, entfährt es Belcher, und er wischt sich mit der Hand von oben nach unten übers Gesicht. »Ist er jetzt auch da reinverwickelt?«

»Seit gestern Abend«, bestätigt Bohannon. »Er ging dort hinauf, und du hast geschossen. Also, das war, nachdem Mr. Lubowitz erschossen wurde, nachdem der Täter die Waffe gegen deinen Campingbus geschleudert hatte.«

Aber Belcher schüttelt den struppigen Kopf. »Das war er nicht. Der da war größer, schwerer. Kellys Kopf ist rasiert, aber der hatte Haare.«

»Das ist alles?«, fragt Bohannon. »Kleidung? Stimme? Irgendetwas sonst?«

»Ist Hals über Kopf durch die Bäume davongestürzt.« Belcher grinst. Seine Zähne sind in einem jämmerlichen Zustand. »Vielleicht war es ein Bär.«

»Du willst uns nicht helfen, dich da rauszuholen? Na gut.« Bohannon seufzt, richtet sich auf, schaut durch die Gitterstäbe. »Vernon?«

Fred May fragt noch: »Und Kelly – willst du ihm auch nicht helfen?«

Ein Wächter mit einer großen Pistole im Halfter an der Hüfte kommt und schließt die Zellentür auf. Bohannon geht hinaus, May folgt ihm. Die Tür schließt sich. Sie folgen der Wache über den Flur.

Und Belcher ruft ihnen nach: »Es könnte eine Frau gewesen sein.«

Bohannon geht zügig weiter, aber er lächelt und meint: »Ah!«

Er tastet sich mit seinem grünen Lieferwagen in einen der schrägen Parkplätze vor dem Drugstore. Zwei schläfrige alte Huskys mit blassen Augen schauen ihn an, als er vorübergeht. Einer von ihnen schnüffelt an seinen Stiefeln. Er tritt in den glänzenden Laden und bleibt stehen, um nach Mrs. Vanderhoop zu suchen. Da hinten ist sie, bei der Rezeptetheke. Als er näher kommt, sieht er, dass sie mit einem kahlköpfigen kleinen Mann spricht, der in dem örtlichen Ensemble Cello spielt. Mrs. Vanderhoop, die Frau des Apothekers, dem der einzige Drugstore in Madrone gehört, ist selbst eine viel beschäftigte Teilzeitmusikerin: sie spielt Klavier. Bohannon erinnert sich jedoch, dass sie früher sang. Sie sieht ihn und lächelt ihn an, entschuldigt sich bei Mister Cello und kommt zu ihm. Sie ist grauhaarig und dünn, trägt meist schlichte Röcke, Navajo-Blusen, indianischen Schmuck.

»Mr. Bohannon?« Ihr Gesichtsausdruck ist besorgt. »Ist es nicht schrecklich? Dieser arme Mann – Liebowitz?«

»Lubowitz«, korrigiert Bohannon. »Hören Sie, Sie können etwas berichtigen, was ich gehört habe. Er kam hierher, um seine Schwägerin Mary Beth zu sehen? Hätte er sie nicht bei der Beerdigung ihrer Schwester, seiner Frau, sehen können?«

»Oh, nein.« Mrs. Vanderhoop schüttelt bestimmt den

Kopf. »Nicht, dass Mary Beth ihre Schwester nicht geliebt hätte – aber Dolores hätte es nicht erlaubt. Sie hatten einen schrecklichen Streit deswegen. Als ich zurückging, weil ich nach einer Probe etwas vergessen hatte, war Mary Beth in Tränen aufgelöst.«

»Das verstehe ich nicht.« Bohannon schiebt seinen Hut in den Nacken. »Ich habe gehört, dass sie in ihrer Jugend alle enge Freunde waren.«

Mrs. Vanderhoops Lächeln ist trüb. »Ja, nun, für einige von uns liegt die Jugend schon ziemlich weit zurück. Nein, sie hatten nichts füreinander übrig ...«

»Aber am Abend vor seinem Tod waren sie noch zusammen beim Dinner«, wendet Bohannon ein. »Sehr freundschaftlich und gut aufgelegt, ist mir gesagt worden. Sie haben über alte Zeiten gelacht.«

»Tatsächlich? Ach.« Mrs. Vanderhoop blinzelt nachdenklich vor sich hin. »Wissen Sie, wenn Sie es nicht wären, der mir das erzählt, Mr. Bohannon, dann würde ich es nicht glauben. Dolores Combs verachtete Mr. Lubowitz. Und als ihre Schwester Rose krank wurde, ließ sie Mary Beth nicht in seine Nähe.«

Bohannon umkreist das Haus, eine großzügige Anlage aus Rotholz mit Fenstern, die auf den Ozean hinausschauen. Es steht allein auf einem Hügel – Land, das einmal Henry Madison III. gehört hatte. Große Kiefern beschatten es. Niemand ist zu sehen. Autos? Die Garagentore sind verschlossen. Er parkt seinen grünen Pickup, steigt aus und schaut die Straße hinunter. Zum Strand kann man zu Fuß gehen, zu Cedric Lubowitz' Motelzimmer ebenso. In zehn Minuten könnte man da sein. Er geht zwischen den Bäu-

91

men hinter dem Haus hinauf, wo er das, was er sucht, findet, und geht darauf zu, in Erwartung irgendeiner Reaktion, falls man ihn sieht. Er sieht und hört nichts. Die Absperrung aus Rotholzbrettern, die er im Auge gehabt hatte, besitzt ein Tor, aber es ist nicht verschlossen. Er betätigt lautlos die Klinke, öffnete das Tor und sieht drinnen, was er erwartet hatte: Mülltonnen. Zwei sind mit Heckenschnittabfällen gefüllt, und ihre Deckel stehen gegen die Umzäunung gelehnt, aber auf der dritten sitzt der Deckel, wo er hingehört. Während sein Herz schnell zu schlagen anfängt, hebt er vorsichtig den Deckel an. In der Tonne findet er einen großen, grünen Plastiksack. Er öffnet den Drahtverschluss, zieht den Sack auf, greift hinein, und eine Stimme hinter ihm fragt:

»Was, zum Teufel, machst du da?«

Er dreht sich um: es ist Gerard. Er schaut streng drein.

Bohannon antwortet: »Schrott sammeln – ist das gegen das Gesetz?«

»Du hast keine Lizenz zum Schrott sammeln«, entgegnet Gerard. »Was du tust, ist Einbruch, Untersuchung von Privateigentum ohne Durchsuchungsbefehl.«

Bohannon zieht einen weißen Strickpullover mit Zopfmuster aus dem Sack und hält ihn hoch. Darauf sind Blutflecken zu sehen. Und als Nächstes eine brandneue Damenjeans, ebenfalls mit Blut bespritzt. »Hundert zu eins«, sagt er zu Gerard, »dass diese Flecken zu Cedric Lubowitz' Blutgruppe passen – und zu seiner DNS.« Er bringt ein paar teure Damenlaufschuhe mit flachen Absätzen zum Vorschein und dreht die Sohlen nach oben. Mit dem Fingernagel holt er Stückchen von Eichen- und Eukalyptusblättern sowie Kiefernnadeln heraus. »Solches Material lag überall um die Leiche herum.« Er schaut Gerard an, dessen Gesicht ausdruckslos ist. »Du sagst also, ich habe das hier zu unzulässigen Beweismitteln gemacht.«

»Das wäre tatsächlich so«, antwortet Gerard, »aber – als ich erfuhr, dass du unterwegs bist, hinter meinem Rücken mit Häftlingen sprichst, im Depot die Reifen von Lubowitz' Auto untersuchst und dich überhaupt wieder wie der alte Spürhund aufführst, habe ich einen Durchsuchungsbefehl besorgt.« Er zieht das gefaltete Papier aus seiner Uniformtasche, schiebt Bohannon zur Seite und wühlt selbst in dem Müllsack. »Die Brieftasche«, verkündet er und hält sie hoch.

»Ist es nicht grässlich, wie Recht ich immer habe?«

Gerard wendet sich dem Haus zu. »Bring das Zeug mit. Nehmen wir sie fest.«

Er drückt auf den Klingelknopf an der breiten Veranda. Die Tür ist mit ansprechender Bleiverglasung umrahmt. Das Motiv sind kalifornische Wildblumen: gelber Mohn, blaue Lupinen, weiße Palmlilien. Plötzlich fliegt die Tür auf, und Dolores Combs steht wütend da, eine grobknochige Frau, das weiße Haar in einem flotten Kurzhaarschnitt. Kunstbeflissene Frauen in Settlers Cove bevorzugen Sweatshirts, aber sie nicht. Eine Hemdbluse aus brauner Schantungseide; maßgeschneiderte Damenhosen; eine Halskette aus Jade, wahrscheinlich von Gump. »Ich habe Sie gewarnt …«, fängt sie an. »Ach, Sie sind es, Lieutenant Gerard. Verzeihen Sie. Ich glaubte, es seien schon wieder Presseleute; sie haben uns unglaublich belastigt.«

»Morgen«, grüßt Gerard. »Wir sind hier wegen des Todes Ihres Freundes Cedric Lubowitz. Dies ist Hack Bohannon, Ermittler für das Büro des Pflichtverteidigers.«

Sie funkelt Bohannon an. »Sie verteidigen dieses Tier Belcher?«

Bohannon berührt zum Gruß die Krempe seines Huts. »Guten Morgen, Ma'am.«

»Gehören Ihnen diese Sachen?« Gerard nimmt Bohannon Pullover, Jeans und Schuhe ab, und hält sie ihr hin. Sie blinzelt und wird blass. »N-nein. Bestimmt nicht. Wo haben Sie das her?«

»Aus Ihren Mülltonnen hinter dem Haus«, erklärt Bohannon.

Sie reagiert indigniert. »Sie hatten kein Recht ...«

»Wir haben einen Durchsuchungsbefehl.« Gerard gibt ihr den Pullover, die Jeans und die Schuhe und zieht das Dokument wieder hervor, faltet es auseinander und hält es hoch, damit sie es lesen kann. »Es betrifft das Haus, das Grundstück und alle weiteren Gebäude darauf.«

Sie beäugt es und scheint ein wenig kleiner zu werden, aber sie fasst sich in einer Sekunde. »Ich habe keine Ahnung, wie diese Sachen hierher kommen. Keine Ahnung.« Sie lässt die Kleider fallen und schnappt sich das Papier, das sie sorgfältig durchliest. Ihr Kopf schnellt hoch. »Harold Willard? Aber ... aber ... Richter Willard ist ein enger Freund von mir. Er ist einer der Hauptsponsoren für ...« Mit einem Ruck gibt sie Gerard das Schriftstück zurück. »Warum unterschreibt er solch einen Befehl? Was für Lügen haben Sie ihm über mich erzählt?«

»Es wird nicht schwer sein, Dr. Combs, zu beweisen, dass das hier Ihre Kleidungsstücke und Ihre Schuhe sind. Und es sind Blutflecken darauf. Wir können die Kleidungsstücke dorthin zurückverfolgen, wo Sie sie gekauft haben. Wir können die Blutflecken mit Mr. Lubowitz in Verbindung bringen und« – er wedelt damit vor ihrer Nase – »die Brieftasche von Mr. Lubowitz.«

»Dolly? Was ist denn los?« Eine kleine Frau in Pink und Weiß erscheint hinter der promovierten Musikerin. Mollig wäre eine angemessene Beschreibung; früher kurvenreich, jetzt eher dicklich. Ihre Stimme klingt wie die eines kleinen Mädchens. »Wer sind diese Männer?« Ihre blauen Augen werden größer. »Was wollen sie? Geht es um unseren lieben Cedric, den armen?«

»Geh rein, Mary Beth, lass mich das machen.«

Mary Beth Madison sieht die Kleidungsstücke. Sie bückt sich und hebt den Pullover auf. »Ach, wo hast du denn den gefunden? Ich habe überall nach ihm gesucht. Ich wollte ihn schon vor Tagen zur Reinigung bringen.« Sie zieht die Luft durch die Zähne ein. »Aber, sieh dir nur diese Flecken an. Also, die waren noch nicht da, als ich …«

Dr. Combs versucht, sie mit Blicken zu töten. »Wirst du still sein?«, herrscht sie sie an. »Musst du ständig vor dich hin plappern?«

Die kleine, rundliche Frau ist verblüfft. »Aber, Dolly, ich wollte doch nur …«

»Kannst du nicht den Mund halten?« Die Combs zittert. »Mary Beth, bitte geh jetzt, sofort. Du machst alles nur noch schlimmer.« Aber Mary Beth steht einfach da, mit dem Pullover in der Hand und völlig verwirrt.

Gerard fragt sie: »Gehört dieser Pullover Dr. Combs?«

»Oh, ja«, nickt Mary Beth. »Handgestrickt. Aus Irland. Wir waren vor zwei Jahren dort.« Sie sieht ihre große Freundin bewundernd an. »Dolly spielte in Dublin ein Orgelrezitativ, in einer schönen, alten Kirche.« Ihre kleinen Hände streicheln den Pullover. Sie schaut ihn wieder an.

»Dolly, was sind das für schreckliche Flecken? Werden die jemals rausgehen?«

Ihre Freundin stößt ein wütendes Knurren aus und schlägt Mary Beth Madison brutal ins Gesicht. Die kleine Frau taumelt rückwärts und hält sich entsetzt ihre brennende Wange.

»Dolly«, japst sie, »du hast mich geschlagen. Was ist denn mit dir los?«

Gerard tritt vor und nimmt die Handschellen von seinem Gürtel. »Dolores Combs, Sie sind verhaftet wegen des Mordes an Cedric Martin Lubowitz.« Er streckt die Hand aus, um sie umzudrehen, aber sie holt auch gegen ihn aus. Er weicht dem Schlag aus, und sie rennt weg, durch ein lang gestrecktes Wohnzimmer, wo ein glänzender Bösendorfer-Flügel im Schein der Bleiverglasung steht. Bohannon verfolgt sie über die orientalischen Teppiche. Sie erreicht die Glastür am anderen Ende des Raumes und zerrt am Türknauf, bevor er sie greifen kann. Sie ist stark, schlägt und tritt um sich, aber er kann ihr schließlich die Arme auf den Rücken drehen und schleudert sie – sie hat ein ziemliches Gewicht – zu Gerard zurück, dem es jetzt gelingt, ihr die Handschellen anzulegen ... auf dem Rücken, als ob sie ein Straßenschläger aus L. A. wäre.

Halb schiebt, halb trägt er sie durch das Zimmer in Richtung Haustür, belehrt sie über ihre Rechte und ächzt vor Anstrengung. Bohannon geht vor, um Jeans und Schuhe vom Boden aufzuheben. Er greift nach dem Pullover in Mary Beth' Hand. Sie gibt ihm das Beweisstück, aber sie horcht auf die beleidigte Dr. Combs.

»Das ist grotesk«, ruft die große Frau. »Warum sollte ich Cedric Lubowitz umbringen? Warum sollte ich über-

96

haupt irgendjemanden umbringen? Kein Geschworenengericht der Welt wird glauben, dass Dr. Dolores Combs eine Mörderin ist. Wenn Richter Willard hört ... ahh! Lassen Sie mich los, Sie tun mir weh.«

Mary Beth fängt an, mit ihren kleinen Fäusten auf Gerard einzuschlagen. »Hören Sie auf«, fordert sie, »hören Sie auf, Dolly wehzutun.« Bohannon zieht sie von dem Lieutenant weg. Sie hängt sich an seine Arme. »Wohin bringen Sie sie?«

»Nur zur Polizeistation hinunter«, knurrt Gerard und schiebt die gewichtige Frau durch die Haustür und auf die Veranda hinaus, »zu einem netten Gespräch.«

»Ich komme mit«, sagt Mary Beth. »Dolly, was soll ich anziehen?«

»Nein, meine Liebe«, widerspricht die gefesselte Frau. »Du bleibst hier und fütterst die Katzen.« Und sie geht mit Gerard schwerfällig, besiegt und ohne weiteren Widerstand die Stufen hinunter zum Weg.

Das kleine, sechzigjährige Mädchen in Pink und Weiß blickt ihr trübe nach. »Wann wirst du heimkommen, Dolly?« Ihre Frage verhallt in der Nachmittagsstille der Wälder, der traurigste Klang, den Bohannon je gehört hat.

Im Sonnenuntergang reibt T. Hodges Twilight ab, während Mousie daneben steht, ihre Zügel lose an einem Pfosten des langen Stallganges festgemacht. Noch bevor Bohannon den Truck ganz angehalten hat, ist Kelly schon draußen und rennt los, um der Polizistin zu helfen. Sie lächelt ihn an, reicht ihm den Schwamm und geht Bohannon entgegen, während sie sich müde eine Haarsträhne aus dem Gesicht streicht.

»Mensch, bin ich froh, dich zu sehen.« Sie umarmt ihn.

»Ist alles in Ordnung?«, fragt er.

»Ich glaube«, sagt sie nachdenklich, nimmt seine Hand und geht mit ihm zum Ranchhaus, »du arbeitest viel zu schwer für deinen Lebensunterhalt.«

»Es tut mir Leid, dass ich dich hier allein gelassen habe.« Sie gehen die Veranda entlang und zur Küchentür hinein. »Ich wusste nicht, dass so schnell so viel passieren würde. Und Gerard wollte mich beim Verhör dabeihaben.«

»Dann war es Dolores Combs?« Sie lässt sich auf einen Stuhl fallen. »Ha, morgen wird mir alles wehtun.«

»Es war Dolores Combs.« Bohannon holt Old Crow Whisky und Gläser und setzt sich ihr gegenüber an den Tisch. »Sie hatte geglaubt, wir würden nie darauf kommen, deshalb hat sie sich nicht die Mühe gemacht, ihre blutverschmierten Klamotten zu verstecken.« Er gießt Whisky in die Gläser und reicht ihr eines. »Sie hat sie einfach in die Mülltonne geworfen.«

»Wie hat sie ihn dazu gebracht, sie den Canyon raufzufahren?«

»Irgendeine Geschichte über Mary Beth, die da oben festsitzt. Er hat ihr geglaubt – obwohl ich nicht weiß, warum – und nahm seine Pistole mit.«

»Seltsam.« Sie zieht die Stirn in Falten. »Dass ein Mann wie er eine Waffe trägt.«

»Einer seiner Börsenmaklerkollegen wurde vor kurzem überfallen und brutal zusammengeschlagen. Das hat die Firma durcheinander gebracht, und besonders Cedric Lubowitz. Wieder eine Lektion für die Gesellschaft: überlasst die Waffen der Polizei. Aber sie wollen ja nicht hören.«

Sie nippt an dem Whisky und greift wieder nach Bohannons Zigaretten auf dem Tisch. »Und der Unbekannte, auf den Steve Belcher im Dunkeln schoss?«

»Das war Combs. Nachdem sie schon halb den Canyon hinuntergefahren war, machte sie sich Sorgen, dass er die Waffe finden und aufheben könnte. Sie wendete das Fahrzeug und fuhr zurück. Na ja, er hat sie auch gefunden, nicht wahr?« Er schüttelt nachdenklich den Kopf. »Sie und Kelly müssen sich um Haaresbreite verfehlt haben, als sie im Dunkeln wegrannten.«

Sie lacht kurz und wird wieder trübsinnig. »Wir wissen, warum sie Steve gehasst hat. Aber warum hasste sie Cedric Lubowitz?«

»Angst.« Bohannon streckt einen Arm aus und schaltet die Lampe ein. »Wie Mrs. Madison, die Mutter des Mädchens, war sie überzeugt, dass dieser jüdische Gauner Rose nur wegen ihres Geldes geheiratet hatte.«

»Ich bitte dich, Hack. Belle Hesseltine sagt, dass die Familie Lubowitz reich war.«

»Wenn du Juden hassen willst, bedeutet Vernunft gar nichts.«

Sie seufzt. »Wahrscheinlich. Also ... sobald Rose tot war und Cedric hierher kam und Mary Beth sofort zu einem schönen Dinner einlud, war Dolores überzeugt, dass er Mary Beth heiraten und ihr Vermögen übernehmen wollte.«

Bohannon nickt. »Und dass Mary Beth Dolores aussetzen und in der grausamen Welt verhungern und erfrieren lassen würde. Aber sie wollte das schöne Haus nicht aufgeben, die Antiquitäten, die Juwelen, den Cadillac, die Partys und Bankette; und vor allem anderen die Macht. Geld ist Macht, Teresa. Schon mal davon gehört?«

»Mary Beth' Liebe zählte überhaupt nicht?«

Bohannon zuckt die Schultern und seufzt. »Wer weiß? Vielleicht vor langer Zeit einmal, aber Dolores erfuhr, wie angenehm es war, reich zu sein, und – machen wir uns nichts vor – sie hat nicht viel aus dem Talent gemacht, von dem sie heute Nachmittag ständig gesprochen hat.« Er fährt mit einer volltönenden Rednerstimme fort: »›Ich hätte ein internationaler Star sein können, aber ich gab das auf für Mary Beth, blieb hier in dieser Provinz ...‹, und so weiter und so fort.« Er nimmt wieder seine normale Stimme an. »Zum Teufel, die Provinz war genau das, was sie brauchte. Sie konnte ihre kleinen Kammerorchester, Festivals und Konzerte organisieren. Sie schwebte hier durch die Gegend wie eine Herzogin. Du hast sie doch gesehen.«

»Und sie glaubte, Cedric Lubowitz würde all das beenden?«

»Sie hat es so sehr geglaubt, dass sie ihn umbrachte«, bestätigt Bohannon.

T. Hodges sitzt da und betrachtet eine ganze Weile lang ihre Hände am Glas. »Es ist traurig«, meint sie, hebt den Kopf und schaut ihm in die Augen. »Und Mary Beth? Mary Beth betete sie an. Was wird sie jetzt wohl tun?«

»Darauf warten, dass Dolores heimkommt«, antwortet Bohannon.

SARAH SHANKMAN

»All You Need Is Love«

Eigentlich war meine Mutter schuld an der ganzen Sache. Wenn sie es nur ein Mal gesagt hätte! Aber nein, sie sagte es Tausende Male: *Georgie Ann, du bist fünfunddreißig Jahre alt. Wenn du nicht rausgehst und bald jemanden findest, dann wird dich keiner mehr wollen.*

Ich versuchte, sie nicht anzufahren, sie nicht daran zu erinnern, dass ihre vielen Ehen für uns beide gereicht hätten. Meistens gelang es mir, mich zu beherrschen, aber nicht immer. Jeder hat seine Grenzen, über die hinaus man ihn nicht schieben sollte.

Schauen Sie, es ist ja nicht so, dass ich nicht gute Gründe dafür gehabt hätte, Männern gegenüber misstrauisch zu sein. Schließlich bin ich von den Flammen der Leidenschaft fast zerstört worden. Aber meine Mutter hat ein zweckmäßiges Gedächtnis und die Fähigkeit, jenen schrecklichen Tag in der Kirche von St. Philip's zu vergessen, als William mein Herz sprengte. Winzige Stückchen davon klebten vorn auf meinem Hochzeitskleid wie scharlachrote Tupfen.

Das Jüngste Gericht – so habe ich ihn genannt, jenen prächtigen, vor Leben funkelnden Frühlingstag vor fünf Jahren, als William mich am Altar stehen ließ. Sie glauben vielleicht, dass das in Wirklichkeit nie geschieht, dieses alte Klischee. Nun, ich bin hier, um Ihnen zu sagen, es passiert tatsächlich.

Ich hatte William auf die romantischste Art, die nur möglich war, kennen gelernt. Es war ein verregneter Oktobernachmittag hier in Nashville, in meinem dreißigsten

Jahr, an dem Tag, an dem Falstaff, mein lieber, alter Kater, in die ewigen Mausgründe gegangen war. Ich hatte meinen Kummer spazieren geführt und lief tränenblind durch die Straßen der Nachbarschaft, hatte einen Randstein übersehen und war hingefallen, hinkte nun.

William kam dahergefahren und entdeckte mich, schniefend durch die Gegend schlurfend fast wie eine Figur aus einem Countrysong. Er sprang aus seinem Auto und entfaltete sein Taschentuch, das er mir in die Hand drückte. »Wie kann ich Ihnen helfen?«, fragte er. »Ich ertrage es nicht, eine schöne Frau weinen zu sehen. Es bricht mir das Herz.«

Irgendeine schöne Frau? *Alle* schönen Frauen? Ich hätte nachfragen sollen. Aber wer denkt schon über die eigene Nasenspitze hinaus, wenn die Komplimente wie ein feiner, warmer Regen niedergehen?

Außerdem war William hinreißend. Wunderbar charmant. Unglaublich intelligent. Von liebenswürdig ganz zu schweigen. Und er sah ein ganzes Stück besser aus, als es einem Mann erlaubt sein sollte. Habe ich schon gesagt, dass er groß war? Mir fehlt in Strümpfen nur ein Haarbreit zu ein Meter achtzig. Man hätte uns für Bruder und Schwester halten können, mit unseren langen Gliedmaßen, den blauen Augen und den honigfarbenen Ringellöckchen.

Das Wichtigste an William, dem Architekten, war, dass ich mich bei ihm geborgen fühlte. Vom ersten Augenblick an fühlte ich mich bei ihm zu Hause. Nicht so wie in den Häusern, in denen ich mich in meiner Kindheit flüchtig aufgehalten hatte, als ich kaum meine Spielsachen einpacken konnte, bevor mein Kolibri von einer Mutter uns zum nächsten Nest umsiedelte, zum nächsten Ehemann. William war das Zuhause, von dem ich immer geträumt hatte, ein Heim, dessen Fenster in der Dämmerung idyllisch-goldene häusliche Szenen einrahmten. Eine behagliche Küche mit dem Suppentopf auf dem Ofen, ein Buch, das aufgeschlagen auf einem Kniekissen vor einem Sessel lag; ein Mann und eine Frau, die über einen Tisch hinweg plaudern und deren Fingerspitzen sich berühren.

Es hätte mir auffallen sollen, dass William hauptsächlich Hochhäuser entwarf. Sie können sein Werk in den großen amerikanischen Städten sehen, schnittig und phallisch und besiedelt von Männern in Anzügen, die Bargeld kneten.

An unserem missglückten Hochzeitstag, als William schließlich anrief – zwei Stunden, nachdem die Gäste, mit Krabbenbrötchen angefüllt und mit Champagner befeuchtet, gegangen waren (Mutter hatte keinen Grund gesehen, ein ausgezeichnetes kaltes Büfett zu verschwenden) –, sagte William, dass es ihm Leid tat, sehr, sehr Leid tat, schrecklich Leid, aber ob ich mich an den Versicherungsmogul erinnerte, dessen Büroräume er entworfen hatte? Nun, es schien, als ob der Mann ganz plötzlich tot umgefallen sei, und seine wirklich-recht-reizende und vieljüngere Witwe war schrecklich außer sich. »Du weißt doch, ich kann eine schöne Frau nicht weinen sehen«, hatte William gesagt. »Es bricht mir das Herz. Also bot ich ihr mein Taschentuch an, und dann …«

Ich hätte nicht geglaubt, dass ein Mensch so viel Schmerz aushält. Jede Zelle meines Körpers schrie. Meine Lungen grämten sich, meine Haut, meine Nagelhäutchen. Kummer erfüllte meine Nächte wie meine Tage, überfiel mich aus Fotografien, aus Briefen. Ein einzelnes, goldenes

Haar von William sprang mich hinterhältig von einem Pullover an.

Die Zeiger jeder Uhr in meiner Wohnung blieben in der Stunde, in der ich verlassen worden war, stehen. Wenn sie sich danach jemals bewegten, dann habe ich sie nie dabei erwischt. Jede Stunde war wie hundert langsame, mörderische Jahre auf der Folterbank. Aber es war unmöglich, mich von meinem Nagelbrett zu erheben. Ablenkung, sagte Mutter. Ich bräuchte Ablenkung. Ich sollte ausgehen. Aber wie hätte ich ausgehen können?

Ich war blind vor Weinen, aber ich konnte immer noch das Flüstern hören: *Georgie Ann, das arme Ding. Verlassen. Altar. Bedauernswert. Ich würde sterben.*

Per Telefon kündigte ich meine Arbeitsstelle. »Dr. Wilson«, krächzte ich den Leiter der Englischabteilung an, »ich habe die Wurmkrankheit. Ich komme nicht wieder.«

Er protestierte natürlich, aber ohne Erfolg. Wie konnte ich mich vor eine Klasse schwitzender Studenten im Grundstudium stellen, um ihnen die sexuelle Metaphorik in *Vergebene Liebesmüh* zu erklären, oder mit Byron, Shelley und Keats, den Drei Musketieren der Romantik, die geheimen Schlupfwinkel des Herzens zu durchforschen?

Ich konnte es nicht. Eine ziemlich lange Zeit konnte ich nichts anderes tun, als über mein eigenes Hinscheiden nachzudenken.

Ich lag auf meinem Bett und betrachtete die alte Jagdflinte meines Vaters. Ich zog sie aus den Tiefen meines Schranks hervor, lud sie und spannte sie immer wieder. Dieses Spannen verzauberte mich. Es lockte mich wie eine Sirene, aber da ich in dieser Hinsicht die Tochter meiner Mutter war, konnte ich den Gedanken an meine schneeweißen Keramikfliesen, die mit Blut, Zähnen, Knochen und Gehirnmasse bespritzt waren, nicht ertragen.

Ich träumte von Virginia Woolf, und an einem grauen Nachmittag schwankte ich stundenlang mit den Manteltaschen voller Steine am Ufer des Percy-Priest-Sees entlang. In meiner Vorstellung jedoch sah ich mein bleiches, aufgedunsenes Gesicht, von Flussbarschen angeknabbert, und mein Stolz ließ nicht zu, dass irgendjemand mich jemals so sehen sollte. Also schleppte ich mich zurück nach Hause und grübelte über den Etiketten von Ameisenvernichtern und Ammoniak und zählte die Schlaftabletten, für die mir mein Hausarzt ein Rezept gekritzelt und mir am »Jüngsten Tag«, auf den Stufen von St. Philip's in die Hand gedrückt hatte. Dabei hatte er einen Krümel Krabbenbrötchen auf der Lippe gehabt.

Dann gab es natürlich auch die Tage, an denen meine Pein sich umkehrte und nach außen richtete wie eine Wünschelrute, mit voller Kraft voraus gegen William. Und ich sagte mir einen Rosenkranz von Linderungsmitteln her: Pistolen, Messer, Stricke, Bomben. Aber diese Gedanken verflogen, und am Ende wählte ich Abgeschiedenheit, Einsamkeit, Rückzug. Ich zog mich einfach sehr früh aus der Welt zurück.

Rilke drückte es am besten aus: »... deine Einsamkeit wird dir Halt und Heim sein ... und dort wirst du all deine Auswege finden.«

Ich zog mich in mein Heim zurück. Ich lebte recht komfortabel in einer weitläufigen Penthouse-Wohnung oben in einem von Nashvilles ältesten Apartmenthäusern, einer Art grauem Elefanten, mit leicht silbrig gewordenem Holz verkleidet. Ich hatte ein L-förmiges Wohnzimmer mit

Glastür, die zu einem Esszimmer mit hoher Decke führte, dazu zwei weitere, riesige Zimmer und Schränke in rauen Mengen. Ich war hier eingezogen, als ich nach meinem Studienabschluss nach Nashville zurückgekommen war, und ich hatte nie irgendeinen Grund gehabt, wegzuziehen.

Jetzt dachte ich mir, ich würde niemals ausziehen. Ich hatte ein wenig Geld von meinem Vater geerbt. Klug investiert, würde es mich bis zum Grab durchbringen. Ich würde nie mehr meine Wohnung verlassen müssen. Jedenfalls nicht lebend.

Fünf Jahre vergingen, und ich setzte keinen Fuß über meine Schwelle – einzige Ausnahme waren jährliche Besuche beim Arzt und beim Zahnarzt. Die Stiefmütterchen und Petunien in den Blumenkästen an meinen Fenstern kamen und gingen. Ich kochte, ich las, ich schnitt mir selbst die Haare. Versandhauskataloge, Lebensmittel per telefonische Bestellung, Bücher, Zeitschriften, Zeitungen – alles, was ich brauchte, kam zu mir. Ich hatte kein Verlangen nach der Welt. Ich vermisste sie nicht. Ich war vollkommen zufrieden.

Mutter war es natürlich nicht. Sie rief mich Tag und Nacht an. »Georgie Ann, das ist nicht natürlich. Du musst ausgehen. Du musst leben.«

»Das tue ich, Mutter. Ich lebe *mein* Leben.«

Sie probierte jede List aus, die Frauen kennen. Sie behauptete, sie läge im Sterben. Ich wartete ab, und sie starb nicht. Sie bot eine Luxusreise um die Welt an. Ich zauderte. Der Präsident der Vereinigten Staaten war in der Stadt und sollte zum Essen kommen. »Wirklich, Mutter«, sagte ich nur.

Am nächsten Tag stand es im Nashville *Banner*. Der

Präsident und die First Lady sowie der äußerst attraktive, selbstredend allein stehende Wahlkampfberater des Präsidenten hatten tatsächlich mit meiner Mutter und meinem Stiefvater diniert, der hier in Tennessee ein großer Geldbeschaffer war.

»Das tut mir wirklich Leid, dass ich das verpasst habe«, räumte ich ein. Und es stimmte auch. Für das erste Paar im Staate hätte ich mich hinausgeschleppt.

Das hätte ich nicht zugeben sollen. Mutter sah eine Bresche in meiner Deckung und war nicht mehr zu bremsen.

Genauer gesagt brannte sie meine Wohnung ab.

Sie gab es natürlich nie zu, aber gleich am nächsten Abend nach dem Besuch des Präsidenten legte irgendjemand Feuer auf meiner Veranda, das die ganze Wohnung verschlang – mit voll gestopften Möbeln angefüllt, alten Spitzen, hauchdünnen Vorhängen –, in gerade mal zwanzig Minuten. Gott sei Dank sprang es nicht auf andere Wohneinheiten über. Ich hatte nur noch Zeit, ein paar Kleider zu packen, mein Silberbesteck und Wabash, meine Katze.

Wohin sollte ich jetzt gehen? Zu Mutter, so schien es, da sie und Jack praktischerweise auftauchten und Stiefvater Nummer Fünf seinen großen, alten Mercedes zwischen den Feuerwehrwagen hindurchmanövrierte. Meine Nachbarn hätten angerufen, behauptete Mutter.

»Blödsinn«, fauchte ich. »Du hast meine Wohnung abgefackelt.«

»Ach, Georgie Ann, red keinen Unsinn«, entgegnete sie. »Komm und wohne bei uns in Belle Meade. Du kannst den ganzen Gästeflügel haben. Du wirst uns nicht einmal sehen.«

Da ich keine andere Wahl hatte, nahm ich sie beim

Wort. Ich würde mich in ihrer roten Backsteinvilla an der allerbesten Straße in der allerbesten Gegend von Nashville einquartieren, aber nur für ein Weilchen. Da sie begriff, dass sie sich beeilen musste, ließ Mutter bereits potenzielle Heiratskandidaten an meiner Tür vorbeispazieren, noch bevor ich den Rauch aus meinem Haar gewaschen hatte.

»Mr. James kommt nur gerade vorbei, um über unsere Papiere zu sprechen.«

»Mr. Jones hilft Jack mit seinem Testament.«

»Ich glaube, du hast Mr. Smythe noch nicht kennen gelernt, er ist aus New York gekommen, um das neue Einkaufszentrum zu gestalten.«

Es gab an keinem dieser Männer etwas Greifbares auszusetzen. Keine zweiköpfigen Monster, keine Buschmesser hinter ihrem Rücken versteckt, nicht einmal ein winziger Bauch.

Aber ich war einfach nicht interessiert. Ich würde nie mehr Interesse haben. »Schau, Mutter«, sagte ich, »ich will nur meine Feuerversicherung ausbezahlt bekommen und mich wieder irgendwo häuslich niederlassen.«

»Und dich wieder einsperren?«

»Ich sehe keinen Grund, warum nicht.«

An dem Punkt wälzte sich Mutter tatsächlich auf dem Fußboden. Es war eine Szene wie aus einem schlechten Roman. Sie kreischte, und überdies zerriss sie ihr Kleid – ein äußerst hübsches, mit einem violetten Zweigmuster verziertes Nachmittagskleid.

Ich war beeindruckt.

»Na gut, Mutter«, gab ich nach. »Ich werde gelegentlich ausgehen, wenn du mir versprichst, dass du *nie wieder* versuchst, mich zu verkuppeln.«

Mutter klatschte wie ein kleines Mädchen in die Hände. »Ich bin entzückt, Georgie Ann!«

»Bist du entzückt genug, um Jack von dem Versicherungsagenten abzulenken, damit ich mein Geld ausbezahlt bekomme und mich daranmachen kann, eine neue Wohnung zu finden?«

Sie war es, und sie tat es. Und – Wunder über Wunder – ich bekam nicht nur etwas von meiner eigenen Versicherung, sondern der Eigentümer des Gebäudes war ebenfalls versichert, und so bekam ich am Ende eine ganz hübsche, runde Summe.

He, dachte ich, ich könnte mir eine Wohnung kaufen. Mit meinen bescheidenen Mitteln könnte ich Eigenheimbesitzerin werden.

Mutter war von der Idee nicht begeistert, aber sie schlug mir vor, einen Immobilienmakler anzurufen, einen C. Burton Wylie. Ich war mir sicher, dass Mr. Wylie allein stehend war, oder zumindest bald wieder solo, deshalb rief ich Charlotte Dillon an.

Ich kannte sie noch aus Schulzeiten. »Charlotte, hier ist Georgie Ann Bailey«, begrüßte ich sie. »Ich suche ein kleines Haus, nichts Großartiges, in Stadtnähe. Ein bisschen abgelegen und ruhig.«

Charlotte hatte mich nicht vermisst. Sie fragte nicht: »Wo, zum Teufel, hast du die letzten fünf Jahre gesteckt?«, sondern sagte stattdessen: »Gib mir ein paar Tage Zeit.«

Und sie hielt Wort. »Komm um zehn in mein Büro«, sagte sie zwei Tage später. »Ich habe vier oder fünf Angebote, die dir gefallen könnten.«

Ich war aufgeregt wie ein junger Hund und machte mich schön, so wie ich es früher für Männer getan hatte.

Schließlich, sagte ich mir, war das ja wirklich so etwas wie ein erstes Rendezvous – zwischen mir und meinem neuen Zuhause.

Stellen Sie sich meine Bestürzung vor, als ich in Charlottes Büro kam und dort von einem Alexander Persoff begrüßt wurde: groß, mager, dunkel, schwarze Augen, aus denen Feuer blitzte, weinrote Lippen. Der Mann sah aus, als ob ihn eine dieser Liebesroman-Autorinnen geschaffen hätte. In jedem Fall war Alexander Persoff *viel* zu gut aussehend, um meine Hand zu nehmen und mir zu sagen, dass Charlotte heute Morgen die Treppe hinuntergefallen war, und mindestens eine Woche lang außer Gefecht sein würde.

»Aber es wird mir ein Vergnügen sein, Ihnen zu helfen«, versicherte er. Er hatte eine Tenorstimme – überraschend bei einem Mann seiner Größe, aber die Stimme war nicht gerade unangenehm.

»Nein«, sagte ich und trat den Rückzug an, indem ich einen schwarzen Schuh sauber hinter den anderen stellte. »Ich glaube nicht. Nein, nein.«

»Aber, Ms. Bailey, ich bin sicher ...«

Ich wollte nicht hören, wessen er sicher war, denn *ich* war mir sicher, dass Mutter hier ihre Finger im Spiel gehabt hatte. Charlotte hatte genauso wenig einen Purzelbaum die Treppe hinuntergeschlagen, wie ihr zwei zusätzliche Zehen gewachsen waren. Nun, die konnten mich gern haben, und tschüss! Charlotte Dillon und Alexander Persoff waren nicht die einzigen beiden Makler in Nashville.

Fünf Minuten später musste ich an einer Ampel halten. Ich murmelte vor mich hin. *Zugegeben, einige meiner Ent-*

*scheidungen mochten anderen Leuten exzentrisch erschei-
nen – na und? Es geht sie absolut nichts an.* In dem Augenblick hielt neben mir ein langes, schwarzes Auto, hinter
dessen Lenkrad Alexander Persoff saß. Bevor ich mich ver-
sah, beugte er sich in mein Fenster.

»Ms. Bailey«, fing er an, »Sie müssen mir verraten, wo-
durch ich Sie beleidigt habe.«

»Mr. Persoff, man wird Sie überfahren!«

»Nein, bitte, sagen Sie es mir. Ich muss es wissen.«
Dann schaltete die Ampel um. Hinter uns hupte es. Alexander Persoff, mit einem Knie auf der Fahrbahn, ignorierte
sie. »Sie müssen mir noch eine Chance geben.«

»Ach, um Himmels willen. Stehen Sie auf und fahren
Sie dorthin.« Ich zeigte auf einen Parkplatz.

Alexander zuzusehen, wie er aus seinem Auto ausstieg,
war, als ob man einer mächtigen Eiche zuschaut, die im
Zeitraffer wächst. Kennen Sie den Baum, von dem ich
spreche, die Art, die in Louisiana wächst, ein König von einem Baum, aber ein freundlicher König, auf den Sie unbedingt klettern wollen, mit gemütlichen Ecken, in die Sie
sich liebend gerne kuscheln würden?

Falls Sie sich für Bäume – oder Männer – interessieren.

Ich hatte lediglich an Ersteren Interesse.

Alexander, voll entfaltet, die Spitzen seiner weichen,
braunen Mokassins an der weißen Linie zwischen unseren
Autos, stand nahe bei mir, aber nicht zu nahe. Er muss gespürt haben, dass, wenn er nicht Abstand hielt, ich wieder
in mein Auto hüpfen und weg sein würde.

Ich starrte zu ihm hinauf. Aber es war meine Nase, die
ihn aufnahm, denn plötzlich gab es etwas Zitronenhaftes
in der Morgenluft. Zitronen, frische Zitronen, von der

Sonne erhitzt. Ich blinzelte und stand an einer hohen und felsigen Küste. Die dunkle See rauschte über den Kiesstrand unter mir, und ein Stück vom Wasser entfernt lagen ein Mann und eine Frau auf einer Strohmatte, ihre bronzefarbenen Arme ineinander verschlungen, ihre Beine ebenso.

Ungewohntes Verlangen rührte sich zwischen meinen eigenen Beinen. Ich zwang es mit meiner Willenskraft, zu verschwinden.

Inzwischen wartete Alexander schweigend darauf, dass ich etwas sagte. Ich spürte, dass er Ewigkeiten dastehen würde. Er hatte die Hartnäckigkeit von Penelope, die alle Bewerber abwies, während Odysseus über die Erde wanderte. Geduld war nicht eine meiner Stärken, obwohl ich sie an anderen bewunderte.

»Sie sehen nicht wie ein Immobilienmakler aus«, bemerkte ich schließlich.

»Eigentlich bin ich auch keiner.«

Ich trat einen Schritt zurück. Ich wollte mich nicht in seinem Lächeln verfangen, das einladend und verheißungsvoll auf seinem Gesicht strahlte.

»Warum geben Sie sich dann als Makler aus?«, wollte ich wissen. »Meine Mutter hat Sie angerufen, nicht wahr?«

Alexander machte ein finsteres Gesicht, und ich hörte, wie irgendwo im Kaukasus Felsblöcke krachend einen steilen Gipfel hinunterrollten. Wenn er wirklich verärgert wäre, dachte ich, würde mir die Lawine seiner Leidenschaft das Trommelfell zerreißen.

»Ihre Mutter?«, fragte er. »Ich kenne Ihre Mutter nicht. Ich meinte, ich verkaufe Immobilien, um Leib und Seele zusammenzuhalten, aber meine Leidenschaft ist meine Malerei. Porträtmalerei ist meine wahre Liebe.«

»Ah.« Ich kam mir ziemlich dumm vor.

»Also, darf ich Ihnen ein paar Häuser zeigen? Charlotte sagte, dass Sie ganz dringend ein Haus brauchen.«

Ja. Ja, das stimmte, und bevor ich wusste, wie mir geschah, hatte ich Alexander erlaubt, mich in seinen schwarzen Wagen zu setzen. Er war dabei, mich zu einem Haus zu fahren, von dem er sicher war, dass es mir gut gefallen würde.

Unterwegs erzählte er mir, dass sein Vater ein Porträtmaler gewesen war, wie auch sein Großvater, der aus St. Petersburg geflohen war mit einem Mantel, in dessen Futter er das Familiensilber versteckt hatte. Wir Südstaatler fallen leicht auf Geschichten herein, in denen Silberbestecke vorkommen. Viele von uns haben mit Gabeln gegessen, die unsere Urgroßmütter vor den Yankees versteckt hatten.

Ich erzählte ihm von dem Feuer in meiner Wohnung und wie ich mein eigenes Silber zusammen mit der Katze gepackt hatte.

»Was Sie nicht sagen! Meine Familie ist genauso. Was für ein Zufall.«

Dann konnte ich vor meinem geistigen Auge eine lange Tafel sehen, die für vierundzwanzig Gäste gedeckt war, wobei Alexanders Silberbesteck und meines ineinander übergingen. Der Hochzeitskuchen würde von beiden gleich schmecken.

Aber dann entfaltete sich eine hellrote Flagge der Gefahr. Denn, so warnte sie, dies hier war nicht nur ein Mann, sondern ein gut aussehender Mann und ein Immobilienmakler obendrein. Schlimmer als ein Jurist. Verschlagener als ein Gebrauchtwagenhändler und übler als der Abschaum der Menschheit, sogar als ein Architekt.

Ich starrte hinaus auf die Whitland Avenue, voll von schönen alten Wohnhäusern und Lauben. »Fahren wir zurück«, sagte ich. »Diese Gegend ist viel zu reich für meine Herkunft.«

Alexander hob seine rechte Hand vom Lenkrad und hielt sie wie ein Verkehrspolizist hoch. »Warten Sie«, meinte er und fuhr in eine Auffahrt, die sich wie eine Geheimtür in einer hohen, grünen Hecke öffnete.

Ein langer, gewundener Zufahrtsweg schlängelte sich durch knöchelhohes Gras, altes Gras, Riedgras, das noch nie von einem Bulldozer berührt, noch nie umgepflügt worden war, jungfräuliches Gras, das schon vor den ersten englischen Siedlern hier gewesen war. Die Apfelbäume waren über hundert Jahre alt. Pflaumen. Birnen. Und am Ende der Zufahrt ein Steinhaus, das aussah, als ob es wie das Gras einfach der Erde entwachsen sei.

»Was ist denn das?«, fragte ich.

»Es war Teil einer Farm.« Mit seinen langen Armen zeigte Alexander in jede Richtung. »Der Rest davon ist verkauft worden, aber das hier ist übrig geblieben, das Haus und zwölftausend Quadratmeter Grund. Die Eigentümerin starb vor ein paar Monaten, nur ein Jahr vor ihrem hundertsten Geburtstag. Das Haus muss natürlich renoviert werden, aber es hat eine sehr gute Substanz. Sollen wir hineingehen?«

Ich konnte nicht. Ich stolperte aus dem Auto und plumpste auf eine Steinstufe und vergaß völlig meinen guten, schwarzen Rock. Mir war schwindlig vor Sehnsucht und klamm vor Angst.

Das konnte nicht gut sein, sagte meine innere Stimme. Es kann nicht sein, dass du nach fünf Jahren aus deinem Kokon aufgetaucht bist, einfach *ich will* gesagt hast, und auf einem Tablett deinen Herzenswunsch überreicht bekommst, von keinem Geringeren als einem russischen Porträtmaler mit einem Grübchen im Kinn, in das dein kleiner Finger perfekt hineinpassen würde.

»Geht es Ihnen gut?« Alexander zog besorgt die Stirn in Falten.

»Ich bin überwältigt.«

»Ah«, seufzte er und setzte sich neben mich. »Ich dachte mir, dass Sie das Haus lieben würden. Wovor haben Sie Angst? Sagen Sie es mir.«

Nun ja, das war die Frage, nicht wahr?

Ich hatte Angst vor der Liebe. Ich hatte William geliebt und ihn verloren. Ich hatte meine Wohnung geliebt, und sie war ausgebrannt. Ich hatte Mutter geliebt, und sie hatte mich wie ein Kissen durch ihre vielen Ehen gewirbelt. Wenn ich es zuließe, dass ich mich in dieses Haus verliebte und etwas damit passieren würde – nun, ich glaube, ich könnte nicht weiterleben. Ich könnte es einfach nicht. Selbst jetzt konnte ich das Geräusch des Fadens von Vaters Jagdflinte wie fernen Donner hören.

Schließlich brach Alexander in mein langes Schweigen. »Tanzen Sie Tango?«

»Was?«

»Bestimmt tanzen Sie Tango.«

Er stand auf und zog mich auf die Füße, legte eine Hand in meinen Rücken, und während er eine vertraute lateinamerikanische Melodie summte, tanzte er mit mir in das Haus meiner Träume.

117

Ich konnte mir das Haus nicht leisten. Der veranschlagte Preis war genau doppelt so hoch wie mein Budget, zweimal die Summe, die ich von der Versicherung erhalten hatte.

Alexander meinte: »Sie brauchen nicht die ganze Summe bar zu bezahlen, wissen Sie. Sie müssen lediglich eine Anzahlung leisten. Wir beschaffen Ihnen eine Hypothek.«

»Nun, das ist eine großartige Idee«, meinte Jack, Stiefvater Nummer Fünf, »falls du die Raten bezahlen kannst.«

»Wovon sprichst du? Ist das nicht wie Miete bezahlen?«

Es war so, nur dass es bedeutend mehr Geld war, da meine Miete ein kümmerlicher Betrag gewesen war. Außerdem, welche Bank würde einer arbeitslosen Einsiedlerin einen Kredit geben?

»Wir könnten dir das Geld leihen«, schlug Mutter vor, »obwohl du, wenn du wieder zur Arbeit gingst, leicht selbst einen Kredit bekommen könntest.«

»Das hatte ich eigentlich nicht vorgehabt, Mutter.«

Ich höre, wie Sie denken: Was für eine faule Frau. Aber es war nicht Trägheit. Ich konnte einfach nicht. Ich war noch nicht bereit, wieder in die Welt zurückzukehren.

»Nuuun«, meinte Mutter gedehnt. »Wir würden dir gern helfen, weißt du …«

Ich hasste es, wenn sie in diesem Tonfall sprach. Mein Ärger überwältigte mich, und ich schleuderte ihr die Wörter ins Gesicht. »Alexander sagte, ich könnte einen Kredit bekommen, also kann ich es auch.«

»Alexander?« Mutter spitzte wie ein Collie die Ohren.

»Alexander Persoff, mein Makler.«

»Alexander Persoff, der Porträtmaler? Der, der Mimie Stovalls Porträt gemalt hat? Und das von Sally Touchstone?«

»Wahrscheinlich«, räumte ich ein.

»Oh, Georgie Ann!«, schwärmte Mutter. »Alle sind ganz wild auf ihn. Und er sieht sehr gut aus, so viel ich weiß.«

»Ich denke schon«, sagte ich. »Aber warum hat er mir Märchen erzählt, was die Hypothek betrifft?«

Als ich ihn darauf ansprach, erklärte er: »Mir war nicht ganz klar, dass Sie keine Arbeitsstelle haben. Und jetzt sehe ich, dass das Einkommen aus Ihren Investmentfonds eigentlich nicht reicht. Aber machen Sie sich keine Sorgen, Georgie Ann. Wir finden ein anderes Haus für Sie.«

Ich wollte kein anderes Haus. Ich wollte das Steinhaus, das hinter der hohen Hecke versteckt stand. Das Haus, in das Alexander mit mir hineingetanzt war. Das Haus mit dem Flur in der Mitte, dem großen, quadratischen Wohnzimmer zur Rechten, hinter dem ein Esszimmer lag, das Fenster mit Mittelpfosten hatte, und ich konnte meine Augen schließen und das Silberbesteck schwach glänzen sehen. Dahinter lag eine Küche, die grässlich viel Arbeit erfordern würde. Auf der anderen Seite des Flurs gab es eine Bibliothek, zwei winzige Schlafzimmer und ein Badezimmer. Man musste die steile Treppe hinaufklettern, um den besten Teil zu sehen. Das ganze obere Stockwerk umfasste das Elternschlafzimmer. Ich würde die Ausstattung des Badezimmers erneuern, würde die mickrigen Schränke herausreißen und ein Ankleidezimmer einrichten. Und obendrein gab es ein riesiges Oberlicht auf der Nordseite.

Die alte Dame war Malerin gewesen, erzählte Alexander. Ja, schnüffelte ich, es hing immer noch ein Hauch Terpentin in der Luft.

Ich wollte dieses Haus, oh, und wie ich es wollte! Es war für mich bestimmt. Ich konnte es in meinen Knochen spüren.

Nichtsdestotrotz gingen Alexander und ich auf Haussuche. Plötzlich war Georgie Ann, die Einsiedlerin, jeden Tag unterwegs. Alexander und ich sahen uns winzige Tudor-Holzhäuser an, Ranchhäuser aus Rotholz, ein Dutzend weiße Bungalows mit grünen Fensterläden. Wir beschritten Hunderte von durchhängenden Terrassen, inspizierten Reihen von traurigen kleinen Unterkünften. Ich wurde mit allen Winkeln und Ecken von Nashville vertraut, mit der Aufteilung in Zonen, mit dem Steigen und Fallen der Wohngegenden, mit Heizkesseln und Klimaanlagen und Kellern und Nutzungsrechten.

Aber es war alles nutzlos, denn ich war kein Kind, das man mit einem Lutscher mit Kirschgeschmack besänftigen konnte, wenn ich mir einen Schokoeisbecher einbildete.

Am Ende eines jeden Tages versank ich in meinem ganz persönlichen Sumpf der Verzweiflung.

Dann pflegte Alexander eine Augenbraue hochzuziehen. »Sollen wir?«

»O ja!«, flehte ich.

Und dann flogen wir durch die Straßen der Stadt der Musik und bogen schnell zwischen der hohen Hecke ab, wie Bankräuber auf der Flucht. Wir sprangen aus dem Auto, schwebten im Tangoschritt den Gehweg entlang, auf die vordere Veranda, durch die Tür und die Treppe hinauf, wo wir das große Schlafzimmer umkreisten, bevor wir uns zu meinem Porträt niederließen.

Welches Porträt?

Das Porträt natürlich, das Alexander von mir zu malen begonnen hatte.

Die Idee war ihm an jenem allerersten Tag gekommen, als wir beide uns durch diese prachtvolle Suite im oberen Stockwerk drehten.

»Ich *liebe* dieses nördliche Licht«, hatte er erklärt. »Und es steht Ihnen. Halten Sie mal still, ja, dort, nur einen Augenblick. Lassen Sie mich sehen. O ja, das passt ganz himmlisch, dieses Licht und Sie. Wenn ich das, was ich sehe, nur einfangen könnte – ich weiß, mein Leben wäre für immer verwandelt.«

Wer könnte da Nein sagen?

Also saß ich für ihn Modell unter diesem wunderbaren nördlichen Lichteinfall, zwei oder drei Nachmittage in der Woche. Er versteckte das Porträt in einem der dunklen Schränke im oberen Stockwerk. Keiner der anderen Immobilienmakler hat es je gefunden.

Und ich war sehr froh darüber.

Nicht, dass das Gemälde unanständig gewesen wäre. Es war Kunst. Aber die Sache war die, dass Alexander beschlossen hatte, mich oben ohne, oder fast oben ohne, zu malen. Der obere Teil meiner rechten Brust war von meinem langen blonden Haar verdeckt. Dann, um meine Mitte herum, war ein weißer Morgenmantel drapiert, der aussehen sollte, als ob er von meinen Schultern geglitten sei. Hinter mir, außerhalb des Fensters, waren die Apfelbäume, die Pflaumen, die Birnen. Diese Bäume blühten gerade, als Alexander das Porträt begann, und sie trugen Früchte, bevor er fertig war. An einem wunderbaren Nachmittag, als wir fertig waren, fütterte mich Alexander mit einer Hand voll sonnengewärmter Pflaumen, die die Farbe von blauen Flecken hatten.

Am nächsten Tag, als ich wieder für ihn Modell saß, stellte ich mir vor, wie es wäre, wenn Alexander mich so fest packen würde, dass er solche blauen Flecken auf meinen Oberarmen hinterlassen würde. Nicht, dass er mich je berührt hätte, hören Sie, außer wenn wir Tango tanzten, und dann gelegentlich, um hier eine Locke zurechtzurücken und dort einen Arm.

Ich kann Ihnen nicht beschreiben, wie es ist, Tag für Tag halb nackt vor einem Mann zu sitzen, der Sie mit völliger Konzentration betrachtet, Sie aber nicht begehrt, so weit Sie das erkennen können. Nach einer Weile begann ich, ein Klingeln in meinen Ohren zu hören, das ich schließlich als den Singsang weltfremder Nonnen erkannte, den sie in endloser Anbetung ihres Herrn anstimmten. Bräute Christi, die um diese elementarsten menschlichen Bedürfnisse gebracht worden sind.

Als sich das Gemälde der Vollendung näherte, wurde Alexander immer enthusiastischer. »Das wird sie umhauen«, frohlockte er. »Ich kann es gar nicht erwarten, ihre Gesichter zu sehen. Nach dieser Ausstellung, warte nur, Georgie Ann ...« Er machte eine Pause, und mein Herz setzte einen Schlag aus, als ich auf die folgenden Worte wartete. »... dann werde ich nie mehr ein Haus verkaufen müssen.«

Das war nicht ganz das, was ich so gerne hatte hören wollen.

Denn inzwischen, wie Sie als kluger Leser natürlich wissen, war ich vollkommen vernarrt in Alexander.

Ich konnte einen ganzen Tag damit verbringen, mir Gedanken über ein einziges Detail seiner Person zu machen. Nehmen wir zum Beispiel sein Haar. Diese dunklen Wellen, die Art, wie sie von seinen Schläfen zurückwirbelten, der reizende Flaum in seinem Nacken. Das Glitzern der sauberen rosafarbenen Kopfhaut am Scheitel, den ich so gerne schmecken wollte. Der sonnengewärmte Geruch der dunklen Locken, die beim Tango über meine Wangen strichen.

Mutter hatte Recht gehabt, verdammt. Sie hatte versprochen, wenn ich rausginge, würde ich Zerstreuung finden. Die hatte ich gefunden, und jetzt war ich nicht nur zerstreut, sondern so verwirrt, dass es fast nicht zu ertragen war. Ich hatte Alexander, ich hatte *das* Haus, und doch hatte ich keines von beiden.

Trotzdem waren sie in meiner Vorstellung unauflöslich miteinander verbunden. Ich verbrachte Stunde um glückliche Stunde damit, mir ein Leben mit Alexander in dem Haus vorzustellen. Er würde in unserem Adlerhorst im oberen Stock malen, während ich las. Ich konnte uns in der Küche sehen, wie wir zusammen unser Abendessen kochten. Ich hackte saubere kleine Häufchen von Zwiebeln, Paprika und Knoblauch, während er briet und umrührte und abschmeckte. Da waren wir, Seite an Seite in zusammenpassenden Stühlen im Wohnzimmer sitzend. Ich las den vorderen Teil der Zeitung, er den hinteren. In einer verregneten Nacht umarmten wir uns oben, und der Raum bebte vor Liebe, drohte abzuheben, loszufliegen, über die Äpfel und Birnen hinwegzusegeln und die Pflaumen zu Marmelade zu verarbeiten.

Ständig trug ich eines von Alexanders Taschentüchern in der Tasche mit mir herum. Ich hatte es natürlich entwendet, als er nicht hinsah. Ich liebkoste mit meinen Fingern das feine Gewebe und las sein Monogramm in Blockbuchstaben wie Blindenschrift.

Einmal, vor einer ganzen Ewigkeit, damals, als ich an der Universität Assistentin für Englisch war, griff mein Abteilungschef – ein alter Lebemann, wenn es jemals einen gegeben hat – mitten in einer Institutsversammlung in seine Hosentasche, zog einen schwarzen Spitzenslip heraus und schnäuzte blind hinein.

Ich versuchte zu glauben, dass ich in meinen einsamen Stunden mich nicht mit einem Slip von Alexander anregen würde, aber wenn ich die Möglichkeit hätte – man kann nie wissen.

Es war etwa um diese Zeit, dass Mutter sagte: »Du weißt, ich habe dich sehr gerne, Georgie Ann. Ich hoffe, du bleibst für immer.« Als ich nicht darauf einging, fragte sie: »Liebes, suchst du wirklich nach einem Haus, oder ist da noch etwas anderes im Busch?«

Während ich Mutters Mund betrachtete, verwandelte er sich in den von Alexander. Auf seiner Unterlippe konnte man spazieren gehen, so ausladend war sie. Die Kurven der Oberlippe waren wie die Kotflügel eines '55er Buick. In meinen Träumen strich ich an ihnen entlang.

Mutter sagte: »Was immer du vorhast, du musst dich bewegen, vorwärts oder rückwärts. Am liebsten vorwärts.«

»Ja, Mutter.« Ich lächelte.

Dann kam der Augusttag, an dem Alexander ankündigte: »Morgen wird das Gemälde fertig sein.« Die Hitze hatte aus seinem Haar eine feuchte Mütze gemacht und es dicht an seinen Kopf gedrückt. Er sah aus wie Julius Cäsar.

»Und«, fügte er feierlich hinzu. »Ich glaube, du solltest wissen, es gibt einen Interessenten für das Haus.«

In einem einzigen Moment sank die Temperatur um dreißig Grad. Ich erstarrte.

»Für mein Haus?«

»Ich fürchte, ja, Georgie Ann. Nun, wie ich schon sagte, wenn du nur wieder arbeiten würdest, könnten wir für dich einen Kredit bekommen. Hast du darüber nachgedacht?«

Nein, natürlich nicht. Ich hatte mir eingeredet, dass ein Wunder geschehen würde. Mein Porträt würde genug einbringen, um die Anzahlung für das Haus abzudecken. Dann würde Alexander mir einen Heiratsantrag machen, und wir würden glücklich bis ans Ende unserer Tage leben – in diesem Haus, natürlich.

Alexander sagte: »Das Semester fängt bald an. Könntest du nicht die Universität bitten, dich wieder einzustellen? Wenigstens in Teilzeit, das wäre eine Demonstration guten Willens für die Hypothekenbank.«

Zurück in den Seminarraum? Zu verschwitzten Heranwachsenden über die Verbindung wahrer Geister sprechen? Also, das konnte ich genauso wenig tun, wie ich zu Kröger marschieren konnte, um mir Pfirsiche oder Pflaumen in Dosen zu holen, während die ganze süße Fülle, die ich je brauchte, bei diesem Haus auf mich wartete.

»Nein«, würgte ich hervor. »Das kann ich nicht.«

»Du solltest darüber nachdenken, Georgie Ann.«

Und dann, bevor ich Zeit hatte, zu begreifen, was Alexander mir gesagt hatte, war der August vorüber, und der Labor Day kam gleich danach, dieses Jahr früher als sonst. Gespitzte Bleistifte, wieder unterrichten. Die Saison war eröffnet worden. Mutter fing an, ihre jährliche Opern-Pilgerfahrt nach New York zu planen. Alexander bereitete sich auf seinen bevorstehenden Triumph in Atlanta vor. Wenn er anrief, inzwischen kaum noch einmal die Woche, dann in dem Versuch, mich davon zu überzeugen, zu seiner Ausstellung zu kommen. Die Callendar Galerie ziehe ernsthafte Sammler an, sagte er. Mein Porträt würde das zentrale Stück sein, und alle würden gerne das Modell kennen lernen.

Das kam natürlich überhaupt nicht in Frage. Nicht nur in die Welt hinausgehen, sondern auch noch ins Rampenlicht? All diese Augen ... Die bloße Idee war absurd.

Am Abend der Eröffnung fuhr ich hinüber zu dem Haus. Ich wollte auf den Stufen sitzen und mir Alexander in seiner Herrlichkeit vorstellen. Aber als ich in die Einfahrt fuhr, war das Erste, was ich sah, ein kleiner Streifen, der an dem »Zu verkaufen«-Schild angebracht war. *Reserviert*. Ich sah rot, und das Blut pulsierte hinter meinen Augen. Mein Kopf drohte zu zerspringen. Ich riss das Schild heraus und warf es in den Kofferraum meines Autos. Dort würde es ersticken. Es würde sterben. Es würde keine *Reservierung* geben.

Ich würde mich auch nicht dazu herablassen, der Angelegenheit weitere Aufmerksamkeit zu schenken. Ich konnte meine Gedanken und Handlungen beherrschen. Hatte ich das nicht schon längst bewiesen? Ich war so nahe daran gewesen, mich umzubringen, aber ich hatte es nicht getan. Ich hatte auch William nicht getötet. Ich hatte mich zurückgezogen und alles überwunden.

Also saß ich ruhig auf der obersten Treppenstufe vor der Tür des Schlafzimmers, wo Alexander und ich so viele glückliche Stunden verbracht hatten. Ich dachte an gutrasierte Männer in dunklen Anzügen und Frauen in zierlichen Kleidern in Schwarz und Grau und Taupe, dreihundert Meilen entfernt in Atlanta, die meine Brüste anstarrten. Sie würden es natürlich ausgesucht höflich tun, mit dem leisen Gemurmel, in dem Leute aus gutem Hause sich unterhalten. Ich stellte mir vor, wie ihre Augen sich weiteten, während sie hinsahen, und wie ihre Münder kleine Kreise formten.

Ich zog eine Pflaume aus meiner Tasche. Mutters Haushälterin hatte sie vom Einkaufen mitgebracht. Ich biss in das lila Fleisch, und der Saft erfüllte meinen Mund, nicht mit dem Nektar des Sommers, sondern mit einem sauren, dünnen Sirup.

Ich saß oben auf der Treppe, bis das Tageslicht verschwunden war, und dann tastete ich mich hinaus; die Einzelheiten dieses Hauses waren mir so vertraut wie die Knochen eines Liebhabers. Als ich im Haus meiner Mutter im Bett lag, suchten Albträume meinen Schlaf heim. Am nächsten Morgen konnte ich mich nicht mehr an viel erinnern, aber ich hatte ein flaues Gefühl im Magen, als ob der Flügel eines Bussards mich gestreift hätte.

Ich wartete atemlos auf Alexanders Anruf. Drei Tage später (drei Jahre, drei Jahrtausende), kam er. Die Ausstellung war ein großer Erfolg gewesen, und alle Werke waren verkauft. Mein Porträt war zum erhofften, extravagant hohen Preis weggegangen. Ein japanischer Manager aus der Automobilbranche nahm es mit in sein Heim in der Nähe von Kyoto. Ich schloss die Augen. Ich konnte Tempelglocken hören und wie Leute in einer fremden Sprache murmelten.

»Wie dem auch sei«, sagte Alexander und machte eine Pause.

Ich wartete seine folgenden Worte nicht ab. Ich wusste, wie sie lauten würden, und konnte es nicht ertragen, sie aus seinem Mund zu hören. Ich legte auf und wählte Charlottes Nummer. Dann fuhr ich noch einmal zu dem Haus.

Obwohl ich vorgewarnt worden war, war das neue Schild mit seinem roten Wimpel – Verkauft –, ein Schock. Aber nicht lange. Ich riss es aus dem Boden und begrub es mit dem anderen Schild in meinem Kofferraum.

Ich saß auf der obersten Treppenstufe, als Alexander mich fand, direkt vor dem großen Schlafzimmer mit dem wunderbaren nördlichen Licht, von dem ich gehofft hatte, dass es eines Tages uns beide, eng umschlungen, wecken würde.

»Ich wusste, dass du hier sein würdest«, meinte er.

»Und ich wusste, dass du kommen würdest.«

»Georgie Ann, es tut mir so Leid, aber es ist vorbei. Du hast nichts getan, um es aufzuhalten, du bist einfach reglos dagesessen, und jetzt ist das Haus verkauft.« Er ließ eine Hand auf meine Schulter sinken. Ich schüttelte sie ab. Er runzelte die Stirn. »Du musst es loslassen.«

Ich sagte kein Wort.

Alexander setzte sich neben mich und nahm meine Hand. Seine Berührung war kalt. Ich konnte fühlen, wie die Lügen, die er so sorgfältig einstudiert hatte, durch sein Blut pulsierten. Sie fielen aus seinem Mund, wie kleine, rote Eiswürfel aus der Tür von Luxuskühlschränken fallen.

»Ich habe dich gewarnt«, sagte er, »dass jemand ernsthaft an dem Haus interessiert ist.«

Ich hob die Hand und verschloss ihm den Mund. Dann

stand ich auf. »Lass uns tanzen, ein letztes Mal«, schlug ich vor und stand auf dem Parkett des oberen Flurs.

»Ja.« Er lächelte. »Tanzen wir.« Ich konnte seine Erleichterung spüren. Ich würde es nicht übel nehmen.

Er hatte natürlich befürchtet, dass ich durchdrehen würde, dass ich mit Schaum vor dem Mund schreien und mich auf dem Boden wälzen würde, dass aus meinem Kopf Schlangen sprießen und ihn anfallen würden. Und er hatte allen Grund, sich zu fürchten. Hatte er gedacht, ich wüsste es nicht?

Es hatte nur dieses einen Anrufs bei Charlotte bedurft, um meine Befürchtungen zu bestätigen. Erst hatte Alexander mit seinen Farben und Pinseln mein Bild gestohlen und es ins Reich der Mitte verkauft. Dann hatte er den Geldsegen dazu benutzt, das Haus zu kaufen. Es war dieses zauberhafte nördliche Licht, hatte er Charlotte erklärt. Es hatte sein Leben verändert. Er musste es einfach für sich haben.

Würde Alexander allein in dem Haus leben?, hatte ich gefragt.

Ja, antwortete sie. Zumindest glaube ich das.

An der Stelle log sie, das spürte ich.

Und so hob ich langsam meine Arme zu einem letzten Tango. Alexander zog mich an sich. Ich roch Zitronen. Ich hörte die Brandung rauschen. Meine Brüste drückten sich an seine Brust – nicht begehrt, ungeliebt. Wir bewegten uns in langsamer, argentinischer Pracht über den Parkettboden. Dann zurück. Und wieder vorwärts.

Beim dritten Mal, als er mich von sich wegdrehte, kamen seine Fersen sehr, sehr nahe an die Kante der obersten Treppenstufe. Ich hatte aufmerksam nach diesem Winkel, diesem Moment Ausschau gehalten. Dann ließ ich einfach los, und die Zentrifugalkraft unseres Schwungs trieb Alexander rückwärts, so sicher, als ob er an einem Seil gezogen hätte.

Er fiel hinunter, Stufe um Stufe, kopfüber, und landete mit einem scharfen Krachen seines Kopfes und Halses auf dem alten Eichenboden ein Stockwerk tiefer.

Ich rannte ihm nach. Beugte mich über ihn. Brachte mein Gesicht nahe an ihn, wie für einen Kuss.

Hilf mir, waren seine letzten Worte.

Nein, war mein letztes.

Sobald er gestorben war, strich ich mit meinen Locken über die Stelle an seinem Genick, wo die dunklen Locken sich so reizend federartig ausbreiteten, dann ging ich zur Tür und zum nächsten Telefon, um den Notruf zu wählen. Ein schrecklicher Unfall, heulte ich. Bitte, kommen Sie.

So schade. So traurig. Solch ein gut aussehender Mann. Und gerade am Beginn seines Erfolgs. Das Murmeln kam aus jeder Ecke.

Aber das machte mir überhaupt nichts aus. So wenig, wie dieser letzte Anblick von Alexander, wie er mit schiefem Hals am Fuß meiner Treppe lag.

Zwanzig Mal am Tag gehe ich jetzt über diese Stelle, ohne mit der Wimper zu zucken. Wie ich Ihnen schon sagte, meine Selbstbeherrschung ist wie Granit. Man könnte einen Grabstein darauf errichten, er würde tausend Jahre halten.

Außerdem habe ich zurzeit so viele andere Dinge im Kopf. Meine neue Arbeitsstelle hält mich auf Trab. Charlotte sagt, sie hat noch nie jemanden gesehen, der sich so schnell in der Immobilienbranche zurechtgefunden hätte.

Sie hat all die Monate vergessen, die ich auf der Suche nach einem Haus verbracht habe. Und Alexander war ein sehr guter Lehrer gewesen.

Aber warte, warte mal, sagen Sie. Wie konntest du denn so munter in die Welt zurückspringen und die Klause der Gelehrsamkeit links liegen lassen um des turbulenten Geschäftslebens willen, so leicht, als ob ich nur meine Kleider wechselte?

Die Antwort ist einfach. Der Besitz und das Renovieren des Hauses – meiner Leidenschaft, meines Herzens, meiner Seele – erforderte heroische Maßnahmen, ganz zu schweigen einen Haufen Geld.

Man tut, was man tun muss – für die Liebe.

NANCY PICKARD

Angst vor der Dunkelheit

Sie dachte, sie hätte bereits ihren ganzen Mut aufgebraucht.

Allein dadurch, dass sie den Eingang des verlassenen Tunnels unter der Prärie von Kansas betrat, fühlte Amelia sich so, als ob sie jede Nervenfaser, die sie besaß, mobilisiert hätte. Vielleicht hatte sie gerade noch genug übrig, um ein Stückchen weiter in die unterirdischen Räume hineinzugehen. Und danach? Dann wäre ihr ganzer Vorrat an Wagemut völlig erschöpft, dessen war sich Amelia ziemlich sicher.

Von der morschen Decke hing eine nackte Glühbirne herab, die ein kahles Licht verbreitete; wahrscheinlich wurde sie von irgendeinem alten Generator angetrieben, der dem Verfall überlassen worden war. Zugegeben, diese Glühbirne erleuchtete die ersten paar Meter dieses unterirdischen Raums, die Amelia erkennen konnte, trotzdem hielt sie den Atem an, während sie versuchte, genügend Mut aufzubringen, um sich vorwärts zu bewegen. Aber über das Licht hinaus konnte sie nichts sehen.

Ein unvorstellbarer Schauplatz lag vor ihr.

Ein antiquierter Friseurladen unter der Erde, mit Stühlen und allem Drum und Dran.

Vor ihren erstaunten Augen wurde zum ersten Mal seit wer weiß wie vielen Jahren all das von dem fahlen Licht enthüllt.

Die Wände des Friseurladens im Tunnel waren irgendwann einmal verputzt worden, aber den Schmutzfilm, der jetzt auf ihnen schimmerte, würde sie nicht berühren wollen. Amelia konnte nicht erkennen, mit welcher Farbe sie vielleicht einmal angestrichen worden waren, als die unterirdischen Kammern vor fünfundsiebzig Jahren entstanden waren – fünfzig Jahre, bevor sie geboren wurde. Sie wusste, es gab hier nicht nur diesen winzigen Friseurladen, sondern auch einen Krämerladen, eine Kirche und ein Rathaus. Amelia spürte, dass sie keinesfalls die Nerven hatte, all das zu erforschen – weder jetzt noch sonst irgendwann.

Der verwitterte Holzboden ließ die Erde unter ihren Füßen durchscheinen.

Das Ganze war eine schlaue Idee gewesen – ein kühler Treffpunkt für geschäftliche und städtische Aktivitäten, erfunden von den Bürgern von Spale, Kansas, Einwohnerschaft 956 Männer, Frauen und Kinder im Jahre 1922. *Es ist immer noch so kalt wie in einem Grab,* dachte Amelia, während sie fröstelnd im Eingang stand, *nur leerer.* Vorausgesetzt, sie zählte sich selbst nicht mit, was sie in diesem Zusammenhang auch nicht wollte. Die baufälligen Straßen und Gebäude über ihr waren jetzt eine Geisterstadt, da alle ehemaligen Einwohner auf dem Friedhof lagen oder an andere Orte geflohen waren.

Im Laufe von fünfundsiebzig Jahren hatte sich in Spale alles, was von Menschenhand gemacht war, verändert – in der Natur wohl kaum etwas, vermutete Amelia. Sie stellte sich vor, dass die Hitze des Indianersommers an diesem Tag genauso schwer über dem Ort hing wie vor all diesen Jahren. Die Luftfeuchtigkeit war wahrscheinlich ebenso hoch wie eh und je, und die fallenden Blätter waren zweifellos so golden wie früher. Die Menschen damals waren der Hitze und den Moskitos ihres Kansas-Sommers entflohen, indem sie hier unten ihren Geschäften nachgingen und ihre gemeinschaftlichen Gebete verrichteten, und sie waren hier auch Wirbelstürmen und bitterkalten Wintertagen entkommen. Zweiunddreißig Paare waren in der unterirdischen Kapelle getraut und unzählige Bärte in dem Friseurladen rasiert worden.

Amelia kannte alle diese Fakten, und noch mehr.

Sie wusste jedoch nicht, was in der Dunkelheit vor ihr lag.

Wenigstens gab es Licht. Sie glaubte, sie konnte fast alles ertragen, solange es einen Lichtschein gab. Völlige Dunkelheit fürchtete sie mehr als alles auf der Welt.

Zögernd ging Amelia vorwärts, bis sie ihre linke Hand auf den mit Filigran geschmückten, silbrigen Arm des nächsten Barbierstuhles legen konnte. Dahinter hing ein stark gesprungener und verzerrter Spiegel. Sie schaute hinein und sah sich selbst. Wie eine distanzierte Beobachterin betrachtete Amelia ihre eigenen aufgerissenen braunen Augen, ihre zerzausten kurzen braunen Locken, die Schweißflecken auf ihrem roten T-Shirt und die Schmutzspuren auf ihren Jeans, und sie dachte: *Ich sehe verängstigt aus.* Von der Offensichtlichkeit ihrer Angst entnervt, schaute Amelia weg und weiter hinein in die Dunkelheit am anderen Ende des Ladens. Während undeutliche Umrisse allmählich sichtbar wurden, bemerkte sie einen dritten Friseurstuhl und dass jemand darin saß.

»Ach, da sind Sie ja!«, rief sie aus.

Mehrere Dinge schienen gleichzeitig abzulaufen.

Inzwischen war Amelia nahe genug am letzten Stuhl, so dass sie sehen konnte, wer darin saß, und sie spürte plötzlich eine tiefe, tiefe Kälte. Der Mann im Stuhl war tot. Beim Anblick seines Gesichts mit den aufgerissenen Augen wurde sie von solch unerwartetem Kummer erfasst, dass er kurz ihren Schock übertraf.

Als sie ihren Blick zum Spiegel hinter dem dritten Stuhl hob, sah sie im Eingang hinter sich das Gesicht eines anderen Mannes auftauchen und – dankbar – erkannte sie auch diesen Mann.

»Schauen Sie!«, rief sie und wirbelte zu ihm herum. »Schauen Sie nur, was passiert …«

Aber anstatt zu ihr zu kommen, griff er nur mit einer Hand herein. Mit einem heftigen Ruck zog er an der Kette, die von der Fassung der Glühbirne herunterhing. Das Licht ging aus, und die Kette riss ab.

»Nein! Bitte nicht!«

Unter der Stadt Spale in völlige Dunkelheit getaucht, konnte Amelia nicht sehen, wie sich die Tür schloss, aber sie hörte sie dumpf zuschlagen, und sie hörte das schreckliche Geräusch des langen Holzriegels, der vorgeschoben wurde.

Und sie hörte ihr eigenes Schreien.

Mein Gott, wie dumm war sie nur gewesen.

Dienstag, 16. Dezember

»Geisterstädte in *Kansas*?«

Im Büro des Verlegers der *American Times* in New York City hatte Amelia Blaney mit ihrer linken Handfläche gegen ihren Kopf geschlagen, als ob sie ihre Ohren frei machen wollte. Die spontane Reaktion hatte – im Spaß – andeuten sollen, dass sie ihren Chef vermutlich missverstanden hatte. Ihr Gesichtsausdruck deutete an, dass sie ihn unmöglich richtig verstanden haben konnte.

Auf ihre Geste hin hob sich sarkastisch eine Seite des schmalen Mundes von Dale Hale, aber er sagte nicht: »Das war nur Spaß.« Stattdessen fragt er scharf nach: »Welches Wort macht Ihnen Mühe, Amelia: Geist, Stadt oder Kansas?«

Sie war nur jung, nicht dumm. Sie wusste, dass Dan selbst ursprünglich aus dem Staat kam. Vielleicht hasste er ihn, vielleicht liebte er ihn. Amelia bereute bereits ihre komische Einlage und formulierte vorsichtig ihre nächsten Worte.

»Zweifellos«, sagte sie taktvoll, »ist Kansas im September sehr schön. All dieser goldene … Weizen.«

»Kansas ist kein Weizenstaat.«

»Nicht? Dann eben Mais.«

»Maisfelder sind grün.«

Amelia umklammerte ihre Stuhlkante, um nicht die Hände hochzustrecken. *Okay!*, dachte sie in gereizter Kapitulation. *Was auch immer.* Sie zog es vor, das Thema Kansas fallen zu lassen, und kam zur Wahrheit.

»Ich habe Angst im Dunkeln«, gab sie zu.

Sie sagte es leichthin und erwartete eigentlich nicht, dass ihr Chef ihr glauben würde, oder gar Mitgefühl aufbringen und sich anders besinnen würde, aber es war peinlicherweise wahr. Seit frühester Kindheit hatte Amelia fast krankhafte Angst vor dem Dunkeln gehabt. So sehr ein klaustrophobischer Mensch Schränke hasst, so sehr jemand mit Agoraphobie vor offenen Plätzen schreckliche Angst hat, so sehr fürchtete sich Amelia vor der Dunkelheit. Bei den wenigen Gelegenheiten, bei denen sie ohne Sonnenlicht, Nachtlicht, Taschenlampe oder Scheinwerfer war, überfiel sie extreme Nervosität und Übelkeit. Sie wusste nicht, warum, und hatte es nicht einmal einem Psychiater sagen können, was es genau war, wovor sie in der Dunkelheit Angst hatte. Sie wusste nur, dass die Furcht quälend real war und so nahe wie der nächste Sonnenuntergang.

Tatsächlich erschien wieder die bezeichnende, kleine Kurve in Dan Hales Mundwinkel. Sie sah, dass er glaubte, sie mache Witze. Fast alle glaubten das, auch ihr letzter Freund, der schließlich gegangen war, nachdem er sie wütend beschuldigt hatte, seine »Bedürfnisse zu ignorieren«, weil er nicht schlafen konnte, wenn im Zimmer eine Lampe brannte. Sie konnte aber nicht ohne Licht schlafen. Sie hatte geweint, als er sie verließ, aber in Wahrheit hatte sie weniger Angst vor dem Alleinsein als vor der Dunkelheit.

In einem einzigen ätzenden Wort fasste Dan seine Reaktion zusammen: »Und?«

Amelia versuchte es noch ein letztes Mal, obwohl sie wusste, dass kein Reporter mit nur sechs Monaten Berufserfahrung nach der Journalistenschule es sich leisten konnte, einen Auftrag abzulehnen, auch wenn er ihr ein mulmiges Gefühl machte und sie Pudding in den Knien hatte. Dan Hale hätte ihr auftragen können, einen Serienmörder zu interviewen, und sie hätte vielleicht nicht gezittert, aber das hier traf sie genau dort, wo ihre Courage ein klaffendes Loch hatte.

»Und genau da«, erklärte sie, »leben Geister. Im Dunkeln.«

Amelia lächelte vorsichtig ihren Chef an, in dem Wissen, dass es mehr wie eine Grimasse aussah. Das Grinsen eines Skeletts.

Er schien es nicht zu bemerken. Tatsächlich klang seine nächste Äußerung so, als ob sie nichts damit zu tun hätte.

»Sie sind verrückt nach Tieren, stimmt's?«

Amelia war über den Themenwechsel von Geistern zu Tieren erschrocken und verblüfft über Dans Ausdrucksweise und antwortete mit einem vorsichtigen »Ja?«. Sie war überrascht, dass Dan überhaupt von ihrer Leidenschaft für Tiere wusste. Sie nahm an, es gehe aus ihren Studienunterlagen hervor, dass sie kurz mit der Veterinärmedizin geliebäugelt hatte, bevor sie zur Journalistenschule wechselte. Sie hoffte jedoch, dass die Unterlagen nicht verrieten, wie katastrophal und tragisch das Ergebnis dieses Unternehmens gewesen war. Amelia hatte eigene Geister, und sie hätte es grässlich gefunden, wenn irgendein Reporter sie aufspürte.

»Das dachte ich mir«, sagte Dan. Seine Stimme war jetzt energisch, und sie wusste, die Angelegenheit war abgeschlossen – sie würde nach Kansas gehen. Er fügte hinzu: »Deshalb habe ich in der Serengeti-Pension ein Zimmer für Sie reserviert.«

Fast hätte Amelia sich noch einmal auf ein Ohr geschlagen.

Ungläubig fragte sie nach: »Ein Zimmer *wo*?«

»Es ist eine Frühstückspension auf dem Gelände einer Farm für exotische Tiere«, erklärte er ihr, was ihr Staunen nur vergrößerte. »Kamele, Lamas, Giraffen; Strauße, Elche, Kängurus. Das alles gehört einem Tierarzt.«

»Also, *das* ist eine Geschichte«, murmelte sie und

wurde rot vor Verlegenheit, weil sie es laut genug gesagt hatte, dass er es hören konnte. Aber du liebe Zeit! Sie konnte ihre Reaktion nicht unterdrücken. Eine Farm für exotische Tiere? In Kansas? Konnte es so etwas geben? Und wenn ja, würde sie diese Tiere sehen, vielleicht sogar berühren können? So unwahrscheinlich das auch war, aber Amelia begann, sich auf ihre Aufgabe zu freuen.

»Nein.« Ihr Chef hatte einen ärgerlichen, sarkastischen Ton in der Stimme. »Das ist nicht die Geschichte. Geisterstädte sind Ihre Geschichte, vergessen Sie das nicht.«

Seine barschen Worte brachten sie ruckartig wieder auf den Boden der Tatsachen und zu ihren Ängsten zurück.

Amelia fürchtete sich ganz ehrlich vor der Dunkelheit – irgendwo tief drunten in einer schattigen Höhle ihrer eigenen Seele, aber der Mann, der ihr gegenübersaß, machte ihr noch viel unmittelbarer Angst: ihre wirtschaftliche Existenz stand auf dem Spiel. Sie hatte Studiendarlehen zurückzuzahlen. Sie war eine Anfängerin und konnte es sich nicht leisten, abzusagen, nur weil ihr eine Aufgabe zu viel Angst einflößte. Amelia brauchte nicht erst die reich bevölkerten Wände von Dans Büro zu betrachten, um sich daran zu erinnern, wie grundlegend die Meinung dieses Mannes sein konnte – für sie, für die Stadt New York, für die Welt.

An diesen Wänden hingen Preise und Fotografien mit eindrucksvollen Autogrammen, Fotos von Dan Hale mit so vielen Staatsoberhäuptern, dass es ihr Mühe machte, sie alle mit Namen und Land zu identifizieren. Er mochte lediglich sechsunddreißig Jahre alt sein, aber er war bereits Chefredakteur einer der vier einflussreichsten wöchentlichen Nachrichtenmagazine der Welt. Er war ein Mann, dessen Meinung – so ging das Gerücht – einen Krieg beenden oder auch entfachen konnte.

Da sie lediglich Anfängerin war, bezweifelte Amelia, dass sie überhaupt an der eigentlichen Geschichte schreiben würde. Es war eher wahrscheinlich, dass sie ihre Notizen abtippen und einem älteren Redakteur geben würde. Dan schickte sie nur zum Recherchieren hinaus, das war alles. Aber es war schon etwas Besonderes, einen Auftrag von diesem Mann persönlich zu bekommen.

Während ihr all diese Gedanken durch den Kopf schossen, betrachtete sie den Mann; er erinnerte sie an einen Bären: groß gewachsen, übergewichtig, kleine Augen, füllige Wangen und ein irreführender, schlurfender Gang, hinter dem sich die legendäre Fähigkeit verbarg, Dummköpfe zu attackieren; in der Herstellung und in der Redaktion, tückisch und ohne Warnung.

Sie fühlte sich geschmeichelt, sogar geehrt, dass er sich für sie interessierte.

Sie war sich sicher, dass sein Interesse nicht im entferntesten romantischer oder erotischer Natur war. Dan Hale gab kein Signal, dass er Amelia auf dieser Ebene überhaupt wahrnahm, und das war erleichternd für sie. Es gefiel ihr sehr, Männern auf intellektuellem Niveau zu begegnen, rein beruflich. Ihre letzte gescheiterte Liebe hatte sie so traurig gemacht, dass sie immer noch in Stress geriet, wenn ein Mann sich von ihr angezogen zeigte. Bei Komplimenten fühlte sie sich unbehaglich. Sie hatte beschlossen, sie wollte keine Liebe; sie brauchte Arbeit, nur Arbeit.

Gott sei Dank war dieses Gespräch zwischen ihr und »der Legende« rein professionell. Aus irgendeinem Grund schien dieser gefürchtete und respektierte Journalist zu

143

glauben, dass Amelia Blaney seiner persönlichen Betreuung wert war. Amelia setzte sich gerade hin und versuchte, ihre Zweifel wegen des Auftrags hinunterzuschlucken. Sie konzentrierte sich stattdessen darauf, diesen schwierigen Chef zufrieden zu stellen, und erinnerte sich daran, wie sehr sie die Tiere liebte. Mit diesem Auftrag tat er ihr einen großen Gefallen. Sie würde versuchen, ihn richtig einzuschätzen und ihm gerecht zu werden.

Selbst wenn Geisterstädte in Kansas dazugehörten.

Er gab ihr Flugtickets und eine Karte der Autobahnen von Kansas, auf der bestimmte Städtenamen mit roter Tinte eingekreist waren. Dann entließ er sie ungeduldig aus seinem Büro. Erst als sie ziemlich atemlos draußen stand, fiel Amelia auf, dass er ihr keinen einzigen Anhaltspunkt für den Grund dieses Auftrags gegeben hatte, oder was, in aller Welt, sie suchen sollte.

Sie drehte sich um, mit der Absicht, noch einmal hineinzuplatzen und ihn zu fragen.

Aber er war bereits am Telefon und hatte seinem Fenster den Rücken zugewandt.

Als sie eine ältere Reporterin deswegen fragte, riet sie ihr: »Erwarten Sie keine Erklärungen. Manchmal verrät er überhaupt nicht, warum er Ihnen eine Story gibt. Das könnte Ihre Ermittlungen beeinträchtigen. Man erwartet von Ihnen, dass Sie die Fakten ausgraben und selbst herausfinden, worum es dabei eigentlich geht.« Die ältere Reporterin grinste Amelia an. »Und der Himmel sei Ihnen gnädig, wenn nicht das dabei herauskommt, was er von vornherein erwartet.«

O Gott! dachte Amelia und spürte eine Furcht in sich aufkeimen, die mit der Dunkelheit nichts zu tun hatte.

Während des Anschlussflugs zwischen Kansas City und Wichita am nächsten Tag studierte Amelia die Karte, die Dan ihr gegeben hatte, und entschied sich für die Reihenfolge, in der sie die verlassenen Städte ansteuern wollte: Spale, Bloomberg, Wheaten, McDermott, Flaschoen, Parlance und Stan. Der Name der letzten Stadt gefiel ihr besonders. Eine Stadt namens Stan – das klang freundlich und, nun, kleinstädtisch. Gedankenverloren fragte sie sich, ob New York jemals das Zentrum des Universums hätte werden können (das es ihrer Meinung nach war), wenn die Gründer es »Stan« genannt hätten. Sie lachte in sich hinein.

Als eine Organisationslaune sie überkam, las Amelia die Informationshäppchen durch, die sie aus der Bibliothek geholt hatte, wie auch aus dem firmeneigenen Archiv (das selbst schon eine wahre Bibliothek war), und aus dem Internet. Was sie fand, war faszinierend und erklärte ausführlich, warum ihr weltkluger Chefredakteur das Thema überhaupt berichtenswert gefunden hatte. Es würde eine Geschichte über ein sich veränderndes Amerika werden, sagte sie insgeheim voraus, über Landbewohner, die in die Städte abwanderten, und über die Städte, die sie verließen und die wieder zu Präriestaub wurden.

Diese »Geister« würden sie nicht ängstigen, da war sie sich sicher.

Sie mochten traurig sein, aber nicht erschreckend, zumindest nicht für sie persönlich. Und mit etwas Glück konnte sie ihre Nachforschungen bei Tageslicht durchführen und sich jeden Abend in die gut beleuchtete Geborgenheit ihres Hotelzimmers zurückziehen. »Bed & Breakfast«, erinnerte sie sich, während die Randgebiete einer mittleren Großstadt unter dem Flugzeug erschienen. Amelia hatte noch nie in einer B&B-Pension übernachtet. Sie fragte sich, was sie ihr auf einer »Farm für exotische Tiere« zum Essen servieren würden. Hafer? Heu? »Für mich ist das alles Getreide«, gluckste sie in sich hinein, als sie landeten.

Sie wusste allmählich zu würdigen, wie köstlich bizarr dieser Auftrag sich noch entwickeln könnte. Giraffen und Geister, in Kansas. Meine Güte, sie würde sich zu Hause noch wochenlang mit dieser Geschichte zum Essen einladen lassen können. Ihre New Yorker Freunde würden lachen, bis sie sie schließlich anflehen würden, aufzuhören.

Obwohl sie ihre Papiere weggesteckt hatte, ließ Amelia die Leselampe über ihrem Kopf brennen. Sie flogen gerade durch eine Wolkendecke, die die Passagierkabine verdunkelt hatte. Amelia hatte nicht speziell vor dem Sturm oder einer rauen Landung Angst, ihr gefiel nur einfach der Kreis der Geborgenheit, den die kleine Lampe um sie warf.

Das erste Anzeichen dafür, dass sie sich ihrem Ziel näherte, war ein Kamel, das seinen Kopf über einen Zaun hängen ließ. Hinter dem Kamel standen mehrere Zebras mit einem entzückenden Fohlen, das um seine Eltern herumrannte. Amelia fuhr in ihrem Leihwagen noch an einer anderen Weide vorbei, wo riesige Strauße ihre schönen Schwingen hoben. Wie Dorothy im *Zauberer von Oz* war sie versucht zu glauben, dass sie »nicht mehr in Kansas« war. Aber ein großes Schild verkündete: »Willkommen in der Serengeti«, und darunter: »Bed-&-Breakfast-Pension«. Und weiter unten stand in graziöser Handschrift: »Exotische Tiere«. Besucher wurden gewarnt: »Keine Touren ohne Erlaubnis.«

Amelia bog auf eine Kiesstraße ein.

An einem Zaun hielt sie an, um die Strauße zu betrachten, die gemächlich herüberkamen und sie anstarrten. Als sie ihr mit ihren weißen Augenlidern zuzwinkerten, brach sie fast in Tränen aus, und das schockierte sie. Vor langer Zeit hatte sie einmal davon geträumt, ein »Tierdoktor« zu sein, und das nicht nur für Hunde und Katzen – nein, sie hatte Großtiere behandeln wollen. »Ihr seid sicherlich groß genug«, sagte Amelia mit belegter Stimme zu den Straußen, »aber ich hatte dabei nicht gerade euch im Kopf!«

Pferde, Kühe, sogar Schafe.

Eine Praxis im Hinterland von New York, wo sie mit ihren Großeltern die Sommer verbracht hatte. Farmland, Milchland.

Das alles hatte jedoch in einem fürchterlichen Chaos geendet, und sie hatte sich davongeschlichen und auf die Journalistenschule verzogen. Inzwischen war ihr egal gewesen, was für einen akademischen Grad sie bekam oder was für eine Arbeitsstelle sie sich angelte oder gar, was ihre eigene Zukunft bringen würde. Eigentlich hatte sie jede Vorstellung von »Zukunft« verloren. Die Zeit teilte sich in »damals« und »jetzt« auf, und es gab kein »morgen«.

Plötzlich ungeduldig mit sich selbst geworden (ihre Großmutter hatte niemals geduldet, was sie »im Selbstmitleid wälzen« nannte), schniefte Amelia, blinzelte und eilte weiter auf ein weißes Haus im Ranchstil zu, das am Ende der Zufahrt wartete. Sie sah ein gewöhnlich aussehendes, langes weißes Motelgebäude auf der rechten Seite stehen und Gehege und Tore aus Metall und eine Reihe zusammenhängender hölzerner Scheunen. Fast alles war weiß gestrichen und mit rotem Rand versehen. Es sah wie eine ganz normale, gepflegte Ranch aus. Mit Ausnahme des Gasthauses – und der Zebras.

Auf einer Weide hinter den Scheunen entdeckte Amelia eine Giraffe.

Sie war sich nicht ganz sicher, ob sie diesen Ort gutheißen würde – warum waren diese wilden Geschöpfe nicht in Afrika, wo die meisten von ihnen hingehörten? Trotzdem konnte sie sich nicht helfen, sie musste beim Anblick der Giraffe grinsen, und während sie das Auto parkte, fragte sie sich, ob sie auf umherstreifende Löwen achten sollte.

Zuerst schien es, als ob die Farm selbst ihre erste Geisterstadt wäre. »Außer uns Hühnern niemand da«, sagte sie zu einem prächtigen braunen Hahn, der mit ihr zur Haustür gekommen war. »Bist du der Wachvogel hier?«

Als niemand auf die Türklingel oder ihr Klopfen reagierte, gehorchte sie dem Schild, das sie aufforderte: »Eintreten«, und ging in ein Wohnzimmer, das zu einem Büro umfunktioniert worden war. Es gab zwei Schreibtische mit Anschlagtafeln dahinter. Die Wände waren bedeckt mit Fotos von Leuten, die mit Tieren posierten, und Ausschnitten aus Zeitungen und Zeitschriften und niedlichen Dankesbriefen von Schulkindern.

Um die Zeit zu vertreiben, bis jemand auftauchte, um ihre Anmeldung entgegenzunehmen, ging Amelia in dem Zimmer umher, sah sich die Fotos an, las alles und fühlte sich, als ob sie auf der Suche nach der »wirklichen Geschichte« sei, wegen der Dan sie hierhergeschickt hatte. Ging es um die Wirtschaft des Binnenlandes? Oder um Geschäfte mit exotischen Tieren? Wie sind diese Tiere überhaupt hierher gekommen? Wurden sie artgerecht gehalten? Waren auch bedrohte Tierarten darunter, die zu halten illegal war? Anstatt über Geisterstädte nachzulesen, hätte sie vielleicht Informationen über den internationalen Handel mit wilden Tieren sammeln sollen …

In letzter Zeit verdichtete sich bei Amelia immer mehr den Eindruck, dass sie nicht zur Journalistin geboren war. In Wahrheit gefiel es ihr nicht, Misstrauen gegen Menschen zu hegen, und sie war nicht einmal besonders neugierig – interessiert, ja, auf höfliche und wissenschaftliche Art und Weise, aber nicht neugierig in der Art geborener Klatschtanten oder Journalisten, wie sie oft sarkastisch dachte. Sie hasste es, rüde Fragen zu stellen. Sie zog es viel lieber vor, »im Zweifelsfall für den Angeklagten« zu sein, als ihn zu verdächtigen. Sie war zum Feature-Schreiben gekommen, weil Enthüllungsjournalismus völlig unmöglich für sie war, denn ihr taten immer die Angehörigen der Bloßgestellten Leid. Ohne etwas wahrzunehmen, starrte sie auf einen der Schreibtische hinunter und dachte: »Und nun bin ich hier auf der Suche nach einer Geschichte, und ich weiß sogar, welcher!«

Sie hatte beim Lesen den Faden verloren und entdeckte jetzt, dass es gar nicht um wilde Tiere ging. »Was?«, fragte sie ungläubig, verwirrt von dem, was sie sah. Nachdem sie sich durch den ganzen Raum gearbeitet hatte, stand sie jetzt hinter einem der Schreibtische und schaute auf die Zeitungsartikel, die dort an die Wand geheftet waren.

In den Schlagzeilen tauchte das Wort »Mord« auf.

Es war eine Reihe von Ausschnitten aus lokalen Zeitungen, die fast siebzehn Jahre alt waren. Sie handelten alle von einem lange zurückliegenden Mord an einem Mädchen namens Brenda Rogers, siebzehn, in der Abschlussklasse der High School von Spale. Sie war eine ausgezeichnete Schülerin, sollte die Abschiedsrede halten, war bei allen beliebt, und man hatte erwartet, dass sie später sehr erfolgreich werden würde. Sie hatte ein Vollstipendium für die Universität von Kansas in Lawrence erworben, und sie war das älteste Kind eines Ehepaares, das außerhalb der Stadt eine Farm betrieb. Die Fotos zeigten ein hübsches, blondes, lächelndes Mädchen, das es anscheinend genoss, fotografiert zu werden.

Vor Amelia enthüllte sich ein fürchterliches Verbrechen und ein schrecklicher Verlust, und sie war traurig wegen des Mädchens, der Familie und der Stadt, in der, so wurde berichtet, »noch niemals etwas so Abscheuliches geschehen war«.

Der Name des Mörders war Thomas Rogers.

»Er hieß genauso wie sie«, murmelte Amelia, die starr war vor Entsetzen über das, was sie las. Ebenfalls siebzehn – ihr Bruder? »Mein Gott, ihr *Ehemann*?« Nicht nur das, sondern auch der Vater ...

»Ihres *Kindes*?«

Für eine Kleinstadt im Mittleren Westen um 1980 schien es Amelia eine unwahrscheinliche Kombination von Fakten zu sein. Aber was war daran eigentlich so unwahrscheinlich? Eine frühe Schwangerschaft? Oder der Umstand, dass der Junge sie heiratete? Nein. Es waren die kontinuierlich hohen Leistungen der jungen Mutter und das Stipendium, das Vollstipendium für vier Jahre, das an eine Siebzehnjährige mit einem Baby ging. Für Amelia deutete das alles auf eine außergewöhnliche junge Frau hin, auf eine großzügige High School, eine Stadt, die vergeben konnte, ein Stipendienkomitee mit Vertrauen und – höchstwahrscheinlich – auf eine wunderbare Familie, die sie unterstützte. Ihr Blick glitt schnell über die Todesanzeige, die die Überlebenden beim Namen nannte.

Mein Gott, dachte sie traurig, was für ein furchtbarer Schlag für sie alle.

Und der Junge? Der Ehemann/Mörder?

Auch ein Schüler der Abschlussklasse, ebenfalls ein Einser-Schüler, dazu ein Star im Football, Basketball und Baseball. Er war fast so außergewöhnlich wie sie und ehrlich noch dazu, indem er sie heiratete. Das heißt, ehrlich mit Ausnahme der entsetzlichen Tatsache, dass er sie tötete. Amelia las, wie die Leiche des Mädchens in einem alten Tunnel unter der Stadt gefunden wurde und wie man herausfand, dass sie erdrosselt und dort abgeladen worden war. Sie las von Thomas' Geständnis, seiner Verurteilung nach der Rechtsprechung zu Zuchthaus und von dem Schock und Kummer der Stadt über das Schicksal dieser jungen Leute.

Er sagte nur, dass er es getan hatte, aber nie, warum, so konnte sie lesen.

Sie bemerkte, dass Spale eine der Geisterstädte war, die auf ihrer Karte rot eingekreist waren, was bedeutete, dass sich die Stadt in der Zeit zwischen dem Mord und den heutigen Tag geleert hatte.

Dann wandte sie sich noch einem Ausschnitt zu und sah zu ihrem Bedauern, dass dies die Geschichte war, nach der sie suchte, und dass sie ihr würde nachgehen müssen. Der letzte Zeitungsausschnitt, der aktuellste, berichtete, dass Thomas Rogers seine Strafe für den Mord an seiner Frau Brenda abgesessen hatte und aus dem Gefängnis entlassen würde – diese Woche. Er habe geäußert, dass er nach Spale heimkommen würde, um dort zu leben, »weil dort niemand mehr übrig ist, der mich hassen könnte«.

Amelia wusste, was sie jetzt zu tun hatte: Sie musste Dan Hale in New York anrufen und seine Zustimmung bekommen. Er würde sie anweisen, den freigelassenen Mörder, der jetzt allein in seiner Geisterstadt wäre, aufzuspüren und ihn zu interviewen. *Sagen Sie mir, Tom, wie fühlt man sich, wenn man an den Tatort zurückkommt? Haben Sie sie geliebt? Warum haben Sie sie getötet? Unsere Millionen von Abonnenten wollen es wissen!* Amelia war nervös und fühlte sich schlecht bei dem Gedanken an das, was sie würde tun müssen: die noch lebenden Familienangehörigen des Mädchens aufspüren, ihre Schulfreunde, einige Lehrer, und sie dazu bringen, eine grauenhafte Episode ihres Lebens noch einmal zu durchleben.

Ich will nicht, dachte Amelia, aber ihr praktisches Hirn fragte nach: *Möchtest du lieber arbeitslos sein?* Nein, das wollte sie auch nicht. Sie würde es tun. Vielleicht würde es nicht so schlimm werden, vielleicht bauschte sie ja die Sache nur auf, und vielleicht würde Dan die Idee der Geschichte nicht einmal gefallen. Dieser Gedanke heiterte sie ein wenig auf, und sie lächelte in sich hinein.

Die Haustür öffnete sich, und mit dem Luftzug kam ein großer Mann herein.

»Finden Sie Mord immer amüsant?«

»Was? Nein, ich ...«

»Das ist mein Schreibtisch, den Sie da ...«

»Ich las gerade all Ihre …«

»Ja. Wollen Sie hier ein Zimmer nehmen?«

Sie war versucht, zu sagen: »Nie und nimmer«, und hinauszustampfen. Aber als sie sich bemühte, die Situation objektiv zu sehen, wurde ihr klar, dass der erste Anblick, den er von ihr bekommen hatte, jeden geärgert hätte. Ihre Stimme wurde weicher, und sie meinte: »Es tut mir Leid. Ich habe mir alle Ihre Fotos und Erinnerungen angesehen, und das führte mich durch das ganze Zimmer bis hierher. Als Sie hereinkamen, dachte ich gerade an etwas anderes, nicht an den Mord an diesem armen Kind. Ja, mein Name ist Amelia Blaney, und ich glaube, für mich wurde ein Zimmer reserviert.«

Er starrte sie einen Moment lang an, was ihr genug Zeit zu der Feststellung ließ, dass er ein äußerst attraktiver Mann war. Möglicherweise um die Dreißig. Er hatte ein braun gebranntes Gesicht mit wunderbaren dunklen Augen und dichtem, dunkelbraunem Haar, das sich um die Oberkante seines Hemdkragens lockte, und die breiten Schultern eines Mannes, der eine Menge Heuballen umhergeworfen hatte. Er trug angeschmutzte Blue Jeans über Cowboystiefeln, und eine rot-weiß-karierte Wolljacke über einem Arbeitshemd aus Jeansstoff. Seine Erscheinung erfüllte den Raum. Amelia trat hinter dem Schreibtisch hervor und blieb seitlich in gebührendem Abstand stehen.

»Ich bin derjenige, der sich zu entschuldigen hat«, widersprach er und schüttelte den Kopf. »Keine Ausreden. Jim Kopecki. Willkommen in unserem Zoo. Ich bin hier der Oberesel.«

Sie grinsten beide, und plötzlich war die Spannung zwischen ihnen wie weggewischt.

»*Doktor* Kopecki?«, erkundigte sie sich.

»Ja. Die Einheimischen nennen mich hinter meinem Rücken Dr. Doolittle.«

»Das glaube ich Ihnen aufs Wort. Wie sind Sie denn in dieses Reich der Wildnis geraten?«

»Ich war schon immer hier«, erzählte er entspannt. »Ich habe die Farm geerbt – und die Tiere auch, mehr oder weniger. Zuerst waren es ein paar Lamas vom Hof eines ansässigen Ranchers. Sonst wollte sie niemand, man konnte damals kein Geld mit ihnen verdienen.«

Sein Ton war sarkastisch. Amelia war etwas bestürzt darüber, dass sie sich nicht nur von der Geschichte angezogen fühlte, sondern auch von dem Mann. »Dann kam ein Paar verlassener Strauße von einer Wildtiershow dazu, und dann begannen die Leute, mir verwaiste Maultierhirsche und Ähnliches zu bringen. Schließlich las ich etwas über eine schlecht behandelte Giraffe, und ich fuhr hin und holte sie mir.« Der junge Tierarzt grinste. »Das hätten Sie sehen sollen, wie ich über die Landstraße fuhr mit einem achtzehnrädrigen Lastwagen, in dessen Dach ich ein Loch geschnitten hatte, aus dem eine halbwüchsige Giraffe ragte.«

Amelia lachte. Die Geschichte entzückte sie, und Jim Kopeckis offensichtlich liebevollen Gefühle für Tiere gefielen ihr.

»Und von dem Augenblick an«, schloss er, »liefen die Dinge einfach völlig aus dem Ruder.« Er machte ein gespielt reuevolles Gesicht und lachte mit ihr. »Ich dachte mir, dass eine Menge wilder Arten jetzt in diesem Land geboren werden, und irgendjemand muss sich ja um sie kümmern. Als Kind träumte ich davon, mein eigenes Känguru zu haben – also gehört das vielleicht in die Kategorie der Warnung: ›Pass auf, was du dir wünschst‹.«

»Ich beneide Sie«, brach es aus Amelia hervor. »Ich wünschte mir immer einen eigenen Elefanten.«

Er schüttelte den Kopf mit ehrlichem Bedauern. »Tut mir Leid, Elefanten habe ich noch keinen. Sie würden mich nicht beneiden, wenn Sie mich sähen, wie ich bei Eiseskälte und mitten in der Nacht versuche, ein Kalb aus einem Wasserbüffel zu ziehen.«

Doch, ich würde Sie beneiden, dachte Amelia.

Er neigte seinen gut aussehenden Kopf zur Seite und sah sie an, und sie konnte leicht das Interesse aus seinen schönen, dunklen Augen herauslesen. »Und was machen Sie?«

»Ich bin Journalistin«, erwiderte sie und fühlte sich wie eine Hochstaplerin, als sie es aussprach. »Für das *American Times* Magazin …«

Später kam sie zu dem Schluss, dass sie noch niemals ein menschliches Gesicht gesehen hatte, das sich so schnell verschloss. Aller Humor und alle Wärme wichen aus seinen Zügen. Ganz kurz zeigte sich Schock, dann Enttäuschung. Schließlich wurde er wieder der Mann mit dem kalten Blick, der vorhin die Tür geöffnet und sie dabei erwischt hatte, wie sie bei den Mordartikeln lächelte.

Er sah auf seinen Schreibtisch hinunter und fragte kurz angebunden: »Möchten Sie das Giraffen-Zimmer, die Zebra-Suite, das Känguru-Einzelzimmer, das Elch-Doppelzimmer, das …«

Von der Veränderung in seinem Verhalten überrascht, gelang es ihr gerade noch, zu erwidern: »Ein einfaches Zimmer reicht mir«, aber eigentlich hätte sie ihn fragen wollen: *Was habe ich gesagt? Was ist passiert? Was ist los?*

Sie öffnete tatsächlich den Mund, um genau diese Fragen zu stellen, aber sie kam nur bis »Was ...«, als er sie rücksichtslos unterbrach.

»Sie bekommen zu Ihrem Zimmer ein volles Frühstück und eine Führung.«

Er schob ihr ein Anmeldeformular hin, und als sie mit dem Ausfüllen fertig war, legte er es auf die Seite, ohne es eines Blickes zu würdigen, und griff sich einen Schlüssel aus einer Schachtel auf dem Tisch. »Ich trage Ihr Gepäck.«

»Das müssen Sie nicht ...«

»Das gehört zu meiner Arbeit.«

Ohne ein weiteres Wort trug er ihr Gepäck in eines der Motelzimmer, während Amelia ihm folgte. Aber als er die Tür aufschloss und sie eintreten ließ, brach Amelia hörbar in Überraschung und Entzücken aus. Direkt auf die Wände waren wunderbar nachempfundene Giraffen gemalt, das Himmelbett besaß ein Strohdach, es gab eine schöne Bettdecke mit Giraffendruck sowie einen Grasteppich und viele Gegenstände, die aussahen, als ob sie direkt aus Afrika kämen. Es war auf anheimelnde, neckische Weise wie ein Zimmer in einer Safarilodge ausgestattet.

»Das ist wunderschön.«

»Meine Nichte hat die Zimmer eingerichtet. Lassen Sie uns wissen, wenn Sie etwas brauchen«, sagte er formell, und dann war er mit einem festen Klicken des Schlosses draußen.

Amelia fühlte sich beleidigt und war verärgert. Sie legte ihre Reisekluft ab und zog Jeans, ein langärmeliges Hemd, Socken, Stiefel, Jacke und eine Mütze an und eilte wieder hinaus, da sie ein paar Tiere besuchen wollte, bevor es dunkel wurde. Als sie zu der Weide der Giraffen ging, sah sie Kopecki neben einem zerbeulten weißen Lieferwagen stehen. Sie hätte schwören können, dass er sie gesehen hatte und dann in sein Gefährt gesprungen war, es angelassen hatte und davongefahren war, als ob ihn ein Dämon jagte.

Sie fragte sich, was ihn an dem Wort »Reporter« erschreckte? Die meisten Leute liefen nicht so davon, es sei denn, sie hatten etwas zu verbergen. Sie spürte einen Kloß der Enttäuschung in der Brust, während sie zu den Giraffen weiterstapfte.

Der Anblick der Tiere hob ihre Stimmung.

Sie stützte sich auf den grauen Metallzaun und schaute ihnen zu.

»Entschuldigen Sie, sind Sie der neue Gast? Ms. Blaney?«

Amelia wandte sich stirnrunzelnd um und entdeckte ein junges Mädchen, das mit Händen in den Hosentaschen beim Zaun stand. Die größte Giraffe begann, zu ihr zu trotten, und mehrere der kleineren Giraffen spitzten beim Klang ihrer Stimme die Ohren. Als Amelia mit »ja« antwortete und ihr einfiel, die Stirn wieder zu glätten, sah das Mädchen erleichtert aus. Sie reichte Amelia die Hand.

»Tag, ich bin Sandy Rogers. Onkel Jim sagte, ich solle Ihnen alles zeigen.«

Amelia hörte den Nachnamen des Mädchens und musste sich gewaltig anstrengen, um eine sichtbare Reaktion zu vermeiden. *Rogers? War das nicht der Name des Mädchens, das getötet worden war, und des Jungen, der sie getötet hatte?*

»Wollen Sie erst die Kängurus sehen, oder sollen wir mit den Giraffen anfangen?«

157

Sie sah nach etwa sechzehn Jahren aus, dachte Amelia, hatte ein frisches, hübsches Gesicht und einen kräftigen, kleinen Körper, der sich in dem roten Flanellhemd wohl zu fühlen schien; sie trug eine schwarze Jeans und Cowboystiefel. Sie hatte ihr dunkelblondes Haar zu einem französischen Zopf geflochten, aus dem sich auf sympathische Weise ein paar vorwitzige Haarsträhnen gelöst hatten. Amelia wusste nicht, was sie sagen sollte, aber sie hatte Glück, denn inzwischen war die größte Giraffe bei ihr angekommen. Sie stand hinter Sandy Rogers und neigte ihren Kopf weiter herunter, bis ihr sanftes Gesicht mit den langen Augenwimpern Wange an Wange mit Sandys war.

»Hey, Malcolm«, murmelte Sandy liebevoll. Zärtlich blies sie in seine Nüstern, und er schüttelte ein wenig den Kopf, hob einen großen Huf und stellte ihn wieder ab. »Das ist ein großer Junge, aber er mag sich nicht anfassen lassen, stimmt's, Malcolm? Die Giraffen mögen es meistens nicht, aber sie sind liebe Wesen und schrecklich neugierig.« Sie sah in das große, schwarz leuchtende Auge vor ihrem Gesicht. »Ist doch wahr, Großer, oder?«

Amelia sah lange die beiden an – das riesige Tier und das zierliche Mädchen –, und sie spürte solch eine schmerzliche Sehnsucht, dass sie die Hände gegen ihr Herz presste und sagte: »Es sieht aus, als ob Malcolm der Meinung sei, wir sollten hier anfangen. Kopecki ist Ihr Onkel?«

»Ja. Also, Malcolm, erzählen wir ihr alles über dich und die Damen. Korrigiere mich, wenn ich etwas Falsches sage, okay?« Inzwischen waren auch zwei der kleineren Giraffen herübergetrottet. Sandy bückte sich und nahm einen durchsichtigen Plastikeimer hoch. Amelia sah, dass er geschnittene Karotten und Äpfel enthielt. Ohne auf eine Einladung zu warten, griff sie hinein, nahm eine Karottenscheibe heraus und bot sie Malcolm an. Eine erstaunlich lange graue Zunge kam aus seinem Mund, wickelte sich um den Bissen Gemüse und hob ihn vorsichtig aus ihrer Hand.

»Ob Sie es glauben oder nicht, Giraffen haben nur sieben Halswirbel, genau wie wir, aber ihr Blutdruck ist doppelt so hoch wie unserer ...«

Während das Mädchen sprach und Fakten erklärte, die Amelia bereits kannte – die sie seit ihrer Geburt wusste, meinte sie –, fütterte Amelia weiter die Giraffen, bis die Karotten aufgefressen waren.

»Wollen Sie jetzt die Kängurus sehen?«, fragte Sandy.

»O ja.« Während sie zusammen zu dem großen Kängurugehege gingen, fragte sie das Mädchen: »Wo hat denn Ihr Onkel gelernt, wilde Tiere zu behandeln?« Ihr fiel keine einzige tiermedizinische Fakultät ein, die das anbot.

»Och, er lässt sich einfach immer wieder etwas einfallen«, antwortete sie leichthin. »Er nennt es die Schule der ›Mist!-Was-machen-wir-denn-jetzt‹-Tiermedizin.« Sie kicherte, und Amelia musste auch lachen. Es war ein mitfühlendes Lachen, denn sie wusste recht gut, auch wenn einige wilde Tierarten den Haustierarten ähneln, so ist doch das Innere eines Zebras nicht dem eines Pferdes vergleichbar, und ein Gnu ist keine Kuh, und so ausgefallene Tiere wie Giraffen oder Kängurus hatten besondere Bedürfnisse, die auch noch so viel Schulung an Katzen und Hunden einen jungen Tiermediziner nicht lehren konnte.

Sie kamen an das Kängurugehege, und Sandy erläuterte: »Eine Gruppe von Kängurus wird Mob genannt. Erwachsene Männchen nennt man Boomer.« Amelia grinste in sich hinein, weil sie an einem Tiermediziner-Witz denken musste: *Wenn ein erwachsenes männliches Känguru ein Boomer ist, wird dann aus einem jungen Männchen ein Baby-Boomer?*

Ein junges Känguru kam herübergehoppelt und griff mit seinen zierlichen Fingern in Amelias Hände, um ihr die Apfelscheiben zu entwenden, die sie dort versteckt hatte. Sie streichelte den weichen Rücken und spürte so etwas wie ein Glücksgefühl.

Als sie in ihr Zimmer zurückkam, stieg gerade ein heller Halbmond auf. Amelia hörte einen Esel im Stall wiehern, und ein Elch antwortete mit einem Trompetenstoss, der ganz nach einem Elefanten klang.

Sie schaltete alle Lampen an und war ein paar Minuten lang zufrieden. Sie wusste, zum Abendessen würde sie noch wegfahren müssen, in einer ländlichen Gegend ohne Straßenlaternen. Aber dafür waren ja Scheinwerfer da, sagte sie sich, um nach Einbruch der Dunkelheit einen beruhigenden Lichtpfad zu schlagen.

Da es in den Zimmern keine Telefone gab, machte sie sich auf die Suche nach einem Münzfernsprecher, den sie in dem unverschlossenen Büro fand. Sie war erleichtert, dass Jim Kopecki nicht da war und sie sein Büro noch einmal für sich hatte.

Als erstes stellte sie die Namen der Hinterbliebenen von Brenda Rogers fest. Sie las, dass Brenda ihre Eltern, Alfred und Betty Kopecki, zurückgelassen hatte, den zwölfjährigen Bruder James und eine kleine Tochter im Säuglingsalter, Sandra Gay. Diesmal war die Todesanzeige ein Schock. Amelia hatte zwar erwartet, dass Sandy mit dem Opfer verwandt war und ihr Onkel ein entfernter Verwandter, aber es war viel schlimmer: Sandy war die Tochter des Opfers und des Mörders. Dr. Jim Kopecki war der Bruder von Brenda.

Amelia wollte es ihm gerne als Verdienst anrechnen, dass er seiner Nichte ein Zuhause bot, aber was für eine Art von Zuhause konnte das schon sein, mit solch einem übel gelaunten Onkel?

Sie ging zu dem Münztelefon, um ihre nächste Pflicht zu erfüllen.

Ein Ferngespräch mit ihrem Chef zu führen machte sie nervös und gab ihr das Gefühl, naiv zu sein. Dreimal hustete sie und räusperte sich. Als er abnahm und »Hale« in den Hörer bellte, platzte Amelia mit der ganzen Geschichte heraus: von einem alten Mord und einem Mörder, der in eine Geisterstadt zurückkam – fast in einem einzigen Atemzug. Später dachte sie sich, es war ein Beweis für Dan Hales schnelle Auffassungsgabe, dass er sie nicht bitten musste, langsamer zu sprechen oder sich zu wiederholen.

»Machen Sie es«, sagte er.

Das war alles, und er hängte ein. Kein Rat, keine Vorbehalte, nichts, außer »machen Sie es«. Sie wünschte sich nur, dass sie es wollen würde! Er hatte so schnell eingehängt, dass er nicht einmal mehr hörte, wie sie sich verabschiedete.

Aber Dr. Jim Kopecki hörte sie, da er gerade in diesem Moment zur Haustür hereingekommen war. Er nickte ihr knapp zu, mit einem Ausdruck der Abneigung auf dem Gesicht, der ihn in Amelias Augen von einem gut aussehenden in einen hässlichen Mann verwandelte. Ohne ein einziges Wort ging er zu seinem Schreibtisch.

Entsetzt über sein Verhalten, verlor Amelia ihren Sinn für Höflichkeit. »Finden Sie es nicht grausam«, fragte sie ihn, »diese Zeitungsausschnitte hier auszustellen? Erinnern Sie Ihre Nichte nicht ständig an das, was ihr Vater ihrer Mutter angetan hat?«

Er schaute auf, und sein Gesicht sah unheimlich aus. Mit einer Stimme, so kalt wie die Winterwinde, die über die Farm ihrer Großeltern fegten, sagte er: »Ich habe mich gefragt, wann Sie dazu kommen würden, Ihre erste Frage zu stellen. Hier ist die Antwort: Schlafen Sie in unserem Bett, essen Sie unsere Nahrung, streicheln Sie unsere Tiere, zahlen Sie Ihre Rechnung und lassen Sie meine Nichte und mich in Ruhe.«

Sie konnte ihn nur wie betäubt anstarren.

»Kapiert?«, fragte er.

Amelias Antwort bestand darin, mit so viel Würde, wie sie nur aufbringen konnte, zur Tür hinauszugehen. In Wirklichkeit zitterte sie. Der Mann war übergeschnappt, ganz klar. Er war ein Verrückter mit einer Farm voller wilder Tiere und einem jungen Mädchen, und alle waren abhängig von ihm. Und all diese Zeitungsausschnitte an der Wand? Für Amelia sahen sie wie Rache aus, wie eine ständige Erinnerung: *Denk daran, vergiss es nicht.* Was hatte dieser rachsüchtige, unberechenbare Mann eigentlich vor, jetzt, da der Mörder seiner Schwester »nach Hause« kam? Und wie würde sich das alles auf das liebenswerte Mädchen auswirken?

Amelia war der Appetit vergangen.

Sie ging auf ihr Zimmer, verschloss die Tür und blieb

dort, eine größtenteils schlaflose Nacht hindurch, bis zum Tagesanbruch.

Als sie sah, dass es Sandy war, die im Küchengebäude das Frühstück zubereitete, und nicht der irre Onkel, kam Amelia zu dem Schluss, dass sie dort essen konnte. Ein paar Minuten später war sie von ihrem Entschluss entzückt. Das Frühstücksbüfett bot Rühreier, Wurst, Biskuit, geschlagene Butter, Gelee und Honig aus der Umgebung, Zimtbrötchen, Müsli, Kaffee und Saft. Keiner der anderen Gäste war anwesend, also aß sie allein und sah den Kamelen und Zebras zu, wie sie sich an ihren Trögen zum Fressen anstellten.

»Himmlisch«, sagte sie dankbar zu Sandy, als sie ihr Geschirr zur Küche brachte. »Vielen Dank.«

»Gern geschehen. Haben Sie gut geschlafen?«

»Sehr gut«, log Amelia. Das Mädchen schien so freundlich zu sein, dass Amelia nur annehmen konnte, dass der verrückte Onkel sie noch nicht gegen sie aufgehetzt hatte. »Sie machen all diese Arbeit und gehen obendrein zur Schule?«

»Ja, weil ich diese Arbeit liebe.«

Und weil Ihr Onkel Sie dazu zwingt, vermutete Amelia. *Wie kann ich sie dazu bringen, mir die Wahrheit zu sagen über das, was hier vorgeht, und darüber, wie diese Jahre für sie gewesen sind?* Sie bekam keine Gelegenheit dazu, weil das Mädchen sich die Schürze abnahm und sich eilig einen Rucksack griff.

»Bis später«, rief sie fröhlich.

Zu fröhlich, dachte Amelia, für ein Mädchen, dem die Woche bevorstand, in der ein Vater, den sie nicht kannte, aus dem Gefängnis kommen und in die Stadt zurückkehren würde – nur ein paar Meilen entfernt –, in der er sie praktisch zur Waise gemacht hatte.

Amelia tat das Herz weh vor Mitgefühl.

Plötzlich spürte sie die Motivation, die sie brauchte, um diese Geschichte zu verfolgen. Wenn sie die traurige Geschichte dieses jungen Mädchens veröffentlichte, konnte sie sie vielleicht von der monomanischen Herrschaft dieses bösartigen Onkels befreien.

Über Nacht hatte es einen Wetterumschwung gegeben, und es war Indianersommer.

Amelia legte ihre Jacke weg und zog eine kurzärmelige, weiße Seidenbluse und eine graue Sommerhose an, dazu graue Seidensocken und schwarze Mokassins. Sie wünschte sich, sie trüge Shorts, ein T-Shirt, Sandalen und eine Baseballmütze wie Sandy, als sie zur Schule davoneilte.

In ihrem Leihwagen fuhr Amelia mit laufender Klimaanlage nach Wichita zurück, wo sie den Rest des Vormittags in der Zentralbibliothek verbrachte. Sie fand heraus, dass Jahre der wirtschaftlichen Depression die Stadt Spale geleert hatten. Zwischen den Zeilen erahnte sie, dass der unbegreifliche Mord an ihrem intelligentesten Mädchen Spale zutiefst verwundet und der Stadt vielleicht den endgültigen Schlag versetzt hatte. Was für eine interessante Stadt es einmal war, dachte sie, mit seinem erstaunlichen System von Tunneln und unterirdischen Läden.

Während sie am Computer saß, erforschte sie auch den Status der importierten wilden Tierarten. Als sie keine negativen Informationen über Jim Kopeckis Farm fand, wusste sie nicht, ob sie enttäuscht oder erleichtert sein sollte. Sie entschied sich für erleichtert, »aber nur um der Tiere willen«, sagte sie sich.

Einem Instinkt folgend, von dem sie gar nicht wusste, dass sie ihn besaß, vermied sie es, ihre Konkurrenten in der örtlichen Zeitungsredaktion anzusprechen. Vielleicht würden sie ihr helfen, aber vielleicht wollten sie die Story auch für sich selbst behalten.

Sie rief jedoch das staatliche Gefängnis an, wo Thomas Rogers einsaß, um herauszufinden, wann genau er in Spale eintreffen würde.

»Er müsste inzwischen dort sein«, war die knappe Antwort.

Sie versuchte, den Vollzugsbeamten am Telefon zu halten, indem sie fragte: »Wie war er denn als Häftling?«

»Vorbildlich«, hieß es, gefolgt von einer Lobeshymne, die Rogers mehr als den Musterschüler, der er einmal gewesen war, darstellte, statt als den Mörder, der er inzwischen war. »Ausgezeichnete Führung. Vorzeitige Entlassung. Er erwarb drei College-Abschlüsse: B. A., M. F. A., und Ph. D. Er entwarf ein Bildungsprogramm für Sträflinge, gab im Gefängnis Unterricht in Lesen und Mathematik und hielt einen Kurs in Creative Writing. Außerdem rief er eine Meditationsgruppe ins Leben. Möchten Sie noch etwas wissen?« Amelia verneinte, aber sie dachte bei sich: *Ja, und wo ist der höchste Pfadfinderorden?*

In einer zynischen Laune wie ein alter, weltmüder Journalist, stieg sie wieder in ihren Leihwagen und fuhr nach Spale, und den ganzen Weg über wurde sie von einer Art gerechtem Zorn auf den Mann, den sie interviewen wollte, angetrieben.

»Wagen Sie es ja nicht, mir irgendetwas von Bekehrung und Wiedergeburt zu erzählen«, wütete sie laut, als ob sie mit Thomas Rogers spräche. »Ich habe die Tochter kennen gelernt, die Sie so furchtbar verraten haben!«

Amelia hatte nicht daran gedacht, dass auch viele andere Journalisten die Rückkehr eines Mörders in eine Geisterstadt als lohnende Story ansehen könnten. Als Spale in Sicht kam, sah sie, dass es ein »Medienzirkus« war – ein Klischee, das zu vermeiden sie angehalten war.

Wie sich herausstellte, fehlte zwischen den Fernsehbussen und anderen Leihwagen nur einer: Thomas Rogers, der ehemalige Sträfling selbst.

»Er ist angekommen«, sagte ihr ein Redakteur von *Newsweek*, »so viel wissen wir, weil wir sahen, wie er bei diesem Gebäude abgesetzt wurde.« Er zeigte auf eine zerfallene Ladenfront an der früheren Hauptstraße. »Aber er muss sich zum Hinterausgang hinausgeschlichen haben. Vielleicht wartete auch ein anderer Wagen auf ihn, ich weiß es nicht. Wir waren da drin, aber dort ist niemand. Wir packen zusammen und fahren heim. Er wird irgendwo wieder auftauchen. Aber wen interessiert das heute noch? Jetzt ist es keine Geschichte mehr. Mörder auf den Straßen der Großstädte gibt es wie Sand am Meer, aber einer von ihnen, der allein in seiner eigenen Stadt voller Geister lebt? Das wäre gut geworden, verflixt. Haben Sie hier in der Gegend schon irgendein anständiges Lokal zum Essen gefunden?«

Sie sagte ihm nichts von der Serengeti Lodge.

Und sie sagte ihm auch nicht, wo sich Thomas Rogers wahrscheinlich aufhielt, obwohl Amelia sich ziemlich sicher war: Er war bestimmt in den alten, vergessenen Tunnel unter der Stadt, wo er die Leiche seiner jungen Frau hingebracht hatte und wo er jetzt einen perfekten Ort hatte, an dem er sich für den Rest seines Lebens verstecken konnte, wenn es das war, was er wollte.

Amelia war, mit Bedauern, bereit, ihm zu lassen, was er wollte, denn um nichts in der Welt würde sie in die Dunkelheit der unterirdischen Gänge gehen, um dort nach einem Mann zu suchen, der bereits eine Frau getötet hatte.

Bestimmt nicht.

»Nein«, sagte sie zu ihrem Chef, wieder am Münztelefon im Serengeti-Büro. »Es tut mir Leid, Mister Hale, aber das tu ich nicht. Es wäre dumm und gefährlich, wenn ich allein da hinunterginge.«

Sie war überrascht, wie ruhig sie war, als sie das sagte – fast so, als ob sie erleichtert sei, wenn ihr gekündigt werden würde. Endlich würde sie vor sich selbst und vor der Welt zugeben können, dass sie einfach nicht zur Journalistin bestimmt war. Sie hatte keine Ahnung, was sie dann machen würde, sobald sie ihre Stelle und ihr Gehalt verloren hätte, aber jetzt wusste sie wenigstens, dass es nicht der Journalismus war.

»Warum, zum Teufel, glauben Sie, dass ich so etwas Idiotisches von Ihnen verlangen würde?«, fragte Dan Hale zu ihrer Überraschung. »Ich bitte nur Kriegskorrespondenten, dumme Sachen zu machen, bei denen sie ums Leben kommen könnten. Um Gottes willen, diese Geschichte ist nicht so wichtig wie Bosnien, aber sie gefällt mir trotzdem, und deshalb werde ich folgendes tun …« Er würde einen Reporter mit mehr Erfahrung zu ihr schicken, erklärte er, den sie um zehn Uhr morgens in Spale treffen würde.

Obwohl sie Thomas Rogers Tochter immer noch wirklich helfen wollte, spürte Amelia, wie sie sich wünschte, Dan Hale hätte sie gefeuert. Das einzig Gute an dem Gespräch – ihrer Meinung nach – war, dass Dr. Jim Kopecki nicht während des Telefonats hereingekommen war. Tatsächlich hatte sie den ganzen Tag nichts von ihm oder seiner Nichte gesehen.

An diesem Tag konnte sie nichts mehr tun, also verbrachte sie die restliche Zeit damit, ihre Notizen und Beobachtungen abzutippen, über das Farmgelände zu streifen, mit den Tieren zu sprechen und sich die passenden Fragen für einen Mörder auszudenken.

Freitag, 19. September

In der Nacht wachte Amelia plötzlich auf und stolperte zu einem Fenster, von dem Geräusch eines laufenden Motors angezogen. Die Uhr neben ihrem Bett zeigte die Zeit an: halb zwei Uhr nachts.

Die Scheinwerfer eines weißen Lastwagens erleuchteten schwach die Szene: Der Tierarzt und seine Nichte draußen am Rand einer Weide, wie sie etwas Dunkles und Schweres von der Ladefläche zogen und es in einer Vertiefung des Bodens ablegten. Danach schaufelten sie etwas – Erde? – darüber.

»O Gott«, flüsterte Amelia, »was tut ihr da?«

Was begruben die beiden? Sollte sie versuchen, die örtliche Polizei zu benachrichtigen? Aber wie – aus Kopeckis

Büro, wo man sie erwischen könnte? Und wenn sie zu ihrem Auto rannte, würde er sie wegfahren hören ...

Amelia hatte das schreckliche Gefühl, dass sie Thomas Rogers nicht in den Tunnels finden würde. Falls das einträfe, würde sie der Polizei raten, das frische Loch – Grab? – in der Weide aufzugraben.

Aber was würde dann mit dem Mädchen geschehen?

»O Gott«, wisperte Amelia wieder, aber diesmal war es ein Stossgebet.

Es war schon die zweite Nacht, in der sie kaum schlief. Als schließlich die Sonne aufging, war sie erschöpft und äußerst verängstigt durch ihre eigene, lebendige Fantasie. Die Stunden, die sie allein in dem Zimmer, von der Dunkelheit draußen umgeben, verbrachte, verlangten einen hohen Preis von ihr.

»Das kann ich nicht tun«, sagte sie zu ihrem Spiegelbild.

Es versuchte nicht, mit ihr darüber zu streiten.

Als sie nach dem Frühstück hinausging und so tat, als mache sie nur einen kleinen Spaziergang, sah sie die Erdschicht, die das bedeckte, was ein frisches Loch im Boden zu sein schien. Amelia rannte zurück zu ihrem Zimmer, griff sich ihre gepackten Koffer und stieg schnell in ihr Auto. Lassen wir New York die Rechnung bezahlen, dachte sie sich, *ich will hier raus*. Ihr Kopf sagte, sie würde niemals wieder hierher zurückkommen, aber ihr Herz spürte einen Verlust, als sie sah, wie die Zebras im Rückspiegel ihrem Blick entschwanden.

Es war noch früh, als sie in Spale ankam.

Amelia parkte am Stadtrand, um auf ihre Verstärkung zu warten. Sie fürchtete sich nicht mehr so sehr davor, in die Tunnel hinunterzugehen, weil sie nicht mehr erwartete, dort unten jemanden lebendig vorzufinden.

Als der Leihwagen ihres Kollegen neben dem ihren hielt und der Fahrer ausstieg, reagierte Amelia schockiert.

Es war der Mann selbst. Dan Hale.

Er hatte sein charakteristisches, einseitiges Lächeln aufgesetzt, als sie eilig ausstieg, um ihn zu begrüßen.

»Überrascht, Amelia? Das sollten Sie eigentlich nicht sein. Wissen Sie nicht mehr, woher ich komme?«

»Aus Kansas, aber ...«

»Aus Spale in Kansas.« Sein Ton klang so, als ob sie es hätte wissen müssen, und Amelia fühlte sich augenblicklich gedemütigt. Sie war auch aufgebracht, denn wie hätte sie etwas wissen sollen, was sie niemals zuvor gehört oder irgendwo gelesen hatte? Das heißt, sie erinnerte sich sogar genau daran, gehört zu haben, dass er aus Kansas City kam. Sie war versucht, seine Verachtung mit einem eigenen sarkastischen »Na und?« zu beantworten.

Stattdessen sagte sie nur: »Das wusste ich nicht. Aber trotzdem, warum ...«

»Weil ich sie kannte, Brenda und Tom. Wir waren eng miteinander befreundet.«

Ihre Augen wurden größer. »Oh, Mr. Hale! Ach, das ...«

»Tut Ihnen Leid? Ihm wird es auch Leid tun, wenn wir mit ihm fertig sind. Er wird sich wünschen, er wäre im Gefängnis geblieben.«

»Aber Mr. Hale, Thomas Rogers ist vielleicht gar nicht hier«, wandte sie ein und war ein wenig befriedigt darüber, dass es diesmal ihr gelungen war, ihn zu schockieren. »Er ist vielleicht nicht einmal mehr am Leben.« Amelia erzählte ihrem Chef, was sie von ihrem Fenster aus mit angesehen hatte.

Hale sah verwirrt und verstört aus.

»Das ist unmöglich«, sagte er.

Amelia konnte sich nicht vorstellen, warum. Ihr schien es auf schreckliche Weise möglich, sogar wahrscheinlich zu sein.

»Bleiben Sie hier«, befahl er ihr. »Ich gehe in die Tunnels hinunter, um ihn zu finden.«

Er ließ Amelia allein am Stadtrand stehen. Sie schwitzte in dem warmen Präriewind, der den Staub von einem Ende der Stadt zum anderen blies. Sie wartete über eine halbe Stunde lang, hustete ab und zu und dachte: *Na ja, ein Gutes hat es ja, dass Dan hier aufgetaucht ist – er weiß wenigstens, wie man in die Tunnels hinein- und wieder herauskommt.* Aber als eine Dreiviertelstunde vorüber war, fing sie an, sich um ihn Sorgen zu machen, und sie fürchtete, dass sie hinuntergehen müsste, um nach ihm zu suchen.

Aber sie wartete noch, erhitzt, erschöpft und voller Angst.

Was ist, wenn etwas heruntergefallen ist und ihn verletzt hat?, dachte sie.

Aber er tauchte aus einer verfallenen Ladenfront auf – einer anderen als der, bei der er in die Tunnel hineingegangen war – und kam auf sie zu. Wenigstens dieses Mal zeigte Dan Hale ein volles Lächeln.

»Er ist tatsächlich da unten«, verriet er ihr.

»Wirklich?«

»Gehen Sie hinunter und machen Sie mit ihm ein Interview, Amelia. Er wartet auf Sie. Machen Sie sich keine Sorgen, er ist harmlos. Sie haben von Tom Rogers nichts zu befürchten.«

Als sie zögerte, packte er sie am Ellbogen und zog sie mit sich, während er beruhigend auf sie einredete: »Keine Angst, ich bin gleich hinter Ihnen.«

»Aber die Dunkelheit …«

»Es ist nicht dunkel. Er hat da unten einen alten Generator laufen, also gibt es sogar elektrisches Licht.«

Amelia dachte, wenn Dan noch einmal »keine Angst« zu ihr sagen würde, würde sie ihn schlagen. Zögerlich und missmutig ließ sie sich in eines der alten Gebäude führen, durch eine Tür im Fußboden und eine Holzleiter hinunter in eine kühle, irdene Kammer. Er hatte die Wahrheit gesagt, es gab eine Beleuchtung, auch wenn sie schwach war.

Amelia entspannte sich ein wenig.

Wenn es Licht gab, dachte sie, konnte sie alles ertragen.

»Mr. Hale?«, fragte sie leise. »Wie sind Sie überhaupt von Spale weggekommen?«

Er antwortete hinter ihr mit normaler Stimme, als ob es ihm gleichgültig sei, ob Thomas Rogers ihn hören konnte. »Ich bekam Brendas Stipendium. Sie konnten es ja nicht gut Tom geben.« Sein leichtes Lachen spürte sie als Hauch in ihrem Nacken. »Ich habe nie zurückgeschaut.«

Sie kamen an eine offene Tür mit einem Schild daneben, das man immer noch lesen konnte: *Barbier.*

»Gehen Sie weiter«, drängte er sie. »Tom sitzt im letzten Stuhl. Er wird Ihnen die ganze Geschichte erzählen.« Hale stieß etwas Warmes in ihre Hände: eine handliche, schwarze Pistole. »Hier, wenn Sie sich damit sicherer fühlen.«

Amelia betrat den Friseurladen.

Amelia erkannte den toten Mann im Stuhl, da sie ein aktuelles Foto von ihm in der örtlichen Zeitung gesehen hatte: Thomas Rogers.

Von der Tragödie dieses Menschen überwältigt, hatte sie sich umgedreht und erkannte auch das Gesicht des Mannes in der Tür: es war Dan Hale. Er riss die Kette von der Lampe ab, schob den Riegel vor die Tür und ließ sie in völliger Dunkelheit mit einer Leiche zurück. Bevor das Licht ausging, sah sie noch, dass auf Tom Rogers mehrmals geschossen worden war. Während Amelia sich die Seele aus dem Leib schrie, glitt die warme Pistole aus ihrer Hand und fiel auf den Fußboden.

Die Dunkelheit schien endgültig zu sein.

Sie wusste, sie würde den Verstand verlieren, bevor sie sterben würde.

In Amelias Gehirn dröhnten diese beiden Gedanken immer und immer wieder wie eine Schallplatte mit einem Sprung. Es erschien ihr tatsächlich wie eine Ewigkeit, bis sich schließlich ein anderer Gedanke an der Panik vorbeidrängen konnte: *Dan war in einen Laden hineingegangen und zu einem anderen herausgekommen.*

Zwei Tunnelausgänge. Mindestens zwei, vielleicht auch mehr.

In dem Albtraum, zu dem ihr Leben geworden war, fand Amelia die schmierigen Wände und tastete sich an der Wand entlang durch ihre Grabkammer. Es gab keinen anderen Ausgang. Tastend konnte sie einen der anderen alten Friseurstühle ausmachen und ließ sich hineinsinken. Sie dachte an die endlose Zeit, die vor ihr lag. Schließlich fiel ihr die Pistole ein, und ihr wurde klar, dass sie sich jetzt selbst erschießen und ihr Leiden abkürzen konnte. Hastig tastete sie auf dem Fußboden wieder umher, bis sie Metall an ihren Fingern spürte.

Das Ende des Pistolenlaufs lag an ihrem rechten Ohr, als sie sich anders besann.

Langsam ließ Amelia die Pistole sinken und legte sie sanft, fast liebevoll in ihren Schoss.

Wenn es nur die geringste Chance gab, dass man sie fand, musste sie am Leben bleiben, um Sandys Vater zu rehabilitieren und dem Mädchen das beruhigende Wissen zu schenken, dass nicht ihr Vater ihre Mutter umgebracht hatte. Es schien Amelia klar zu sein, dass Dan Hale die Beiden getötet hatte: Brenda wegen des Stipendiums, das ihm Zutritt zu einer vornehmeren Welt verschaffte, und Thomas, um ihn zum Schweigen zu bringen. Sie konnte sich nicht vorstellen, warum Tom Rogers niemals die Wahrheit gesagt hatte, wenn es so war.

Amelia weinte und verfluchte ihr Gewissen.

Was helfe es, wenn sie am Leben bliebe, wenn sie doch vor Angst und Schrecken irre wäre zum Zeitpunkt ihres Auffindens – falls man sie überhaupt jemals finden würde. Sie begann wieder zu schreien. *Bitte helft mir doch!*

Ein Geräusch weckte sie auf.

Eine Ratte? Ein Geist?

Und wieder schrie Amelia.

Irgendjemand schrie zurück. Bald hörte sie einen dumpfen Schlag, und dann ging die Tür auf, und Brenda Rogers' kleiner Bruder stand in der Tür mit einer riesigen Taschenlampe in der Hand. Der Lichtstrahl erfasste ihr Gesicht, und Jim sagte: »Gott sei Dank!« Dann schweifte er zu dem

Gesicht des Toten hinüber, und der kleine Bruder ... der junge Schwager ... der erwachsene Tierarzt ... kam zu Amelia herüber, fiel auf seine Knie, ließ seinen Kopf in ihren Schoß sinken und weinte.

»Dan Hale brachte meine Schwester wegen des Stipendiums um.«

Amelia, Jim und Sandy saßen zusammengekauert auf Heuballen in einer Ecke der Scheune, während zwei junge schwarze Lamas ihre Füße und Knie beschnüffelten. Jim erklärte Amelia die Geschichte, während er einen Arm um seine blasse, traurige Nichte geschlungen hielt. »Dann bedrohte er Sandys Leben. Dan sagte Tom, dass er ein Geständnis ablegen müsse, und drohte, er würde Toms kleines Mädchen töten, wenn Tom das Verbrechen nicht auf seine Kappe nehmen würde. Und Tom war jung und hatte Angst und wusste nicht, was er sonst hätte tun sollen.«

»Wie haben Sie das alles herausgefunden?«

»Tom schrieb mir aus dem Gefängnis und bat mich, mich um Sandy zu kümmern. Er schrieb mir die Wahrheit und auch den Grund, warum er sie nicht enthüllen konnte, nicht einmal meinen Eltern gegenüber. Sie zogen Sandy auf, und als sie starben, bat ich sie, bei mir auf der Farm zu leben. Dan hätte sie immer noch jederzeit umbringen können, und er war inzwischen sehr mächtig.«

»Sie glaubten Thomas?«

»O ja, ich kannte sie beide sehr gut und wusste, wozu sie fähig waren. Ich hatte Dan Hale nicht gemocht oder gar getraut, und ich hatte Tom immer sehr gern gehabt.« Er lächelte gequält. »Kleine Brüder wissen so etwas. Was allen das Herz brach, war Brendas Tod und auch die Tatsache, dass wir nicht glauben konnten, dass Tom so etwas tun würde. Und doch behauptete er standhaft, er habe es getan. Wenn Sie wüssten, wie schlimm das für seine Eltern war ...« Jim Kopecki schloss den Mund und schüttelte den Kopf. Nach einer Weile fuhr er fort: »Als er mir die Wahrheit sagte, wusste ich, dass es stimmte.«

»Sie haben all diese Zeitungsausschnitte aufgehoben ...«

»Damit wir ihn nicht vergessen würden. Ich sagte Sandy die Wahrheit, als sie alt genug war, um sie für sich zu behalten. Ich wollte, dass sie ihren Vater lieben konnte.«

Amelia ergriff eine Hand des Mädchens.

Sandy flüsterte: »Ich freute mich so darauf, ihn zu sehen. Wir richteten hier ein Zimmer für ihn ein. Er hatte vorgehabt, sich in Spale zu verstecken, bis das Interesse der Öffentlichkeit erlahmt wäre, und dann wollten wir ihn heimlich auf die Farm bringen und ihn als Farmangestellten ausgeben, damit er bei uns sein konnte.«

»Es ist nicht sicher, ob es geklappt hätte«, gab Jim zu.

»Wegen Dan Hale?«, fragte Amelia, und er nickte. Sie sprach es nicht aus, aber es klang für sie, als ob Tom Rogers eine elende Existenz gehabt hätte, wenn er am Leben geblieben wäre, obwohl er zumindest die Liebe seiner Tochter und seines Schwagers gehabt hätte. Zu Jim sagte sie: »Kein Wunder, dass Sie mich hassten.«

»Nicht Sie, sondern Dan Hale.«

»Er benutzte mich als Köder.«

»Genau.«

»Wenn man mich jemals gefunden hätte, hätten sie vermutet, dass Tom Rogers mir im Tunnel eine Falle gestellt hatte, mich angegriffen hatte, ich ihn in Notwehr erschossen und dann mich selbst getötet hatte, als ich sah, dass ich nicht herauskommen würde.«

Bei dieser Vorstellung sah Jim sie entsetzt an.

»Amelia, hätten Sie …«

»Ich weiß es nicht. Vielleicht, irgendwann. Sie nicht?«

Er dachte einen Moment nach und seufzte dann. »Doch.«

Später, unter vier Augen, erzählte sie Jim, wie sehr sie sich gewünscht hatte, Tierärztin zu werden. Sie sprach von ihren ausgezeichneten Noten und von dem frauenhassenden Professor, der ihr die Schuld für ein Stallfeuer gegeben hatte.

»Drei Kälber starben. Der Professor hatte da drinnen geraucht, aber er behauptete, ich sei es gewesen, und was konnte ich gegen sein Wort schon ausrichten?«

»Aber jetzt lieben Sie den Journalistenberuf.«

»Ich hasse ihn!«

Er lachte überrascht.

Sie flüsterte: »Soll ich Ihnen ein Geheimnis anvertrauen? Ich bin eine miserable Reporterin. Ich verabscheue es, Menschen zu kränken!«

Spontan nahm Jim sie in den Arm, und sie erwiderte ebenso impulsiv die Umarmung, und plötzlich verwandelte diese sich in einen Kuss, der nicht mehr aufzuhören schien.

Viel später seufzte Amelia: »Ich frage mich, was ich jetzt beruflich machen soll.«

»Hierbleiben, natürlich.«

Sie starrte ihn an, atemlos.

»Unterkunft und Verpflegung«, führte er aus und lächelte sie hoffnungsvoll an, »und ein kleines Gehalt, und alles Heu, das du tragen kannst. Willst du, Amelia?«

Sie las zwischen den Zeilen, sah in seine Augen und sagte: »Ja.«

»Ich auch«, sagte Dr. James Kopecki zu seiner neuen Stallkraft und künftigen Ehefrau.

ELEANOR TAYLOR BLAND

Beginne den Tag in Ruhe

Der Morgen brach an, als Katey McDivott den von Bäumen beschatteten Kiesweg entlang ging, der zu ihrem Häuschen führte. Sie ging, ohne sich auf ihren Stock zu stützen, und freute sich, dass sie ihn das erste Mal seit mehr als einer Woche nicht brauchte. Diese Spaziergänge im Morgengrauen halfen ihr, ihr rechtes Bein wieder zu kräftigen. Sobald es ihr wieder möglich wäre, längere Zeit regungslos zu sitzen, würde sie mit ihren Freunden zum Vögelbeobachten gehen. Im Augenblick allerdings müssten diese Spaziergänge und ihr Garten mit dem weißen Lattenzaun, den Vogelhäusern, die von Ästen der Bäume hingen, und den wilden Blumen, die Schmetterlinge anzogen, genügen.

Katey ging hinter das Häuschen, wo sie über eine Gruppe von Büschen hinwegschauen und den Atlantik sehen konnte, der heute graublau war und weiße Schaumkrönchen trug. Der Duft der rosafarbenen und gelben Rosenbüsche, die die Veranda säumten, wehte ihr entgegen. Die Eichhörnchen versuchten bereits, die Vogelfutterhäuschen auf den Pfählen auszurauben, wurden aber von den Metallmanschetten daran gehindert, die ihren Weg blockierten. Zu dem erwachenden Trällern der Vögel würde sich bald das leise Summen der Bienen gesellen. Sie setzte sich auf die Stufen, die zur Veranda führten, da sie von dem Spaziergang durch die Wälder zum Strand und zurück erschöpft war. Ihr Fernglas wurde schwer, und sie nahm den Riemen vom Hals.

Vielleicht hätte sie sich eher zur Ruhe setzen sollen,

noch vor der Reihe kleiner Schlaganfälle, die sie schließlich zwangen, aufzuhören. Aber selbst dann hatte sie noch gezögert. Mehrsprachige Lehrkräfte und Mitarbeiter konnten nicht so leicht ersetzt werden. Ihre Schule hatte noch keine Nachfolgerin für sie gefunden, und ihr Bedürfnis, dort zu arbeiten, war auch noch nicht geschwunden. Die Kinder würden ihr immer fehlen.

Plötzlich gab es ein scharrendes Geräusch, als ein Eichhörnchen einen Baum herunterhuschte und mit zuckendem Schwanz in ein, zwei Metern Entfernung innehielt. Sie hatte die Tiere den Winter hindurch gefüttert und würde es weiterhin tun, wenn das Wetter schlecht und die Futterquellen rar wären. Als das Tier sah, dass sie sich nicht auf die Fliegentür zubewegte, zuckte es noch zweimal mit seinem Schwanz und sprang davon. Ihm entging nur die Erdnussbutter, das war alles.

Als Katey aufstand, um hineinzugehen, war ihr Bein von dieser kurzen Ruhepause steif geworden, und sie brauchte den Stock. Der Kaffee, den sie zuvor aufgebrüht hatte, war immer noch heiß, allerdings schmeckte er ihr nicht mehr so gut, nachdem er über eine Stunde alt war. Im unteren Teil des Küchenschranks suchte sie nach ihrer Medizin, erinnerte sich dran, dass sie tags zuvor Nachschub bekommen hatte, und nahm beide Tablettenröhrchen aus ihrer Handtasche. Dann setzte sie sich ans Fenster und freute sich an dem Glanz der Flügel- und Schwanzfedern und dem Zwitschern und Schwatzen, als die Vögel anfingen, zum Frühstück hereinzuhüpfen.

Katey war sich nicht sicher, wie viel Zeit vergangen war, als sie die Trockenheit in ihrem Mund bemerkte und die Taubheit in ihrer linken Hand. Wie beim Schlaganfall, dachte sie – aber es war doch anders. Als sie versuchte, aufzustehen und zum Telefon zu gehen, hatten ihre Beine keine Kraft, und sie sackte in sich zusammen und fiel auf den Fußboden.

Die Sonne ging gerade auf, als Tori Roberts nach Boston hineinfuhr. Ihre ältere Freundin, Lat Nhu, war bei ihr – eine zögerliche, aber interessierte Begleiterin. Lat war ein Widerspruch in sich selbst. Unwillig darüber, sich in einen Ort zu wagen, in dem sie nie zuvor gewesen war, saß sie mit hochgezogenen Schultern da und hatte die Hände im Schoss verkrampft. Dann lehnte sie sich vor, zerrte am Sicherheitsgurt, und ihre Stirn berührte fast die Windschutzscheibe, begierig nach dem ersten Anblick der Stadt. Lats Vögel, ein Paar Finken und ein Paar Kanarienvögel, saßen in ihren Bambuskäfigen auf dem Rücksitz. Als die Sonne durch die Fenster hereinschien, wurde aus ihrem verschlafenen Zirpen vorsichtiges Gezwitscher. Lat begrüßte den Morgen mit einigen vietnamesischen Äußerungen. »Es ist ein guter Tag«, pflichtete Tori ihr bei.

Tori hatte einen kleinen Anhänger gemietet, um die Dinge zu transportieren, die sie nicht im Depot lassen wollte, und der polterte jetzt hinter ihnen drein. Sie würden nur den Sommer dort verbringen. Und danach? Tori wusste es nicht. Sie hatte ihre Arbeitsstelle an dem kleinen College verloren, wo sie asiatische und afroamerikanische Kultur unterrichtete und auch ihren Bakkalaureus und ihren Magister gemacht hatte. Hier hatte sie ein paar Freunde und hoffte, dass Lat sich wohl fühlen würde in der wachsenden vietnamesischen Gemeinschaft, da sie bei Thanhs Mutter wohnen würden. Thanh. Sie hatte ihn acht

Jahre lang nicht gesehen. Sie waren einmal ein Paar gewesen. Tori lächelte bei der Erinnerung.

Als sie ankamen, fanden sie Chaos vor. Die Ordnung in der kleinen Wohnung – aufgerollte Schlafmatten, ein Stapel Zafu, Truhen mit Habseligkeiten – wurde von herumkrabbelnden und streitenden Kleinkindern und kichernden, streitenden Schulkindern durcheinander gebracht. Mütter, Großmütter und Tanten, insgesamt mindestens ein Dutzend, waren in der Küche versammelt und unterhielten sich auf Vietnamesisch, ohne auf den Lärm der Kinder zu achten. Thanh war nirgends zu sehen.

Lat blieb auf dem Flur im oberen Stockwerk stehen, in jeder Hand einen Vogelkäfig. Tori, die sich hier zu Hause fühlte, ging zu den Frauen. Ihre Gesichter waren so breit wie ihr eigenes, mit hohen Wangenknochen, und ihr Haar genauso schwarz und glatt. Nur ihre Hautfarbe war anders, ein viel dunkleres Braun. Da ihre Mutter Afroamerikanerin und ihr Vater Vietnamese war, hatte sie gelernt, Französisch und Vietnamesisch zu sprechen, und verstand, was sie sagten. Ein kleines Mädchen fehlte. Wie weit würde sich das Kind von all dem entfernen, was ihm bekannt und vertraut war? Das südliche Boston war ein schlanker Finger, der in den Atlantik hinausragte und auf drei Seiten von Wasser umgeben war. Höchstwahrscheinlich war das Mädchen innerhalb des vietnamesischen Viertels irgendwo anders hingeraten und hatte sich gar nicht verirrt. Das Schreien eines Säuglings übertönte den Lärm und brachte Frauen und Kinder zum Schweigen. Eine Frau löste sich aus der Gruppe, hob das Kleinste auf und beruhigte es. Die anderen nahmen ebenfalls ihre Kinder in den Arm – eine kollektive Erinnerung an das Kind, das fehlte.

»Tori!« Thans Mutter, Mrs. Diem, sah sie und kam mit ausgebreiteten Armen auf sie zu. Sie war so klein, dass Tori auf ihren Scheitel sehen konnte, als sie sich umarmten.

»Es ist Thanhs Tochter, die fehlt«, sagte sie. »Meine kleine Ngoc Thuy.«

Hatte Thanh ihr den Namen gegeben? Ngoc Thuy, wertvolle Tugenden, dachte Tori.

Wieder begannen die Frauen, gleichzeitig zu reden. Als Tori ihnen schließlich folgen konnte, begriff sie, dass das Kind schon seit dem Vortag vermisst wurde, dass jede Frau gedacht hatte, sie sei bei einer der anderen, dass sie jetzt keine Ahnung hatten, wo das Kind war, und dass Thanh und die anderen Männer losgezogen waren, um sie zu suchen. Die Polizei hatte man nicht verständigt. Nach dem Chor der Bestürzung zu schließen, den Toris Frage danach auslöste, wäre das nur ihre allerletzte Zuflucht.

»Sie ist so still«, sagte eine der Frauen. »Sie hört immer auf etwas, was niemand sonst hören kann, dabei ist sie irgendwohin gelaufen und hat nicht auf ihre Umgebung geachtet.«

»Wie alt ist sie?«, fragte Tori und hoffte, dass Thanh sie vor acht Jahren nicht angelogen hatte oder es einfach unterlassen hatte, ihr von einem Kind zu erzählen – und einer Ehefrau, denn er hielt sich an die alten Lebensregeln.

»Sie ist im Mai gerade sieben geworden.«

»Wo ist ihre Mutter?« Tori war überrascht über ihr eigenes Widerstreben, die Frau kennen zu lernen, die Thanh geheiratet haben musste. Es sollte ihr eigentlich nichts ausmachen – schließlich war nichts Ernstes zwischen ihnen gewesen.

»Die ist weg«, sagte die Mutter. »Thanhs Frau ist tot.«

185

Die Gereiztheit in ihrer Stimme und die abwehrende Geste ihrer Hand brachten Tori dazu, sich zu fragen, ob das wirklich wahr war oder nur Wunschdenken seitens einer alles andere als erfreuten Schwiegermutter. Vielleicht war die Heirat – Tori nahm an, dass es eine gegeben hatte – nicht von den Eltern in die Wege geleitet worden.

»Wie lange wird das Kind schon vermisst?«, fragte Tori.

»Fast einen Tag.«

»Seit heute Morgen?«

»Gestern.«

»Vor dem Abendessen oder danach?« Wenn das Kind in der Nähe war, konnte es mit einem vollen Magen länger wegbleiben als mit einem leeren.

»Danach.«

»Hat sie schon einmal anderswo übernachtet?«

»Sie bleibt oft bei einer von uns oder bei anderen.« Eine junge Frau sprach, eine von drei Frauen, die kein Kind im Arm hatten.

»Ja. Ja.«

Die anderen beiden beeilten sich, zuzustimmen.

Vielleicht war die Mutter des Kindes wirklich tot. Und vielleicht, da Tori ihn als Romantiker kannte, gab es noch eine Frau oder mehrere, die ebenfalls um seine Zuneigung wetteiferten, die diesen dreien hier nicht bekannt waren.

»Wer sieht nach dem Laden?«, fragte Tori. Thanh war tagsüber Ladeninhaber, und an den meisten Abenden unterrichtete er Kampfsport. Schnell suchte man nach den Schlüsseln, und die drei ledigen Frauen stritten sich darum, wer sich um den Laden kümmern sollte, und als sie sich nicht einigen konnten, gab es eine laute Auseinandersetzung. Wie auch immer der Zustand von Thanhs Ehe sein mochte, Thanh wurde von einigen Frauen immer noch als begehrenswert betrachtet.

Lat trat in die Küche und stellte die Vogelkäfige auf den Fußboden. Tori winkte Lat näher heran und zog einen Stuhl unter dem Tisch hervor, damit sie sich setzen konnte.

»Lat, dies ist Mrs. Diem«, sagte sie. »Mrs. Diem, Lat Nhu.«

Die beiden Frauen musterten einander schnell und lächelten.

»Was ist mit dem fehlenden Kind?«, fragte Lat.

Thanhs Mutter erklärte ihr, was Tori bereits von den anderen aufgeschnappt hatte. Das kleine Mädchen, Ngoc Thuy, befand sich oft in ihrer eigenen Welt und wurde von Frauen bemuttert, die sich viel mehr für den Vater als für das Kind interessierten.

»Das Schuljahr ist jetzt zu Ende. Wenn im Herbst das neue beginnt, wird eine Lehrerin nicht mehr da sein. Ngoc Thuy liebte diese Lehrerin sehr. Sie ist traurig, weil sie sie nicht mehr sehen wird. Sie will nicht draußen spielen, sie will nicht mehr mit ihren Puppen spielen, und sie will nie wieder in die Schule gehen. Deshalb war ich froh, als sie letzte Nacht nicht auf ihrer Matte schlief. Die Schule ist schon seit zwei Wochen zu Ende. Für ein Kind kann das eine lange Zeit der Trauer sein.«

Während sie sich unterhielten, kam Thanh herein. »Tori! Du bist wirklich gekommen.«

Er erschien ihr älter als das letzte Mal, als sie ihn gesehen hatte, und sein Gesicht war von grüblerischer Sorge erfüllt.

»Ngoc Thuy ist noch nicht zu Hause?«

Ihr Schweigen war Antwort genug.

Einen Moment stand er da, und seine Muskeln spielten, als er die Arme verschränkte. Mit niedergeschlagenen Augen kaute er an einem Mundwinkel. »Wir haben an jedem Ort gesucht, der uns nur einfiel. Sie ist nie weiter als bis zur Schule gegangen.«

Er ging zu Tori hinüber. »Du bist gekommen.«

»Nur für den Sommer«, sagte sie und atmete das nach Limonen duftende After Shave ein, das ihr nur zu vertraut war. Acht Jahre schienen plötzlich gar keine so lange Zeit mehr zu sein. »Vielleicht kann ich helfen.«

»Ja, vielleicht«, stimmte Thanh zu.

Tori rückte zur Seite, während er sich einen Stuhl holte und sich neben sie setzte. Lat und Mrs. Diem nickten sich zu. Lat hatte einen verschwörerischen Blick, und Thanhs Mutter sah aus, als ob sie Kupplerin spielen wollte.

Thanh faltete die Hände so fest zusammen, dass seine Knöchel weiß wurden. »Du hast jetzt lange Zeit nach deiner Familie gesucht, Tori, schon bevor wir uns kennen lernten. Vielleicht gibt es da Dinge, die du besser kennst als ich, obwohl Ngoc Thuys Verschwinden anders zu sein scheint.«

»Du willst nicht die Polizei rufen.«

»Ich bin zu ihnen gegangen.« Er strich sich eine widerspenstige, schwarze Haarsträhne zurück. Sein Haar hatte silbrige Highlights, obwohl er nur zwei Jahre älter war als Tori mit ihren Achtundzwanzig, und er sah um einige Jahre jünger aus. »Sie wissen, wie sie aussieht. Sie werden nach ihr Ausschau halten. Wir wissen nicht einmal sicher, ob sie nicht vielleicht heute ganz früh am Morgen wegging. Sie schickten jemanden in die Schule, um dort nach ihr zu suchen, und ich begleitete sie, aber auch sie glauben, dass sie irgendwo hier im Viertel ist.«

»Sie ist nicht auf dem Dachboden«, sagte seine Mutter. »Sie ist nicht in dem kleinen Raum unter der Treppe, und sie ist auch nicht bei den lachenden Frauen.«

»Die Schule scheint ihr wichtig zu sein«, sagte Tori. »Hatte sie dort irgendwelche Freunde, die nicht hier in der Nähe wohnen?«

»Nein.«

»Vielleicht sollten wir ihre Sachen durchsehen.«

Thanh war bestürzt über den Vorschlag und zögerte, etwas zuzulassen, was ihm als schwer wiegendes Eindringen in die Privatsphäre eines Menschen erschien. Seine Mutter nickte zustimmend.

»Vielleicht ist etwas da«, meinte Tori, »das uns verrät, wo sie hingegangen sein könnte.« Sie fügte nicht hinzu, dass, wenn etwas Spezielles fehlte, es darauf hinweisen könnte, dass das Kind ausgerissen war.

Als die Sonne hoch am Himmel stand, war Ngoc Thuy bereits mit drei Bussen gefahren. Sie stieg aus dem dritten aus und ging in die Richtung, die ihr der Fahrer gewiesen hatte, und suchte nach dem Schild für den nächsten Bus, den sie nehmen musste. Sie hatte bis zum Morgen auf den dritten Bus gewartet, weil eine Frau, die ebenfalls wartete, sie gefragt hatte, warum sie nach Einbruch der Dunkelheit allein draußen war. Ngoc Thuy fürchtete, die Frau könnte die Polizei auf sie aufmerksam machen, deshalb ging sie in einen nahen Park und versteckte sich dort bis zum Morgen. Jetzt musste sie den Bus nach Sudbury nehmen. Ngoc Thuy zog den gefalteten Zettel wieder aus ihrer Tasche.

Miss McDivott. Sie hatte »Sadury« ausgestrichen und in Druckbuchstaben »Sudbury« hingeschrieben, weil es so auf dem Schild stand, aber Sudbury klang nicht so wie das, wo Miss McDivott sagte, dass sie wohne. Sadury klang auch nicht richtig, aber Miss McDivott hatte das Wort an die Tafel geschrieben. Ngoc Thuy hatte bis zur Pause gewartet und es dann abgeschrieben. Sie war sicher, dass es wie Sadury ausgesehen hatte.

Während sie ging, atmete Ngoc Thuy lang und tief ein. Miss McDivott wohnte in der Nähe des Ozeans. Sobald sie Salzwasser riechen würde, wäre sie sicher, dass sie sich nicht verirrt hatte, obwohl Miss McDivott weit weg wohnte. Sie konnte den Ozean noch nicht riechen, aber es würde nicht mehr lange dauern. Sie ging in ein kleines Geschäft und kaufte sich zwei Devil Dogs zum Frühstück. Ihr Magen knurrte, als sie auf die weiße Creme in dem unglasierten Schokoladenkuchen sah. Ihre Großmutter würde es nicht erlauben, dass sie so früh am Morgen etwas Süßes aß, aber wenn sie auswärts übernachtete bei einer der lachenden Frauen, dann bat sie immer darum. Sie gaben ihr das, worum sie bat, sogar Geld, und sie glaubten, sie gebe es aus. Sie wussten nicht, dass sie es sparte.

Ngoc Thuy blieb auf Abstand zu den anderen Leuten in dem Geschäft und ging nur zu dem Mann mit der braunen Schürze, der genau wie ihr Vater Lebensmittel verkaufte. Sie gab ihm ihr Geld. Als er sie anlächelte, sagte sie zu ihm: »Sie mir sagen bitte, wo Bus nach Sudbury geht.« Als er sie nicht verstand, zeigte sie ihm das Wort, das in Druckbuchstaben auf dem Zettel stand. Er führte sie nach draußen und zeigte ihr die Richtung.

Es war heiß, als sie neben dem Mast mit dem Bushaltestellenschild in der Sonne wartete. Sie hatte keine Kleider zum Wechseln mitgebracht, weil sie nicht gedacht hatte, dass es so lange dauern würde, und jetzt hatte ihr Kleid Flecken von dem Gras, in dem sie gesessen hatte, und von der Orangenlimonade, die sie verschüttet hatte. Vielleicht würde sich Miss McDivott so sehr über Besuch freuen, dass sie es gar nicht bemerkte. Ngoc Thuy hatte mitbekommen, wie die anderen flüsternd von Miss McDivott sprachen und still wurden, wenn ein Kind in die Nähe kam, und es war ihr klar, dass ihre Lehrerin weggegangen war, um zu sterben – genau wie ihre Mutter. Sie wollte nicht, dass jemand so Liebenswertes wie Miss McDivott ganz allein sterben musste. Miss McDivott sollte nicht glauben, dass sie sie jemals vergessen würde. Sie wollte Miss McDivott die Karamellbonbons bringen, die sie für ihre Mutter aufgehoben hatte, und wollte ihr Lächeln sehen, wenn sie sie auspackte. Sie wollte sie wieder sprechen hören, ihre Stimme, die sanft war wie der Wind. Sie hatte allerdings nicht gewusst, dass man so lange brauchte, bis man in dieses Sudbury kam. Sie hatte geglaubt, sie wäre bis zum Morgen dort, bevor die anderen sie vermissten, und könnte sie anrufen, um sie wissen zu lassen, wo sie war.

Der Bus kam. Ngoc Thuy fragte wieder, ob er nach Sudbury fahre. Wieder faltete sie das Papier auseinander, wieder fragte sie nach dem Fahrgeld und zählte es ab. Vielleicht ist es jetzt nicht mehr so weit. Wenn sie erst einmal dort wäre, bräuchte sie nur zum Ozean zu gehen und am Strand entlangzulaufen, bis sie das Haus mit den rosafarbenen und gelben Rosen sieht. Vielleicht hatten die anderen sich geirrt. Auch wenn Miss McDivott nicht mehr zur Schule kommen würde, vielleicht würde sie trotzdem nicht sterben. Vielleicht würde sie durch die Blumen in ihrem Garten gehen und für immer – oder zumindest für eine sehr lange Zeit – von ihrer hinteren Veranda aus den Ozean betrachten.

Zunächst konnte Katey ihren linken Arm und ihr linkes Bein bewegen, aber als sie versuchte, durch den Raum zum Telefon zu gehen, setzte ihre Kraft aus. Ihr Mund fühlte sich trocken an, ihre Zunge war geschwollen und ihr schnürte sich der Hals zu. In ihren Ohren war dieses Summen und Klingeln. Sie wusste nicht, wie spät es war, aber sie glaubte, geschlafen zu haben. Sie hörte Geräusche, von denen sie glaubte, dass sie vom Postboten kamen – dem einzigen Menschen, der heute wahrscheinlich zu ihr kommen würde, aber sie konnte nicht einmal einen Laut von sich geben. Was geschah mit ihr? Dies hier fühlte sich überhaupt nicht nach Schlaganfall an.

Das Fenster war offen. Der Tag schien heiß zu sein, denn die Vögel waren still. Sie versuchte, sich darauf zu konzentrieren, etwas anderes zu hören als die Geräusche in ihrem Kopf. Sie versuchte, sich vorzustellen, sie befände sich in irgendeinem friedlichen Gehölz und beobachtete einen äußerst zarten, farbenprächtigen Vogel, einen, den sie noch nie gesehen hatte. Es gab niemanden, der sie anrufen oder besuchen würde. Sie hatte keine Verwandten, und bis zu ihrer Pensionierung war das hier nur ein Sommerhäuschen, wo sie die meisten Wochenenden verbrachte. Vielleicht würde der Briefträger aufmerksam werden, wenn sich genügend Post ansammeln würde. Ansonsten würde sie hier liegen bleiben und sterben, es sei denn, dies hier würde irgendwie vorübergehen. Ihr Hals verengte sich noch mehr. Das Schlucken schmerzte. Bald würde ihr die Luft abgeschnürt werden. Sie spürte eine beginnende Panikattacke. Nein, auch wenn sie weder sprechen noch sich bewegen konnte, würde sie weder der Furcht noch der Verzweiflung nachgeben. Wenn sie sehr gut hinhörte, könnte sie vielleicht das Rauschen des Ozeans oder das Lied eines Vogels hören. Katey schloss die Augen.

Ngoc Thuys Zimmer war kaum mehr als ein Schrank mit einer Schlafmatte. Offene Schuhschachteln beherbergten eine sorgfältig angeordnete Sammlung winziger Puppen mit langem Haar in Rotschattierungen, brünett und blond, und Pferdchen, alle aus Kunststoff, einige mit künstlichen Mähnen und Schweifen. Tori kniete sich neben eine Truhe aus Mahagoni. Auf dem Deckel war eine Waldszene abgebildet, mit Vögeln, Rehkitzen und Kaninchen, die in das Holz geschnitzt waren. In der Truhe lagen Ngoc Thuys Kleider, und auf dem Boden einige Schulhefte und Karamellbonbons.

Tori nahm die Hefte heraus. »Sind alle ihre Kleider hier?«

Thanh sah von der Tür aus zu. Bei der Frage blitzte Ärger in seinen dunklen Augen auf. »Sie ist nicht ausgerissen.«

»Sie ist ein kleines Mädchen. Ihre Mutter starb vor eineinhalb Jahren, und jetzt ist auch noch ihre Lehrerin weg.« Dieses Argument hatte ihn davon überzeugt, sie die Sachen des Kindes durchsehen zu lassen, aber ihre Verdächtigungen gefielen ihm gar nicht.

»Sie hat die Bonbons ihrer Mutter dagelassen«, gab er zu bedenken.

Tori berührte ein gelbes Bonbonpapier aus Zellophan, hob es aber nicht auf. Das war etwas Besonderes, etwas, das sie nicht zurückgelassen hätte, wenn sie nicht vorgehabt hätte, wieder zu kommen. Thanh dachte, sie könne vielleicht helfen, weil sie etwas Wissen oder Erfahrung gewonnen hatte durch ihre Suche nach ihrer eigenen Familie während der letzten zwölf Sommer. Tori meinte, sie könne vielleicht helfen, weil sie als kleines Mädchen so oft von Pflegefamilien weggelaufen war. Von ihrem richtigen Zuhause war sie nie ausgerissen, aber sie konnte sich nicht einmal an ein eigenes Zuhause erinnern. Sie hatte vage Erinnerungen an eine Mutter und Geschwister, von denen sie nicht einmal sicher sein konnte, ob sie real waren. Ihr Herz sagte, sie waren real, die Logik sagte etwas anderes.

»Ist sie schon einmal ein paar Tage lang weggeblieben?« Alles in diesem Zimmer deutete darauf hin, dass das Kind, das hier lebte, vorhatte, zurückzukommen. Und Tori wusste auch, dass diese Gemeinde so eng miteinander verbunden war, dass es viele Menschen gab, die für das Kind Tanten und Großmütter waren.

»Nur bei den lachenden Frauen.«

»Lachende Frauen?«

»So nennt sie sie. Weißt du, sie kommen und lächeln und lachen und bringen Essen und …«

»… flirten«, ergänzte Tori.

»Sie sind freundlich.«

»Gibt es noch andere lachende Frauen, von denen Ngoc Thuy weiß, die aber diese Frauen nicht kennen?«

Als Thanh nicht antwortete, setzte Tori sich auf die Fersen zurück und sah zu ihm auf. »Nun?«

»Ist das eine persönliche oder eine sachliche Frage?«

Tori zögerte. »Beides.« Sie empfand es als schwierig, nicht völlig direkt zu sein.

»Meine Frau hatte Krebs. Sie brauchte sechs Monate, um zu sterben. Die letzten zwei Monate war sie im Krankenhaus, und ich war so viel ich konnte bei ihr. Seitdem war ich mit keiner Frau zusammen.«

Tori sah die Schulsachen des Mädchens durch. Buchstaben und Zahlen marschierten zur Hälfte über liniertes Papier, dann, gegen Ende der Zeile, wurden sie schief, als ob das Kind es eilig hatte, fertig zu werden. War sie ein impulsives Kind oder schnell gelangweilt? Oder war sie hartnäckig und strebsam? Tori fragte nicht. Sie würde vorerst eigene Eindrücke sammeln. Die Striche und Kreise waren genau geformt, selbst wenn sie sich nach unten neigten. Ein Kind, das beherrscht war, schloss Tori, oder das es zumindest sein wollte, selbst wenn es Eile hatte.

Als sie die Buntstiftzeichnungen ansah, taten ihr die Augen weh. Es waren Variationen einer sehr kleinen Person, die vor einer Tür stand und hindurch sah auf eine sehr große Person in einem großen Bett, die mit einer mehrfarbigen Decke zugedeckt war. Die Decke war in Karos aufgeteilt, und jedes war mit einer dicken Buntstiftschicht ausgefüllt. Es waren achtundzwanzig Zeichnungen. Als Tori sich durch den Stapel hindurcharbeitete bis zum letzten Blatt, wurde die Person im Bett kleiner und war am Ende sogar kleiner als das Kind an der Tür.

»Besuchte Ngoc Thuy ihre Mutter im Krankenhaus?«

»Ja, bis sie zu starke Schmerzen hatte und ständig unter Beruhigungsmitteln stand. Ngoc Thuy weinte, weil sie sie sehen wollte, aber es hätte sie zu sehr aufgeregt. Ihre Mutter sah völlig verändert und gar nicht wie sie selbst aus.«

Tori konnte sich nicht vorstellen, wie es für ein kleines Mädchen gewesen sein mag, zu wissen, dass ihre Mutter krank war, dass sie weggebracht und sie sie nie wieder sehen würde. Sie kannte allerdings mit unerschütterlicher Klarheit die Leere, die von diesem Verlust hervorgerufen wurde.

»Und sie hatte diese Lehrerin gern.«

»Diesen Frühling holte ich sie eines Tages von der Schule ab, und sie kam mir entgegengehüpft. Sie lachte und hielt Miss McDivotts Hand. Sie sah wieder wie ein kleines Mädchen aus und nicht wie meine alte Frau mit dem traurigen Gesicht.«

Tori legte die Papiere wieder in die Truhe. »Ich glaube, sie ist losgezogen, um ihre Lehrerin zu finden.« Sie versuchte nicht, ihm zu erklären, was der Abschluss einer Beziehung bedeutet, oder das Bedürfnis, sich endgültig zu verabschieden.

Ngoc Thuy klemmte sich ihre Sandalen unter den Arm und lief über einen schmalen Streifen Strand, den riesige Felsen vom Ozean trennten. Zwischen den Zehen spürte sie den warmen Sand. Es gab keinen Schatten, und es war heiß, aber wenn die Wellen gegen die Felsen klatschten, wurde sie vom Wasser leicht besprüht.

Während sie so dahinlief, sah Ngoc Thuy an den Häusern hinauf. Einige waren groß, die meisten waren klein. Wenn Bäume davorstanden, konnte sie nur die Dächer sehen. Sie sah kein Haus mit Vogelhäuschen in den Bäumen oder Futterhäuschen auf Pfählen oder vielen Rosenbüschen. Vielleicht gab es ja einen Ort, der Saderly hieß. Vielleicht war das hier nicht die richtige Ortschaft. Als ihre

Beine müde wurden, setzte sie sich hin und sah eine Weile den Möwen zu. Vielleicht war das nicht der richtige Strandabschnitt. Niemand war hier. Vielleicht waren all die Häuser leer. Sie wickelte ein Karamellbonbon aus und lutschte es. Dann raffte sie sich wieder auf und ging weiter.

Als erstes entdeckte sie das rote Vogelfutterhäuschen, dann ein gelbes. Sie konnte nur den obersten Teil des Hauses sehen. Auf dem Dach gab es eine Stange mit einem Pfeil und einem Hahn, ganz wie Miss McDivott gesagt hatte. Ngoc Thuy rannte über die Straße und schlüpfte zwischen den Büschen hindurch zum Haus hinauf. Es gab so viele Vogelfutterhäuschen. Und ein kleines, weißes Haus. Als sie eine Lichtung beim Holzzaun erreichte, sah sie die Rosen – Hunderte rosaroter und gelber Rosen.

Ngoc Thuy rannte zu den Stufen. »Miss McDivott! Miss McDivott!«

Keine Antwort. Die Fliegengittertür war geschlossen, aber die andere Tür nicht. Sie ging die Treppenstufen hinauf und schaute ins Haus.

»Miss McDivott!« Sie stieß die Tür auf, blieb stehen und starrte auf Miss McDivott, die auf dem Boden lag. Als sie die Augen öffnete, ging Ngoc Thuy auf Zehenspitzen zu ihr.

»Sie schlafen nicht. Sie sind noch hier.«

Nur Miss McDivotts Augen bewegten sich.

Ngoc Thuy setzte sich neben sie. »Sie sind krank, nicht wahr? Meine Mami war auch krank, aber als ich sie besuchte, waren ihre Augen zu. Sie konnte auch nicht sprechen, aber sie schlief in diesem kleinen Bett mit einem glänzenden weißen Kopfkissen und einer Decke aus Holz. Ich konnte sie nicht aufwecken. Aber Sie sind wach.« Sie

197

wartete darauf, dass Miss McDivott sprechen würde, aber sie tat es nicht. Sie bewegte sich auch nicht. »Wenn ich bei Ihnen sitze, bleiben Sie dann wach? Ich will nicht, dass Sie mich verlassen. Ich bleibe hier, das verspreche ich. Schauen Sie, ich habe Ihnen Bonbons mitgebracht.«

Miss McDivott konnte die Bonbons nicht essen. Sie brauchte einen Doktor, aber wenn man zum Doktor ging, kam man manchmal nicht mehr nach Hause.

»Ich rufe jetzt die Notfallnummer an«, sagte Ngoc Thuy. »Die kommen dann und legen Sie in einen Krankenwagen und fahren Sie ins Krankenhaus, und vielleicht kommen Sie nie mehr zurück. Aber wenn Sie zurückkommen, dann schenke ich Ihnen diese Bonbons und lerne Schreibschrift schreiben und bringe meine kleinen Püppchen mit, damit sie Sie sehen können.«

Miss McDivott blinzelte.

»Ich möchte wirklich, dass Sie meine Figürchen sehen. Ich habe viele davon. Und diese Bonbons sind wirklich gut, sie werden Ihnen schmecken, wenn es Ihnen besser geht. Also, kommen Sie bitte wieder nach Hause, ja?«

Ngoc Thuy ging zum Telefon.

Es war nach fünf, als Tori und Thanh Sudbury erreichten. Tori fuhr einen engen, kurvenreichen Feldweg entlang, bis sie den Briefkasten mit dem Kardinalsvogel darauf erreichte. Ein Polizeiwagen parkte am Straßenrand. Heute würde sie Miss McDivott nicht kennen lernen, aber vielleicht morgen. Thanh nahm ihren Arm, als sie den Weg zu dem Häuschen hinaufgingen. Auf den Stufen saß ein kleines Mädchen.

»Ngoc Thuy!« Thanh eilte zu ihr und nahm sie in die

Arme. Das kleine Mädchen hielt sich an ihm fest, und Thanh saß da, wiegte sie und drückte sie an sich und murmelte etwas auf Französisch. Tori blieb am Fuß der Treppe stehen. Ngoc Thuy hatte Thanhs breites Gesicht und sein glattes Haar, aber ihre Gesichtszüge waren nicht asiatisch, ihr Haar und ihre Augen waren braun. Vielleicht war das der Grund dafür, dass Mrs. Diem die Mutter des Kindes nicht gemocht hatte.

Das letzte Mal, als Tori Thanh gesehen hatte, vor acht Jahren, war es genauso heiß, und die Sonne genauso strahlend gewesen, und Tauben waren über den Bürgersteig bei der South Station stolziert. Sie hatte den Zug nach Connecticut genommen. Thanh hatte Verwandte in Frankreich besucht. Ngoc Thuys Mutter muss Französin gewesen sein. Wertvolle Tugend. Lat und Thanh und die meisten Vietnamesen, die sie kannte, maßen ihrem Namen anscheinend keine allzu große Bedeutung bei, aber dieses Kind schien tatsächlich besonders wertvoll zu sein.

Dass sie allein loszog, um ihre Lehrerin zu finden, nur mit dem Namen eines Ortes, den es gar nicht gab, überraschte Tori überhaupt nicht. Sie erinnerte sich daran, wie sie nach New Mexico davongelaufen war, als sie sechs Jahre alt gewesen war, und wie sie an der Ecke Angst bekam und umkehrte. Als sie sieben war, war sie nach Seattle aufgebrochen und war gerade mal bis zum Bahnhof gekommen. Jetzt verstand sie die Angst, die sie aufgehalten hatte; die Furcht vor dem, was sie am Ziel ihrer Reise finden würde, ließ es sicherer erscheinen, nichts zu wissen. Sie konnte weder auf sich selbst vertrauen noch auf die Familie, die Mutter, die sie suchte. Selbst jetzt, da sie alle Zeit hatte, die sie brauchte, um nach ihnen zu suchen, zögerte sie und kam hierher zurück, in eine Gemeinschaft von Frauen, bei denen sie sich geborgen fühlte, zu einem Mann, der sie vor Jahren in Kampfsport unterrichtet hatte, weil er nicht glaubte, dass sie mutig war. Es war immer noch so viel einfacher, mit Lat hierher zu kommen und sich vor dieser Mutter zu verstecken, dieser anderen Kultur, in die sie hineingeboren war.

Wie Tori, musste Ngoc Thuy neugierig geworden sein auf diese andere Kultur, die ihr aus dem Spiegel entgegenschaute. Anders als Tori besaß sie den Mut ihrer Mutter – genug davon, um Miss McDivott loszulassen, ohne zu wissen, ob sie zurückkommen würde. Tori wusste nicht, ob sie so viel Mut hatte, ob sie, wenn die Zeit reif war, Lat Nhu würde loslassen können. Sie wusste nicht, ob sie den Mut aufbringen würde, mehr als einen schwachen Vorstoß in diese unbekannte Welt ihrer Mutter, und vielleicht ihrer Brüder und Schwestern, wenn es welche gäbe, zu wagen. Thanh irrte sich – sie hatte überhaupt nicht nach ihnen gesucht. Aber wenn dieses Kind dazu fähig war ... vielleicht.

Thanh zauste Ngoc Thuys Haar, und Vater und Tochter lachten. Toris Augen trafen einen Moment die von Thanh, dann sah sie Ngoc Thuy an und lächelte.

BRENDAN DUBOIS

Geschwisterrivalität

Ich sass auf dem Vordersitz meines geparkten und gestohlenen Wagens und schaute hinauf zu den Lichtern im dritten Stock des Wohnhauses, das mitten in einem heruntergekommenen Viertel eines dieser ausgedehnten Vororte von Boston stand. Es war eine lange Nacht gewesen, und meine Aufgabe war noch längst nicht abgeschlossen. Wie die Dinge standen, hatte ich erst die Hälfte davon erfüllt, und ich würde nicht zufrieden sein, bis ich die ganze Sache erledigt hätte. Während ich wartete, hörte ich Radio und horchte auf die nächtlichen Klänge von Talk-Shows, die sich über Beziehungen, Familien, Probleme verbreiteten. Ich hörte nur halb hin, da ich mich auf meine eigenen Probleme konzentrierte.

Unter dem Sitz lag eine Smith & Wesson 9 mm, mit bereits montiertem Schalldämpfer und eingewickelt in den aktuellen *Boston Herald*. Das war das eine Problem, weil ich nicht sicher war, was ich tun würde, wenn ein Polizist vorbeikäme und mich kontrollierte. Zwar hatte ich eine gute Ausrede dafür, dass ich mich um ein Uhr morgens auf dieser verlassenen Straße befand, aber ich war sicher, es war nicht die Art von Erklärung, die ein Polizist gerne hören würde. Mein anderes Problem war der dritte Stock des Mietshauses. Eine Wohnzimmerlampe brannte hell, dazu auch eine Küchenlampe, was bedeutete, dass der Bewohner dieser Wohnung – ein Adam Cruishank – immer noch wach war. Ich hatte vor weniger als fünfzehn Minuten eine Bewegung gesehen, und ich wollte nicht, dass er noch viel länger wach bliebe.

203

Ich seufzte und trommelte mit meinen Fingern auf das Lenkrad. Am Ende der Straße blitzten Scheinwerfer auf, und ich duckte mich in den Sitz, um mich zu verstecken. Das Innere meines Wagens wurde erhellt, als das andere Auto vorbeifuhr, und so sah ich die zerknüllten Kaffeebecher, Fast Food-Verpackungen und anderen Müll, den der rechtmäßige Besitzer angehäuft hatte. Wenn ich heute Nacht noch Zeit hätte, würde ich vielleicht alles sauber machen, bevor ich das Auto auf seinen Parkplatz im nächsten Ort zurückstellen würde, um meine Dankbarkeit zu zeigen. Wenn ich Zeit und Glück hätte.

Glück. Ich richtete mich wieder im Sitz auf und sah zum Fenster hinaus – sowohl im Wohnzimmer als auch in der Küche war das Licht ausgegangen. Die einzig sichtbare Beleuchtung war dieser scheußliche blaue Schein eines Fernsehers, der nicht ausgeschaltet wurde. Ich atmete ein paar Mal tief durch, klopfte wieder aufs Lenkrad und hörte weiterhin Musik aus dem Radio. Als zur vollen Stunde die Nachrichten dran waren, war etwa eine halbe Stunde seit dem Löschen des Lichts da oben vergangen, und das reichte mir.

Ich griff unter den Sitz, holte die Zeitung mit der Pistole hervor und stieg aus. Die nächtliche Mailuft fühlte sich gut an, und ich ging schnell über die Straße und in die Eingangshalle des Mietshauses. Bei den meisten guten Apartmenthäusern braucht man einen Schlüssel, um durch die Eingangstür zu kommen. Aber dies hier war kein gutes Haus. Ich ging hinein und dann hinauf, wich Mülleimern, Kinderspielzeug und einem Fahrrad aus, das zerlegt worden war und nur noch aus einem rostigen, blauen Rahmen bestand.

Im dritten Stock bückte ich mich und zog die Ausrüstung zum Öffnen von Schlössern aus meiner Jackentasche. Ich wusste, was ich tat. Adam Cruishank wusste es nicht, aber ich war tags zuvor in seiner Wohnung gewesen, als er unterwegs war, um mit ein paar Kumpels etwas zu trinken, und hatte mich mit den Örtlichkeiten vertraut gemacht. In den Annalen des Verbrechens rangiert ganz oben die Dummheit, mitten in der Nacht in eine Wohnung einzubrechen, in der jemand schläft und man nicht weiß, welcher Flur zum Wohnzimmer führt und welcher das Heim eines Dobermanns ist.

Die Tür öffnete sich. Geschafft. Kein Dobermann, nichts außer Adam und das Geräusch des Fernsehers. Ich ging hinein, schloss hinter mir die Tür und legte leise die Zeitung auf den Küchentisch. Der Grundriss der Wohnung war einfach. Rechts Küche und Bad; durch die Küche durch, Wohnzimmer auf der linken Seite, Schlafzimmer auf der rechten. Ich schlich vorwärts, die Pistole in beiden Händen. Die Küche war leer. In Ordnung. Ich ging nach rechts. Das Schlafzimmer, das aus einem Federrahmen mit Matratze am Boden und einem Wirrwarr aus Decken und Leintüchern bestand, leer. Okay.

Rüber ins Wohnzimmer, wo ein später Schwarzweißfilm lief, etwas über einen Flug zum Mond. Sofa, zwei Sessel, alles leer. Ich ließ die Pistole sinken.

Mist.

Und dann hörte ich die Klospülung, und ein junger und schlafriger und nackter Adam Cruishank kam ins Wohnzimmer. Er sah mich und war schnell hellwach, und er begann, in seinem erschreckten Zustand etwas zu sagen, aber ich ließ es nicht dazu kommen, nützte seine

Situation aus und trat ihm fest zwischen die Beine, wo es zählte.

Er brach auf dem Boden zusammen, und ich sprang hinter ihn, packte sein langes, braunes Haar – zum Pferdeschwanz gebunden, wie praktisch – und zerrte ihn hoch auf die Knie. Ich setzte den Schalldämpfer der Pistole an seinen Nacken.

»Halt den Mund, Adam«, sagte ich und ließ meine Stimme so bedrohlich wie möglich klingen. »Du weißt, worum es hier geht, stimmt's?«

Er zitterte. »Es geht um letzte Woche, Mann, genau …«

»Sehr gut«, sagte ich.

Seine Stimme wurde weinerlich und flehend. »Aber es ist nicht meine Schuld! Es war Tonys Idee!«

»Das ist komisch«, meinte ich, bevor ich abdrückte. »Ich hab ihn vor ein paar Stunden gesehen, und er sagte das Gleiche von dir.«

Vor einer Woche war ich oben im Norden, im nächsten Staat, in der Stadt Porter, und saß nervös in der örtlichen Polizeidienststelle. Ich schätze ihre Arbeit und was sie tun, aber ich habe mich auf einem Polizeirevier noch nie wohl gefühlt. Die Beamten hier hatten versucht, das Vorzimmer warm und freundlich aussehen zu lassen, mit Bildern von Softballteams und Wohltätigkeitsveranstaltungen für Kinder an der Wand, aber vor mir, hinter schusssicherem Glas, saß der Empfangsbeamte in Uniform und starrte mich an. Er wusste, warum ich hier war, wusste, dass es etwas Einfaches und Ungefährliches war, aber er kontrollierte mich weiterhin alle paar Minuten.

Ich wusste, warum. Auf die Art und Weise, in der ein

hochtrainierter Jagdhund eine gefährliche Beute wittert, wusste er, dass ich eine Bedrohung war, jemand, mit dem er vorsichtig umgehen musste. Und obwohl ich es selbst auch wusste, hatte ich keine Möglichkeit, es zu verbergen. Ich bin einfach so.

Die Tür, die ins eigentliche Revier führte, ging summend auf, und eine Polizeibeamtin mit einem Klemmbrett in der Hand kam heraus. Sie war mehrere Zentimeter kleiner als ich, und wir hatten beide blaue Augen und helles, sandfarbenes Haar. Meines ist kurz geschnitten, während ihres zu einem kleinen Knoten zurückgekämmt war. Auf ihrem Namensschild stand L. Sullivan, und ich wusste, dass das »L« für Lynn stand.

»Bist du bereit, Jason?«, fragte sie.

»Das bin ich«, antwortete ich und stand von dem harten Kunststoffstuhl auf. Ich ging zu ihrem Schalter, und sie gab mir das Klemmbrett. »Lies es und unterschreibe es«, bat sie mich mit einem leichten Lächeln. »Wenn du nicht zu viel Angst dazu hast.«

»Es ist noch zu früh, um Angst zu haben«, entgegnete ich und las das Formular durch. Es war die Fotokopie eines Standardformblatts von der Polizeidienststelle, das sie jeder Verantwortung entband, wenn ich erschossen, verletzt, verkrüppelt, gefangen genommen, verbrannt, ausgeplündert oder beleidigt werden sollte, während ich an dem Programm für zivile Begleiter teilnahm, das das Revier anbot. Ich überflog kurz die Seite, schmierte meine Unterschrift darunter und sah die junge Frau an. Sie riss das Blatt vom Klemmbrett und reichte es dem Empfangsbeamten hinüber.

»Alles bereit?«, fragte sie mich.

Ich blinzelte ihr zu. »Du hast die Führung, Schwester-chen.«

Und sie ging voraus.

Draußen befanden wir uns im rückwärtigen Teil des Poli-zeireviers, und ich sah mit leiser Faszination zu, wie meine jüngere Schwester die Vorbereitungen für eine Nacht in ei-nem Streifenwagen draußen auf den Straßen durchexer-zierte. Es gab vier Streifenwagen, die auf einem kleinen Parkplatz standen, der auf einer Seite von dem Polizeige-bäude aus Backstein und auf der anderen Seite von Wohn-häusern flankiert wurde. Ein schwarzer Matchsack kam in den Kofferraum, wo sich bereits eine Holzkiste, ein oran-gefarbener Regenmantel, ein Feuerlöscher, zwei Stablam-pen, Ketten, Warnblinklichter und ein hellbrauner Teddy-bär befanden. Ich nahm den Teddybär in die Hand.

»Maskottchen?«

Sie lächelte mich ironisch an. »Nein, das geben wir ei-nem Kind, um es abzulenken, wenn wir die Mama aus ei-nem zu Schrott gefahrenen Auto ziehen oder den Daddy mit Haftbefehl festnehmen. Dann bekommen sie nicht so genau mit, was wirklich vorgeht.«

Im Streifenwagen ließ sie den Motor an, prüfte die Scheinwerfer, dann das Blaulicht auf dem Dach und ließ kurz die Sirene aufheulen.

»Ich schätze, es ist besser, sie hier zu testen, als hinter ei-nem betrunkenen Fahrer festzustellen, dass sie nicht funk-tioniert«, meinte ich.

»Du hast's erfasst«, sagte sie und fuhr den Wagen rück-wärts aus seinem Parkplatz. »Aber es geht den Nachbarn ziemlich auf die Nerven.«

»Ich hätte gedacht, sie hätten gerne die Polizei nebenan.«

»Klar«, sagte sie. »Sie lieben es besonders, wenn Betrunkene um drei Uhr morgens auf Kaution freigelassen werden und beschließen, die Vorgärten als Toilette zu benutzen.«

Wir fuhren hinaus auf die Straßen von Porter, und Lynn fuhr den Streifenwagen sicher und zuverlässig. Es war früher Abend, und ich warf ihr einen Blick zu. Die Uniform war dunkelblau, und sie trug einen schweren Mehrzweckgürtel mit Pistole, Handschellen und anderer Ausrüstung. Sie hatte auch ein tragbares Funkgerät neben sich und ein Mikrofon an ihrer Schulter.

»Wird all das Zeug nicht recht schwer?«, fragte ich.

»Natürlich«, meinte sie. »Das alles wiegt ungefähr zehn Kilo, und da ist noch nicht einmal die kugelsichere Weste dabei.«

»Was hast du denn alles dabei?«

Während ich ihr zuhörte, sah ich, dass ihre Augen beobachtend und einschätzend durch die Gegend huschten, während sie fuhr.

»Lass mal sehen, neben der Pistole sind da zwei zusätzliche Patronenmagazine, zwei Paar Handschellen, Schlüssel, ausziehbarer Stock, Pfefferspray und Schminktäschchen.«

»Wirklich?«

Die Andeutung eines Lächelns. »Nein. Und das Funkgerät, das ist übrigens neu. Siehst du den kleinen roten Knopf hier?«

Ich schaute auf das Funkgerät an ihrer Hüfte, auf das sie zeigte. »Ja.«

»Das ist der Panikknopf. Wenn ich den zweimal drücke,

209

bekommt die Einsatzzentrale eine automatische Nachricht: ›Beamter braucht Hilfe‹, und in fünf Minuten gibt mir jede Streife im Dienst Rückendeckung. Nette Einrichtung.«

Sie in Uniform und voller Polizeimontur zu sehen, war immer noch ein kleiner Schock, nicht nur wegen der Tatsache, dass ein Familienmitglied bei der Polizei war. Das letzte Mal, dass ich Lynn gesehen hatte, war vor ein paar Tagen, als sie auf der Terrasse vor ihrer Eigentumswohnung beim Hafen ein Bier trank und mich offiziell wieder im kalten Nordosten willkommen hieß, nachdem ich viele Jahre in Kalifornien verbracht hatte. An dem Tag hatte sie ein locker sitzendes, hellrotes T-Shirt und weiße Tennisshorts an, und ihr Haar war offen und wehte um ihre Schultern. Ganz und gar nicht wie die adrette und korrekte Polizistin, die jetzt neben mir saß.

Und das letzte Mal davor … nun, ich war mir nicht sicher, was sie da trug, aber das vorletzte Mal, als ich Lynn gesehen hatte, war sie eine dünne, befangene und linkische Zwölfjährige, die anscheinend nur aus Ellbogen und Knien bestand.

»Dann mal los«, sagte sie, während sie zum Armaturenbrett hinübergriff, um die Signalleuchten auf dem Dach einzuschalten.

»Was meinst du?«

»Siehst du den schwarzen Trans-Am da vorn?«, fragte sie. »Er hat gerade die gelbe Doppellinie überfahren.«

Wir waren in einem Abschnitt von Porter, der eine Mischung aus alten Wohnhäusern, die in Apartment unterteilt waren, und kleinen Eckläden war. Der Trans-Am fuhr rechts rann, und Lynn nahm ihr Funkgerät und sprach leise und schnell hinein: »Zentrale, P-Fünf, mache gerade eine Verkehrskontrolle bei der Congress- und Ahern-Street.«

»Zehn-vier, P-Fünf«, kam es knackend aus dem Funkgerät.

Sie stellte den Automatikhebel auf Parken, und ich fragte: »Die gelbe Doppellinie überfahren?«

»Ich hab einen Grund. Sag ich dir später.«

Sie kletterte aus dem Streifenwagen und ging zu dem Trans-Am hinüber. Als sie sich dem Kofferraum des Autos näherte, berührte sie das glatte, schwarze Metall und stellte sich dann neben die Fahrertür. Sie stand an der hinteren Seite der Tür und zwang so den Fahrer, seinen Kopf nach hinten zu verrenken. Gute Arbeit. Sie war ziemlich auf Draht.

Der Fahrer reichte ihr seinen Führerschein und Fahrzeugschein, und nachdem sie einige Worte gewechselt hatten, gab sie ihm seine Papiere zurück und kam wieder zum Streifenwagen. Lynn nahm das Funkmikrofon und verkündete: »P-Fünf ist in Ordnung.« Als der Trans-Am sich in den fließenden Verkehr einreihte, fuhr Lynn auch los, und wir waren wieder auf Streife.

»Also«, fragte ich, »warum hast du ihn angehalten?«

Sie tippte ein paar Mal auf das Lenkrad. »Weil er da war, und weil ich eine Zielscheibe brauchte.«

»Eine Zielscheibe?«

»Klar«, meinte sie. »Schau, Behaglichkeit ist in jedem anderen Job in Ordnung. Du kannst an deinem Schreibtisch dösen oder auf dem Firmencomputer Solitär spielen, und du kannst trotzdem am Ende des Tages heimgehen. Hier draußen auf den Straßen kann dich Gleichgültigkeit

211

umbringen. Und du musst deine Schicht mit einer Kleinigkeit anfangen, die deine Säfte zum Fließen bringt.«

Ich nickte. »Also, eine Verkehrskontrolle, egal, wie unbedeutend, bringt dich in die richtige Verfassung für deine Arbeit.«

»Genau, großer Bruder.«

Sie bog scharf nach links ab, gab Gas und sauste die Monroe Street hinunter, und ich war drauf und dran, einen Witz zu machen über Geschwindigkeitsbegrenzungen, die für jeden anderen galten, außer für Polizisten, ließ es aber doch lieber bleiben.

Stattdessen fragte ich: »Was war das andere, was du dort gemacht hast?«

»Wie, das andere?«

»Als du den Kofferraum des Wagens berührt hast. Es sah aus, als ob du irgendetwas prüftest. War es das?«

»Nein«, sagte sie, »ich ließ etwas zurück.«

»Und was war das?«

»Meine Fingerabdrücke«, verriet sie.

»Wie bitte?«

Ihre Stimme wurde plötzlich müde und geduldig und klang viel älter als die meiner jüngeren Schwester. »Sollte ich jemals bei einer Verkehrskontrolle niedergeschossen werden und sie schnappen den Fahrer später, dann kann er nicht behaupten, er sei nicht am Tatort gewesen, wenn meine Fingerabdrücke auf dem Auto sind. Stimmt's?«

Meine Güte. Meine kleine Schwester.

»Stimmt«, sagte ich.

Später führten wir noch zwei Verkehrskontrollen durch, und sie schrieb eine Beanstandung für jemanden mit einem

kaputten Rücklicht – »Ich hätte sie mit lediglich einer Ver-
warnung fahren lassen, aber sie musste unbedingt kratz-
bürstig sein«, hatte sie erklärt –, und dann parkten wir hinter einem Brückenpfeiler, drunten beim Hafen. Es war
jetzt dunkel, und da die Scheinwerfer des Streifenwagens
ausgeschaltet waren, kam die einzige Beleuchtung von den
blinkenden roten Lämpchen auf dem Funkgerät. Draußen
im Hafen markierten schwache, rote und grüne Lichter die
Lage von vertäuten Booten.

»Es ist Zeit, unsere fröhlichen Autofahrer etwas auszu-
bremsen«, meinte sie, als sie begann, mit dem Radargerät
zu hantieren, das auf dem Armaturenbrett montiert war.
Sie drehte an ein paar Knöpfen herum, bis zwei Anzeigen
aufglühten. Die linke zeigte »00« an, die rechte »70«.

»Siehst du die beiden Zahlen?«, fragte Lynn. »Die linke
zeigt die Geschwindigkeit eines Fahrzeugs an, das vorbei-
fährt. Die andere ist der Alarmgrenzwert. Wenn jemand
schneller als siebzig fährt, springt ein munterer kleiner
Alarm an.«

»Und wie schnell darf man hier fahren?«

»Sechzig. Es ist eine klare Nacht, wenig Verkehr und
kein Regen. Ich gebe ihnen einen Spielraum von zehn Stun-
denkilometern. Alles, was drüber ist, bedeutet Geld für
den Staat.«

»Klingt vernünftig«, meinte ich.

»Danke«, sagte sie in der Dunkelheit. »Also. Wie hat
dich Kalifornien behandelt in all diesen Jahren?«

»Sie haben mich gut behandelt, Lynn-Lynn«, antwortete ich und gebrauchte einen alten Spitznamen aus
unserer Kindheit. »Aber nach einer Weile bekam ich das
perfekte Wetter über und auch die Leute, die versu-

chen, perfekt zu sein, und beschloss, nach Hause zu kommen.«

»Wie ging es deinem Geschäft da draußen?«

Ich dachte über die verschiedenen Antworten nach, die mir zur Auswahl standen und sagte: »Es war viel los. Aber nach einer Zeit ... na ja, ich weiß ›burn-out‹ ist ein beliebter Ausdruck, aber genau das ist mit passiert. Ich habe genug Geld auf die Seite gelegt und ein paar gute Investitionen getätigt, und jetzt nehm ich mir ein bisschen frei.«

»War das ein weiterer Grund dafür, dass du in den Osten zurückgekommen bist?«

»Unter anderem.«

Ein Auto schoss vorbei, und auf dem Radar-Gerät zeigten die gelben Zahlen »65« an. »Und was genau hast du da draußen gemacht, großer Bruder?«

Noch eine beliebte Lüge. »Ich war Computeringenieur. Wenn mit einem Computersystem etwas schief lief, war es meine Aufgabe, einzugreifen und es in Ordnung zu bringen.«

»War es spannend?«

Mein Gott, viel zu sehr, dachte ich. »Nein, es war ziemlich langweilig. Immer der gleiche Kram, tagein, tagaus.«

Noch ein Auto fuhr vorbei, das Radar heulte auf, und die Anzeige sagte »100«. Meine Schwester, die Polizistin, ignorierte es. Stattdessen rutschte sie in ihrem Sitz herum und sagte: »Nun, die Dinge müssen ziemlich aufregend geworden sein, großer Bruder, wenn man bedenkt, was die Polizeicomputer in Kalifornien über dich sagen. Du bist fast zehnmal verhaftet worden, mit Verdacht auf alles Mögliche, von Mordversuch über Mordverdacht bis hin zu einer Anzahl Überfällen – und doch hast du kaum einen Tag im Gefängnis verbracht. Wie kommt das?«

Ich nehme an, ich hätte lügen können. Ich denke, ich hätte um die Wahrheit herumtanzen können. Vielleicht hätte ich auch sagen können »es sind Fehler passiert«, und es dabei belassen können. Aber es war schließlich meine Schwester.

»Gute Anwälte«, sagte ich.

Ein dunkelgrüner Kleinbus raste vorbei, und die Radaranlage kreischte »105«. Lynn fluchte, schaltete das Blaulicht und die Scheinwerfer ein und fuhr auf die Straße, während die Beschleunigungskraft mich sanft in den Sitz drückte.

»Das ist keine Antwort auf meine Frage, warum du nicht einen Tag im Gefängnis warst«, hielt sie dagegen, während sie ihre Augen geradeaus auf den Kleinbus geheftet hatte. »Was ich in Wirklichkeit wissen wollte, Jason, ist, was, zum Teufel, hast du in Kalifornien getrieben? Und was hat dich dazu gebracht?«

Darauf hatte ich keine Antwort parat.

Weniger als vierhundert Meter später fuhr der Kleinbus rechts ran, und als Lynn die Verkehrskontrolle gemeldet hatte, legte sie das Mikrofon zurück, stieg aus und wartete. Und wartete und wartete.

Ich rutschte auf dem Sitz herum, nervös wegen allem, was vor sich ging – von dem unerwarteten Verhör bis zu dem Geheimnis, warum Lynn nicht zu dem stehenden Kleinbus ging. Das Blaulicht beleuchtete den hinteren Teil des Wagens, und ich drehte mich um und sah zur Heckscheibe hinaus. Noch ein Streifenwagen aus Porter hielt;

dieser war unmarkiert und hatte das Blaulicht im Kühler-
grill montiert.

Zwei Polizisten stiegen aus dem Wagen, und als einer zu
Lynn stieß, ging sie zu dem Kleinbus. Der andere Polizist
blieb bei unserem Streifenwagen stehen, und ich spürte einen kleinen Schauer, als ich sah, dass er seine Dienstwaffe
gezogen hatte und sie neben seinem Bein nach unten hielt.
Der erste Polizist ging zur Beifahrerseite des Kleinbusses,
und dann ging Lynn zur Fahrerseite. Sie und ihr Begleiter
hatten die Stablampen in der Hand und beleuchteten die
Front des Wagens, und ein paar Minuten später kam Lynn
mit Fahrzeugschein und Führerschein in der Hand zurück
zum Streifenwagen.

Sie meldete die Information über die Verkehrskontrolle
und bekam eine kurze Antwort von der Zentrale, die besagte, dass der Fahrer in Ordnung war und keine Straf-
punkte hatte, und sie murmelte: »Na ja, bevor die Nacht
vorbei ist, wird er welche haben.«

»Wer sind deine beiden Freunde?«

»Meine Unterstützung?«, sagte sie, ohne aufzuschauen,
während sie ein Formular ausfüllte. »Sie gehören zu dem,
was wir den ›Krisenwagen‹, nennen. Jeder andere Streifenwagen hat einen Sektor zu patrouillieren, außer diesem
Wagen. Sie fahren überall dorthin, wo Unterstützung gebraucht wird oder wo etwas passieren könnte, wie zum
Beispiel vor einem Nachtclub, der schließt.«

Ich sah hinüber zu dem Bus und fragte: »Es war der
Kleinbus, stimmt's?«

Ein leichtes Nicken. »Wir hassen Kleinbusse. Wir nennen sie Polizistensärge. Man weiß nie, ob ein Kerl drinsitzt
oder sechs. Du könntest zum Heck des Busses gehen, und

die hinteren Türen könnten aufgehen und ein paar Bankräuber auf der Flucht könnten herauskommen, mit Ge-
wehren bewaffnet und bereit, dich zu vierteilen. Deshalb
versuchen wir, uns so weit wie möglich gegenseitig zu un-
terstützen, wann immer wir einen Kleinbus anhalten.«

Sie ließ klickend die Mine ihres Kugelschreibers verschwinden, riss dann das Strafmandat vom Block und ging
wieder vor. Sie lachte über etwas, was einer ihrer Kollegen
zu ihr sagte, und reichte dem Kleinbus-Fahrer das Blatt –
selbst jetzt konnte ich nicht erkennen, wie er ausgesehen
hatte –, und dann kam sie zurück zum Streifenwagen.

Als sie das Blaulicht abstellte und sich langsam wieder
in den Verkehr einfädelte, meinte sie: »Na, macht es
Spaß?«

»Du glaubst gar nicht, wie.«

Wir machten eine kurze Kaffeepause und tranken Kaffee
aus weißen Styroportassen, während wir die Lichter um
den Hafen von Porter betrachteten. Wir standen mit dem
Streifenwagen auf einem kleinen Parkplatz beim Gebo-
Park und beobachteten die nächtlichen Spaziergänger, die
auf den Parkwegen vorbeigingen. Selbst als sie hier saß,
waren Lynns Augen recht lebendig, schweiften umher,
prüften die Fußgänger und Radfahrer, sahen hier und da
kurz zum Rückspiegel hinauf, um sicherzugehen, dass sich
keine Attentäter oder Ähnliches an uns heranschlichen.

»Also«, fing sie wieder an. »Was ist mit dir passiert?«

»Was meinst du?«

»Du weißt, was ich meine«, entgegnete sie. »Wir sind
beide hier aufgewachsen, in die gleichen Schulen gegangen, und irgendwie bin ich Gesetzeshüterin geworden, und

du bist ... Mensch, ich weiß nicht mal, als was ich dich bezeichnen soll. Wie konnte es so weit kommen mit dir? Die Härte des Daseins als ältester Bruder oder so was?«

Der Becher Kaffee fühlte sich warm in meinen Händen an. »Nach der High School bin ich zur Army gegangen. Ich fand heraus, dass ich ein Talent für Waffen hatte und gut damit umgehen konnte. Als ich die Army verließ, haben mich gewisse ... Agenturen und Firmen wegen dieser Fähigkeiten angeheuert. Das ist es, was passiert ist.«

»Also, ein einheimischer Söldner?«, sagte sie mit verächtlicher Stimme. »Ein fanatischer Milizinonär, der versucht, die Welt für die arischen Christen zu retten?«

»Nein«, sagte ich. »Ich versuche nur, mich um ein paar böse Jungs zu kümmern, das ist alles – diejenigen, die durch die Maschen fallen und nie auf dem Radarschirm der Polizei erscheinen. Man könnte sagen, ich tue deine Arbeit, nur von einer anderen Straßenseite aus.«

»Ach, das ist so unecht ...«

Und dann hatte ich genug. »Entschuldige, kleine Schwester, aber wer hat dich zum Hüter meiner Moral und Verantwortung gemacht?«

»Was du getan hast, war kriminell!«

»Wer sagt das?«

Das brachte sie fast dazu, vor Ärger zu spucken. »Jeder vernünftige Mensch sagt das!«

»Vernünftig? Ist es Vernunft, wenn du weißt – gerade so gut, wie ich es weiß –, dass bestimmte Kriminelle nie gefasst, nie verurteilt, nie eingesperrt werden, weil sie Beziehungen haben? Oder weil sie Anwälte haben mit Vorschüssen in Millionenhöhe? Oder weil sie auf einem Landsitz leben und mit Aktenkoffer und Computer stehlen, anstatt in einer Wohnwagensiedlung zu wohnen und mit einem Montiereisen oder einer billigen Pistole zu stehlen?«

»Also ist es deine Aufgabe, solche Probleme in Ordnung zu bringen? Wer hat dich dazu ausersehen?«

»Niemand«, sagte ich und konnte nicht ganz glauben, dass ich dieses Gespräch mit einer Polizistin führte, selbst wenn sie meine Schwester war. »Ich werde von Leuten angeheuert, denen ich vertraue, und mache meine Arbeit, und ich habe deshalb keine schlaflosen Nächte.«

»Und was ist für dich in Ordnung?«

»Nun werd nicht gefühlsduselig, Lynn. Ich weiß genug über Polizisten, um von den Dingen zu wissen, die du tust. Du wendest dich von einem kleinen Ganoven ab, wenn er dich zu einem größeren Ganoven führen kann. Wenn jemand mit ein wenig Dreck am Stecken dich um Hilfe bittet, bekommt er diese Hilfe nicht, es sei denn, er gibt dir irgendeine Information, die du gebrauchen kannst. Und ich bin mir sicher, nicht viele Cops in dieser Stadt zahlen für eine Mahlzeit, wenn sie im Dienst sind.«

»Was ich tue, ist etwas anderes und bewegt sich in akzeptablen Grenzen«, meinte sie. »Dir klebt Blut an den Händen, Jason, Blut an den Händen.«

»Du würdest staunen, was man mit Wasser und Seife erreichen kann«, gab ich zurück.

Sie stellte ihren Kaffeebecher auf dem Sitz ab. »Also, hör mir mal zu, hör mir gut zu. Ich will gar nicht wissen, was du in Kalifornien getan hast, oder wen du verletzt hast oder was auch immer. Ich will lediglich von dir, dass du das dort im Westen zurücklässt. Wage es ja nicht, solche Nummern in meiner Stadt oder in meinem Staat abzuziehen.«

Jetzt wurde ein Schuh draus. »Das ist also der Sinn und

Zweck dieser kleinen gemeinsamen Fahrt heute Nacht. Keine Verstärkung der geschwisterlichen Bande. Nicht Angeberei mit dem, was du tust. Nur eine Warnung, richtig?«

Sie weigerte sich, mich anzusehen. »Mir geht es gut, zum ersten Mal in meinem Leben. Ich stehe auf eigenen Füßen, und mir geht es gut bei der Polizei, und wenn alles gut läuft, dann kann ich nächstes Jahr zur Kripo kommen. Dann ist mein Weg frei, und ich kann keine Hindernisse vor mir gebrauchen.«

»Man hat mich schon manches geheißen, aber noch nie ein Hindernis.«

»Nun, gewöhn dich dran. Ich habe eine gute Zukunft vor mir, und ich will nicht, dass mir das schwarze Schaf der Familie alles verdirbt.«

An dem Punkt war ich drauf und dran, aus dem Streifenwagen auszusteigen, zu Fuß zum Revier zurückzulaufen und von dort heimzufahren, aber dann wurde das Funkgerät lebendig und brachte eine Nachricht über einen Polizisten, der bei einer Kneipenrauferei Unterstützung brauchte, und wir verließen so schnell den Parkplatz, dass Lynns Kaffee über den Sitz schwappte.

Die Kneipe war ein Rasthaus genau auf der anderen Seite der Stadt, und bald hielt ich mich am Türgriff fest und stemmte meine Beine gegen das Fußblech des Wagens, um im Sitz zu bleiben, während wir mit Blaulicht und Sirene dorthin rasten. Ich schaute einmal kurz auf den Tacho und sah, dass wir 170 km/h fuhren, und dann sah ich nicht mehr hin. Ich war schon in vielen unheimlichen Situationen gewesen, aber damals hatte ich wenigstens die Kontrolle und konnte selbst etwas tun. Hier konnte ich nichts tun. Ich war bloß ein Beifahrer.

Anstatt verblüfft auf den Tacho zu starren, schaute ich also zu Lynn hinüber, und sie sah aus wie eine Besessene, angespannt und anscheinend eins mit dem Wagen. Mit winzigen Bewegungen ihres Handgelenks wichen wir Autos und Lieferwagen aus, die rechts an den Fahrbahnrand fuhren.

Wir flitzten die Route I entlang, und ich konnte tatsächlich spüren, wie der Streifenwagen sich von der Fahrbahn abhob, als wir durch Kurven glitten. Ich wollte etwas sagen, hielt aber dann doch meinen Mund. Erstens wäre es nicht höflich, und zweitens war sie bei der Arbeit. Und drittens hatte ich Todesängste, dass ein Wort von meiner Seite sie ablenken könnte, der Streifenwagen von der Straße fliegen und sich um einen Baum wickeln würde.

Genau genommen würden wir uns allerdings bei solch einer Geschwindigkeit nicht um einen Baum wickeln. Wir würden in einige Stücke zerschmettert, die alle etwa die Größe eines Koffers hätten.

Dann trat Lynn sanft pumpend ein paarmal auf die Bremsen, als die Route I durch ein Geschäfts- und Wohnviertel mit Wohnhäusern, Läden und kleinen Alleen führte, und dann bremste sie stärker und bog nach rechts ein, in eine Straße, an der ein Einbahnstraßenschild mit »Einfahrt verboten« stand. Wir fuhren entgegen der Fahrtrichtung hinein, etwa einen halben Block weit. Zwei weitere Streifenwagen waren da, und ungefähr fünfzig oder sechzig Leute waren auf der Straße und auf den Gehsteigen.

Sie stieß den Automatikhebel in die Parkposition und

sprang aus dem Wagen; ich folgte ihr, und meine Hände fühlten sich kribbelig an, als ob sie das beruhigende Gewicht irgendeiner Waffe vermissten. Die Bar befand sich in einem zweigeschossigen Gebäude mit Büros und Geschäften und nannte sich »The Aaron Room«, und an der Kleidung und dem Verhalten der Leute sah ich, dass die Bar eine für die gegenwärtige, junge Generation war – oder wie immer wir sie heutzutage nennen. Rockmusik dröhnte aus der offenen Tür, drinnen blitzten Lichter, und die Menge war nervös, nicht vergnügt. Es gab Rufe und einige Pfiffe von den Leuten auf der Straße, und alles bewegte sich schnell, mit einer nervösen Energie.

Zwei junge Männer lagen mit dem Gesicht nach unten auf dem Gehweg und bekamen gerade Handschellen angelegt, und Lynn sprach laut mit einem anderen Mann mit ausgebeulten Hosen um seine Hüften und einem weiten Sweatshirt. An den Seiten war sein Haar orange gefärbt, und er hatte einen Zierstecker durch seine Nase.

»Ich sag Ihnen doch nur, dass Sie meine Jungs hart behandeln«, beschwerte er sich, und Lynn gab ihm sofort zurück: »Und ich sage dir, Freundchen, wenn du dich nicht verziehst, dann kannst du ihnen heute Nacht im Knast Gesellschaft leisten.«

Ein Polizist, der auf dem Boden neben den beiden Männern kniete, rief: »Lynn! Hast du ein übriges Paar Handschellen?«

Als Lynn sich umwandte und begann, an ihrem Gürtel zu zerren, griff der junge Mann mit dem orangefarbenen Haar mit beiden Händen unter sein Hemd. Ich war jetzt hinter ihm und beobachtete, wohin er schaute und was er tat, und als ich beschloss, ihn mit einem schnellen Tritt in die Kniekehlen und einem Faustschlag in den Hals zur Strecke zu bringen, kamen seine beiden Hände wieder unter seinem Hemd hervor – leer. Ich beherrschte mich keuchend und zitternd.

Der junge Mann drehte sich nur einen Moment um und sah mich an, und dann ging er weg und verschwand in der Menge, mit einem letzten Blick in meine Richtung, bevor er aus meinem Gesichtsfeld verschwunden war. Sein Gesichtsausdruck war der eines Lamms, das sieht, wie ein hungriger Wolf es mustert und dann gehen lässt.

Ich fröstelte. Es war nahe dran gewesen, und irgendwie, weit hinten in seinem Bewusstsein, wusste auch er, dass er um Haaresbreite davongekommen war.

In ein paar Minuten waren die Kerle vom Boden auf den Rücksitz des Streifenwagens verfrachtet worden, und da die Show vorbei war, begann die Menge, sich zu zerstreuen, und die Leute gingen entweder ihres Weges oder zurück in die Bar. Ich ging zu unserem Streifenwagen, und Lynn folgte mir. Sie wischte sich mit einer Serviette die Stirn ab und ließ dann eine Reihe Kraftausdrücke vom Stapel, als sie sah, was der verschüttete Kaffee auf dem Sitz angerichtet hatte.

»Das war vielleicht ein Einsatz«, meinte ich.

»Ach, das war typisch, besonders, wenn man bedenkt, wie viel Alkohol an einem Wochenende wie diesem konsumiert wird«, erklärte sie. »Weißt du, ich gehöre nicht zu den Prohibitionisten, aber wenn die solche Leute sehen würden, und wie viele Leben Tag ein, Tag aus durch netten, legalen Alkohol zerstört werden, dann würden sie staunen. Ich würde sagen, etwa zwei Drittel der Leute, die heute Nacht festgenommen wurden, sind betrunken. Und dabei sind die Autounfälle, die Wasserleichen und die häuslichen Streitereien, die durch Alkohol verursacht werden, noch nicht mit eingerechnet.«

»Ich glaube, der Typ mit dem orangefarbenen Haar war ziemlich voll«, sagte ich.

»Das Übliche«, meinte sie. »Er hat mehr versprochen, als er halten konnte.«

»Ich weiß nicht, ob du es mitbekommen hast, Lynn-Lynn, aber ich war drauf und dran, ihm eine Abreibung zu verpassen«, sagte ich. »Als du ihm den Rücken zudrehtest, steckte er die Hände unters Hemd, und ich glaubte, er würde nach einem Messer oder so greifen. Dann zeigte er wieder seine Hände – etwa drei Sekunden, bevor er ein paar ernsthafte Probleme bekommen hätte.«

Inzwischen fuhren wir auf Route I zurück mit etwa hundert Stundenkilometer weniger als zuvor, und ich sah, wie sich Lynn anspannte. Einige lange Sekunden fuhren wir schweigend dahin, dann sagte sie: »Tu das nie wieder.«

»Lynn, das war reiner Reflex, ich dachte, er würde …«

»Nicht das, du Idiot«, unterbrach sie mich. »Nenne mich nie wieder Lynn-Lynn. Das Recht dazu hast du schon längst verloren. Vor langer Zeit schon.«

Erst wusste ich nicht, was ich sagen sollte, und dann meinte ich: »Lynn, das ist nur ein Spitzname. Du hast mich immer Jay-Jay genannt, und ich habe …«

Ihre Lippen waren zusammengekniffen. »Klar, ich weiß. Jay-Jay und Lynn-Lynn. Der große Bruder und die kleine Schwester. Sehr süß, sehr nett. Nur hast du die Regeln für Bruder und Schwester vergessen.«

»Was für Regeln?«

Mit feurigen Augen funkelte sie mich an. »Zum Teufel, die Regeln, die besagen, dass Brüder und Schwestern aufeinander aufpassen. Die Regeln, die besagen, dass sich große Brüder um kleine Schwestern kümmern, und kleine Schwestern zu ihren großen Brüdern aufschauen. Die Regeln, die besagen, dass man niemals den Kontakt verliert, weil das Herz einer kleinen Schwester recht leicht bricht und nie wieder heilt.«

Ich hielt es nicht aus, sie anzusehen. Ich starrte auf die vorbeiziehenden Häuser von Porter und räusperte mich, aber sie kam mir zuvor.

»Möchtest du dich vielleicht daran erinnern, wie viele Geburtstags- oder Weihnachtskarten ich von meinem großen Bruder bekommen habe, nachdem er zur Army gegangen war und nach Kalifornien zog?«

Ich, der ich im Dienst dubioser Firmen, die im Dienst dieses Landes stehen, bis ans Ende dieser Hemisphäre und zurück gekommen bin, ich hing jetzt wie ein Häufchen Elend in meinem Sitz, und mir war warm vor Verlegenheit und Demütigung. »Ich kann mich nicht erinnern.«

»Warum auch?«, schoss sie zurück. »Es waren recht wenige, genau genommen drei. Das ist alles. All die Jahre, die ich aufgewachsen bin und durch die Pubertät ging und herausfand, wie es allein da draußen ist, ohne irgendjemanden, der mich beschützt – mein großer Bruder, mein Jason war zu beschäftigt, um zu schreiben oder anzurufen oder nach mir zu fragen. Also, glaub nicht, dass du einfach mit einem Lächeln zurückgehüpft kommen kannst. Dazu ist es zu spät.«

»Lynn, schau, ich weiß, ich war nicht gerade der beste Bruder, aber ich …«

Das Funkgerät knackte wieder. »Vergiss es«, sagte sie, als sie den Streifenwagen wendete und wir der Stadtmitte von Porter entgegenstrebten.

Es war kurz nach zwei Uhr nachts, lange nachdem die Bars geschlossen hatten und die Betrunkenen nach Hause gestolpert waren. Ein dünner Nebel zog auf, und die Straßen waren leer. Wir fuhren bei einer Reihe von Läden und kleinen Restaurants vor und hielten. Lynn machte sich nicht die Mühe, das Blaulicht anzuschalten, sie parkte einfach den Streifenwagen und ließ den Motor laufen.

»Stiller Alarm in einem Spielzeuggeschäft«, erklärte sie, griff sich eine Stablampe und setzte ihre Dienstmütze auf. »Ein ziemlich unechter Einsatz. Wer will schon ein Spielzeuggeschäft ausrauben?«

»Was hast du vor?«

»Sichergehen, dass die Türen verschlossen sind, und mich wieder melden«, antwortete sie. »Wenn wir nasses Wetter haben, dann bekommen manche dieser alten Alarmanlagen einen Kurzschluss und schicken eine falsche Nachricht. Oder vielleicht fuhr ein Lastwagen vorbei, und die Vibration setzte den Alarm in Gang. Das wird nur eine Sekunde dauern.«

Sie trat hinaus in den Nebel, mit der Stablampe in der Hand, und ging zu dem Laden hinüber, der etwa drei Meter entfernt war. Nur eine Sekunde, sagte sie. Nur eine Sekunde, um dieses kleine Problem zu regeln. Und wie lange wird es dauern, dieses kleine Problem, mit dem wir heute Nacht konfrontiert sind, zu lösen – das Problem einer jüngeren Schwester, die fast bereit ist, dich mit einer Keule zu schlagen, aus reiner Gehässigkeit?

Daran dachte ich, als ich wieder zur Windschutzscheibe hinaussah, gerade rechtzeitig, um zu sehen, wie meine jüngere Schwester niedergeschossen wurde.

Es waren zwei, und sie sprangen aus einer Tür, die an den Spielwarenladen angrenzte, einer Tür, die zu einem Goldschmied gehörte, und rannten zu einem an der Straße geparkten Auto. Sie hielten etwas in der Hand, hielten etwas Glänzendes in der Hand, Mist, sie hatten Waffen in der Hand!

Ich hatte meine Hand am Türgriff, als Lynn ihnen nachrief, stehen zu bleiben, während ihre freie Hand nach ihrer Pistole griff.

Ich hatte die Tür offen, als die beiden Männer sich umdrehten und zurückschauten, und ihre Gesichter brannten sich in mein Gedächtnis ein.

Ich hatte einen Fuß draußen, als sie ihre Pistolen zückten und schossen. Der Lärm war widerlich laut, die Mündungsfeuer blendend hell.

Ich hatte beide Beine draußen, als Lynn von der Gewalt der Schüsse zu Boden geworfen wurde, ihre Stablampe und Dienstmütze zu Boden fielen und ihr Körper auf dem Asphalt aufschlug, mit einem hohlen Geräusch, das wie der Griff einer Axt klang, der auf einen reifen Kürbis trifft.

Und ich rannte zu ihr und zwang mich, nicht nach unten zu schauen, schau nicht hinunter, schau nicht zu deiner Schwester hinunter, und ich sah den alten Chevrolet mit dem Kennzeichen aus Massachusetts, der unter einer Straßenlaterne geparkt war, und ich brannte auch das in mein Gedächtnis ein, während die beiden Männer hinein-

sprangen und das Auto mit zwei offenen Türen davon-
schoss.

Und dann war ich bei meiner Schwester.

Ihr Gesicht war bleich, mit Ausnahme der Stelle, wo ihr
das Blut aus dem Mund ran. »Lynn?«, flüsterte ich und
tastete sie mit zitternden Händen ab. Die Mitte ihres
Uniformhemdes war zerrissen und blutig, und der Boden
war klebrig von ihrem Blut. Ihre Augen blieben geschlossen.

Mir fiel etwas ein, ich griff zu dem Funkgerät an ihrer
Seite und drückte zweimal den roten Knopf, machte eine
Pause und drückte ihn wieder, und noch einmal.

In der Ferne heulten Sirenen auf und wurden lauter,
während sie näher kamen. Ich blieb neben meiner Schwester auf Händen und Knien. Der Lärm der anrückenden
Einheiten kam näher und näher, und alle paar Augenblicke
rief ich dasselbe Wort, immer und immer wieder, so laut,
dass es trotz der Sirenen hörbar war.

»Lynn? Lynn?«

Und ihre Augen blieben geschlossen.

Bald war die kleine Straße verstopft von Notambulanzen,
Streifenwagen, Feuerwehrfahrzeugen, Wagen der Staats-
polizei und sogar ein Auto vom örtlichen Gewässer- und
Forstwart – alles wegen eines kleinen, roten Knopfes.

Lynn wurde zusammengepackt und weggefahren. Ich
wollte mit ihr fahren, aber ihre Kollegen waren hartnäckig.

Die als erste eingetroffenen Polizeibeamten stellten mir
Fragen.

Der Schichtleiter stellte mir Fragen.

Der Polizeipräsident, aus dem Bett geholt und hastig angezogen, stellte mir Fragen.

Die Staatspolizei stellte mir Fragen.

Und ihnen allen sagte ich das Gleiche.

Es war dunkel. Da waren zwei Männer, vielleicht drei. Ein dunkles Auto. Vielleicht blau, vielleicht schwarz. Kein Kennzeichen, so weit ich wusste.

Und das war es.

Stunden später, als sie mich schließlich gehen ließen, atmete ich tief ein und sammelte mich, und dann unterbrach ich meinen Ruhestand und ging noch einmal an die Arbeit.

Es gibt eine Redensart, dass ein wenig Wissen gefährlich ist. Das erwies sich in der folgenden Woche als wahr, als ich auf die Jagd ging. Ich hatte ein wenig Wissen – kannte die Gesichter von zwei Männern, das Auto, das sie fuhren, und das Kennzeichen daran, und nach mehreren Tagen, die ich mit Telefonanrufen, Treffen in Kneipen und Restaurants, Geld, das in schlichten, braunen Umschlägen übergeben wurde, und einige Gefälligkeiten, die arrangiert wurden, verbrachte, hatte ich schließlich zwei Namen und zwei Adressen.

Also erwies sich das bisschen Wissen tatsächlich als gefährlich.

Aber nicht für mich.

Als meine Arbeit schließlich getan war, schlief ich fast einen ganzen Tag und fuhr dann nach Porter, um endlich meine Schwester zu besuchen.

Sie lag in einem Krankenhausbett im dritten Stock und

sah so heiter aus, wie man es unter den Umständen erwarten konnte. Ein Bein – das linke, das eine Fleischwunde abbekommen hatte – war verbunden und hing an einem dieser Foltergeräte, die vorgeben, medizinische Ausrüstung zu sein. Sie lächelte, als ich ins Zimmer kam, und zuckte zusammen, als sie sich im Bett bewegte. Sie hatte eines dieser hässlichen Krankenhausnachthemden an, und der *Boston Globe* vom Tag lag über die Bettdecke verteilt.

»Wie geht es dir?«, fragte ich und zog mir einen Stuhl an ihr Bett.

»Besser«, antwortete sie. »Meinem Bein geht es gut, und meine Rippen sind am Abheilen. Die kugelsichere Weste ist etwas Wunderbares, nur fühlt es sich hinterher an, als ob mich jemand mit einem Baseballschläger bearbeitet hätte.«

»Da hast du Recht, aber denke an die Alternativen.«

Sie streckte mir die Zunge heraus. »Lieber nicht.«

Ich sah mich in dem Zimmer um. Sie hatte ein privates Zimmer, das ich organisiert hatte, und das Fensterbrett war überfüllt mit Blumen und Karten. Der Fernseher lief mit abgestelltem Ton, und die Sonne schien durch die hohen Fenster. Selbst ans Bett gefesselt und mit Verbänden und Krankenhauskleidung sah sie großartig aus.

Sie sah auf ihre Hände, dann sah sie zu mir auf und sagte: »Jason ...«

»Ja?«

»Danke.«

»Wofür?«

Sie bewarf mich mit einem Papierknäuel. »Du weißt, wofür. Danke, dass du besonnen geblieben bist, und mein Funkgerät benutzt hast. Die Ärzte sagten mir, dass ich eine

Menge Blut verloren hatte. Ein paar Minuten länger ...
nun, ein paar Minuten hätten vielleicht die Dinge interessanter gemacht. Danke, dass du es nicht interessanter hast werden lassen.«

»Gern geschehen.«

»Und noch etwas.«

»Ja?«

Lynn atmete durch, zuckte wieder zusammen. »Ich habe letzte Woche ein paar Sachen gesagt. Sachen, die dir gegenüber nicht fair waren, die verletzend waren.«

»Schau, du hattest das Recht ...«

»Nein, lass mich ausreden. Ich habe ein paar verletzende Dinge gesagt, und ich möchte jetzt einfach sagen: bitte vergiss, dass es überhaupt geschehen ist. In Ordnung? Lass uns ... lass uns einfach von hier aus neu anfangen als Bruder und Schwester und unser Zusammensein genießen. Ich bin froh, dass du aus Kalifornien zurück bist. Es wird gut sein, dich hier zu haben.«

»Kein Hindernis mehr?«

»Wohl kaum.«

Ich lächelte sie an, und plötzlich fühlten sich meine Schultern sehr leicht an. »Abgemacht.«

»Willst du nicht deine Schwester in den Arm nehmen? Und wenn du es tust, brich mir dabei nicht noch mehr Rippen.«

Ich drückte sie sanft und gab ihr einen Kuss auf die Wange, und als ich zurücktrat, sah ich auf den *Globe* hinunter, und auf die Geschichte über zwei Männer mit langen Vorstrafenregistern, die auf mysteriöse Weise ermordet worden waren, in einer Nacht, im Abstand von nur ein paar Stunden. Zwei Männer, die befreundet gewesen wa-

231

ren, die mehrerer Verbrechen verdächtigt wurden und deren Tod ein Rätsel darstellte.

Dann bemerkte Lynn, dass ich den Artikel gesehen hatte. Sie sah zu mir auf, lächelte, blinzelte mir zu und sagte: »Danke, Jay-Jay.«

Ich nickte zurück. »Gern geschehen, Lynn-Lynn.«

EDWARD D. HOCH

Die »Haggard Society«

Als Jean Forsyth zum ersten Mal von der *Haggard Society* hörte, saß sie gerade an ihrem Schreibtisch im Rundfunksender und prüfte das Aufzeichnungsbuch der Werbesendungen der vorhergehenden Nacht; sie versuchte festzustellen, ob sie irgendwelche Ersatztermine anberaumen musste für die Dreißigsekundenspots, die während des Baseballspiels laufen sollten. Wie immer brachte ein Lautsprecher das laufende Programm des Senders in jedes Büro im Gebäude, und obwohl er abgeschaltet werden konnte, wenn es nötig war, hatte niemand in der Buchhaltung jemals den Mut, das zu tun.

Also hörte Jean mit allen anderen die kurze Ankündigung: »Das monatliche Treffen der *Haggard Society*, das für heute Abend in der *Fenley Hall* vorgesehen war, ist auf morgen Abend, acht Uhr, verschoben worden. Der Gastredner wird Eugene Forsyth sein.«

Jean wandte sich an die junge Frau in der nächsten Schreibkabine: »Marge, was ist die *Haggard Society?*«

»Keine Ahnung. Ich hab noch nie davon gehört. Vielleicht eine dieser Selbsthilfegruppen. Woher das plötzliche Interesse?«

»Ihr Gastredner ist mein Bruder. Ich habe ihn zwei Jahre lang nicht gesehen und wusste nicht einmal, dass er wieder in der Stadt ist.«

»Vielleicht ist es jemand anders mit dem gleichen Namen.«

»Vielleicht«, stimmte Jean zu. Aber es konnte zur Zeit nicht so viele Eugene Forsyth' geben. Ihr Bruder war drei

Jahre älter als sie, und all die Jahre ihrer Jugend hatte er sich geweigert, Gene als Spitznamen zu akzeptieren, weil er dann mit ihrem Namen verwechselt werden konnte – etwas, das ihren Eltern gar nicht in den Sinn gekommen war, als sie die beiden taufen ließen. Eugene war mit achtzehn aufs College in Ohio gegangen und hatte dann nach ein paar Jahren das Studium abgebrochen. Er hatte ihnen gesagt, wenn er ein Jahr arbeiten und dort seinen Wohnsitz einrichten würde, könnte er an der Ohio State University zu einer niedrigeren Studiengebühr studieren. Aber er ging nie zurück, und seine Briefe wurden seltener.

Vor zwei Jahren war Jean nach Cleveland gefahren, wo er jetzt lebte. Ihre Eltern waren nach Florida gezogen, und es war ein Sommer, in dem sie sich besonders einsam fühlte. Sie wollte Eugene sehen, um die alten Bande wieder zu festigen, die sich gelockert hatten, seit er von zu Hause weggegangen war. Er hatte eine Wohnung in einem älteren Viertel der Stadt, das früher eine Mittelklassegegend gewesen, jetzt aber an den Rand der Verwahrlosung geraten war. Von seinem Fenster aus konnte Jean sehen, wie an der Straßenecke offen Drogen verkauft wurden.

Eugene erklärte, er habe eine Arbeitsstelle als Studentenberater, aber das war mitten im Juli, und er schien überhaupt nicht zu arbeiten. Sie fragte ihn nicht zu intensiv danach, und nach drei Tagen brach sie ihren Besuch ab und fuhr nach Hause. Seitdem hatte sie ihn nicht mehr gesehen, und ihr Besuch bei ihm hatte nicht einmal eine Weihnachtskarte zur Folge gehabt.

Und jetzt, wenn er es wirklich war, sprach er vor einer Gruppe, die sich *Haggard Society* nannte. Jean dachte darüber nach und fragte sich, ob es eine Organisation kranker

Leute sein könnte. Konnte ihr Bruder vielleicht AIDS haben? Sie überlegte, ob sie ihre Mutter in Florida anrufen sollte, kam aber zu dem Schluss, dass das überhaupt nichts bringen würde. Als erstes würde sie zu dem Treffen gehen und sich vergewissern, ob er es wirklich war.

Fenley Hall war ursprünglich als das Labor Lyceum bekannt gewesen, ein Treffpunkt für Gewerkschaftsmitglieder während der Dreißiger- und der Nachkriegsjahre. Die Gegend hatte sich in den Sechzigern verändert, und es wurde für Gewerkschaften günstiger, ein Parteihaus zu mieten, wenn sie eine Versammlung oder eine Abstimmung abhalten mussten. Das Labor Lyceum wurde einfach nach irgendeinem vergessenen Politiker *Fenley Hall* benannt. Sie wurde jetzt für Hochzeitsfeiern, politische Versammlungen und verschiedene örtliche Vortragsreihen gemietet.

Als Jean Forsyth kurz vor acht Uhr dort ankam, sah sie als erstes ein Bild ihres Bruders draußen auf einem Poster, das für die Veranstaltung warb: *Die Haggard Society präsentiert einen Vortrag von Eugene Forsyth mit anschließender Diskussion. Eintritt frei!* Mit Brille und Schnurrbart sah er älter aus, aber es war eindeutig Eugene. Die Halle selbst war etwa halb voll – mehr als hundert Leute saßen auf den Klappstühlen, die für den Anlass bereitgestellt worden waren. Ein oder zwei schienen Leute von der Straße zu sein, die lediglich nach einem Platz zum Schlafen suchten, aber die meisten waren jung oder mittleren Alters und der Mittelklasse zugehörig. Einige gingen nach vorn, wo eine schlanke, schwarzhaarige Frau Bücher entgegennahm, die sie zurückbrachten. Fast hätte Jean einen Mann, der vor ihr saß, nach dem Zweck der Gesellschaft gefragt, aber sie kam zu dem Schluss, dass das so wirken könnte, als ob sie dumm sei oder flirten wollte. Außerdem würde sie es bald genug erfahren.

Pünktlich um acht Uhr ging die schwarzhaarige Frau auf die Bühne und zündete neben dem Rednerpult eine einzelne Kerze an. Die Frau war recht dünn, und ihr Make-up schien für den Anlass zu streng zu sein. »Guten Abend, meine Damen und Herren, und willkommen zum Juli-Treffen der *Haggard Society*. Ich bin Antonia Grist. Wie die meisten von Ihnen wissen, versammeln wir uns monatlich hier, um unsere gemeinsamen Interessen zu diskutieren. Wir hatten gehofft, heute Abend von einem unserer neueren Mitglieder, Eugene Forsyth, zu hören, aber er ist verhindert. Wir haben vor, seinen Vortrag schon bald noch einmal anzusetzen. Stattdessen darf ich Ihnen den Vorsitzenden der *Haggard Society,* meinen Ehemann Martin Grist, ankündigen.«

Die Zuhörer applaudierten höflich, und Jean erhob sich schon halb von ihrem Sitz, um zu gehen, doch dann besann sie sich plötzlich anders. Da sie nun schon so weit gekommen war, konnte sie auch gleich etwas über das Wesen der Gruppe erfahren, und möglicherweise auch etwas über die Beteiligung ihres Bruders.

Grist war schlank wie seine Frau und hatte ein Gesicht mittleren Alters mit Falten sowie Geheimratsecken. Er ging mit zielsicheren Schritten zum Mikrofon hinüber. »Danke, Antonia«, sagte er mit überraschend tiefer Stimme. »Ich bin wohl kaum ein angemessener Ersatz für Mr. Forsyth, den wir hoffentlich bei einem der nächsten Treffen hier haben werden, aber ich werde mein Bestes geben. Ich entschuldige mich im Voraus bei denen von Ihnen, die meine Ansichten zu diesem Thema bereits gehört haben.«

Er trank einen Schluck Wasser und fuhr dann fort. »Sie, der man gehorchen muss, ist H. Rider Haggards großartigste Schöpfung, eine Frau, die gleichzeitig schön, erotisch, eigensinnig und selbstsüchtig ist, grausam zu ihren Feinden und zart fühlend ihren Liebhabern gegenüber. Seit ihrem ersten Erscheinen in Haggards Roman *She* aus dem Jahre 1886 haben die Leser sie so unwiderstehlich wie tödlich gefunden. Ich entdeckte Haggards Schriften, als ich in meiner High-School-Bücherei auf ein zerlesenes Exemplar von *King Solomon's Mines* stieß ...«

Jean traute ihren Ohren nicht. Es war eine literarische Gesellschaft, die sich den Schriften eines britischen Autors aus dem letzten Jahrhundert widmete! Und ihr Bruder, der kaum jemals in seinem Leben ein Buch zu Ende gelesen hatte, hätte hier eigentlich sprechen sollen. Sie begann zu glauben, dass hier irgendein Irrtum vorlag. Sicherlich war dies ein anderer Eugene Forsyth, trotz des Fotos draußen.

Martin Grist sprach etwa fünfunddreißig Minuten lang monoton und in höchst allgemeiner Weise über H. Rider Haggards Leben und Werk. Jean, die als Teenager einige der Bücher gelesen hatte, hatte sie als spannender in Erinnerung, als der Vortrag war, den Grist mit dem lebendigsten Bild des Romans abschloss. »Es ist Feuer«, erklärte er seiner Zuhörerschaft, »die Flamme des Lebens, die Unsterblichkeit bringen soll, aber stattdessen bringt sie nur einen vernichtenden und schrecklichen Tod.«

Es gab höflichen Applaus, als Grist geendet hatte und um Fragen bat. Ein Mann erkundigte sich nach dem möglichen Wert einer Erstausgabe von *She*. »Es gab einen Druckfehler in der Erstausgabe der britischen Edition«, erklärte Grist. »Seite 269, Zeile 38 heißt es ›Godness me‹ statt ›Goodness me‹. Diese Ausgabe wird mit etwa sechshundert Dollar bewertet, während die korrigierte Fassung nur halb so viel wert ist.«

Eine Frau fragte nach Haggards Jahren in Afrika als junger Erwachsener und die Affären mit afrikanischen Frauen, über die lange gemunkelt worden ist. Grist schien von der Frage ein wenig bestürzt zu sein. »Wir beschäftigen uns hier nicht mit diesen Dingen«, erwiderte er. »Dies ist eine ausschließlich literarische Gesellschaft.«

Mehr noch die Antwort als die Frage brachte Jean dazu, sich umzudrehen und nach der Frau zu sehen, die drei Reihen hinter ihr saß. Sie war in den Zwanzigern, hatte braune Haare und trug eine Brille mit pinkfarbenem Rahmen. Sie war aufgestanden, um ihre Frage zu stellen. Mit Grists Antwort nicht zufrieden, blieb sie stehen und sagte: »Ich habe noch eine Frage.«

Martin Grist schien einen Augenblick betroffen zu sein, und plötzlich tauchte seine Frau auf der Bühne auf. Aber noch bevor sie das Mikrofon erreichte, fragte die junge Frau: »Warum durfte Eugene Forsyth heute Abend nicht sprechen?«

»Mr. Forsyth ist krank geworden«, antwortete Grist schnell.

Seine Frau griff sich das Mikrofon und sagte schnell: »Das beschließt unser Programm für diesen Abend. Da die heutige Versammlung so kurz war, werden wir versuchen, bald noch einen Abend anzubieten. Wenn Sie diesbezüglich benachrichtigt werden möchten, hinterlassen Sie bitte

Ihren Namen und Anschrift auf dem Block neben der Tür. Wie immer haben wir auch einige Hard Cover-Bände von Haggards Romanen für diejenigen, die sie gerne bis zum nächsten Treffen ausleihen möchten.«

Sofort erhob sich Gemurmel in der Menge, und Jean spürte, dass das abrupte Ende sehr ungewöhnlich war. Etwa ein Dutzend Leute kam nach vorn, um sich eines der angebotenen Bücher zu holen, die Mrs. Grist austeilte, während der Rest der Zuhörer hinausstrebte. Jean eilte nach vorn und bat um ein Exemplar des Romans *She*. »Entschuldigen Sie«, sagte sie zu Grists Frau. »Ich bin Eugene Forsyths Schwester. Ich kam, um seinen Vortrag zu hören. Wo ist er?«

Das brachte sie dazu, einen Augenblick innezuhalten. »Ich weiß nichts von Ihrem Bruder«, antwortete sie. »Er ist ein paar Minuten vor seinem Vortrag krank geworden und verließ den Saal.«

»Sie müssen seine Anschrift haben.«

Ihr Mann war vorgegangen, aber jetzt kam er zurück und nahm sie am Arm. »Komm, Antonia.«

Sie sah Jean in die Augen und sagte nur: »Ich kann Ihnen nicht helfen.« Dann waren sie weg.

Jean schaute sich mit einem Gefühl der Hilflosigkeit um. Die meisten Zuhörer waren weg, aber die junge Frau mit dem pinkfarbenen Brillengestell war immer noch da und beobachtete sie. Vielleicht hatte sie einen Teil des Gesprächs zufällig mitgehört. Jean marschierte durch den Saal und ging zu ihr. »Sie sind diejenige, die nach Eugene fragte«, sagte sie. »Ich glaube, er ist mein Bruder.«

Die Frau legte eine Hand an ihren Mund. »Ich mache mir Sorgen um ihn.«

»Was ist los? Wo ist er? Was ist mit ihm passiert?«

Sie schaute sich nervös um. »Hören Sie, ich kann hier nicht reden. Treffen Sie mich in zehn Minuten in dem Café an der Ecke. Links auf der anderen Straßenseite.«

»In Ordnung«, sagte Jean. Die junge Frau eilte davon, ohne ihren Namen zu nennen.

Jean ging einen Moment später hinaus und schlenderte die dunkle Straße entlang, um sich die erleuchteten Schaufenster anzusehen. Sie war schon fast an der Ecke, als sie hörte, wie eine Frau schrie und wie Metall gegen Fleisch schlug. Irgendjemand rief laut, und zwei oder drei Leute in der Nähe wandten sich um und fingen an zu rennen. Jean erreichte die Ecke und sah die Leute bei einer Gestalt stehen, die aufs Pflaster gefallen war.

»Was ist passiert?«, fragte sie einen Mann.

»Ein Auto hat sie angefahren. Ich hab es gerade noch gesehen. Er hat nicht mal angehalten.«

»Hat sich irgendjemand sein Kennzeichen gemerkt?«, fragte jemand anderes, aber niemand antwortete.

Jean sah neben dem Körper die rosa eingefasste Brille auf der Straße liegen. »Ist sie ...?«

»Jemand muss den Notarzt rufen, aber ich glaube nicht, dass es noch viel nützt.«

Sie wartete nicht auf den Rettungswagen und die Polizei, sondern beeilte sich, wegzukommen. Was hier geschah, was auch immer es bedeuten mochte, es war eine Bedrohung für sie. Genauer gesagt schien es eine Bedrohung für ihren Bruder Eugene zu sein. Irgendetwas war ihm passiert, aber sie konnte jetzt nicht darüber nachdenken. Die junge Frau mit der pinkfarbenen Brille hatte das Gleiche befürchtet, sonst hätte sie am Ende des Vortrags nicht diese Frage gestellt.

Jean eilte nach Hause in ihre Wohnung, parkte das Auto an seinem üblichen Platz und verschwand durch die Seitentür. Der Unfall, dessen Zeugin sie fast geworden wäre, hatte sie mutlos gemacht, da es vielleicht gar kein Unfall gewesen war. Ein Auto überfuhr die Frau und raste dann in die Nacht davon. War das normal? War es nicht viel wahrscheinlicher, dass ein unschuldiger Autofahrer angehalten und versucht hätte, dem Opfer zu helfen?

In den Elf-Uhr-Nachrichten im Fernsehen kam der Bericht über den tödlichen Unfall an zweiter Stelle, gleich nach einem Brand in einer Pizzeria auf der anderen Seite der Stadt. Die Polizei suchte den Fahrer des Wagens, und der Name des Opfers wurde zurückgehalten, bis die nächsten Angehörigen verständigt waren. Am nächsten Morgen in der Arbeit las sie, wie gewöhnlich über einer Tasse Kaffee, die Zeitung. Die tote Frau wurde jetzt als Amanda Burke identifiziert, eine unverheiratete Bibliothekarin, die in der Zentralbibliothek in der Stadt beschäftigt war. Das erklärte vielleicht ihr Interesse an H. Rider Haggard, aber es erklärte nicht ihre Verbindung zu Jeans Bruder, wenn es überhaupt eine gab.

In der Mittagspause ging sie die paar Blocks vom Sender zur Zentralbibliothek und wich unterwegs dem Löschzug der Feuerwehr aus. Es war ein neues vierstöckiges Gebäude mit einem Glasdach auf dem Atrium, das den Raum mit gedämpftem Sonnenlicht durchflutete. Amanda Burke hatte in der Literaturabteilung gearbeitet, und Jean ging sofort dorthin. Sie wies sich bei der Bibliothekarin an der Theke aus und sagte: »Gestern Abend habe ich Amanda

243

Burke kurz vor ihrem schrecklichen Unfall kennen gelernt. Vielleicht könnten Sie mir etwas über sie erzählen.«

Die Frau starrte Jean an, als käme sie von einem anderen Planeten. »Sie sind Radioreporterin, sagten Sie?«

»Nein, nein, ich arbeite nur beim Sender. Ich … es ist für mich sehr wichtig, möglichst alles über Amanda zu erfahren. Ich glaube, sie war mit meinem verschwundenen Bruder befreundet.«

Die Frau zögerte und sagte dann: »Mark Jessup kannte sie. Vielleicht kann er Ihnen etwas sagen.«

Sie telefonierte mit ihm, und ein paar Minuten später kam ein großer, eckiger junger Mann zu ihnen an die Empfangstheke. »Hallo, ich bin Mark Jessup. Kann ich Ihnen helfen?«

»Ich wollte Sie nach Amanda Burke fragen.«

Er führte sie zu einer Gruppe Stühle beim Fenster. »Amanda war eine wunderbare junge Frau. Wir haben alle noch einen Schock wegen des Unfalls.«

»Ich habe fast gesehen, wie es passiert ist«, erklärte Jean. »Ich hatte sie gerade kennen gelernt, und sie wollte mit mir noch weiter über meinen Bruder sprechen.«

»Wie ist sein Name?«

»Eugene Forsyth.«

Er nickte. »Sie hat jemanden mit Namen Eugene erwähnt. Ich neckte sie damit, dass sie wohl einen Freund habe, und sie stritt es nicht ab.«

»Ich fürchte, meinem Bruder ist etwas passiert, aber ich weiß nicht, was.« Sie gab ein kleines Lachen von sich. »Ich weiß, es ist verrückt, sich Sorgen zu machen, wo ich noch nicht mal weiß, wo er die letzten zwei Jahre gewesen war.«

»Haben Sie ihn vor kurzem gesehen?«

244

Sie schüttelte den Kopf. »Nur sein Bild bei einer Versammlung der *Haggard Society*.«

»Und dort trafen Sie Amanda?«, fragte Jessup.

Jean nickte. »Mein Bruder sollte dort eigentlich sprechen, und ich ging hin, um ihn zu hören. Sie sagten, er sei krank geworden, aber Amanda stellte das in Frage. Die Leute, die die Versammlung leiteten, Martin Grist und seine Frau, beendeten daraufhin den Abend abrupt.«

»Seltsam.«

»Was wissen Sie über die *Haggard Society*?«

»Nicht sehr viel. Jedes Mal, wenn sie ein Treffen haben, bringt Grists Frau Flugblätter her und legt sie auf unserem Informationstisch aus.«

»Hatte Amanda Familie?«

»In New York, glaube ich. Sie wurde benachrichtigt.«

Sie sah ihm ins Gesicht und kam zu dem Schluss, dass sie ihm trauen konnte. »Könnten Sie mich wissen lassen, wenn irgendetwas in ihren Sachen hier in der Bibliothek auftaucht? Besonders, wenn es etwas ist, das meinen Bruder betrifft? Hier, ich schreibe Ihnen meine private Telefonnummer auf.«

Mit einem Lächeln nahm er den Zettel entgegen. »Ich bin sicher, er taucht wieder auf, aber wenn ich irgendetwas höre, lasse ich es Sie wissen.«

In den darauf folgenden Tagen war es, als hätten die Ereignisse um die *Haggard Society* nie stattgefunden. Jean dachte ständig darüber nach und starrte das Foto ihres Bruders an, wenn sie das ausgeliehene Exemplar von *She* zur Hand nahm und ein paar Seiten las. Im Telefonbuch gab es keinen Eintrag für die Gesellschaft, und wenn sie die

Nummer des einzigen Martin Grist, der aufgeführt war, wählte, nahm nie jemand ab.

Eines Tages war sie wieder in der Bibliothek, und Mark Jessup half ihr, die Computerdatenbank nach irgendeiner Erwähnung der Haggard-Gruppe zu durchsuchen. »Absolut nichts, außer den Daten ihrer Treffen«, sagte Jessup und schwenkte den Monitor zu ihr herüber, damit sie selbst die Einträge sehen konnte.

»Wie steht's mit *Fenley Hall?*«, schlug sie vor. »Irgendjemandem muss sie doch gehören. Sie müssen sie für ihre Versammlungen mieten.«

»Gute Idee«, meinte er lächelnd. »Ich werde das nachprüfen.«

Aber als sie am folgenden Tag in ihrer Mittagspause kam, gab es nur magere Neuigkeiten. »Der Eigentümer von *Fenley Hall* befindet sich in New York«, erklärte Mark. »Er weiß nichts über die Gesellschaft, außer dass es eine literarische Gruppe ist. Sie mieten den Saal für den dritten Mittwoch jedes Monats und zahlen im Voraus. Gelegentlich ruft jemand an, um eine zusätzliche Versammlung zu organisieren.«

Sie war von der Nachricht entmutigt – wieder eine Sackgasse –, und das war vielleicht der Grund dafür, dass er sie an dem Abend zum Essen einlud. Die Vorstellung heiterte sie auf, und erst als sie in einem kleinen italienischen Restaurant neben der Bibliothek ihren Nachtisch bekamen, rief sie plötzlich aus: »Das ist ja wie ein Rendezvous!«

Mark grinste sie über den Tisch hinweg an. »Klar. Was gibt es daran auszusetzen?«

Zum ersten Mal schaute sie ihn wirklich an. Er trug sein sandfarbenes Haar etwas lang, und wenn er lächelte, hatte er winzige Grübchen in den Wangen. Sie schätzte ihn auf Ende Zwanzig, etwa ihr Alter. Er war von mittlerer Statur, groß, aber nicht athletisch. »Wie sind Sie denn Bibliothekar geworden?«, fragte sie in dem Versuch, das Gespräch vom Thema Rendezvous abzulenken.

»Gleich nach dem College wurde ich von der Longyear Corporation angeworben. Sie hatten eine ziemlich gute Firmenbibliothek und wollten, dass ich sie leite. Ich hatte schon immer Bücher gemocht, also ließ ich sie mein Bibliothekarsstudium bezahlen. Unmittelbar nach meinem Abschluss verkleinerte sich die Firma, und ich stand auf der Straße. Ich war ein Bibliothekar ohne Bibliothek, also fing ich an, für die Stadt zu arbeiten.«

»Und da lernten Sie Amanda kennen?«

Er nickte. »Ein prima Mädchen. Wenn sie absichtlich getötet wurde ...«

»Was ist mit meinem Bruder? Sie sagten, sie habe seinen Namen erwähnt, aber Sie lernten ihn nie kennen.«

»Ich glaube, er brachte Flugblätter für die Stammbesucher herein, wie Mrs. Grist das auch tut. So hat Amanda ihn kennen gelernt.«

Nach dem Essen begleitete Mark sie die paar Häuserblocks weit bis zu ihrer Wohnung, nahm aber die Einladung, mit hochzukommen, nicht an. Später, als sie allein war, dachte sie über den Abend nach und kam zu dem Schluss, dass sie ihn mochte. Als er sie am nächsten Tag im Sender anrief, freute sie sich. »Wie gehen die Geschäfte heute in der Bibliothek?«, fragte sie.

»Gut. Ich habe Neuigkeiten für Sie. Ich dachte, es würde Sie interessieren, dass Mrs. Grist einen Stoß von Ankündigungszetteln brachte. Am Donnerstag hält die

Haggard Society ein besonderes Treffen ab, und Ihr Bruder wird als Sprecher aufgeführt.«

»Mein Gott! Ich muss hingehen!«

»Das ist noch nicht alles. Ich war am Informationsschalter, als sie eintraf, und ich sagte ihr, wir hätten neue Vorschriften. Jeder, der Informationsmaterial bei der Bibliothek abgibt, müsse uns die Adresse der Organisation geben. Sie grummelte ein bisschen, aber sie gab sie mir. Ihr Sitz ist draußen in der Willow Terrace.«

»Das ist eine Straße in einer Wohngegend.«

»Anscheinend wohnen sie und ihr Mann jetzt dort.«

»Ich gehe nach der Arbeit dorthin«, beschloss Jean.

»Nicht allein! Denken Sie daran, was mit Amanda passierte.«

»Mir passiert schon nichts.«

»Ich fahre Sie hin. Sie werden nichts unternehmen, wenn ich dabei bin.«

Sie musste zugeben, dass das vielleicht sicherer wäre. »In Ordnung. Ich bin hier um fünf Uhr fertig.«

Pünktlich um fünf Uhr wartete Mark auf dem Parkplatz. »Ich konnte ein bisschen früher gehen«, erklärte er und reichte ihr die Ankündigung der *Haggard Society* auf rosafarbenem Papier.

»Sie haben die Adresse der Grists dabei?«, fragte sie wild entschlossen.

»Hier.« Er zeigte ihr den Zettel.

»Fahren wir hin und reden mit ihnen.«

Das Haus war im modernen Kolonialstil erbaut und hatte eine breite Auffahrt sowie eine Doppelgarage. Mark Jessup parkte davor, gerade als Grist selbst auftauchte, um in den Briefkasten zu sehen. Er schien nicht erfreut zu sein, sie zu sehen, aber Mark hatte bereits seinen Namen gerufen, bevor er sich ins Haus zurückziehen konnte. »Was gibt's?«, fragte er. »Ich bin sehr beschäftigt.«

»Ich kenne Mrs. Grist von der Bibliothek«, erklärte Mark schnell. »Meine Freundin hier, Jean Forsyth, möchte sich nach ihrem Bruder erkundigen.«

Martin Grist schaute sie an und kniff die Augen zusammen, als ob er von der Sonne geblendet würde. »Sie sind Eugenes Schwester? Waren Sie nicht bei unserer letzten Versammlung?«

»Das stimmt. Ich habe ihn einige Zeit nicht gesehen, und ich mache mir Sorgen um ihn.«

»Er wird Donnerstagabend sprechen. Dann können Sie ihn sehen.« Er wandte sich wieder zur Tür.

»Aber ...«

»Es tut mir Leid. Ich habe jetzt keine Zeit.«

Jean ließ sich nicht so leicht abfertigen. Sie folgte ihm zur Tür und wäre vielleicht mit hineingegangen, aber plötzlich wurde der Eingang von Mrs. Grist versperrt. »Gehen Sie weg!«, befahl sie. »Wir wollen Sie hier nicht. Mein Mann und ich sind sehr beschäftigt.«

Mark eilte an Jeans Seite. »Kommen Sie, hier erfahren wir nichts.«

Widerwillig ließ sie sich zum Auto zurückführen. Das Ehepaar Grist war im Haus verschwunden und hatte die Tür geschlossen. »Das war Zeitverschwendung«, grummelte sie.

Sie fuhren zurück zum Parkplatz des Senders, wo ihr Auto stand. Als Entschädigung für die verlorene Zeit lud sie ihn ein. »Ich habe Spaghetti zu Hause, wenn Sie Lust hätten, zu einem leichten Abendessen zu mir zu kommen. Es ist nicht viel, aber ...«

»Ich liebe Spaghetti in jeder Variation«, erklärte er.

»Dann kommen Sie mit. Folgen Sie mir mit Ihrem Wagen. Sie wissen ja, wo ich wohne.«

Es wurde der angenehmste Abend, den Jean seit langem erlebt hatte, und Mark ließ sie die wachsende Sorge um ihren Bruder vergessen. Obendrein war er der perfekte Gentleman und beendete den Abend mit einem keuschen Gutenachtkuss, als er ihre Wohnung verließ. Sie sah vom Fenster aus zu, wie er wegfuhr, und der Nachthimmel wurde von einem Feuer in der Ferne erleuchtet, das möglicherweise in einem Lagerhaus am anderen Ende der Stadt ausgebrochen war.

Anstatt den Abwasch bis zum nächsten Morgen liegen zu lassen, erledigte Jean ihn sofort und packte den Rest des Abfalls zusammen, um ihn in den Müllschlucker im Flur zu werfen. Als sie fertig war und den dunklen Flur zu ihrer Wohnung zurückging, war sie bereit, ins Bett zu gehen. Sie sah auf ihre Uhr, die ein paar Minuten nach Mitternacht anzeigte.

In dem Moment schoss eine Hand aus dem Schatten und verschloss ihren Mund, während eine andere ihre Arme fest hielt. »Nicht schreien«, flüsterte eine Stimme in ihr Ohr.

Sie spürte erst einen Anflug von Panik, und dann ein beruhigendes Wiedererkennen.

Es war ihr Bruder Eugene.

»Du hast dich verändert«, meinte sie, als sie in ihrer Wohnung waren und die Tür hinter sich zugezogen hatten. Sie goss zwei Gläser Wein ein. »Zur Zeit siehst du ein wenig wie Vater aus.«

Der junge Mann, der ihr gegenübersaß, kaum über Dreißig, trug eine Brille mit dunklem Rahmen und einen exakt geschnittenen Schnurrbart; beides ließ ihn älter erscheinen. »Ich hoffe nicht«, sagte er lächelnd. Nur einen Augenblick lang war er der Bruder, den sie aus ihrer Jugend kannte und liebte, dann verblasste die Vision, und er war wieder dieser Fremde, der in ihr Leben getreten war.

»Wo warst du, Eugene? Ich habe zwei Jahre lang nichts von dir gehört.«

»Ich habe hier und da gearbeitet«, antwortete er mit einem Schulterzucken. »Manchmal war es schwierig, in Verbindung zu bleiben.«

»Ich hätte dich nie gefunden, wenn ich nicht von deinem Vortrag gehört hätte. Wohnst du hier in der Stadt?«

»Ich bin für eine Weile hier«, meinte er vage.

»Diese Amanda, die Frau, die von dem Auto getötet wurde …«

»Was ist mit ihr?«

»Sie schien sich Sorgen um dich zu machen. Am Ende von Martin Grists Vortrag fragte sie, warum man dich nicht hatte sprechen lassen.«

»Das war ein Missverständnis. Ich bin in letzter Minute krank geworden.«

Plötzlich zweifelte Jean an seinen Worten. »Hast du abgesagt, weil du mich unter den Zuhörern sahst?«

»Nein, nein. Ich habe das Publikum gar nicht gesehen. Ich hatte nur das Gefühl, ich könne an diesem Abend den Vortrag nicht halten.«

»Wann hast du denn dieses plötzliche Interesse an Haggards Büchern entwickelt? Ich kann mich nicht daran erinnern, dass du ein eifriger Leser warst.«

»Dad unterstützte es nicht gerade, oder?«

Ihr wurde klar, dass seine Haltung sich mit den Jahren nicht verändert hatte. »Er war Feuerwehrmann, um Himmels willen! Er war unterwegs, um die Brötchen auf unserem Tisch zu verdienen, und seine Arbeit hat ihn schließlich umgebracht. Nimmst du ihm das auch noch übel?«

Eugene zuckte die Schultern. »Er hat eine schöne Beerdigung bekommen.«

»Sprichst du je mit Ma in Florida?«

»Ich habe weder ihre Adresse noch ihre Telefonnummer.«

»Ich kann dir beides geben.«

Er seufzte. »Was soll ich denn zu ihr sagen, nach all den Jahren?«

»Mehr als du zu mir sagst, hoffe ich. Eugene, du kommst nach zwei Jahren in mein Leben zurück, und du drückst nicht auf die Klingel oder klopfst an die Tür. Du packst mich im Flur und erschreckst mich zu Tode!«

»Das tut mir Leid, Schwesterherz.«

»Was ist mit Amanda Burke?«, fragte sie. »Du kanntest sie, nicht wahr?«

»Ja«, gab er zu. »Wir waren kurz miteinander gegangen.«

»Habt ihr zusammengelebt?«

»Nicht offiziell.«

»Ist sie ermordet worden?«

Er wandte seinen Blick ab. »Ich weiß nicht, was da draußen passiert ist. Alles ist möglich.«

»Bist du deshalb in mein Haus geschlichen, damit man dich nicht sieht?«

Er trank einen Schluck Wein und sagte: »Schau, Schwesterchen, du hast zu viele Fragen gestellt. Du warst heute bei den Grists, und ich habe gesehen, wie du hier hereinkamst mit dem Typ, der mit Amanda arbeitete.«

»Du kennst Mark?«

»Ich habe ihn ein paar Mal in der Bibliothek gesehen.« Einen Augenblick lang nahm sein Gesicht einen ängstlichen Ausdruck an. »Es geht hier nicht um ihn, es geht um dich. Ich will nicht, dass dir irgendwas passiert.«

»Wie das, was Amanda Burke passiert ist?«

»Das ist eine ernste Angelegenheit. Geh nicht zu der Versammlung am Donnerstag.«

»Erwartest du das wirklich von mir? Du bist mein Bruder, um Himmels willen! Wenn du in Schwierigkeiten bist, will ich dir helfen.«

»Es gibt nichts, was du tun könntest.« Er trank seinen Wein aus und stand auf.

»Eugene …«

»Gute Nacht, Schwesterchen. Sei vorsichtig, wenn du über die Straße gehst.«

Als er an der Tür stand, sagte sie: »Ich komme am Donnerstag. Nichts kann mich davon abhalten.«

»Das glaube ich dir.«

»Sag mir noch eines: Was ist die *Haggard Society*?«

Er zögerte und sagte dann: »Stell mir diese Frage auf der Versammlung am Donnerstag.«

Jean erwähnte den Besuch ihres Bruders nicht, als sie Mark Jessup am nächsten Tag zum Lunch traf. Vor allem wollte sie ihm nichts davon erzählen, wie Eugene sie im Flur ihres Gebäudes gepackt hatte. Es würde so klingen, als ob er etwas seltsam sei, und vielleicht war er das auch. Vielleicht hatte er sich deshalb so lange von ihr fern gehalten. Mark hatte an dem Tag die Spätschicht in der Bibliothek, also würde sie ihn nicht nach der Arbeit treffen können. Nachdem sie ein wenig gescherzt hatten, fragte er: »Gehst du zu der Versammlung morgen Abend?«

»Natürlich. Ich muss Eugene sehen.«

»Ich mache mir Sorgen um dich, Jean, nach dem, was mit Amanda passiert ist.«

»Ich werde aufpassen, wenn ich über die Straße gehe«, meinte sie mit einem Lächeln und dachte an die Warnung ihres Bruders.

»Das solltest du nicht auf die leichte Schulter nehmen. Nach dem, was du mir erzählt hast, glaube ich, dass ihr Tod in irgendeiner Weise mit deinem Bruder zu tun hat. Du hast gesagt, sie fragte nach ihm, bevor sie starb, und jetzt hast du Fragen nach ihm gestellt. Ich würde mich besser fühlen, wenn ich morgen mit dir käme.«

»In Ordnung«, stimmte sie bereitwillig zu. Sie vertraute Mark und fing allmählich an, an ihrem Bruder zu zweifeln.

»Wenn ich mit der Arbeit fertig bin, können wir etwas essen und dann zusammen zu *Fenley Hall* hinübergehen.«

Als Jean an dem Abend vom Sender nach Hause kam, sah sie vorsichtig ihre Straße hinauf und hinunter und achtete besonders auf geparkte Autos. Aber die schienen alle leer zu sein, und niemand trieb sich in Eingängen herum. Sie ging in ihre Wohnung und stellte eine gefrorene Mahlzeit in die Mikrowelle.

Der Donnerstag war trübe und verregnet, ein Tag von der Art, an dem Jean lieber im Bett geblieben wäre. Ihr Uhrenradio war immer auf den Sender eingestellt, für den sie arbeitete, und die ersten Klänge, die sie normalerweise am Morgen hörte, waren die jovialen Scherze ihres Wettermannes und der Nachrichtenmoderator um sieben Uhr. Heute war es nicht anders. Das Wetter kam morgens immer zuerst, weil sie dachten, dass es das war, was die meisten Leute am Anfang eines neuen Tages wissen wollten. Dann kam der Verkehrsbericht und schließlich die Topstory des Morgens: ein nächtliches Feuer in einem Einkaufszentrum in einem Vorort. Jean schlüpfte unter der Bettdecke hervor und tappte ins Bad.

Während sie sich die Zähne putzte, dachte sie plötzlich an Eugene und das Treffen der *Haggard Society* am Abend. Da sie zuerst Mark zum Essen treffen würde, zog sie eines ihrer besseren Kleider an, was Heather zu der Vermutung veranlasste: »Wichtige Verabredung heute Abend?«

»Ich werde meinen Bruder bei einer literarischen Gesellschaft sprechen hören.«

Heather stöhnte. »Klingt langweilig. Was ist es – die *Jane Austen Society?*«

»H. Rider Haggard.«

»Der alte Junge wird wohl immer noch gelesen?«, fragte sie.

»Anscheinend. Bei jeder Versammlung verleihen sie Exemplare seiner Romane.«

Heather brummte. »Was war das für einer, wo die Frau am Ende verbrannte?«

»Du meinst wahrscheinlich *She,* aber die Flammen ließen sie nur verwelken und zerstörten ihre Unsterblichkeit. Ich weiß es, weil ich es gerade wieder gelesen habe.«

Heather sah Jean zweifelnd an. »Na ja, viel Spaß.«

Als sie und Mark gegen drei Viertel acht bei der *Fenley Hall* ankamen, war der Saal schon halb voll. Mrs. Grist stand vorn und trug ein langes, schwarzes Kleid mit weiten, vollen Ärmeln. Sie sammelte bereits einige Bücher ein, und Jean gab ihr Exemplar ohne Kommentar zurück. Einige Leser lasen die Geschichte weiter, stellte sie fest, denn sie liehen sich *Ayesha* aus, die erste Fortsetzung von *She*. Von Eugene war nirgends etwas zu sehen, und Jean ließ sich nieder, um zu warten.

Dieses Mal war es Martin Grist, der punkt acht Uhr zum Rednerpult schritt. »Meine Damen und Herren, willkommen zu dieser besonderen Versammlung der *Haggard Society*. Diejenigen von Ihnen, die noch Bücher zurückgeben oder austauschen möchten, können sie nach unserem Programm zu meiner Frau bringen. Wir freuen uns sehr, dass wir Ihnen heute Abend den verschobenen Vortrag des Haggard-Experten Eugene Forsyth anbieten können. Mr. Forsyth hat die erste Website über Haggard im Internet eingerichtet. Er wird uns darüber berichten sowie auch über die Freuden und Leiden des Lesens und Sammelns der Werke von H. Rider Haggard. Ich bitte Sie um einen herzlichen Begrüßungsapplaus für Eugene Forsyth.«

Zu diesem Anlass trug Eugene ein offenes Kakijackett, eines von der Sorte, wie es Haggards Held Alan Quatermain vielleicht getragen hat, während er nach König Salomos Minen suchte. »Ist das dein Bruder?«, flüsterte Mark neben ihr.

»Das ist er.« Bis zu diesem Augenblick hatte sie eigentlich nicht erwartet, dass er erscheinen würde. Jetzt schien er ein anderer Mensch zu sein, wie er da hinter dem Pult stand und von diesen uralten Büchern sprach.

»… Diejenigen von Ihnen, die Alan Quatermain nur aus dem Buch *König Salomos Minen* und seinen Fortsetzungen kennen, sind vielleicht überrascht, zu erfahren, dass Haggard seine zwei bekanntesten Geschöpfe 1920 in dem Roman mit dem Titel *She and Alan* zusammenbrachte. Die Handlung spielt kurz vor den Ereignissen, die in *She* erzählt werden …« Während er sprach, flogen ihre Gedanken zurück in ihre Kindheit und zu dem Schock beim Tode ihres Vaters. Vielleicht hatte er sich danach verändert, aber wie? Eines der großen Rätsel der letzten Jahre war ihre Unfähigkeit gewesen, mit der Wahrheit über Eugene zurechtzukommen. Das, nahm sie an, war der Grund dafür, dass er ihr gegenüber immer so abweisend gewesen war. »… Wenn Haggard vielleicht kein wahrhaft großer Romanschriftsteller war, so war er doch ganz gewiss ein großartiger Geschichtenerzähler und glich schwache Charaktere und den gelegentlich irritierenden Stil durch authentische Hintergründe und spannenden Ideenreichtum aus …«

Er erzählte von seiner Haggard-Homepage im Internet, die ihn mit Martin und Antonia Grist in Kontakt gebracht hatte. Dann schloss er mit den Worten: »Sie können mir noch fünfzehn oder zwanzig Minuten lang Fragen stellen, wenn Sie wollen.«

Ein Mann auf der anderen Seite des Saales hob die Hand und fragte: »Ist es wahr, dass Haggard in England zum Ritter geschlagen wurde wegen seiner Abenteuerromane?«

Eugene lächelte. »Wenn das nur wahr wäre! Er erhielt

seine Ritterschaft für seine Studien über die britische Agrarwirtschaft.«

Jean hob die Hand, aber er rief zuerst noch jemand anderen auf.

»Was willst du fragen?«, flüsterte Mark.

»Wirst schon sehen.«

Diesmal zeigte Eugene auf sie. »Die junge Dame dort.«

Sie stand auf und hatte zum ersten Mal, seit er zu sprechen begonnen hatte, Blickkontakt mit ihm. »Was ist die *Haggard Society?*«, fragte sie mit klarer Stimme.

Eugene stützte sich mit beiden Händen auf das Rednerpult und lächelte. Es war, als hätte er lange Zeit auf diesen Moment gewartet. »Die *Haggard Society* ist eine kriminelle, konspirative Vereinigung, die gegen Bezahlung Brandstiftungen verübt und anonyme Agenten einsetzt, um Verträge abzuschließen, die von Martin Grist und seiner Frau vorbereitet wurden.«

Antonia Grists Hand kam aus dem weiten Ärmel ihres Kleides hervor und hielt eine kleine, automatische Pistole. Sie zielte damit auf Eugene, aber plötzlich waren zwei Männer aus der ersten Reihe über ihr. Eine Polizeipfeife schrillte, und auf einmal war die *Haggard Society* in den Händen ihrer Feinde.

Die Nacht danach war lang. Als Eugene sich schließlich im Polizeipräsidium zu Jean und Mark gesellte, schluchzte sie fast auf vor Erleichterung. »Ich glaubte schon ...«

»Es tut mir Leid, dass ich alles so geheimnisvoll machte, Schwesterchen«, sagte er, als er sie umarmte. »Es war wichtig, diese Leute zu kriegen, besonders, nachdem sie Amanda umgebracht hatten. Sie glaubte, sie hätten mir etwas angetan, als ich beim letzten Treffen nicht sprach. Als sie diese Frage stellte, machte das Grists Frau nervös. Als sie in ihrem Auto davonfuhren, sahen sie, wie Amanda die fast verlassene Straße überquerte, und Antonia überfuhr sie. Sie behaupten, es sei nicht beabsichtigt gewesen, aber alles andere, was sie taten, war geplant.«

»Du gehörst zur Polizei?«, fragte sie.

Ihr Bruder nickte. »Mehr oder weniger. Ich bin ein Undercover-Ermittler für Brandstiftung. Es fing alles in Ohio an, als ich ein Jahr vom College freinahm. Die *Haggard Society* war damals dort tätig, und die Polizei brauchte einen jungen Mann, um ihn bei ihnen einzuschleusen. Ich baute die Haggard-Internet-Seite auf und versuchte, mich so sichtbar zu machen, dass sie mit mir Kontakt aufnehmen würden. Zuerst funktionierte es nicht, weil sie verscheucht wurden und hierher zogen. Ziemlich bald wies diese Stadt eine deutliche Steigerung an Brandstiftungsdelikten auf, und die Polizei bat mich, die Haggard-Geschichte im Internet aufrechtzuerhalten. Es gelang mir schließlich, Grist zum Auftauchen zu bewegen. Ich kam, um ihn zu treffen, und die Polizei von Ohio lieh mich an das Department hier aus. Zuerst konnte ich immer noch nicht rauskriegen, was los war, außer dass eine große Anzahl von Bränden von identischen Brandbeschleunigern ausgelöst wurden.«

»Also war das Interesse an Haggard reine Deckung?«, fragte Mark.

»Auf ihrer Seite, und auch auf meiner. Eines Tages lernte ich Amanda kennen, als ich Haggard-Forschung in der Bibliothek betrieb. Ich hätte nie geglaubt, dass ich sie irgendeiner Gefahr aussetzte. Sie mussten Verdacht gegen mich geschöpft haben, sonst hätten sie sie niemals auf diese Weise getötet.«

»Aber wie war die Gesellschaft mit den Brandstiftungen verknüpft?«, fragte Jean.

»Sie rekrutierten eine Reihe Leute, die bereit waren, an der Konspiration teilzunehmen. Die meisten von ihnen sind heute Abend verhaftet worden. Sie besuchten die Versammlungen, und wenn sie bereit waren, mit dem Legen eines Feuers Geld zu verdienen, dann kamen sie vor oder nach dem Vortrag nach vorn und nahmen von Mrs. Grist ein Buch entgegen. Fremde bekamen echte Bücher, Mitverschwörer bekamen ausgehöhlte Exemplare, die einen Zündstoff, die Adresse des Ziels, die beste Zeit für die Tat und die nötige Bezahlung enthielten.«

»Sie wurden bezahlt, bevor sie den Auftrag ausführten?«

»Ach, sie führten es zu Ende, wenn sie jemals wieder einen Auftrag bekommen wollten. Es war wirklich perfekt eingefädelt. Die Eigentümer der Immobilien, oder wer auch immer für die Brandstiftung bezahlte, besorgten das Alibi. Sie wussten nie, wer es getan hat, und der tatsächliche Feuerleger wusste nicht, wer den Auftrag gegeben hatte. Du weißt, dass sie Erfolg hatten, wenn du an die vielen Brände denkst, die diese Stadt in letzter Zeit heimsuchten.«

Jean erinnerte sich an die Fernsehberichte und den roten Nachthimmel. Sie erinnerte sich sogar an Mrs. Grist, wie sie vor jedem Treffen eine Kerze anzündete; es drehte sich alles um Feuer. »Warum hast du vor zwei Wochen deinen Vortrag abgesagt?«

»Ich hatte vor, mit dem Vortrag den Verschwörern eine

Falle zu stellen, so wie heute Abend, und so viele wie möglich mit den ausgehöhlten Büchern zu erwischen. In letzter Minute fehlte noch irgendein Laborergebnis, und wir waren noch nicht so weit, Verhaftungen vornehmen zu können. Anstatt den Vortrag zu halten, verschob ich ihn auf ein paar Wochen später, damit wir den ursprünglichen Plan ausführen konnten. Wir hatten ein Dutzend Männer im Publikum verteilt und uniformierte Beamte draußen.«

Er ging mit ihnen nach draußen und blieb einen Moment mit Jean stehen. »Mark scheint ein netter Kerl zu sein.«

»Das ist er.« Es gab noch etwas, was sie Eugene fragen musste. »Diese verdeckte Ermittlungsarbeit – das alles hast du getan wegen der Sache, die mit unserem Vater passierte, nicht wahr?«

»Ich nehme es an. Als ich aufwuchs, mochte ich ihn nicht sehr, aber er starb bei einem Feuer. Für mich war Feuer immer der Feind.«

»Die Grists waren der Feind.« Sie umarmte ihn. »Es ist gut, dich wieder zu haben.«

LOREN D. ESTLEMAN

Etwas Geborgtes, etwas Schwarzes ...

Ich bin wieder da.«

Und noch ehe er die Tür hinter sich schließen konnte, fiel sie schon küssend über ihn her. Er ließ die *Los Angeles Times* auf den Boden fallen, um freie Hände zu haben.

Danach schlief er, während sie den Zimmerservice kommen ließ und den höflichen jungen mexikanischen Zimmerkellner mit einem großzügigen Trinkgeld zusätzlich zu den garantierten fünfzehn Prozent entließ. Dann bereitete sie das Frühstück vor. Es entzückte sie, mit Geld um sich zu werfen. Bevor sie Peter kennen lernte, war sie immer knapp bei Kasse gewesen. Es hatte viel für sich, einen Mann zu heiraten, der mit seinem eigenen Fotogeschäft genug verdient hatte, um sich in den Vierzigern komfortabel zur Ruhe setzen zu können. Es würde keine Debatten übers Geld geben, und er würde nicht noch spät in den Abend hinein arbeiten müssen, wenn sie ein Candlelight-Dinner für zwei genießen wollte.

Zumindest nahm sie das an, denn eigentlich wusste sie sehr wenig über ihren Mann, mit dem sie gerade vierundzwanzig – nein, *fünf*undzwanzig Stunden verheiratet war. Sie war sich nicht einmal sicher, ob er überhaupt zu frühstücken pflegte oder was er gerne aß. Aber er schlief so friedlich und gab so niedliche, kleine Geräusche von sich, wenn er einatmete, dass sie ihn nicht hatte stören wollen.

Er war ein sehr gut aussehender Mann – auf eine ruhige, dezente Art. Selbst sein an den Schläfen dünner werdendes, schwarzes Haar stand ihm. Er hielt sich gut in Form –

kein praller Bizeps oder Waschbrettbauch, aber auch kein Schwimmreifen um die Hüften, und nur selten ging ihm die Luft aus –, und er kleidete sich zurückhaltend, aber mit gutem Geschmack, obwohl sie sich um diese konventionellen, weißen Hemden und einfallslosen Krawatten kümmern wollte. Ihre Freundinnen hatten ihn auf höfliche Weise als langweilig bezeichnet. Es stimmte, die Frauen drehten sich nicht nach ihm um, wenn er in einen bevölkerten Raum kam; anders bei ihrem Vater, auf ihn waren sie geflogen, und seine mangelnde Bereitschaft, das, was dann folgte, zu verhindern, hatte zur Scheidung ihrer Eltern geführt. Laurie hatte schon in jungen Jahren genug gehabt von extravaganten Männern. Das Leben mit Peter versprach nur wenige Abenteuer, und das erhöhte seinen Reiz.

Sie weckte ihn auf, indem sie sich in voller Länge auf ihn legte und seine Augen küsste. Er lächelte, und als er den Frühstückswagen sah, verkündete er, er sei am Verhungern. Während sie in ihrem neuen kobaltblauen Morgenmantel aus Satin ihm gegenübersaß, an ihrem Kaffee nippte und ihm zusah, wie er sein Steak und die Eier hinunterschlang, dachte sie an später, wenn sie die Zeit haben würde, seine wirklichen Frühstücksgewohnheiten zu erforschen. Sie war ein Scheidungskind und wusste, dass die kleinen, scheinbar unbedeutenden Dinge zählten. Genau die stauten sich immer mehr auf, bis sie schließlich explodierten, wenn man sich nicht darum kümmerte.

Sie wusste so wenig über Peter, obwohl er viel über sie wusste. Laurie plauderte gern und beutete gnadenlos ihre Erfahrungen und Erlebnisse aus, mit denen sie peinliche Gesprächspausen füllen konnte. Er wusste, dass sie dreiundzwanzig und in einem Vorort von Dayton aufgewachsen war, dass sie ihre Sommer und seit ihrem dreizehnten Lebensjahr, nach der Trennung ihrer Eltern, das ganze Jahr auf der Farm verbracht hatte und dass sie mit achtzehn von zu Hause weggezogen war, um am Ohio State College Kurse in Krankenpflege zu besuchen und an der Rezeption einer Familienpraxis in Toledo als Praktikantin zu arbeiten. Dort hatte sie Peter kennen gelernt, der gekommen war, um ein verdächtiges Muttermal entfernen zu lassen, der noch zwei Mal zur Nachuntersuchung kam und ein drittes Mal zurückkam, um die hübsche blonde Empfangsdame zum Essen einzuladen. Ihr hatte sein Aussehen gefallen, seine ruhige Art und – eine Nebenwirkung ihres Berufes – die Art, wie er auf seine Gesundheit achtete und auf das reagierte, was ihm sein Körper sagte. Sie konnte keinen Mann gern haben, der sich selbst vernachlässigte. Sechs Wochen später wurden sie getraut.

Ihre Mutter, immer noch verbittert, war dagegen gewesen. Besonders feindselig hatte sie auf die Entscheidung ihrer Tochter reagiert, ihren Geburtsnamen nicht zu behalten. Aber Laurie glaubte an völlige Hingabe, und außerdem hatte sie es ohnehin nie gemocht, ihren deutschen Nachnamen für jeden zu buchstabieren und die Aussprache zu berichtigen. In diesen sklavisch postfeministischen Zeiten gefiel es ihrem unabhängigen Geist, sich persönliches Briefpapier mit dem Briefkopf *Mrs. Peter Macklin* drucken zu lassen.

Sie wartete, bis er seinen Teller mit einem Toastdreieck sauberputzte, das Stück in seinen Mund steckte und den Teller wegschob. Dann fragte sie ihn: »Was machen wir heute?«

Er lächelte. Er war kein mürrischer Mann, aber er lächelte nur, wenn er amüsiert oder erfreut war, niemals nur aus Höflichkeit. Das war noch etwas, was sie an ihm liebte, denn es stellte sie vor die Herausforderung, sich dieses Lächeln zu verdienen. »Nun, ich würde dich gerne fragen, was du tun möchtest, aber du würdest es dann auch durchziehen, und ich wäre hinterher tot.«

»Hör doch auf, dich als alten Mann darzustellen. Können wir ein Auto mieten? Ich möchte die Küste entlangfahren. Ich bin noch nie an einem Ozean gewesen – der Huron-See ist bisher das größte Gewässer, das ich gesehen habe.«

»Ich werde den Portier damit beauftragen, sobald ich meinen Kaffee ausgetrunken habe. Wir können in Santa Barbara zu Mittag essen. Vor fünf Jahren gab es ein großartiges, kleines Meeresfrüchte-Restaurant auf einem Pier. Vielleicht ist es noch da.«

»Was hast du hier vor fünf Jahren gemacht?«

»Geschäfte. Kalifornien konsumiert Kameras wie Detroit Autoreifen.« Er schlug die *Times* auf.

Während er las, ging sie unter die Dusche und putzte sich die Zähne. In ihrem schwarzen Spitzen-BH und -slip kam sie aus dem Bad, auf Zehenspitzen, um die Linie ihrer Beine zu betonen. »Wenn es natürlich etwas anderes gibt, was du lieber tun würdest ...« Sie stemmte eine Hand in die Hüfte, eine verführerische Pose, so wie sie es von Mae West auf AMC gesehen hatte.

Er war am Telefon, die Zeitung lag zerknittert neben dem Sessel auf dem Teppich. Er schnalzte mit der Zunge und knallte den Hörer auf die Gabel. »Ich hing jetzt fünf Minuten in der Warteschleife. Ich gehe hinunter, um mit dem Portier persönlich zu sprechen.« Er stand auf und ging hinaus. Er hatte sie überhaupt nicht angesehen.

Allein im Zimmer, bemerkte sie, dass sie sich noch immer auf Zehenspitzen befand, und sank auf ihre Füße mit dem Gefühl, dass ihr die Luft ausginge.

Besorgt knabberte sie ein Nagelhäutchen ab. Hatte sie ihn gekränkt? Nein, Peter war nicht prüde, da war sie sich sicher. Vielleicht hatte sie seine Energien überschätzt – sie war schließlich kaum mehr als halb so alt wie er –, und diese Tatsache war ein wunder Punkt bei ihm. Wenn ja, dann war es das erste Mal, dass der Altersunterschied zum Thema wurde. Wahrscheinlich war er eher geistig abwesend. Manchmal war er so: In einem Moment hier bei ihr, liebenswürdig und aufmerksam, und im nächsten Augenblick hundert Meilen entfernt, in Gedanken verloren. Ja, es gab noch viele Dinge zu erfahren.

Sie bückte sich, um die Zeitung aufzuheben und auf den Tisch zu legen. Dabei las sie die Schlagzeile auf der Vorderseite des zweiten Abschnitts, wo sie den Ortsnamen *Detroit* entdeckte. Sie fragte sich, ob das Peters Geistesabwesenheit ausgelöst hatte. Detroit war seine Heimatstadt, der Hauptsitz der Kette seiner Geschäfte, die ihm gehört hatten. Wenn es ihm so unvermittelt unter die Augen kam, hatte es ihn vielleicht an frühere Angelegenheiten erinnert. Die Überschrift selbst – <»Sabon Roman SC«>Detroiter Gangsterboss kommt hier vor Grand Jury – hatte so wenig mit ihm zu tun, dass sie harmlos sein musste.

Als er zurückkam, war er wie zuvor, zärtlich und verspielt. Sie war so erleichtert, dass sie fast vergaß, ihn wieder anzumachen. Ihre Balgerei war diesmal kürzer und weniger hitzig, und fünfundvierzig Minuten später saßen sie in den Schalensitzen eines apfelgrünen Camaro-Cabrios und kämpften sich durch den Verkehr und aus dem Smog heraus, öffneten schließlich das Verdeck und fühlten sich wie Cary Grant und Deborah Kerr. (Laurie war süchtig nach AMC.)

Der Morgenhimmel war bedeckt, aber nach dem eher enttäuschenden Lunch in Santa Barbara, wo das Restaurant aus Peters Erinnerung den Pächter gewechselt hatte und qualitativ nachgelassen hatte, kam die Sonne heraus. Als sie schließlich wieder Richtung L. A. fuhren, fielen die Strahlen schräg durch orange- und lilafarbene Wolken in einem dieser herzzerreißenden Sonnenuntergänge, die der vergifteten Luft von Südkalifornien eigen sind. Laurie, die früher Protokollführerin ihrer Umweltgruppe an der High School gewesen war, war zu berauscht von der violetten Schönheit des Pazifiks, um sich darüber Gedanken zu machen. Sie befand sich in den Flitterwochen in einer märchenhaften Gegend mit einem Mann, der – wie sie amüsiert und erfreut erfuhr – zwei Fahrspuren kreuzen würde, um zu vermeiden, eine schläfrige Seemöwe zu überfahren, die auf dem Asphalt vor sich hin döste.

»Oh, Mr. Macklin!«

Der Empfangschef, ein Mexikaner, der nicht viel älter war als ihr Zimmerkellner am Morgen, aber mit beträchtlich mehr Stil, reichte Peter eine Nachricht, die auf hoteleigenes Briefpapier gekritzelt war. Peter las sie, sah zu dem rosafarbenen Licht der Bar und küsste Laurie.

»Es wartet jemand auf mich. Ich werde bald hochkommen.«

»Ist sie hübsch?« Sie ließ es neckend klingen. Eine

kleine, kalte Faust hatte sich in ihrem Magen zusammen-
geballt.

»Es ist ein er, und er ist nicht einmal gut aussehend. Wir
waren Geschäftspartner. Ich fürchte, ich muss höflich
sein.«

Er küsste sie noch einmal und ging mit dem gleichen Gesichtsausdruck, den er heute Morgen hatte, als sie aus dem
Bad gekommen war.

Oben im Zimmer zog sie eines der Nachthemden an, die
sie für die Flitterwochen gekauft hatte, sandfarben und
nicht schwerer als ein paar Gramm, und schlüpfte ins Bett.
Sie hatte eigentlich vor, wach zu bleiben, aber die lange
Fahrt und die Seeluft taten ihre Wirkung, und sie schlief
ein.

Beim Morgengrauen wachte sie auf, allein. Seine Seite
des Bettes war unberührt. Das Nachrichtenlämpchen am
Telefon blinkte.

»Eine Nachricht, Mrs. Macklin, von Mr. Macklin.« Es
klang wie derselbe junge Mann an der Rezeption. »Soll ich
sie hochschicken?«

»Nein, öffnen Sie sie und lesen Sie sie mir vor.« Sie hatte
die Telefonschnur um ihre Hand gewickelt, bis die Knöchel weiß waren.

»›Liebling‹«, las der Mann von der Rezeption vor,
»›eine juristische Angelegenheit wegen des Verkaufs meines Geschäfts ist mir dazwischengekommen. Ich treffe
dich um elf im Speisesaal. Liebe Grüße, Peter.‹«

Sie legte auf, ohne dem jungen Mann zu danken. Was
für eine Art juristischer Angelegenheit hielt einen Mann im
Ruhestand die ganze Nacht wach? Sie fragte sich, ob dieser
er wirklich ein er war. Eine Weile weinte sie. Dann be-

schloss sie, aufzuhören, sich wie ein Kind zu benehmen, und rief den Zimmerservice.

Nach dem Frühstück zog sie Hosen an, ein leichtes Oberteil und flache Schuhe, und ging auf den Sunset Boulevard. In einem Porzellanladen kaufte sie eine Suppenterrine mit einem emaillierten mexikanischen Sonnenaufgang auf dem Deckel – ein Geschenk für ihre Mutter – und ließ sie in den Osten schicken. Mittlerweile hatte sich ihre Laune verbessert, und auf dem Rückweg zum Hotel gab sie einem Straßenverkäufer einen Dollar für einen Lageplan der Häuser der Stars.

Ein paar Minuten vor elf führte sie ein braungesichtiger Kellner mit Glatze in den Speisesaal. Sie erklärte, dass sie auf jemanden warte, bestellte Eistee und faltete die Karte auseinander. Sie hatte sie eigentlich aus Jux gekauft, aber sie zog ernsthaft in Erwägung, Peter zu bestürmen, mit ihr eine Bustour zu machen als Strafe dafür, dass er sie vernachlässigt hatte. Da bemerkte sie, wie jemand hereinkam.

Er hatte eine absurde Größe, was vor allem an seinen langen Beinen lag, die in steife, neue Blue Jeans gepackt waren, die beim Gehen in den Kniekehlen Falten warfen. Die Absätze seiner Cowboystiefel – irgendeine Art Eidechsenleder, hellrot gefärbt, mit glänzenden schwarzen Flügelspitzen – fügten seiner Größe noch ein paar Zentimeter hinzu, die er wirklich nicht nötig hatte, und die Hutkrone seines cremefarbenen Stetson streifte fast die von der Decke hängenden Farne, als er durch den Raum ging. Er trug ein Kattunhemd mit perlenartigen Schnappverschlüssen, und sein brauner Hals sah ohne Halstuch geradezu obzön nackt aus. Laurie war zu sehr in die skurrile Erscheinung vertieft, um zu bemerken, dass der Mann in ihre Richtung strebte, bis er vor ihrem Tisch stehen blieb und seinen Hut abnahm.

»Miz Macklin?«

Sie zögerte. Er hatte strohblondes Haar, blassblaue Augen und ein langes, rechteckiges Kinn, das auf die Seite rutschte, wenn er lächelte. »Ja?«

»Sehr erfreut, Sie kennen zu lernen, Ma'am. Ich bin Roy Landis – eigentlich *Leroy* –, aber darum brauchen Sie sich nicht zu kümmern. Die Leute nennen mich im Allgemeinen Abilene.« Er öffnete den Schnappverschluss einer Hemdtasche, nahm einen quadratisch gefalteten Zettel heraus und streckte ihn ihr entgegen. »Da steht alles drin.«

Sie entfaltete das Papier und erkannte die Handschrift ihres Mannes – sauber und ordentlich, ohne Schnörkel.

Darling,
die juristische Sache erfordert mehr Aufmerksamkeit,
als ich dachte. Hiermit wirst Du Abilene kennen lernen,
einen alten Freund, der Dir Gesellschaft leisten wird, bis
ich abkömmlich bin. Du kannst Dich in jeder Hinsicht
auf ihn verlassen, wenn Du etwas brauchst.

Liebe Grüße,
Peter

Ihre Augen brannten, aber sie nahm sich die Zeit, die Notiz wieder zusammenzufalten, ihre Handtasche zu öffnen und sie hineinzustecken, und als sie wieder aufsah, waren die Tränen verschwunden. Sie lächelte höflich. »Vielen Dank, Mr. Abilene …«

»Einfach Abilene.«

»Ich fühle mich allein wohl. Ich werde einfach auf Peter

warten, und Sie können sich wieder um Ihre eigenen Angelegenheiten kümmern.«

»Entschuldigen Sie, Ma'am, aber Sie sind meine Angelegenheit. L. A. ist eine komplizierte Stadt, bis man sich daran gewöhnt. Ich bin schon zehn Jahre hier, und ich habe ein gutes Auto. Ich fahr Sie überall hin, wohin Sie wollen, und Sie müssen nicht mal mit mir reden, wenn Sie nicht wollen.«

»Sind Sie ein berufsmäßiger Begleiter?«

Sein Lächeln wurde breiter, aber nicht lüstern. »Nennen Sie mich, wie Sie wollen, aber nennen Sie mich Abilene, wenn Sie eine Antwort von mir erwarten.«

»Wie lange kennen Sie meinen Mann schon?«

»Drei, vier Jahre. Ich erledige hier Dinge für Mr. Major. Jedes Mal, wenn Peter in der Stadt ist, fahre ich ihn herum.«

»Ist Mr. Major ein Geschäftspartner von Peter?«

»Ja, Ma'am. Schon seit Detroit, bevor Mr. Major hierher kam.«

»Verkauft Mr. Major Kameras?«

»Mr. Major verkauft alles.«

»Setzen Sie sich bitte, Abilene.«

Er zog einen Stuhl heraus, setzte sich und beugte sich vor, um seinen Hut verkehrt herum auf den Fußboden zu stellen.

»Texas oder Kansas? Ich kann Ihren Akzent nicht recht identifizieren, obwohl ich jeden Western gesehen habe, der je gedreht wurde.«

»Arkansas. Winzige kleine Stadt namens Blytheville. Sie haben noch nie davon gehört. Bin fünfundzwanzig Jahre nicht dort gewesen.«

Er war älter, als sie gedacht hatte. Er hatte Fältchen in den Augenwinkeln, die fast so hell waren wie das Weiße seiner Augen. »Und wo waren Sie zwischen Blytheville und Los Angeles?«

»Überall: Chicago, Las Vegas, Miami, Atlantic City. Wo immer etwas zu tun war.«

Eine Bedienung brachte Lauries Eistee. Sie bestellte die Hühnerbrust und bot Abilene die Speisekarte an, der einen Blick darauf warf und sie zurückgab. »Steak Sandwich für mich, Ma'am, roh, mit einem Schuss Roggenwhisky. Und bringen Sie mir die Rechnung.«

»Das ist nicht nötig«, widersprach Laurie.

»Befehl von Mr. Major.«

Als die Bedienung gegangen war, fragte Laurie: »Was für Geschäfte kann Peter jetzt mit Mr. Major machen? Er sagt, es ist etwas Juristisches.«

»Das hat er gesagt?« Das Grinsen wurde breiter. »Nun, ich habe keine Ahnung. Ich bin nur einer der ›Indianer‹.«

Während des Lunchs gab Abilene zu, dass er in einem Clint-Eastwood-Film als Statist mitgearbeitet hatte: »Mr. Major hatte investiert.« Lauries Blick fiel auf den Plan, der zusammengefaltet auf dem Tisch lag. »Kennen Sie den Weg zum Haus von Harrison Ford?«, fragte sie.

»Ich bin nicht mehr auf dem Laufenden, seit sie keine Western mehr drehen. Ich kann Ihnen zeigen, wo Joel McCrea lebte und Randolph Scott.«

»Sie mögen alte Filme?«

»Wenn Pferde und Gewehre dabei sind.«

Sie wusste nicht, ob es Ärger auf Peter oder Vergnügen über der Absurdität dieses Mannes war, aber sie berührte sein Handgelenk und meinte: »Abilene, ich glaube, dies ist der Anfang einer wunderbaren Freundschaft.«

Es war ein guter Tag, obwohl er mit Peter besser gewesen wäre. Abilene, der sich wirklich auskannte, brachte sie zum Chinesischen Theater (wo sie sich in Jean Harlows Fußabdrücke stellte, während ihr Begleiter seine Stiefel an denen von John Wayne maß), zeigte ihr das alte Haus von Tom Mix und fuhr sie zu einem Canyon in Malibu, wo in der Stummfilmzeit Western gedreht worden waren. Abilene fuhr einen schwarzen Grand-Cherokee-Jeep mit einem verchromten Spezialauspuff, der wie seine Stiefel glänzte. Sie aßen ihr Dinner in einem Restaurant, in dem früher Stars verkehrt hatten, und fuhren ins Hotel zurück, wo sie keine Nachricht von Peter vorfand. Bei den Aufzügen wandte sie sich an Abilene, um ihm zu danken.

»Morgen Juarez«, sagte er. »Ich zeige Ihnen, wo Will Rogers auf ein Schäferstündchen hinging. Jetzt ist es eine Süßwarenfabrik.«

»Vielen Dank, aber ich bin sicher, bis morgen wird Peter zurück sein.« Plötzlich war sie sehr müde. Für diesen Tag hatte sie genug vom Cowboygeplauder ihres Begleiters.

»Ich rufe Sie um acht an. Nur für den Fall, dass er nicht da ist.«

Als sich die Aufzugtüren schlossen, stand er immer noch mit seinem schiefen Grinsen da.

Auf ihrem Stockwerk angekommen, stöberte sie in ihrer Handtasche und stellte fest, dass sie ihren Schlüssel im Zimmer vergessen hatte. Müde fuhr sie mit dem Fahrstuhl in die Lobby hinunter, wo ein anderer Angestellter ihr einen zweiten Schlüssel gab. Sie wandte sich um – und erstarrte, als sie Abilenes schlaksige Gestalt in einem Klubsessel sich räkeln sah. Er hob seinen Stetson von der Nase, um sie anzusehen, dann ließ er ihn zurücksinken.

Sie schwankte, unentschlossen, ob sie ihn ansprechen sollte. Schließlich war der Hut doch eher eine Barriere. Sie fuhr wieder nach oben.

Sie verschloss die Tür zwei Mal und legte die Kette vor. Schnell zog sie sich aus und schlüpfte in ihr einfaches Baumwollhemdkleid, von dem sie sich schon gefragt hatte, ob sie es auf dieser Reise überhaupt brauchen würde. Stellte er sich vor, dass er sie beschützte? Vielleicht wohnte er zu weit weg, um sich die Mühe zu machen, heimzufahren, wenn er vorhatte, am nächsten Morgen bei ihr hereinzuschauen. So oder so, tat er mehr als das, was selbst ein frisch gebackener Ehemann von dem Freund erwarten würde, den er gebeten hatte, in seiner Abwesenheit seine Frau zu unterhalten. Wurde sie verfolgt? Mehr denn je wünschte sie sich, Peter wäre hier.

Das Telefon weckte sie. Sie hatte gar nicht gemerkt, dass sie eingeschlafen war. An den Rändern der schweren Vorhänge am Fenster fiel Licht ins Zimmer. Die Digitaluhr auf dem Nachtkästchen zeigte 7:59 an.

»Miz Macklin?«

»Abilene.« Sie hatte gehofft, es sei Peter.

»Was sagen Sie, besorgen wir uns unten ein Fresspaket und fahren früh nach Juarez los?«

»Ich habe Kopfschmerzen. Wenn es Ihnen nichts ausmacht, möchte ich heute auf meinem Zimmer bleiben. Außerdem könnte Peter zurückkommen oder anrufen.«

»Ich kann Ihnen Aspirin holen. Diese Hotelleute werden Ihnen zehn Piepen abknöpfen für ein winziges Fläschchen.«

»Nein, ich brauche nur Ruhe.«

Die Pause am anderen Ende der Leitung war gerade lang genug, dass sie sie bemerkte. »Ich rufe Sie später an.«

Eine Stunde später – inzwischen war sie angezogen und geschminkt – hielt sie es keine Minute länger in dem Zimmer aus. Sie glaubte, wenn sie für einen Teil des Tages wegkommen könnte und ein Einkaufszentrum oder Ähnliches besuchen würde, dann könnte sie das Gefühl, in der Falle zu sitzen, abschütteln. Sie überlegte sich, die Rezeption anzurufen, um sich ein Taxi bestellen zu lassen, und besann sich dann doch anders; wenn Abilene sich in Hörweite aufhielte, würde er das Gespräch mithören. Sobald sie draußen wäre, würde sie sich ein Taxi nehmen.

Im Erdgeschoss verließ sie vorsichtig den Aufzug und sah sich um. Die Sessel in der Lobby waren leer, und der Hotelangestellte hinter dem Tresen war damit beschäftigt, einen untersetzten Mann anzumelden, dessen Anzug von der Reise zerknittert war. Sie steuerte die Tür an – und versteckte sich hinter einer Topfpalme, in dem Moment, in dem Abilene von den Krawatten hinter der Glaswand der Geschenk-Boutique aufsah. Von dort aus hatte er ungehinderte Sicht auf den Hauteingang am Sunset Boulevard.

Eine ganze Weile stand sie erstarrt da, unsicher, ob er sie gesehen hatte oder wohin sie jetzt gehen sollte. Sie und Peter hatten immer den Haupteingang benutzt.

Ein mit Teppich ausgelegter Flur neben den Aufzügen führte in Richtung Sonnenlicht, im rechten Winkel zur Lobby. Sie wandte sich dorthin und folgte ihm bis zu einer

Seitentür, die auf eine Einbahnstraße hinausführte. Bevor sie durch die Tür ging, blickte sie noch kurz zurück. Niemand folgte ihr.

Sie ging in Richtung Sunset Boulevard. Es war eine belebte Straße, und dort würde es Taxis geben. Zwei Mal versuchte sie, sich eines heranzuwinken, aber beide Male fuhr der Wagen vorbei, und sie sah, dass Fahrgäste darin saßen. Immer wieder schaute sie zu dem Gebäude zurück, aber sie sah nur den gelangweilt aussehenden Türsteher, der sich mit dem Portier unterhielt.

Schließlich schwenkte ein kanariengelber Capri mit einer Lampe auf dem Dach an den Randstein, und der Türsteher öffnete die Tür, um eine Frau in den Fünfzigern herauszulassen. Während der Fahrer ein zusammenpassendes Set von Koffern aus dem Kofferraum hievte, trat Laurie an die offene Tür heran. Da griff ein langer Arm an ihr vorbei und klappte sie zu.

»In dieser Stadt kann man eine Menge Geld für Taxis verschwenden«, meinte Abilene. »Wie geht es Ihrem Kopf?«

Er überragte sie in einem rotweißen Sattelhemd, steifen schwarzen Jeans und glänzenden schwarzen Stiefeln mit silbernen Zehenkappen. Nur der Stetson war derselbe. Sein schiefes Grinsen strahlte auf dem sauberrasierten Gesicht. Er musste sich im Jeep umgezogen und in der Herrentoilette gewaschen haben.

»Oh – viel besser.« Sie versuchte, nicht rot zu werden, spürte aber an der Hitze in ihren Wangen, dass ihr das ganz und gar nicht gelang. Ihr Herz hämmerte wild. »Ich dachte, ich gehe einkaufen.«

»Meine Kiste steht hinterm Haus. Wo wollen Sie hin?«

»Bitte, seien Sie nicht gekränkt, aber ich möchte lieber allein sein.«

»Das wäre nicht gut. Wenn Ihnen etwas zustoßen sollte, würde Mr. Major mir den Garaus machen.«

»Sie meinen Peter.« Als er nicht darauf einging, erklärte sie: »Abilene, ich habe eine Krankenpflegeausbildung. Ich habe nachts allein Viertel aufgesucht, mit denen verglichen die schlimmsten in Los Angeles wie Disneyland aussehen. Ich möchte einfach einen Tag für mich allein.«

»Ich werde die Klappe halten. Sie werden nicht mal mit- kriegen, dass ich da bin.« Seine Hand schloss sich um ihren Arm.

Laurie schaute sich um. Der Türsteher hielt die Tür zur Lobby für die Frau um die Fünfzig auf. Der Taxifahrer, ein kräftiger Schwarzer mit einem goldenen Ohrring, zögerte, und als Abilene sie von dem Taxi wegzog, stieg er ein und fuhr davon. Sie dachte, *ich werde entführt,* aber sie sagte nichts. Sie ging mit Abilene.

Während sie vom Hotel wegfuhren, legte Laurie sich ei- nen Plan zurecht. Es war wahrscheinlich unnötig und sie würde sich später deswegen dumm vorkommen, aber sie hatte angefangen zu begreifen, dass mit Abilene nicht zu verhandeln war. Sie fragte sich, wie er und Peter jemals hatten Freunde werden können. Wahrscheinlich war es eine geschäftliche Strategie: Gewinne den Boss für dich, in- dem du dich mit dem Helfer anfreundest.

Als Abilene bei der Western Street an der Ampel hielt, betätigte sie den Griff und drückte die Tür auf.

Eine Hand schoss herüber und schnappte ihr Handge- lenk. Das war nicht mehr der höfliche Griff wie vorhin. Seine Finger hatten Sehnen aus Draht. Als sie Widerstand leistete, schoss ihr der Schmerz durch die Knochen. Die Ampel schaltete um, und mit quietschenden Reifen fuhren sie los. Während er sie immer noch mit einer Hand hielt, fuhr Abilene aus der linken Fahrspur heraus rechts um die Ecke, womit er sich ein Hupkonzert der anderen Fahrer einhandelte, raste die Straße ein Stück entlang und bog scharf nach rechts auf den Parkplatz eines Seven-Eleven ein. Er machte hinter dem Gebäude einen Bogen und bremste kurz vor der Mauer aus Schlackenstein. Ein Müllcontainer auf der rechten Seite hinderte Laurie daran, ihre Tür zu öffnen.

Sie drehte sich gerade rechtzeitig um, um verschwommen seine Faust zu sehen. Ein blaues Licht explodierte. Sie fiel gegen ihre Tür, und ihr Kopf schlug gegen das Fenster. Sie spürte einen stechenden Schmerz im Mund, schmeckte Salz und Eisen. Als ihr Blick wieder klar wurde, befand sich Abilenes Gesicht fünf Zentimeter von dem ihren entfernt.

»Das hier ist nicht die Alm, Heidi. Mr. Major will zwar, dass Sie sich wehren können, aber er sagte nicht, dass Sie alle Zähne behalten müssten.«

Sie bot ihre ganze Kraft auf, um eine Welle der Panik zurückzudrängen. Ihre Lippe schwoll an. Sie sprach langsam. »Wer ist Mr. Major?«

Er zog eine zusammengefaltete Zeitung über der Sonnenschutzklappe heraus und breitete sie auf ihrem Schoß aus. Das einzige Foto auf der Seite zeigte einen kleinen Mann mittleren Alters, der leicht nach vorn geneigt zwischen zwei jüngeren Männern stand, die Aktenmappen trugen. »Carlo Maggiore, bekannter Gangster aus Detroit, betritt den Superior Court«, lautete die Bildunterschrift.

»Sie arbeiten für einen Gangster?«

»Schauen Sie nicht auf mich herunter. Ihr Mann tut es auch.«

»Mein Mann hat früher Kameras verkauft und hat sich inzwischen zur Ruhe gesetzt.«

Das Grinsen rutschte noch weiter zur Seite. »Er hat Kameras verkauft, aber nur an Polizeifotografen. Man könnte sagen, er hat dazu beigesteuert, die Nachfrage zu schaffen. Peter tötet zum Lebensunterhalt, kleine Krankenschwester.«

»Warum lügen Sie?«, fragte sie ihn einen Moment später.

Mit einem Fingerknöchel schob er seinen Stetson zurück. »Wenn ich es Ihnen zeige, versprechen Sie, dass Sie nicht versuchen abzuhauen? Ich würde gar nicht gerne diese süße kleine Nase einschlagen und sie wie eine verdorbene Paprika über Ihr ganzes Gesicht schmieren.«

»Sie können mir nicht etwas zeigen, dass nicht wahr ist.« In den totenblassen, blauen Augen sah sie ihr Spiegelbild. »Ich werde nicht versuchen, abzuhauen.«

Er legte den Rückwärtsgang ein. »Im Handschuhfach gibt es Papiertaschentücher. Wir wollen ja nicht, dass Sie das Polizeirevier mit Blut beflecken.«

Das Gebäude sah vertraut aus, aber erst als sie um die Ecke geparkt hatten und die Stufen zum Eingang hinaufgegangen waren, erkannte sie es wieder. Es war das Rathaus von Los Angeles, und sie hatte es in jeder Episode von *Dragnet* gesehen. Der zentrale Turm mit schier endlosen, eintönigen Reihen von Bürofenstern erhob sich achtzehn Stockwerke hoch über einem neoklassizistischen Erdgeschoss mit Marmorbögen. Es erschien sogar auf Joe Fridays Abzeichen.

Abilene gab der kurzhaarigen Beamtin am Empfang seinen vollen Namen, die telefonierte und ihm dann sagte, er sollte hochgehen. Im sechsten Stock kamen sie in einen großen Raum, der mit Schreibtischen vollgestellt war, von denen jeder mit einem Computer ausgerüstet war. Abilene schüttelte einem jungen Mann die Hand, der von seinem Schreibtisch aufstand und sein Jackett anzog, bevor er Laurie einen guten Morgen wünschte. Seine Augen bemerkten ihre verletzte Lippe, aber er sagte nichts.

»Jake, ich brauche die FBI-Akte über Peter Macklin.« Abilene buchstabierte den Nachnamen und fügte Peters Geburtsdatum hinzu, das Laurie nicht gewusst hätte.

Der junge Kripobeamte setzte sich und hackte auf die Tasten seines Computers. Nach fünf Minuten brummte er und schwenkte den Monitor herum.

Das erste, was Laurie sah, war Peters Foto in der Totale und im Profil. Er sah um Jahre jünger aus, aber sie musste nicht die Daten lesen, die darunter standen, um sicher zu sein, dass es die Abbildung ihres Ehemannes war. Dann bewegte sich das Display nach oben.

Später dachte sie, auf ihrem Weg nach draußen hatte es unzählige Beamte gegeben, von denen sie hätte Hilfe erbitten können, aber selbst wenn sie die Stimme dazu gefunden hätte, gab es in ihrem Kopf keinen Raum für den Gedanken an Flucht. Ihr war schlecht geworden, während sie las, was der helle Monitor anzeigte – eine endlose Liste von Verhaftungen, Gerichtsverhandlungen und Überwachungsberichten, in denen Peters Name erschien, und sie hatte sich setzen müssen. Später fühlte sie sich nicht mehr schwach, als vielmehr gewichtslos; sie hörte, wie ihre Absätze auf dem Marmorfußboden klapperten, aber es hätten auch die Beine einer anderen Frau sein können, die die Last trugen.

Abilene hatte nicht mit ihr gesprochen, seit sie das Rathaus betreten hatten. Er hatte sich bei Jake bedankt, sie dann zum Aufzug und hinaus auf den Parkplatz begleitet, wo er ihr in den Jeep geholfen hatte. Jetzt saß sie auf ihrem Sitz, den Kopf gegen die Stütze zurück gelehnt, und fragte ihn, ob er Polizist war.

Er saß hinter dem Steuer, schnipste Fusseln von dem Hut in seinem Schoß und lachte. »Das ist ein Knaller. Das werde ich Jake erzählen. Mr. Major – so nennt er sich hier, und es ist auch rechtmäßig, aber versuchen Sie mal, das den Zeitungen klar zu machen – hat überall Freunde.«

»Sie meinen, er besitzt die Leute. Sogar die Polizei.«

»Niemand ist so reich. Aber in L. A. ist alles denkbar.«

»Besitzt er Peter?«

»Darüber gab es eine Meinungsverschiedenheit. Als Mr. Major Detroit verließ, kam Macklin ebenfalls, aber dann machte er das Arrangement rückgängig. Er glaubte, er sei raus aus allem, und vielleicht war dem auch so. Aber er hätte sich nicht gerade diese Gegend für seine Flitterwochen aussuchen sollen. Man hat ihn gesehen, und Mr. Major ist nicht einer, der ein praktisches Werkzeug liegen lässt.«

»Was tut er denn für Maggiore?« Sie benutzte absichtlich diesen Namen.

»Er macht einen Fehler wieder gut, der Mr. Major passiert ist. Mr. Major vertraute jemandem und zahlte ihm fünfmal so viel, wie er wert war, um ihm weiterhin vertrauen zu können. Dann bekam dieser Jemand ein besseres Angebot. Die Aufgabe Ihres neuen Ehemannes ist es, dafür zu sorgen, dass er es nicht verdient.«

Sie starrte auf die Zeitung hinunter. »Maggiore will, dass Peter einen Zeugen der Grand Jury tötet.«

»Wer hat gesagt, Sie wären ein dummes Farmmädel?« Das absurde Grinsen war wieder da.

»Ihre Aufgabe ist es, bei mir zu bleiben, nur um sicher zu gehen, dass Peter die Sache zu Ende führt. Wenn er es nicht tut, töten Sie mich.«

»Ich bin kein Killer, Schwesterchen. Wenn ich das wäre, müsste er nicht Macklin benutzen. Aber wenn Ihr Mann das verpatzt oder davonläuft oder die Spielregeln vergisst, dann kann ich Sie so herrichten, dass er Sie nicht wieder haben will.« Er setzte sich den Hut auf, vorn und hinten die Hände an der Krempe. Dann schoss seine rechte Hand hinter seinem Kopf hervor. Die Spitze einer schmalen Stahlklinge stach in das Fleisch unter ihrem rechten Auge. »Er heißt Mr. Major. Wenn Sie Ihre Liebesromane nicht in Blindenschrift lesen wollen, dann zahlt es sich aus, Respekt zu zeigen.«

Sie bat ihn, sie zum Hotel zurückzubringen. Auf der Wilshire Street wurden sie gezwungen, anzuhalten und darauf zu warten, dass vor einer Cocktailbar die Straße frei wurde, wo eine Reihe Taxis hinter Kunden warteten, die ausstiegen und von den Parkplatzwächtern ihre Autos entgegennahmen. Sie fragte Abilene, was das zu bedeuten hatte.

»Cigar Bar«, sagte er. »Von überall her kommen Touristen, um Demi Moore zu sehen, wie sie an einer Corona Corona nuckelt.«

»Ich brauche einen Drink«, meinte sie.

»Wir kommen da nie rein. Außerdem ist die Bar Ihres Hotels billiger.«

»Ich brauche einen Drink«, sagte sie wieder.

Abilene seufzte schwer und fuhr an den Randstein. Ein Parkplatzwächter um die Zwanzig gab ihm einen Abholzettel und glitt hinter das Steuer.

Winzige, überfüllte Tische nahmen den größten Teil des Raumes ein, der nicht von der rosarot beleuchteten Bar in Anspruch genommen wurde. Ventilatoren arbeiteten schwer daran, den unverwechselbaren Geruch von teuren Zigarren zu verringern. Laurie konnte keine Prominenten sehen, aber andererseits glitzerten die meisten ihrer Lieblingsstars auch schon im Himmel. Sie bat Abilene, ihr einen Kahlua und Sahne zu bestellen und ging den kurzen Flur zu den Toiletten entlang.

Es gab keine Wartereihe, ein Glück. Es gab auch kein Fenster, was weniger Glück war. Sie ging an zwei Frauen vorbei, die vor dem Spiegel ihr Make-up auffrischten, und in eine freie Kabine, wo sie sich auf die Toilette setzte und nachdachte.

Fünf Minuten schienen die Grenze von Abilenes Geduld zu sein. Sie hörte, wie jemand entsetzt nach Luft schnappte, als die Tür vom Gang her aufging, dann allgemeines Füßetrappeln zum Ausgang hin, gefolgt von dem Klacken der Absätze von Cowboystiefeln auf Fliesen. Abilene brummte, und sie wusste, er bückte sich, um unter die erste Kabine in der Reihe zu schauen. Sie war in der dritten, wo sie in der Hocke auf dem Toilettensitz stand und die unverriegelte Tür zuhielt.

Sie sah ein Blitzen von einer silbrigen Zehenkappe und hörte wieder das Brummen, als er sich vor ihrer Kabine auf den Boden niederließ. Sie machte einen Satz, warf ihr ganzes Gewicht gegen die Tür und schob sie gegen den Widerstand auf, was ihn umkippen ließ. Sie ging weiter, ohne zurückzuschauen, durch die Tür des Raumes, den Flur entlang und durch die Lounge. Sie stieß mit einer Gruppe von Kunden im Eingang zusammen, eilte durch die Vordertür, stolperte und fiel auf der Türschwelle auf ein Knie, schürfte sich die Haut ab und riss sich eine Laufmasche in den Strumpf. Sie war wieder auf den Füßen, bevor der Parkplatzwächter, der in der Nähe stand, ihr die zwei Stufen zum Gehweg hinunter helfen konnte und winkte dem ersten Taxi in der Reihe zu. Während sie auf den Rücksitz kletterte, rief sie dem Fahrer etwas zu, der gehorsam und ohne Fragen zu stellen abfuhr. Erst als sie eine Weile unterwegs waren, wandte sie sich um und schaute zum Fenster hinaus, gerade noch rechtzeitig, um das obere Ende eines cremefarbenen Stetson zu sehen, der sich in den Rücksitz des nächsten Taxis in der Reihe duckte. Wenn der Bedienstete den Jeep geholt hätte, hätte das zu lange gedauert.

»Bitte, fahren Sie schneller«, bat sie den Fahrer.

Der Wagen machte einen Satz nach vorn. Ein Paar trauriger Augen sahen prüfend in den Rückspiegel und trafen dann ihren Blick. »Ich kann diesen Kerl ganz und gar verwirren.«

»Bitte, tun Sie das«, meinte sie.

Laurie hatte einen guten Orientierungssinn, aber sie verlor schnell die Übersicht in dem Gewirr von Einbahnstraßen, Geschäftszufahrten und breiten Seitenstraßen, durch die sie sausten. Das andere Taxi kam noch durch die ersten paar Kurven hindurch mit, dann verschwand es aus dem Heckfenster. Als sie langsamer wurden, beugte sie sich nach vorn. »Mein Mann ...« Sie brach ab. Alles, was sie über diese zwei Worte hinaus sagen konnte, war gefährlich.

»Ich bin ein alter Kerl und teile gern Ratschläge aus«, sagte der Fahrer. »Jeder Ehemann, dem es recht geschieht, dass seine Frau vor ihm davonläuft, ist es auch wert, fallen gelassen zu werden.« Er fuhr sechs Blocks schweigend weiter und fragte dann: »Also, wohin? Gerichtsgebäude oder Flughafen?«

Sie drehte ihren Ehering um ihren Finger. »Flughafen.«

Der Bedienstete am Schalter der Airline nahm Lauries Scheck und gab ihr ein Ticket für den Flug um 16.46 Uhr nach Dayton mit Zwischenlandung in Denver und Chicago. Laurie ging zum Gate, um die neunzig Minuten abzuwarten. Um 16.15 Uhr kam Abilene herein und lümmelte sich in den Stuhl neben ihr.

Sie packte die Armlehnen ihres Sitzes, aber er machte keine Anstalten, sie fest zu halten. »Das ist die Sache mit Flughäfen – man kann nirgendwo hinrennen«, sagte er in seinem nachlässigen, gedehnten Akzent. »Von der Damentoilette aus können Sie Ihr Flugzeug nicht erreichen.«

Sie zwang ihr Herz, langsamer zu schlagen. Sie waren in einer sicheren Zone. Er konnte sein Messer nicht an den Metalldetektoren vorbeigebracht haben. »Wie haben Sie mich gefunden?«

»Sie sind nicht ins Hotel zurückgekehrt, und Sie kennen

niemanden in L. A. Ich habe nie einen Fasan im Flug geschossen, wenn ich wusste, wo er sich niederlassen
wollte.«

»Mr. Major hat überall Freunde.« Ihre Stimme klang
hohl.

»Ohio ist kalt um diese Jahreszeit. Ich wette, Sie sind
hier noch nicht mal am Strand gewesen.«

»Mit Ihnen gehe ich nicht.«

Er gähnte, streckte sich und verschränkte die Hände
hinter dem Kopf. Das Messer glitt aus seiner Scheide und
zu ihr herüber, um in ihre Rippen zu pieken. Die asiatische
Familie, die ihnen gegenüber auf der anderen Seite des
Ganges saß, starrte weiterhin ins Leere.

»Wie …?« Laurie war außer Atem.

»Hab's in meinen Stiefel gesteckt. Die Dame mit
dem Zauberstab hörte auf zu kontrollieren, als sie zu der
Silberkappe kam. Gehen wir.« Er stieß sie mit der Spitze
an.

Sie sah sich nach den Passagieren um, die darauf warteten, an Bord zu gehen, doch die anderen Passagiere, Begleiter und das Flugpersonal, eilten durch die Halle. »Hier
werden Sie keine Tricks versuchen.«

»Sagen Sie das Jack Ruby.«

»Was ist mit den Sicherheitsvorkehrungen?«

»Flughäfen sind so eingerichtet, dass sie Leute draußen
halten, nicht drinnen.«

Er piekte sie wieder, diesmal stärker. Die Spitze stieß
durch den Stoff ihrer Bluse. Gleichzeitig standen sie auf.
Die Asiaten schauten sie an. Sie war sich ziemlich sicher,
dass sie nur deshalb neugierig waren, weil sie und Abilene
die einzigen Leute ohne Gepäck waren.

Der Weg zum Ausgang schien doppelt so lang zu sein wie der zum Gate. Zwei Mal, als sie Wachen in Uniform und mit Revolvern im Gürtel passierten, holte sie Luft, um zu schreien, aber sie atmete einfach wieder aus, als das Messer sie piekte. Scharfe Gegenstände flößten ihr mehr Furcht ein als Pistolen. Woher konnte er wissen, dass sie eine Stunde ihrer Kindheit wegen einer Stichwunde von einer Heugabel in einer Notaufnahme verbracht hatte? Aber schließlich wusste er auch alles andere.

Eine Senioren-Reisegruppe verstopfte den Korridor in der Nähe der Sicherheitskontrolle, indem sie Koffer vom Fließband wuchteten und den Alarm des Metalldetektors auslösten mit ihren Herzschrittmachern und den Stahlnägeln in ihren Hüften. Eine dünne Frau mit dichtem Haar, die eine dunkle Brille trug, stellte sich mit ausgebreiteten Armen auf die eine Seite, während eine kleine Frau in Uniform sie von Kopf bis Fuß mit einem Stab in der Hand untersuchte. Als Abilene Laurie anschubste, damit sie um sie herumginge, schubste Laurie heftig zurück. Er stolperte gegen die beiden. Da der Weg hinter dem Metalldetektor versperrt war, rannte Laurie durch die Sperre und wich dabei einem weißhaarigen Mann aus, der gerade durchgehen wollte.

Sie wurde schneller und ignorierte Abilenes Fluchen und den Alarm des Detektors, den ihr Verfolger hinter ihr auslöste. Jemand rief: »Halt! Sicherheitsdienst!«, aber sie wusste nicht, ob der Ruf ihr oder Abilene galt. Dann hörte sie das hohle Geräusch eines Revolvers, der abgefeuert wurde.

»Ich bin wieder da.«

Sie war im Bad und versuchte mit Puder und Lippenstift die Schwellung zu verbergen, als sich die Tür vom Flur her öffnete. Ihr Herz hüpfte, als sie herauskam und Peter sah. Er trug die gleichen Kleider, die er angehabt hatte, als sie von ihrer Fahrt die Küste entlang zurückgekommen waren. Er hatte die gleichen Worte wie am Morgen ihres ersten Tages als Ehepaar gesagt. Er hatte sogar wie damals ein Exemplar der L. A. *Times* in der Hand. Sie wollte sich ihm entgegenwerfen und all die Furcht und Enttäuschung der vergangenen achtundvierzig Stunden auslöschen. Sie rührte sich nicht.

»Hast du getan, was er wollte?«, fragte sie.

In der Vergangenheit war in seinem Gesicht schwer zu lesen gewesen. Müde, älter und so zerknittert wie seine Kleider, hatte es diese Eigenschaft nicht verloren, aber sie erkannte, wie dahinter etwas zusammenfiel. Er wusste, dass sie Bescheid wusste.

»Nein«, sagte er. »Die Sicherheitsvorkehrungen waren zu gründlich.«

Sie nickte. Es war die Antwort, um die sie gebetet hatte, aber sie brachte ihr keine Freude.

Er machte eine Geste mit der Zeitung. Sie wusste, was auf der ersten Seite stand, obwohl sie sie noch nicht gesehen hatte. Es war sicher ein Foto von dem absurden, schlaksigen Cowboy darauf, wie er ausgestreckt auf dem Fußboden in der Nähe der Flughafenkontrolle lag. Die Reporter würden einen Weg finden, Maggiores Namen ins Spiel zu bringen. Von ihr würden keine Bilder drin sein. Die Polizei war taktvoll gewesen und hatte sie durch einen Dienstboteneingang aus dem Rathaus hinausgeschmuggelt als Belohnung für ihre Kooperation beim Verhör. Abilene hatte die Wahrheit gesagt: Mr. Major »besaß« nicht alle von ihnen.

»Du hättest nicht hierher zurückkommen sollen«, sagte sie. »Die Polizei sucht nach dir.«

»Hast du es ihnen gesagt?«

Sie wollte fast sagen, sie hätten es ohnehin herausgefunden, hätten die Verbindung zwischen Laurie Macklin und Carlo Maggiores bezahltem Killer in Detroit hergestellt.

»Ja«, antwortete sie.

Er schaute weg, dann schaute er sie wieder an. »Sie können mich nicht fest halten. Ich werde nicht gesucht, und ihr Zeuge ist am Leben.«

»Ich bin froh.«

Er suchte in ihrem Gesicht. Sie wusste, es war so verschlossen wie das seine. »Ich wollte nie lügen.«

»Ich wünschte, das würde etwas bedeuten.«

»Ich hatte alles hinter mir gelassen. Ich bin nur deinetwegen zurückgegangen. Ich weiß nicht, wie viel Abilene erzählt hat.«

»Er hat es mir gesagt. Ich verstehe es.«

Nach einer Pause fragte er: »Wie machen wir jetzt weiter?«

Darüber hatte sie ständig nachgedacht, seit sie von der Polizei gekommen war. Sie hatte hin und her überlegt, ohne zu einem Ergebnis zu kommen. Sie sagte die Wahrheit. »Ich weiß es nicht.«

»Wir könnten zu einem Eheberater gehen.«

»Es wird schwer sein, einen mit der passenden Erfahrung zu finden«, meinte sie.

»Ich bin bereit, es zu versuchen.«

Sie senkte den Blick, drehte ihren Ehering am Finger. Sie

hatte nicht gemerkt, dass sie ihn nicht abgenommen hatte. Sie schaute auf.

Er konnte in ihrem Gesicht lesen, dass sie es auch versuchen wollte. Er lächelte. Sie machte ein ernstes Gesicht.

»Keine Geheimnisse mehr«, sagte sie.

ANGELA ZEMAN

Onkel Harry und die Hexe

Was meinen Sie?«, fragte Rachel weiter, aber ihre Miene signalisierte Mrs. Risk, dass Rachel keine andere Meinung gelten lassen würde.

Während sie taktvoll verbarg, dass sie amüsiert war, ließ Mrs. Risk ihren Blick über die von Läden gesäumte Straße streifen, und ihr Gesicht strahlte vor Stolz auf ihren Ort. Die Maisonne, die mit ihrer morgendlichen Aufgabe, Dächer zu vergolden, beschäftigt war, wärmte ihre kühlen Nasen und Hände. Es war eine ihrer Lieblingsbeschäftigungen, am frühen Morgen die hölzerne Strandpromenade entlangzugehen, die die Bucht von Wyndham-by-the-Sea säumte. Die Planken unter ihren Füßen gaben in heiterem Rhythmus Töne von sich, wobei Rachels Stiefel einen tieferen hervorbrachte hinter dem Klappern von Mrs. Risks Halbschuhen. Beide Frauen waren ziemlich groß und ihre Schritte passten gut zusammen.

Rachel war nicht nur viel jünger, sondern auch fülliger als die magere, ältere Frau. Wie gewöhnlich trug Rachel Jeans und ein Baumwollhemd, und ihre vielen Locken baumelten als dunkler Pferdeschwanz über ihren Rücken. Mrs. Risks glattes Haar flatterte wie ein zerzaustes schwarzes Banner in den Böen, die von der Wyndham Bay herwehten.

Schließlich sagte sie: »Wenn Sie Gold wollen, dann schlage ich vor, dass Sie das Metall selbst kaufen. Sie hätten etwas, das Sie konkret in der Hand halten oder sogar tragen können, und es steigt im Wert. Aber Termingeschäfte mit Gold? Reine Spekulation, meine Liebe. Mögliche, hohe Gewinne, stimmt, aber das Risiko ist noch höher. Auf dem Rohstoffmarkt kann man sogar mehr verlieren, als man investiert.«

Rachel schnaubte ungeduldig. »Ich kann es mir nicht leisten, in etwas, das man tragen kann, zu investieren!«

Mrs. Risk versuchte, sie zu unterbrechen, aber Rachel setzte sich durch.

»Erinnern Sie sich, dass das St.-Bonifaz-Krankenhaus bei mir die Blumen für seine Fundraising-Gala nächste Woche bestellt hat? Nun, wenn ich diesen Scheck bekomme, dann werden zum ersten Mal, seit ich meinen Laden aufgemacht habe, meine Miete und Rechnungen fristgerecht bezahlt sein, und ein Batzen wird übrig bleiben. Das ist meine Chance, mit diesem Batzen ein wenig zusätzlich zu verdienen. Mel Arvin, der Börsenmakler, sagt ...«

»Pah! Wenn dieser Mann mir sagen würde, Wasser fließt abwärts, dann würde ich es nicht glauben.«

»Ja«, krähte Rachel triumphierend, »aber würden Sie Harry Fitch trauen?«

»Absolut. Aber was weiß Harry eigentlich über Gold-Termingeschäfte oder irgendeinen anderen Rohstoff?« Mrs. Risk hob ihr Gesicht zur Sonne und schnupperte. Die Kaffee-Moden der Yuppies hatte auch Wyndham-by-the-Sea erreicht, und das Aroma von gerösteten Bohnen wehte verführerisch durch die salzige Luft.

»Er verkauft ständig Gold!«

»Er verkauft antike Goldmünzen. Das ist etwas völlig anderes. Lassen wir heute Morgen unseren Kräutertee weg und trinken Kaffee, macht es Ihnen etwas aus?«

»Nicht jetzt. Er sagte, wenn ich früh rüberkäme, könnten wir reden. Und zu Ihrer Information, *einige* seiner goldenen Dinger sind *neu*. Er sagte, er könnte mir die Weltmärkte erklären. Er nannte Gold ein *Edel*metall. Eines der drei auf der Welt.«

»Gold, Platin und Silber, aber Gold hat die älteste Geschichte.«

»Woher wissen Sie – ach, egal, Sie wissen ja alles, das hatte ich vergessen.« Rachel kicherte – da sie noch in einem zarten Alter war, konnte sie es auf sympathische Weise tun –, und wegen des Kicherns überhörte sie die Geräusche, die aus dem *Dallour Coin and Stamp Collector's Shop* hervorbrachen. Mrs. Risk riss Rachel zurück und erstickte ihr Kichern zu einem Quäken.

Sie presste Rachel gegen das Fenster des Immobilienmaklers neben der offenen Tür des Münzgeschäfts, zeigte mit einem Finger auf die von der Sonne gebleichten Fotos von Hamptons Ferienwohnungen (die wahrscheinlich bereits für die kommende Saison ausgebucht waren) und befahl: »Psst!«

Rachel ignorierte den Befehl und knurrte: »Wenn Sie wollen, dass ich in Immobilien investiere, dann müssen Sie netter sein.«

»Hören Sie!«

Verwirrt kauerte sich Rachel gegen die Schaufensterscheibe und horchte. Dann richtete sie sich auf. »Ach, das ist Tante Marguerite.«

Mrs. Risk schnaubte: »Und *mich* nennen sie eine Hexe!«

Wegen Mrs. Risks exzentrischem Wesen (das Rachel mit ihr teilte) und unheimlicher Fähigkeit, Dinge zu sehen, die andere oft übersahen, glaubten die Einwohner von

Wyndham-by-the-Sea, Mrs. Risk sei eine Hexe. Die meisten fühlten sich von ihr eingeschüchtert – ein Eindruck, den sie schamlos ausnutzte –, aber einige waren fasziniert und einige akzeptierten sie. Aus dieser letzten, sehr kleinen Gruppe wählte sie ihre Freunde aus. Nachdem Mrs. Risk Rachel davor bewahrt hatte, eine fatale Verzweiflungstat zu begehen, hatte sie auch Rachel ausgewählt – typischerweise, ohne sie zu fragen.

Als ihre manchmal stachelige Freundschaft schon zwei Jahre andauerte, hatte Rachel begonnen, sich selbst »Lehrlingshexe« von Mrs. Risk zu nennen, und sie war sich nicht immer sicher, ob sie es im Spaß sagte.

Aus dem Inneren des Münzgeschäfts ertönte eine Tirade, die mit jedem Atemzug an Lautstärke und Stimmlage gewann: »Wage ja nicht, zu sagen, es sei unnötig, du zu kurz geratener Faulpelz. Nach allem, was ich für dich getan habe, schuldest du mir ein wenig Mühe. Ich habe dir deine so genannte Karriere ermöglicht und habe diesen Laden für dich gekauft, nicht wahr? Ohne mich wärst du – wenn ich nicht – Harry! Wo gehst du hin? Wende mir nicht den Rücken zu! Du würdest immer noch in Eingängen schlafen, jawohl! Also! Wie ich schon sagte, für jede verdammte Briefmarke und Münze in diesem Laden will ich eine genaue Beschreibung mit Wert, Kommentar und Herkunft. Und wage ja nicht wieder, dich mit deinen üblichen, nichtsnutzigen Kritzeleien durchzumogeln. Ich versteh sie nicht. Denk dran: Niemand sonst würde einen leblosen Klotz wie dich anstellen. Nur ich, mit meinem weichen Herzen.

Hm. Ich werde alles überprüfen, und wenn du die Bücher frisiert hast, dann werde ich es bald wissen. Jedenfalls, wie ich schon sagte, fang an, den Laden abends geöffnet zu lassen. Wir brauchen mehr Geschäft, um die Ausgaben, die du verursachst, aufzufangen. Die *großen* Ausgaben, mit der Wohnung oben im Haus, die ich dich benutzen lasse! Ich könnte dafür Miete verlangen.«

»Ja«, flüsterte Rachel Mrs. Risk zu. »Es verursacht ihr große Ausgaben, ihn in dieser Hundehütte hausen zu lassen und ihn zu einem eingebauten Wachhund rund um die Uhr, sieben Tage die Woche zu machen. Sie scheut keine Ausgaben, um ihn davon abzuhalten, woanders ein echtes Einkommen zu beziehen. Der Mensch kann sich nicht mal drei anständige Mahlzeiten am Tag leisten! Und keine Krankenversicherung. Wissen Sie noch, die Grippe letztes Jahr? Wenn sich Dr. Giammo nicht unentgeltlich um ihn gekümmert hätte, dann wäre er jetzt tot!«

Die Stimme fuhr fort: »Und lass die Nachbarsgören hier nicht rein, ich warne dich, Harry! Und wenn du schon dabei bist, dann mach hier mal ordentlich sauber. Dieser Laden fängt schon an, abgenutzt auszusehen. Genau wie du!« Sie wieherte vor Vergnügen. »Was mich daran erinnert: Lass diesen Smoking reinigen, den ich dir letzten Herbst gekauft habe. Du wirst mich begleiten, wenn ich zum – wo gehst du denn hin! Bleib da! Bald haben wir die St.-Bonifaz-Gala. *Alle* werden dort sein. Diese alte Vogelscheuche Velma, ich hab gehört, sie bringt ihre *Schwester* mit, ist das nicht köstlich? Großer Comedystar, kriegt nicht mal ein Rendezvous.« Sie kicherte.

Dann veränderte sich ihr Ton zu einem schmeichelnden Summen. »Jetzt sei nicht schwierig. Mami wird sichergehen, dass es dir nicht Leid tut. Mami liebt dich. Würde ich dir alles, was ich besitze, in meinem Testament vermachen, wenn ich dich nicht lieben würde? Also, gib mir einen Kuss.« Ein schmatzendes Geräusch folgte.

Mrs. Risk stürzte in den Münzenladen, wobei sie die Tür so fest gegen die Wand schlug, dass alle Fenster des Gebäudes klirrten. Drinnen sprang eine korpulente Frau in einem grellgeblümten Strickkleid zurück von der schmächtigen Gestalt mit ergrauendem, braunem Haar, die sie anscheinend gerade hatte verschlingen wollen.

»Uh! *Was zum* – oh!« Marguerite Dallours finsteres Boxergesicht wechselte zu einem affektierten Lächeln, als sie die Eindringlinge erkannte. Sie hob eine Hand und tätschelte ihre dauergewellte Haartracht, wobei sich ein dunkler, kreisförmiger Schweißfleck auf ihrem Kleid zeigte. Verkrusteter Gesichtspuder schwebte auf ihren gallertartig wogenden Busen herab. »Mrs. Risk! Wie reizend, aber erschreckend, Sie *so* früh am Tag zu sehen.« Nachdem sie Rachel schnell als sozial unbedeutend eingeschätzt hatte, ignorierte Ms. Dallour sie. »Ich bin überrascht, dass Sie morgens nicht ausschlafen, sondern wie wir armen, berufstätigen Mädels herumrennen. Nickerchen halten Frauen Ihres Alters frisch.« Sie grub tief unten in ihrer Handtasche, dann zündete sie sich eine Zigarette an. »Und wie schaffen Sie es nur, Schwarz an einem heißen Tag so, äh, luftig aussehen zu lassen?« Sie befächelte ihr feuchtes, mehrfaches Kinn. (Mrs. Risk, die nicht ganz zwanzig Jahre jünger war als Ms. Dallour, trug gewohnheitsmäßig lange, schwarze, hauchdünne Kleider bei heißem Wetter, im Winter Wolle.)

Hinter ihr wandte Harry sich mit angewidertem Gesichtsausdruck ab und tat so, als ob er Pennys in einer Schüssel auf der gläsernen Theke zurechtrückte. Rachel blinzelte ihm zu, was eine gesündere Farbe auf seine Wangen brachte.

Mrs. Risk betrachtete die Frau. »Was Ihren Kommentar über die Gala betrifft – Velma Schrafft ist eine teure Freundin von mir und ein wertvoller Mensch. Sie ist nicht so unsicher, dass sie nicht *ohne* Begleiter überall hingehen kann, wohin sie möchte.«

Ms. Dallours Wangen bekamen lila Flecken. Während sie Rauch in die Luft blies, trällerte sie: »Oooh, es wird spät, ich muss mich beeilen. Wir sollten mal miteinander zum Lunch gehen. Ich rufe Sie an.« Sie wogte hinaus wie ein bekleckertes Schlachtschiff, den Geruch ungewaschenen Fleisches in ihrem Kielwasser. Rachel schauderte.

Der Rest der Stunde verging mit einer Diskussion zwischen Rachel und einem besiegten Harry Fitch über Gold und dessen relative Stabilität auf den Weltmärkten.

Als sie gingen, verkündete Rachel: »Irgend jemand sollte Tante Marguerite mal in all dem Öl auf ihrem ungewaschenen Gesicht kochen.«

»Warum, um Himmels willen, nennen die Leute diese Frau ›Tante‹? Auch wenn ich jetzt das erste Mal mit ihr zusammentraf, hab ich früher schon von ihr gehört, aber ich hab diese Anrede noch nie verstanden.«

»Weil *ihn* alle Onkel Harry nennen. Ich glaube, sie ›Tante‹ zu nennen, ist sarkastisch gemeint, weil sie so gegensätzlich sind und doch miteinander verknüpft. Niemand kann sie ausstehen, aber alle lieben Onkel Harry. Er zieht wie ein Magnet Kinder an. Sie sind jeden Nachmittag im Laden und hören ihm zu, wenn er über Münzen und Briefmarken Geschichten erzählt. Daher kommt sein Spitzname – von den Kindern.«

»Ja, ich habe gehört, dass eine ganze Reihe Lehrer und Eltern für seinen Einfluss dankbar sind.«

Schweigend gingen sie weiter. Dann sagte Rachel: »Harry kam vor ein paar Wochen in meinen Töpferkurs bei Randy Blume. So habe ich ihn kennen gelernt.«

»Warum lässt er sich das alles von dieser – dieser Person gefallen?«

»Also, ich weiß nur, was ich gehört habe, wohlgemerkt. Jedes Mal, wenn er weg will, dann lässt sie diese Erbschaft vor seinem Gesicht baumeln. Sie ist über zwanzig Jahre älter als er, also hat er eine gute Chance, das Erbe tatsächlich anzutreten. Es stimmt allerdings, dass er auf der Straße lebte. Er hat es mir erzählt. Er war Vietnamveteran und konnte sich einfach nicht mehr an ein normales Leben gewöhnen, bis sie ihn in diesen Laden setzte. Briefmarken und Münzen waren vor dem Krieg sein Hobby gewesen. Er sagte, das ruhige Leben in Wyndham und seine Liebe zu diesen Briefmarken und Münzen verwandelte ihn allmählich. Er sagt, er kann nicht vergessen, was sie für ihn getan hat.«

»Das erklärt einiges«, erwiderte Mrs. Risk nachdenklich.

»Also, ich finde, er hat sein Erbe inzwischen verdient. Er sollte das alte Scheusal umbringen«, spuckte Rachel.

Mrs. Risk betrachtete Rachel mit zusammengekniffenen Augen. »Wiederholt sich da Ihre Vergangenheit? Seien Sie vorsichtig, was für eine Art von Tragödie Sie ihren Mitmenschen wünschen.«

»Hm. Die wirkliche Tragödie ist, dass es eine großartige Frau in unserem Kurs gibt. Sie heißt Christa. Er und sie ...«

Mrs. Risk hob eine Hand. »Bitte. Genug.«

Rachel seufzte tief. »Jetzt muss ich ohnehin meinen eigenen Laden aufmachen. Bis später. Mel Arvin hat versprochen, mir heute noch mehr Informationen über Gold-Termingeschäfte zu geben. Sehen Sie, ich tue etwas Schlaues.«

»Sie haben sicher Recht, meine Liebe«, sagte Mrs. Risk und wirkte beunruhigt. »Ist Ihr Töpferkurs nicht heute Abend?«

»Um sieben. Warum?«

Ohne zu antworten, glitt Mrs. Risk wie ein dunkler Schatten im Sonnenlicht die Strandpromenade hinunter.

An diesem Abend um sieben Uhr kam Mrs. Risk in Randys Töpferstudio und wurde erfreut begrüßt: »Nehmen Sie sich etwas Ton!« Mrs. Risk verzichtete auf die Ehre, aber sie setzte sich auf einen Hocker und sah zu. Der große Raum war voller geschäftiger Männer und Frauen, die wirbelnde Töpferscheiben zwischen ihren gegrätschten Beinen hatten, mit den Händen in feuchtem Ton gruben, sich gegenseitig mit schlammigem Wasser bespritzten, eifrig Glasurproben studierten und vor allem anderen … lachten. Randy, eine große, begabte Frau mit einem ansteckenden Lachen, sprang von Schüler zu Schüler. Leiser klassischer Jazz erfüllte den Raum, und der Duft von Glasur, Ton und frischem Kaffee lag in der Luft.

Mrs. Risk staunte über Harry. Dieser charmante Mann, den sie beobachtete, wie er lebhaft mit jedem im Raum sprach, war Welten entfernt von der blassen, verzweifelten Gestalt, die sie heute Morgen gesehen hatte.

Schnell hatte sie Christa entdeckt. Harry war ein kleiner Mann von zarter Statur, aber Christa war sogar noch kleiner. Sie hatte eine Elfenbeinhaut, feine, aschblonde Locken und braun-grüne Augen. Ihre Figur war sanft gerundet und anziehend wie ein Kätzchen, das fraulich geworden war. Wenn sie mit Harry sprach, schien im selben Moment seine Zuversicht zu wachsen. Und wie Geigerzähler, wenn sie sich Uran nähern, verriet die Haut des einen die Nähe des anderen, indem sie immer rosiger wurde, während die Farbe nachließ, wenn einer der beiden sich entfernte.

Als alle außer Randy, Rachel und Mrs. Risk gegangen waren, lachte Randy. »Ist es nicht süß? Und alle lieben die beiden so sehr, dass sie sie nicht einmal necken, was erstaunlich ist, denn es ist ein ziemlich offenherziger Haufen.«

»Was wissen Sie über Christa?«, fragte Mrs. Risk.

Randy antwortete: »Ach, sie arbeitet in einer Arztpraxis im nächsten Dorf. Sie hat zwei kleine Mädchen, vier und sechs Jahre alt. Ihr Mann lief davon, als sie mit dem zweiten in den Wehen lag. Bob half ihr bei der Scheidung. Sie sagte einmal zu mir, sie sei jung und töricht gewesen, als sie heiratete. Aber jetzt sei sie alt und klug und zu hart, um auf jemand anderen reinzufallen.« Randy lachte vergnügt. »So hart wie ein Schmetterlingsflügel.«

»Und so schön«, fügte Mrs. Risk lächelnd hinzu. »Übrigens, was macht Harry gerade? Für einen Anfänger scheint er sich recht geschickt anzustellen.«

»Er ist gut«, pflichtete Randy bei.

»Harry macht Blumentöpfe«, sagte Rachel. »Harry hat einen ungeheuren grünen Daumen. Er hat diese hässliche Wohnung mit Pflanzen gefüllt, dass Sie es nicht glauben würden. Er ist wirklich kreativ.«

»Machen Sie nicht auch Blumentöpfe, meine Liebe?«,

fragte Mrs. Risk und blickte von dem missratenen Klumpen auf Rachels Scheibe zu der feinen Symmetrie von Harrys Stück.

»Ja, ich dachte, ich könnte sie in meinem Laden verkaufen – wenn ich gut genug werde. Es ist schwieriger, als es aussieht.«

»Das sehe ich.«

Rachel schniefte. »Wollen Sie es versuchen?«

Mrs. Risk hob eine Augenbraue. »Danke, meine Liebe, aber dann könnte es sein, dass ich Unterricht bekommen möchte, und Randys Warteliste ist schon lang genug.«

»Hm. Stimmt.«

Mrs. Risk schwebte zur Tür. »Ist Bob jetzt zu Hause, Randy? Wenn es Ihnen nichts ausmacht, schaue ich kurz bei ihm rein. Ich habe ein ziemlich eigenartiges, juristisches Problem. *Sie* sehe ich morgen Früh, wie immer, meine Liebe«, sagte sie zu Rachel.

»Ich Glückliche«, meinte Rachel.

Am nächsten Morgen nach dem Tee lief eine neugierige Rachel hinter Mrs. Risk her zum Münzenladen. Sie fanden Harry, der über Stapeln von Papier arbeitete, so blass und deprimiert wie am Tag zuvor. Mrs. Risk vermutete, dass er die verzwickte Inventarliste begonnen hatte, die Tante Marguerite gefordert hatte.

»Ähm, was den Rohstoffmarkt angeht«, begann Rachel, wurde aber von Mrs. Risk unterbrochen.

»Harry«, sprudelte sie los, »ich habe eine ganz seltsame Münze gefunden. So viel Ahnung, wie ich von der Sache habe, da könnte es natürlich auch ein U-Bahn-Ticket sein!« Mrs. Risk lachte ausgelassen.

Rachel schnaubte.

»Aber sie könnte auch sehr alt sein. Die Markierungen sind …« Sie brach ab und warf Rachel, der noch einmal ein gedämpftes Schnauben entschlüpft war, einen ärgerlichen Blick zu.

»Aber Sie sind jetzt so beschäftigt. Ich habe es!«, rief sie aus. »Gehen Sie manchmal zu Harrington's Dock, um sich den Sonnenuntergang anzuschauen? Es ist so reizend dort, und man kann übers Wasser schauen. Selbst Sie werden mal eine Pause brauchen. Ich werde uns einen guten Wein mitbringen, und Sie können einen Blick auf meinen Fund werfen!«

»Ist halb sieben zu spät?«, fragte Harry, plötzlich heiterer.

»Genau das wollte ich auch gerade vorschlagen. Bis dann.« Und abrupt packte Mrs. Risk Rachel am Arm und schob sie eilig nach draußen.

Mrs. Risk sagte missmutig: »Enthalten Sie sich in Zukunft solcher unfeiner Geräusche, meine Liebe. Ich hatte schon Sorge, Sie würden gleich etwas Peinliches ausposaunen.«

»Wie viel Sie zum Beispiel wirklich über Münzen wissen? Warum sollte ich das sagen?«

»Pah! Im Vergleich zu Harry weiß ich allerdings sehr wenig!«

»Ach so, verstehe. Dann haben Sie etwas verhältnismäßig Wahres gesagt, keine glatte Lüge.«

Mrs. Risk blickte amüsiert auf die junge Frau und schnupperte dann in die Luft. »Ich habe so seltsame Gelüste nach einem *mocca latte*. Trinken Sie einen mit?«

Rachel lachte. »Passen Sie nur auf. Sie könnten den

Geschmack an Kräutertee verlieren! Kann ich heute Abend auch kommen?«

Mrs. Risk schien plötzlich beunruhigt zu sein. »Ich glaube nicht, meine Liebe. Ihr Freund Harry würde wahrscheinlich lieber keine Freunde in der Nähe haben wollen.«

Rachel schwieg verblüfft. Nach einer Weile nickte sie ernst. »In Ordnung. Bis morgen.«

An diesem Abend um halb sieben kam Harry zum Harrington Dock. Über den Tischen flatterten Schirme fröhlich in der Brise. Die letzten Strahlen der Sonne färbten das Wasser rot, während sie in Richtung Wyndham Bay versank, und die Möwen tief flogen, um nach möglichen Leckerbissen Ausschau zu halten. Fast das ganze Dorf hatte sich dort versammelt, um das Ende des Tages zu feiern.

Mrs. Risk löste sich von einem Tisch, an dem zwei Männer in konservativen Anzügen saßen, und winkte Harry zu dem nächsten Tisch. Eine Flasche Wein und Gläser warteten bereits.

»Was für eine großartige Tageszeit, besonders, wenn man sie mit Freunden teilen kann«, rief sie aus und bestand darauf, dass er sich erst entspannte, bevor er ihre Münze anschaute. Sie sprachen über ihren Wein – ein Simi Private Reserve Alexander Valley Cabernet, den er als hervorragend bezeichnete –, bestellten einen Imbiss und dachten über das Wetter nach. Bald lachte er, und während sie ihn beobachtete, wurde er wieder zu dem lebhaften Mann aus Randys Töpferkurs. Sie hatten ihr zweites Glas bestellt, als am Tisch hinter ihnen eine Stimme laut wurde. Mrs. Risk verstummte, Harry ebenfalls.

»Ich habe für die meisten im Dorf das Testament gemacht, aber ich bin froh, dass ich mit diesem nichts zu tun hatte.« Die Stimme gehörte Bob Blume, ein Freund von Mrs. Risk und ihr Anwalt. Mrs. Risk fragte sich, ob Harry jemals Bob kennen gelernt hatte, der im Dorf so beliebt war wie seine Frau Randy, aber Harry schien ihn nicht zu erkennen. Er schien es zufrieden, zu warten, bis die Sprecher wieder leiser wurden und er und Mrs. Risk ihr eigenes Gespräch fortsetzen konnten.

Der zweite Mann, schon etwas älter, antwortete laut schnaufend: »Ich tue nur meine Arbeit.«

»Wenn Sie ihre Angelegenheiten betreuen«, beharrte Bob, »müssen Sie aber wissen, wie schlecht sie diesen Mann bezahlt, wobei sie dieses verdammte Testament über ihm schweben lässt, um ihn unter Kontrolle zu halten. Es ist Missbrauch, nichts weniger. Er ist wie ihr Sklave.« Er füllte erneut das Glas des älteren Mannes.

»Ich würde es ihm sagen, wenn ich könnte. Das wissen Sie. Aber das macht man nicht. Wo bleibt da die Ethik?«

Bob beugte sich vor und rief aus: »Es ist nicht ethisch vertretbar, zu enthüllen, was *in* einem Testament steht, aber was ist verkehrt daran, zu sagen, was *nicht* drin steht, Leon!«

Bei dem Namen Leon wurden Harrys Augen plötzlich größer. Er hörte jetzt bewusst zu, mit unsicherem Gesichtsausdruck. Mrs. Risk schwieg weiterhin.

»Was meinen Sie, was *nicht* drinsteht?«

»Was nicht drinsteht. Sie könnten aus Anstand und Respekt für einen wirklich sympathischen Mann zu diesem Angestellten gehen und zu ihm sagen, Junge, Sie sind nicht im Testament erwähnt. Ich meine, ich könnte das Gleiche zu jedem einzelnen Menschen im Umkreis von einigen Meilen sagen, ohne damit zu verraten, dass das unehrliche Miststück jeden Pfennig, der ihr gehört, diesem widerlichen, verschrumpelten Neffen von ihr hinterlassen hat. Stimmt's?«

Harrys Weinglas zerbrach in seiner Hand. Anscheinend ohne die helle Flüssigkeit zu bemerken, die sich wie Blut über den weißen Tisch ergoss, stand er auf. Sein Plastikstuhl fiel um, und ein paar Leute schauten erschrocken auf.

Der alte Mann sah Bob nachdenklich an. »Weißt du, ich werde darüber nachdenken. Wirklich. Das könnte es wert sein, dem armen Kerl Gewissheit zu verschaffen. Ich ziehe es in Betracht.«

Harry eilte mit steifen Beinen vom Pier. Er verabschiedete sich nicht von Mrs. Risk, und in seiner taumelnden Flucht schien er nichts um sich herum wahrzunehmen. In seinen Augen brannte ein nach innen gewandtes Licht.

Mrs. Risk seufzte. Bob wandte sich mit besorgtem Blick zu ihr, und Mrs. Risk tätschelte seinen Handrücken. »Ich danke dir, mein Lieber. Ich weiß, es war schwierig.«

Bob schaute seinen Kollegen an, dessen Nase in seinem fünften Glas Wein steckte, und zuckte die Schultern. »Leon wird sich morgen an nichts erinnern.« Er warf seine Serviette auf den Tisch. »Ich fahre ihn besser nach Hause.«

Mrs. Risk nickte. Sie blieb noch sitzen und beobachtete, wie die Sonne langsam versank, bevor sie ebenfalls nach Hause ging.

Die nächsten Wochen hindurch beobachtete Mrs. Risk Harry. Zu ihrem Erstaunen kündigte er seine Stelle nicht.

Nichts schien sich geändert zu haben, außer dass er

plötzlich begann, zwei Mal die Woche bei Randy aufzutauchen anstatt nur einmal.

Eines Morgens rief Rachel Mrs. Risk an. »Sie werden es nicht glauben! Onkel Harry hat Christa gestern Abend bei Randy einen Heiratsantrag gemacht! Sie hätten Christas Gesicht sehen sollen! Was ist in diesem letzten Monat nur mit ihm geschehen? Wenn Tante Marguerite das erfährt, wird sie platzen!«

»Was Ihnen offensichtlich das Herz brechen würde«, sagte Mrs. Risk trocken. Aber als sie auflegte, war ihr Gesichtsausdruck hart.

Dann kam das Feuer.

Mrs. Risk sah mit den anderen zu, als die Freiwillige Feuerwehr durch den durchweichten, immer noch zischenden und geschwärzten Ort des Geschehens stapfte. Onkel Harry hatte man in Sicherheit gebracht und über die Straße geholfen, wo er an einem Sauerstoffgerät atmete, von besorgten Freunden umringt.

Marguerite hatte, nach einem Wutanfall über den Schaden an ihrem Eigentum, theatralisch eine ihrer Brüste mit beiden Händen umfasst. Sie wankte wie betrunken umher und kam stolpernd den fieberhaft arbeitenden Feuerwehrmännern in die Quere. Die Sanitäter zählten höflich ihren Puls und schafften sie dann aus dem Weg. Rachel sagte mit finsterem Gesicht: »Seit Onkel Harry hier lebt, hat es kein Feuer mehr gegeben. Das muss ... zehn Jahre zurückliegen?«

Marguerite, beleidigt darüber, dass ihre Pein nicht gewürdigt worden war, begann, Drohungen gegen den »Idioten, der das zugelassen hat« auszustoßen, womit sie Harry meinte. Das brachte ihr die Aufmerksamkeit ein, die sie suchte, aber nicht ganz das Mitgefühl, das sie sich wünschte. Ihre Zuhörer, von denen die meisten Harrys Freunde waren, schauten sie finster und drohend an.

Der Feuerwehrhauptmann fragte Harry, wie seiner Meinung nach das Feuer entstanden war.

»Es könnte sein, dass jemand eine glimmende Zigarette in den Papierkorb geworfen hat, ohne dass ich es merkte, denke ich. Schließlich bestehen Briefmarken aus trockenem Papier, und in einem alten Gebäude würde es nicht lange dauern …«

»In dieser düsteren Bude sprang das Feuer wahrscheinlich über, bevor du den Rauch sehen konntest«, beruhigte ihn Jesús, der einen Reparaturladen für Schuhe und Leder in der Nähe hatte und geradezu leidenschaftlich gewissenhaft mit brennbaren Materialien umging.

»Und wenn dieselbe Person in deinem Laden geraucht hat, dann hast du vielleicht zuerst gedacht, es waren noch Reste von Zigarettenrauch, die du gerochen hast«, fügte Rachel hinzu.

Der Feuerwehrhauptmann fragte: »Aber wer würde denn da drinnen rauchen? Sie haben überall Schilder mit ›Bitte nicht rauchen‹ hängen.«

Ein einfältiger Ausdruck trat auf Harrys Gesicht. Er antwortete nicht.

Der Gedanke kam Mrs. Risk einen Moment vor den anderen. Ihrem Beispiel folgend, wandten sich alle um und starrten Tante Marguerite an. Sie war gerade dabei, sich eine Zigarette anzuzünden, und hielt inne. »Was!« Sie drehte ihnen den Rücken zu. Der Feuerwehrhauptmann ging weg, um sich mit seinen Männern zu beraten. Als er an Tante Marguerite vorbeikam, knurrte er ein paar

Worte von krimineller Vernachlässigung, Feuergefahr, rücksichtsloser Gefährdung und einer Inspektion. Tante Marguerites Gesicht wurde blass unter den Krusten von Puder.

In den nächsten Wochen bekam das Geschäft die Aufmerksamkeit, die ihm schon vor Jahrzehnten zugestanden hätte, und bald waren das Geschäft und Harry wieder hergestellt und viel besser ausgerüstet. Der Schaden war hauptsächlich durch Rauch entstanden. Die Versicherung erstattete den Verlust des Inventars – eine Anzahl seltener Briefmarken –, und Harry verlor seinen Husten.

Als sie hörte, dass vom ganzen Inventar nur ein Teil der Briefmarken vernichtet worden war, verbrachte Mrs. Risk den Rest des Nachmittags im Café und brütete über einem Eis-Cappuccino. Um etwa sechs Uhr abends beschloss sie, Randys Studio zu besuchen. Die Kursteilnehmer würden erst in einer Stunde eintreffen, und Randy könnte frei reden.

Als sie dort war, bat sie Randy, ihr Harrys neueste Blumentöpfe zu zeigen. Sie untersuchte sie genau und befragte dann Randy. »Meine Güte«, murmelte sie, während ihr bei Randys Bericht etwas dämmerte.

Sofort eilte Mrs. Risk zu Onkel Harrys Wohnung. An der Tür beantwortete sie seinen überraschenden Blick mit: »Harry, die Zeit ist reif, dass wir uns besser kennen lernen. Darf ich reinkommen?«

Harry sah sie nachdenklich an, dann bat er sie herein. »Trinken Sie einen Kaffee mit mir? Es tut mir Leid, dass ich Ihre Münze vergessen hatte. Haben Sie sie dabei?«

»Danke, ich habe für eine Weile genug Kaffee getrunken. Nein, ich habe die Münze nicht dabei. Ehrlich gesagt habe ich das alberne Ding völlig vergessen. Ich bin gekommen, um Ihnen zu Ihrer Verlobung zu gratulieren, etwas verspätet, ich weiß.« Sie kam herein und blieb stehen, überrascht von der Farbenpracht in Harrys Wohnung. »Rachel hat mir schon von Ihrem grünen Daumen erzählt, aber so etwas habe ich nicht erwartet! Sie haben einen Garten aus Ihrem Heim gemacht!«

Er nickte. »In Töpfen, allerdings.«

»Von denen Sie die meisten selbst gemacht haben, wie ich sehe. Ich erkenne Ihren Stil wieder. Schöne Arbeit, mein Lieber. Haben Sie irgendwelche leere Töpfe, die ich genauer betrachten könnte?«

»Sicher. Hier.« Er reichte ihr drei Stück, einen nach dem anderen.

»Sie sind in diesen letzten paar Wochen recht produktiv gewesen.«

Er zuckte die Schultern und wandte sich dann dem brodelnden Kaffeewasser zu.

Sie beobachtete ihn, während er Sahne in seine Tasse rührte. Seine Schultern hingen herunter, und sein Gesicht schien ausdrucksloser, als sie es je gesehen hatte. Ein Mann, der mit einer Frau wie Christa verlobt war, sollte glücklicher aussehen, fand sie.

Sie stellte die drei Töpfe, die er ihr gegeben hatte, ab und nahm einen von einem Tisch, hielt ihn hoch und meinte: »Ich würde gerne einen Ihrer Blumentöpfe besitzen, Harry. Dieser hier ist sehr schön. Verkaufen Sie ihn mir?«

Ohne aufzuschauen, erwiderte er: »Seien Sie nicht albern. Nehmen Sie ihn als Geschenk. Sie …« Er sah auf, erkannte den Topf, den sie hielt, und wurde blass. »Nein, den nicht. Der ist nicht gut geworden. Ich kann nicht zulassen ...«

»Aber ich will genau diesen hier. Obwohl« – sie hob einen anderen vom Fußboden hoch – »dieser größere ist auch schön. Ach, schau an. Sie haben kleine, dekorative Stöpsel eingesetzt, wo eigentlich die Entwässerungslöcher im Boden sein sollten. Wie schlau. Ich nehme sie wohl einfach raus, wenn ich die Töpfe benutze?«

»Genau.« Er beugte sich vor, um ihr die Töpfe aus der Hand zu nehmen, aber sie hielt sie außerhalb seiner Reichweite. Dann stellte sie sie mit einem Seufzer ab.

Er schaute sie lange an, und seine Arme hingen schlaff an seinen Seiten.

»Sie haben Recht«, meinte sie. »Wie unpassend von mir, mein eigenes Geschenk rauszusuchen. Ich habe meine Manieren vergessen. Welchen Topf würden Sie für mich wählen?« Aber bevor er antworten konnte, fuhr sie fort: »Haben Sie morgen Abend Zeit? Rachel und ich möchten, dass Sie zu mir zum Dinner kommen, um ein wenig Ihre bevorstehende Hochzeit zu feiern. Ich habe es bereits Ihrer entzückenden Christa erzählt, und sie kommt auch. Bringen Sie den Topf mit, den Sie mir schenken möchten, als Andenken an unsere wachsende Freundschaft, Harry. Wissen Sie, ich denke so viel an Sie, mein Lieber. Unser Dorf ist in allen wesentlichen Eigenschaften reicher geworden, seitdem Sie gekommen sind, um unter uns zu leben.«

Harry setzte sich abrupt hin und schien deprimiert zu sein.

Sie ging zur Tür. »Und halb sieben wäre perfekt, eine herrliche Tageszeit im Mai.«

316

Als Harry am nächsten Abend in der »Hexenlichtung« vorfuhr, war er bestürzt, als er entdeckte, dass, obwohl er so früh dran war, Christa mit ihren zwei kleinen Töchtern, Rachel und ein älterer Mann bereits dort waren und in alten Liegestühlen aus Aluminium auf dem samtigen Rasen vor dem Hexenhäuschen saßen. Die kleinen Mädchen kamen angelaufen, packten seine Beine und schoben ihn zu einem Stuhl. Christa setzte sich zufrieden neben ihm ins Gras. Obwohl es offensichtlich war, wie sehr ihn alle liebten, versank er in tiefem Trübsinn.

»Sie kennen bereits die meisten der Anwesenden«, sagte Mrs. Risk lächelnd und ignorierte seine Trübsal. Sie reichte ihm ein Glas Rotwein und bekam aus seinen zitternden Händen ihr Geschenk – den Blumentopf, den sie gestern Abend als erstes ausgesucht hatte, obwohl der dekorative Stöpsel im Boden fehlte. Das kleinere Mädchen kletterte auf seinen Schoß und kuschelte sich an ihn.

»Vielen Dank, Harry. Wie großzügig von Ihnen, mir genau den Topf zu schenken, den ich mir ausgesucht hatte. Ich werde ihn hegen.«

Tränen traten in Harrys Augen. »Ich habe den Stöpsel herausgenommen, aber ich will alles erklären ...«

Mrs. Risk drehte ihm den Rücken zu. »Wer möchte noch Wein?« Sie reichte geschäftig die Flasche herum. »Harry, mein Lieber, ich möchte Ihnen einen alten Freund von mir vorstellen, einen pensionierten Industriellen, Aisa Garrett. Ihm gehört unter anderem die North Shore Industries Corporation, die einen Teil der Bucht im Dorf einnimmt. Ich bin sicher, Sie sind damit vertraut.«

Harry nickte höflich, aber nicht interessiert.

Mrs. Risk tätschelte seinen Handrücken und fuhr fort:

»Ich hoffe, es macht Ihnen nichts aus – normalerweise mische ich mich nicht in das Leben anderer Leute ein ...«

Bei dieser Bemerkung brachen Rachel und Aisa in wildes Gelächter aus. Christa lächelte, schien aber verwirrt zu sein. Harry sah sich bestürzt um.

Als sie sich wieder beruhigt hatten, sagte Aisa: »Sie meint, Harry, ohne sich im geringsten in mein oder Ihr Leben einzumischen, hat sie beschlossen, dass meine Handelsgesellschaft in einen kleinen Nebenzweig investieren sollte, mit einem Partner, der sich auskennt – damit sind Sie gemeint.«

Harry runzelte die Stirn. »Ich verstehe nicht ...«

Christa sagte bestimmt: »Hör einfach Aisa zu, Harry.«

Harry blinzelte sie erstaunt an.

»Der Deal sieht folgendermaßen aus«, begann Aisa, und dann skizzierte er ein Angebot zur Teilhaberschaft an einem Münzen- und Briefmarkengeschäft mit großzügigen Bedingungen für Harry, die am Ende in Harrys alleinige Inhaberschaft des Geschäfts münden sollte.

Nach einer verblüfften Pause keuchte Harry: »Warum?«

»Auch wenn Sie mich schlagen, ich weiß es nicht«, gab Aisa zu.

»Sind Sie an Münzen und Marken interessiert? Sind Sie Sammler?«

»Überhaupt nicht, ich fische.«

Rachel strahlte. »Was bedeutet, dass du die alleinige Verfügungsgewalt hast, Harry.« Sie hob ein Tablett mit Vorspeisen hoch und reichte es herum. »Das Essen wird bald fertig sein. Noch Limonade, Mädels?«

In der kleinen Lichtung nahm das Geplapper zu. Die Eichen, die alle überragten und die mit neuen Blättern ausstaffiert waren, rauschten und schimmerten in dem Lufthauch, der vom nahen Long Island Sound herüberwehte. Die untergehende Sonne beleuchtete das Häuschen hinter ihnen in sanftem Gold. Harry lehnte sich in seinem Stuhl zurück, hielt das Kind mit einem Arm umfangen und trank seinen Wein. Er sah angespannter und unglücklicher aus, als irgendjemand aussehen sollte, der von lieben Freunden umgeben war.

Schließlich stellte er sein Glas auf den glatt gehobelten Baumstumpf, der als Tisch fungierte, griff hinter dem kleinen Mädchen herum und in seine Jackentasche und zog einen weichen Beutel heraus, der gedämpfte, klimpernde Geräusche von sich gab. Das kleine Mädchen lachte vergnügt über den Klang.

Alle schauten auf und wurden still.

Mit vor Angst leiser Stimme sagte Harry: »Ich kann nicht Ihr Geschäftspartner werden. Ich habe einen Riesen-… ich habe etwas Schreckliches getan. Heute Abend noch werde ich es Marguerite gestehen. Christa, du kannst nicht solch einen …«

Mrs. Risk unterbrach ihn und zeigte über ihre Schulter auf ihr Häuschen. »Kinder, seht ihr die schöne schwarze Katze im Fenster sitzen? Sie wartet auf euch, dass ihr mit ihr spielt.« Die Erwachsenen schwiegen, als die zwei kleinen Mädchen zu der Katze sprangen.

Dann wandte sich Mrs. Risk energisch an Harry. »Ein Mann mit Ihrer Intelligenz – sicherlich könnten Sie irgendeinen Weg finden, um Marguerites … Inventar auf weniger selbstzerstörerische Weise wieder zu vervollständigen. Übrigens, wie haben Sie den Diebstahl durchgeführt?

Sie hat keine Ahnung von dem Verschwinden der Münzen.«

Harry wurde rot. »Vor etwa einem Monat ...«

Mrs. Risk unterbrach wieder. »Nach unserem Drink auf Harrington's Dock?«

Harry nickte. »Am nächsten Tag. Ein junger Mann kam in den Laden. Sein Onkel war gestorben und hatte ihm eine Münzsammlung hinterlassen.« Er ließ wieder den Beutel klimpern. »Das hier ist jene Sammlung, und sie ist äußerst wertvoll, aber der Mann war mehr an Briefmarken interessiert, also haben wir getauscht.« Er zuckte verlegen die Schultern. »Ich habe den Vorgang nicht gebucht.«

»Ah. Und nach einem gewissen Zeitraum zur Sicherheit das Feuer«, warf Mrs. Risk ein.

Harry nickte. »Das Feuer. Ich verbrannte ein paar leere Stückchen Papier und sagte allen, es seien die Marken gewesen, die ich in Wirklichkeit dem jungen Mann gegeben hatte, um ihr Verschwinden zu erklären. Dann behielt – stahl – ich die Münzen. Als ich meine Blumentöpfe formte, machte ich die Entwässerungslöcher in den Böden ein wenig größer, als die Münzen waren. Dann kaufte ich Ton, der ohne Brennen an der Luft trocknet. Ich drückte ihn um die Münzen und passte sie in die Löcher ein. Sie sahen einfach wie dekorative Stöpsel aus.« Er nickte beschämt Mrs. Risk zu. »Für alle sahen sie so aus, außer für Sie.« Er schaute schnell zu Christa, die gelassen dasaß und zuhörte. »Ich war verzweifelt«, schloss er kläglich ab.

Rachel sagte bestimmt: »Sie hat dich all diese Jahre wie einen Sklaven behandelt, und jetzt bist du verliebt.«

»Ja. Ich ... ich hab die Dinge nicht zu Ende gedacht. Na

ja, vielleicht wollte ich auch nicht denken. Ich glaube, ich wollte mich rächen.«

Mrs. Risk betrachtete den reumütigen Mann vor sich und lächelte. »Ihre Rache hat Marguerite sicherlich nicht getroffen. Die Versicherung entschädigte sie für die Briefmarken.«

Er sank noch tiefer in seinen Stuhl. »Ja. Auch das habe ich nicht durchdacht. Die Versicherung habe ich am schlimmsten betrogen, und die haben mir nicht mal was getan.«

Christa erhob sich, küsste ihn auf den Kopf und setzte sich wieder. »Wenn irgendjemand Wut und Verzweiflung verstehen kann, dann bin ich es.«

Rachel zuckte die Schultern. »Ich auch.«

Aisa grinste. »Es ist ein weit verbreiteter Zustand, junger Mann. Wir waren alle schon mal in solch einer Situation. Also, wie lange werden Sie brauchen, um all das in Ordnung zu bringen?«

Harry blieb der Mund offen stehen. »Was?«

Mrs. Risk half etwas nach. »Wie lange werden Sie brauchen, um die Dinge so zu manipulieren, dass die Marken wieder auftauchen können? Die Münzen natürlich auch. Werden Sie bei der Planung Hilfe brauchen?«

Christa beugte sich vor. »Wie wär's, wenn er eine verlegte Rechnung wieder findet oder so etwas? Er könnte sagen, dass er im Schock über das Feuer vergaß, den Handel abzuschließen, und wird feststellen, dass die Marken doch nicht verbrannt waren. Er kann den Namen des jungen Mannes angeben, der den Handel bestätigen kann. Er kann die Münzen leicht wieder in den Laden schmuggeln, stimmt's? Dann kann die Versicherungsgesellschaft von

Marguerite ihr Geld zurückbekommen, und sie wird ihre Münzen wieder im Inventar haben. Das würde doch funktionieren, oder nicht?«

»Christa!« Harry schnappte nach Luft. Sie lachte.

Mrs. Risk hob ihr Gesicht in die Brise und schnupperte. »Ah, ich finde, unser geröstetes Hähnchen lockt. Zeit zum Essen.«

Als Harry und seine neue Familie schließlich gingen, betrachtete Rachel Mrs. Risk und Aisa, die halb schlafend in ihren Stühlen saßen. Die Lichtung wurde von einem Dreiviertelmond erleuchtet, und alles Grün und Gold hatte sich in Silber und Grau verwandelt.

»Schaut euch nur an, wie ihr dasitzt, ihr beiden«, meinte sie verdrießlich. »Wie Großmama und Großpapa Gott.«

Aisa sagte: »Er ist eine gute Investition. Schauen Sie, wie zuverlässig er über all die Jahre für diese Frau das Geschäft geführt hat.«

»Ich rede nicht von Ihrem Geld. Ich rede von seinem Vergehen.«

Mrs. Risk lächelte mit geschlossenen Augen. »Die Gerechtigkeit ist wankelmütig. Selten geht sie dahin, wohin sie sollte. Ein kleiner Stupser hier und dort schadet nicht. Harry ist ein gutherziger Mann und musste nur ein wenig zurechtgebogen werden, das ist alles. Sein Gewissen hätte ihn zerrissen und den Rest seines Lebens belastet.« Sie öffnete die Augen und schaute Rachel an. »Geben Sie es zu. Sie sind genauso glücklich über diese ganze Sache wie wir.«

»Hm. Vielleicht. Na ja, mir scheint, *echte* Gerechtigkeit wäre es erst, wenn Tante Marguerite ihr Verhalten ihm gegenüber irgendwie zurückgezahlt würde.«

»Seien Sie nicht maßlos, meine Liebe. Vergessen Sie nicht die Hilfe, die sie ihm anbot, als er sie dringend brauchte.« Mrs. Risk schloss wieder die Augen, aber nicht bevor Rachel einen gewissen Glanz darin entdecken konnte.

Während Rachel das Geschirr spülte, konnte man sie pfeifen hören. Am nächsten Tag fragte sie Aisa, was er damit meinte, als er sagte, Harry sei eine gute Investition.

Bald nach Harrys und Christas Hochzeit im Juni, die auf Mrs. Risks Lichtung stattfand, rief Rachel Mrs. Risk an: »Erinnern Sie sich, wie Sie sagten, die Gerechtigkeit sei wankelmütig? Ich habe gerade gehört, dass Tante Marguerite die Versicherung nie von dem Wiederauftauchen der Marken und dem Tausch mit den Münzen verständigte, das ist doch die Höhe!«

»Oh, meine Güte«, sagte Mrs. Risk. »Betrügen ist solch eine schlechte Angewohnheit.«

»Und sie wäre auch damit durchgekommen, wenn nicht irgendjemand anonym dem Schadensregulierer der Versicherung einen Tipp gegeben hätte. Es geht das Gerücht, dass sie wegen Betrugs angeklagt wird!« Rachel jauchzte vor Lachen. »Glauben Sie, dass es wahr ist?«

»Verlassen Sie sich auf mich, meine Liebe. Es ist wahr.«

NOREEN AYRES

Gefälligkeiten

Minnie Chaundelle war eine schöne, stattliche Frau mit welligem Haar, das wie flüssiges Kupfer eng an ihrem Kopf anlag. Die Farbe stammte von ihrem Freund, einem Friseur, und der in Gold gefasste Vorderzahn war eine Gefälligkeit des Zahnarztes in der Nachbarschaft. Der Zahnarzt berechnete Minnie nie etwas, und Minnie berechnete ihm nie etwas, also war es ein nettes Arrangement, das Minnie ihr gesundes Lächeln erhielt.

Ich lernte Minnie Chaundelle Bazile durch einen Telefonanruf kennen. Sie wollte ihren Bruder suchen lassen.

Ich bitte meine Klienten beim ersten Mal immer um ein persönliches Gespräch. Sie meinte, sie würde nicht durch die ganze Stadt fahren, egal, wie nett ich auch wäre. »Wie kommen Sie darauf, dass ich nett bin?«, fragte ich.

»So etwas spricht sich rum«, erwiderte sie.

Gross Street, außerhalb von Dallas. Es gibt dort eine Besserungsanstalt für Knaben und eine Schule für die Zurückgebliebenen. Auf der anderen Seite ist ein Friedhof. Dort kommt keiner mehr hin, nicht mal tot. Wenn ich in die rechte Straße hinter dem Friedhof einbiegen würde, könnte ich sie auf ihrer Veranda sitzen sehen. Wenn ich die falsche nehme, dann sehe ich sie nicht.

Es war der erste Tag nach einem starken Regen, und die Sonne brannte bereits heiß herunter. Als ich den Schlüssel in der Tür umdrehte, um abzuschließen, saßen Moskitos breitbeinig auf der Seitenwand meines Hauses, auch sie überwältigt von der Hitze.

Ich lebe in Neartown, etwa eine Meile vom Stadtzentrum von Houston entfernt. Gangster und Politiker aus alten Zeiten nennen diese Gegend den Vierten Bezirk. Trotz einiger weniger »fauler Eier« gefällt es mir hier. Von meinem Büro im ersten Stock aus sehe ich Bäume, so grün wie Broccoli, und Wolkenkratzer in den Farben Türkis, Rost, Kreide und Silber vor einem klaren blauen Himmel. Nachts beobachte ich, wie der Mond zwischen den Türmen spielt, und wenn es regnet, werden ihre Kanten weich in der feuchten Luft.

Und von meiner Veranda aus kann ich alte Männer, so schwarz wie Dachpappe, beobachten, wie sie mit den Händen in den Hosentaschen die Straße überqueren, um miteinander zu reden, oder ein Kind auf einem Fahrrad, das über Schlaglöcher hüpft. Ich könnte mir etwas Besseres leisten, aber dazu müsste ich mehr arbeiten, und dann würde ich mehr besitzen, und Besitz beschneidet deine Freiheit.

Ich kam abseits von Clay herein, bei einem Block von Eigentumswohnungen, der wie eine Festung gemauert ist. Dort leben Leute, die mehr verdienen als Gott. Ein alter schwarzer Hund mit hängendem Schwanz lief gemächlich über die Straße und fixierte mich.

Unten an der Straße standen vier Holzhäuser mit Veranden, die üppig mit Pflanzen bewachsen waren. Auf einer Veranda war zwischen den Pfosten eine Leine gespannt, auf der verkehrt herum zimtfarbene Arbeitsjacken hingen, mit baumelnden Ärmeln wie tote Männer, die man zur Abschreckung aufgehängt hat.

Ich ließ meinen alten, braunen, ächzenden Plymouth

vorsichtig über Schlaglöcher rollen, die schlimmer waren als die in meiner Straße. Ich kam zu einem Parkplatz voller Wasserpfützen und Unkraut. Mir gegenüber befanden sich sechs kleine Häuser, die im hohen Gras eingesunken waren und ihre Farbe verloren hatten. Ein Kinderwagen lehnte an einem Baumstumpf in einem Hof, und im nächsten Hof standen so viele verrostete Gerätschaften herum, dass sie dich einluden, reinzukommen und dich umzusehen. Dort, vor dem nächsten Haus, saß eine Frau auf einer Terrassenschaukel, genau wie sie gesagt hatte.

Ich parkte mein Auto, stieg aus und überquerte einen Entwässerungsgraben, der mit knirschendem Abfall bedeckt war. Als ich Minnie Chaundelle genauer zu sehen bekam, zog ich, fast ohne es zu merken, den Bauch ein, bevor sie mich betrachten konnte. Sie sprach in ein blaues Handy und trug ein dunkelrotes Kleid, das mit orangefarbener Stickerei verziert war. Der Rock breitete sich von einem Ende der Bank bis zum anderen aus, und an den Füßen hatte sie mit Goldfäden durchzogene Pantoffeln, wie sie japanische Damen tragen.

»Miz Bazile?«

»Ich ruf dich später zurück, Allysene«, sagte sie, schaltete das Handy aus und ließ es zwischen ihren Oberschenkel und die Seitenwand der Schaukel gleiten. Von ihrem Äußeren und Verhalten her konnte man sie für Mitte Dreißig halten, aber ich wusste von jemandem, dass sie gerade dreißig Jahre alt geworden war.

Ich streckte meine Hand aus. »Cisroe Perkins.«

»Minnie Chaundelle«, erwiderte sie und ergriff meine Hand.

Ihre Haut war feucht von der Hitze und glänzte wie

dunkler Honig. Mit einer Geste lud sie mich ein, auf einem Fass mit einem roten Polster obendrauf Platz zu nehmen, und wir unterhielten uns dort zwischen ihren Farnen und Hängebegonien. Die Luft war erfüllt von einem süßen, vertrauten Duft, der sich mit dem eines Jasminbusches an einer Hauswand vermischte.

»Der Name meines Bruders ist Verlyn Venable«, sagte sie. »Er ist vierundzwanzig und immer noch nicht trocken hinter den Ohren.«

Ich nahm einen Notizblock heraus, nickte und machte ein Gesicht, als ob ich alles wusste.

»Er hatte 'nen guten Job«, fuhr sie fort. »Einen *guten* Job. Hab ich ihm besorgt, über 'nen Freund von mir. Lief alles super, und dann löst er sich ganz plötzlich in Luft auf. Die schulden ihm noch einen Monatslohn, aber sie können ihn nicht finden. Ich hab seine Nummer gewählt, immer und immer wieder. Was für eine Art Mensch ist das, die zu dumm ist, um die Goldtaler aufzufangen, die vom Himmel fallen?«

Sie sagte alle diese Wörter der Sorge, aber ihre Stimme hätte einen Rotluchs in einem Feld voller Pfeffersträucher zähmen können.

»Sein Chef hat ihn sogar in seiner Wohnung gesucht. Wie ich schon sagte, sie mochten ihn. Aber Geduld kann schnell dahin sein.«

Ich fragte: »Wann haben Sie Ihren Bruder das letzte Mal gesehen, Miz Bazile?«

Sie rieb Daumen und Zeigefinger aneinander, als ob sie ein Feuer anfachen wollte.

»Er kam letzte Woche hier vorbei. Sagte, ich soll was für ihn aufbewahren. Ich sage: ›Wie lange?‹ Und er sagt: ›Ach,

330

einen Tag oder zwei.‹ Seit sechs Tagen hab ich jetzt nix mehr gehört. Drei Tage lang ist er nicht auf Arbeit erschienen.«

Sie schnipste etwas Dunkles von der Armlehne. Es schlug hart gegen die Wand und landete in einem weißen Plastikbehälter vom U. S. Post Office, wie ihn die Leute gefüllt heimtragen, wenn sie lange Zeit verreist waren. Drinnen war etwas, was ich als Schalen von Pekannüssen identifizierte. Dann dämmerte es mir, woraus der Streifen roten Staubs bestand, über den ich draußen gelaufen war, und was ich in der Luft roch: Nuss-Schalen und Nusskuchen.

Ich fragte, ob sie eine Vermisstenanzeige aufgegeben hatte. Sie neigte den Kopf zur Seite und grinste, als ob sie fragen wollte: »Von welchem Planeten kommst du denn, Junge?«

Der Knopf in der Mitte des Sitzpolsters schnitt in mein knochiges Hinterteil. Ich setzte mich etwas anders hin und fragte: »Was war das, was Ihr Bruder zurückgelassen hat?«

»Moment mal. Ich muss erst wissen, wie lange Sie glauben, dass es dauern wird, bis Sie ihn finden, bevor ich weiß, ob ich Sie mir leisten kann.«

»Ich verlange fünfundzwanzig Dollar die Stunde«, sagte ich und stützte die Arme auf den Knien ab. »Wenn es Ferngespräche, Faxe, Gebühren für Dokumente gibt, dann geht das extra.«

»Ich werd ’ne ganze Menge Nüsse für solche Summen kochen müssen. Also, wie viele Stunden meinen Sie?«

»Manchmal finde ich Leute in einer Stunde. Manchmal nie. Ich lege ein- oder zweimal die Woche – ganz wie Sie wünschen – Rechenschaft über meine Zeit ab. Sie können mir jederzeit sagen, dass ich aufhören soll.«

Ich glaube, den letzten Satz hatte sie gar nicht mehr gehört. Sie stützte ihren Ellbogen auf die Armlehne und rahmte die eine Seite ihres Gesichts mit dem Daumen und einem Finger ein. Die Schaukel trug sie zu mir, und dann wieder weg.

»Wenn ich mir's recht überlege, wird's nicht allzu lang dauern, bis Sie den Jungen finden. Bestimmt steckt er entweder seine Nase in Dinge, wo sie nicht hingehört, und hängt in Slick Willies Billardkneipe in Sugarland rum, oder ...«

Ich wartete, die Hände über meinem Notizbuch gefaltet. Diese Frau brachte die Haare auf meiner Brust zum Knistern. Ich hörte zu, hörte gut zu, aber ich stellte sie mir im Haus vor, wie sie mich zum Tee einlud.

»Oder er schwimmt mit den Schildkröten im Altwasser«, meinte sie und spielte mit dem Seil, das an der Schaukel befestigt war. »Er ist nur ein dummer Junge, Mr. Cisroe. Er hält sich für Eddie Murphy. Aber ich mache mir um seinen törichten Kopf Sorgen.«

Minnie Chaundelle ging hinein, um das zu holen, was ihr Bruder ihr gegeben hatte. Sie wandte sich zu mir um und fragte mich, ob ich gern Tee hätte. Einfach so – ob ich gern Tee hätte. Aber für mich war noch nicht der rechte Zeitpunkt gekommen, um einen anderen Ton anzuschlagen, und ich sagte ganz neutral und anständig ja.

Ich saß auf der Veranda und dachte über das nach, was ich durch mein Telefongespräch mit Stinger Gazway bereits über Minnie Chaundelle wusste. Stinger kommt überall herum im vierten und fünften Bezirk. Wenn irgendjemand irgendetwas über irgendjemanden weiß, dann er. Er erzählte mir, Minnie sei vor sechs Jahren mit einem Mann namens Sparrel Bazile verheiratet gewesen und hatte ihn ein Jahr später begraben müssen. Sparrel war immer um zwei Uhr nachts von der Arbeit heimgekommen, so wie ein Betrunkener, der von einer Party heimkam.

Während ich auf Minnies's Veranda saß und wartete, zogen von Süden her dunkle Wolken auf. Die Luft war zum Schneiden. Ich lockerte meinen Hemdkragen. Zwei weiße Frauen, etwas seltsam gekleidet, gingen Händchen haltend vorbei. Ihre Brillen saßen weit vorn auf der Nase, ihr Haar war über der Stirn einfach grade abgeschnitten, und ich konnte erkennen, dass sie nicht sehr helle waren. Wahrscheinlich kamen sie von der Schule für die Zurückgebliebenen weiter vorn.

Minnie kam wieder mit zwei Gläsern Eistee auf einem Tablett mit hohem Rand und brachte Zucker, Zitrone, Löffel und Servietten von Sundsoburger mit. Sie zeigte mit dem Kopf auf ein Heft mit marmoriertem Einband, wie man sie für die Schule kauft, und sagte: »Hier«, und ich nahm es vom Rand des Tabletts.

Auf dem Etikett vorn stand oben *Brickner Deposit,* und unten ein Firmenname und eine Adresse in der Westschleife. Ich blätterte darin und sah mit der Maschine geschriebenen Text sowie Diagramme und Lagepläne. Schnell reimte ich mir zusammen, dass es etwas mit einem Bohreinsatz vor der Terrebonne-Bucht im Golf zu tun haben musste.

Minnie Chaundelle setzte das Tablett auf dem Postbehälter ab und fragte nach meinen Tee-Vorlieben, dann mischte und rührte sie. »Für einen Natur-Freak muss das was bedeuten«, sagte sie und sah auf das Heft, »aber nicht für mich.«

»M-hm«, sagte ich und mimte den Nachdenklichen. Ich nahm einen großen Schluck Tee, trank aber nicht aus, um ihr keine Umstände zu machen. Ich fragte, ob sie das Heft irgendjemandem gezeigt hatte, zum Beispiel dem Freund von ihr, der ihrem Bruder die Arbeit besorgt hatte.

»Verlyn sagte zu mir, ich solle es niemandem zeigen, also hab ich es auch nicht getan. Bis Sie kamen.«

»Das klingt, als ob Sie Ihrem Freund, der Ihren Bruder angestellt hat, nicht trauen.«

Sie senkte den Blick, als müsste sie nach einem kranken jungen Hund sehen, der sich hinter dem Stuhl versteckte, und meinte dann: »Das sollte nicht sein in dieser Welt, aber manchmal ist es so.« Dann sah sie mir in die Augen und sagte: »Ach, na ja, verstehen Sie mich nicht falsch. Ich falle manchmal über meine eigenen Füße. Andererseits, man weiß nie. Verlyn sagte: ›Wenn mir irgendwas passiert, dann gib das der Polizei.‹ Ich fragte: ›Wovon redest du?‹, aber er gab mir keine Antwort. Er stieg nur ins Auto und fuhr weg.« Sie wedelte mit dem Saum ihres Kleides und bewegte sich unter dem Stoff, bis es ihr wohler war. »Schließlich hab ich keinen Aufkleber mit ›Die Polizei, dein Freund und Helfer‹ irgendwo kleben. Ja, nicht alle Bullen sind schlecht, aber viele sind es.« Die Schaukel fing an, sich zu bewegen, so gemächlich wie ein Boot auf See, aber Minnies Stirn hatte tiefe Sorgenfalten.

»Sie besuchen ihn nicht in seiner Wohnung?«

»Erstens fahre ich nicht Auto. Zweitens könnten mich

meine Freunde hinbringen, aber die Zeit drängt, und Sie sind mir sehr empfohlen worden.«

Sie ließ ihre Augen von oben bis unten über mich gleiten. Ich sah sie genauso an, von unten nach oben.

Ich hatte bereits beschlossen, dass Verlyn Venable für etwa hundert Dollar gefunden werden würde.

Der Friedhof hinter Minnies Haus war dicht bewachsen und von Eichen überschattet sowie von zwei Pecannuss-Bäumen, die Minnie, wie sie sagte, mit einem Rechen bearbeitete, und dann zahlte sie einem kleinen, mexikanischen Jungen aus der Straße einen Vierteldollar pro Eimer fürs Einsammeln der Nüsse. Sie kandierte die Nüsse, die andere in Schönheitssalons und bei Waffenshows zu sieben Dollar fünfzig je zwei Papiertüten verkauften. Davon und von dem, was sie vom Staat für einen lädierten Rücken bekommt, würde sie mich bezahlen, sagte sie. Lädierter Rücken, weil sie vielleicht zu viel darauf liegt – Stinger hat mir das verraten –, aber da drehe ich einer gut aussehenden Frau keinen Strick draus.

Ich wollte nicht so gerne um halb fünf, wenn der Verkehr völlig verrückt spielt, auf der Autobahn nach Sugarland fahren, um Verlyn Venable zu suchen. Stattdessen fuhr ich ein paar Blocks nach Osten zu Lebensmittel-Kroger an der Montrose Street, weil ich dachte, ich könnte dort vielleicht Stinger treffen. Er saß in einer Bude neben der Bäckerei und schmierte mit einem Kaffeelöffel Senf auf eine Brezel.

Ich fragte, ob Minnies Bruder einer von der Sorte war, die leicht in Schwierigkeiten verwickelt werden.

»Nicht dieser Junge«, sagte Stinger. »Das würde nicht

335

passen, es sei denn, er ist irgendwo in Drogengeschichten hineingeraten. Er spielte in der Jugendliga, als mein eigener Junge mit seiner Mutter hier lebte. Ich hab ihn gesehen, wie er Minnie Chaundelle zum Arzt fuhr, wenn sie Atemprobleme hatte. Ihre Eltern starben jung, aber diese beiden blieben immer sauber, das muss ich sagen. Natürlich ist da Minnie mit ihren Kerlen. Aber Mensch, wenn sie's umsonst täte, dann wär's erst recht schlimm.«

Auf der anderen Seite des Raumes, in einer Resopalbude, saß ein Mann, der die Farbe von Kaffee hatte, schweigend da, und seine blonde Freundin ihm gegenüber. Sie hatte einen Schnitt unter dem einen Auge und auf der Wange, die sich grüngelb verfärbt hatte.

»Is es nich' 'ne Schande«, sagte ich und nickte in Richtung der beiden.

Stinger schaute hinüber, während er in die Brezel biss. In seinem Spitzbart blieb etwas Senf hängen. »Manche Frauen geben sich Mühe, jemanden zu finden, der sie vermöbelt«, sagte er mit vollem Mund. Er schluckte hinunter und meinte dann: »Jeder hat die Wahl, ob er in trockenen Socken gehen will oder ob er sich die Stiefel nass macht und darüber jammert.«

Stinger war kein gewöhnlicher Mann, sondern einer, den man ernst nehmen musste.

»Verlyn hat eine Freundin, die beim Buffalo Speedway wohnt«, sagte er. »Kann dir die Adresse nich' sagen, aber ich kann's dir zeigen.«

Stinger ging zu seinem Pickup und schloss die Tür auf, guckte nach rechts und links, dann griff er hinter den Sitz, wo Platz genug ist für seinen Kleisterkübel. Er zog die

Schultern hoch, und ich wusste, dass er seine .38er unter dem Hemd in den Hosenbund gesteckt hatte. Er schaute sich wieder um, schloss die Wagentür und kam in meine Richtung. Seine obere Hälfte steckte in einem hellbraunen Hemd und einer Mütze mit Rockets-Emblem. Seine untere Hälfte war mit einer braunen Hose und roten Sandalen bekleidet, und er bewegte sich, als wären alle seine Sehnen zu lange auf der Folterbank gestreckt worden.

An die Waffe war er gekommen, als er nach einem Tapezierjob heimfuhr und einen Mann sah, der auf der Straße schreiend mit einer Knarre herumfuchtelte, während seine eigenen Kinder zuschauten. Stinger hält, geht zu dem Schlägertyp und sagt: ›Ich weiß, du willst dieses Stück loswerden, Mann.‹ Eine Frau, die alles beobachtete, erzählte, wie er seine Handfläche hochhielt, als ob er kein normales Fleisch hätte, das eine Kugel durchschlagen würde.

Während wir zu der Straße fuhren, die Stinger mir zeigen wollte, war die Luft schwer und stickig von einem Sturm, der vom Golf herüberzog. Ein Wetterleuchten, flackernd wie sterbende Neonröhren, und tiefes Donnergrollen versprachen, dass der Himmel aufreißen und sich erleichtern würde, damit wir wieder atmen könnten.

Ein Stück die Straße hinunter sahen wir ein Mädchen in grauen Shorts und schwarzem, rückenfreiem Top barfuß auf uns zurennen und mit den Händen fuchtelnd. »Oh-oh«, sagte ich und bremste ab.

»Das ist sie«, meinte Stinger. »Das ist die von Verlyn.«
Ihr Haar war dunkel und lockig, und ihre Glieder sahen weiß und fleischig aus, als sie herankam und sich neben das Fenster stellte. Eine blaue tätowierte Rose zeigte sich auf der Wölbung ihrer linken Brust, als sie sich herein-

lehnte. »Da ist ein Kerl mit einem Messer! Er geht auf jemanden los!«

Ich forderte Stinger auf, sich nach hinten zu setzen, damit sie auf den Vordersitz konnte. Sie hielt sich krampfhaft am Armaturenbrett fest und zeigte nach hinten, während ich mit rauchenden Reifen zu der Telefonzelle vor Popeyes Hähnchenbude fuhr. Sie sprang hinaus und wählte eine Nummer, während sie von einem Fuß auf den anderen trat. Stinger sagte: »Wenn sie fertig ist, lass uns mal hinschauen.« Sie kam zurück, immer noch mit ängstlichem Gesicht, und ich sagte, sie solle in der Hähnchenbude warten, wo Licht war.

Stinger sagte: »Gehen wir hin und sehen mal nach.«

Wir fanden die Apartments mühelos und sahen durch einen von Wein überwachsenen Drahtzaun zwei magere Männer ohne Hemd beim Pool stehen und rauchen. Der Weiße trug eine schwarze Hose, der andere hatte lange hellbraune Shorts an und etwas Weißes um seine Schulter und Achselhöhle gewickelt, das ein blutiges Muster wie eine große, rote Rose durchsickern ließ. »Er ist am Leben«, sagte Stinger, »aber er ist verletzt.«

Während wir redeten, rauchte Verlyn seine Zigarette und behielt den Durchgang zwischen Garage und Haus im Auge. Er hätte ein goldener Panter sein können mit seinem kantigen Kiefer und den gelben Augen. Ich sagte ihm, ich sei ein Freund seiner Schwester, die sich um ihn Sorgen mache. Er nickte, sagte aber nichts.

Er hatte eine ruhige, aber wachsame Entschlossenheit an sich, so als ob er nur mal schnell zu Atem kommen wollte, bevor er sich um die anstehenden Angelegenheiten kümmern würde. Ich bin selber manchmal so. Ab und zu kritisiert man mich deswegen, wie die Frau, die mich vor ein paar Monaten verließ. Sie nahm ein paar Dinge mit, die mein Eigentum waren, aber ich lief ihr nicht hinterher, obwohl sie sehr gut wusste, dass ich in einem starken Wind sogar ein Flüstern verfolgen konnte. Als ich schließlich damit fertig war, über alles nachzugrübeln, fragte sie, ob sie zurückkommen könne, aber mein Kopf war schon anderswo. Dieser Zement braucht eine Weile, bis er sich setzt, aber wenn es so weit ist, dann bleibt er so für lange, lange Zeit.

Der Weiße besorgte das Reden. Sein Haar war so kurzgeschoren, dass man die Metallstifte sehen konnte, die in seiner Kopfhaut zu einer Pfeilspitze eingelassen waren. Ich bin zwar nicht gerade zart besaitet, aber das erregte doch meine Aufmerksamkeit.

Er sagte: »Ich und Verlyn und Bitsy, wir schauten uns gerade das Spiel an, als dieser Kerl aus meinem Schlafzimmer kam. Er hat Glück, dass er nicht mausetot ist.« Er bedachte den Übeltäter noch mit einem Haufen Schimpfwörtern, während Verlyn dastand und nicht widersprach. Seine Augen waren fest auf etwas gerichtet, das wir anderen nicht sehen konnten. Ich dachte mir damals, dass das Einzige, was in dem Gesicht dieses jungen Mannes fehlte, die Jugend eines jungen Mannes war. Stinger und ich sind in den Vierzigern, aber der Junge schien schon richtig verbraucht zu sein.

Ich gab ihm meine Karte und meinte, wenn sie weitere Probleme hätten, sollten sie mich anrufen. Ich schlug Verlyn vor, auch seine Schwester anzurufen. Bei der Erwähnung seiner Schwester huschte ein anderer Ausdruck durch seine Augen, und er bat mich: »Behalten Sie das für sich, okay?«

»Kein Problem«, sagte ich.

Stinger und ich gingen, als wir die hellblauen Wagen der »Helden von Houston« sahen, am anderen Ende des Hofes hinaus, denn wir wollten nicht jedermanns Zeit verschwenden.

Als wir wieder auf den Parkplatz bei Kroger fuhren, öffneten sich endlich die Wolken, und ich spürte bereits die Veränderung in der Luft.

»Danke, Mann«, sagte ich zu Stinger.

»Kein Problem, Kleiner«, sagte er und stopfte sich ein Stück Kautabak in die Backe, bevor er die Tür öffnete, dann rannte er zu seinem Truck, während große Regentropfen auf seinen Rücken prasselten wie gedämpfte Gewehrsalven. Er duckte sich, als ob er glaubte, wenn er kleiner wäre, würde der Regen nicht so hart aufprallen.

Während ich wegfuhr, dachte ich mir, Minnie Chaundelle wäre sicher dankbar, zu erfahren, dass ihr kleiner Bruder gesund war. Vielleicht würde sie mir eine Tüte Nüsse geben oder mir einen Kuchen backen.

Es ging gegen sechs Uhr, und der Regen trommelte so heftig zu Boden, dass ich dachte, man müsste die Arche Noah wieder flottmachen. Durch meine Windschutzscheibe konnte ich etwa so gut hindurchsehen wie durch sieben Lagen Wachspapier.

Aber als ich zur Gross Street kam und parkte, ließ der Regen wie von Zauberhand nach. Ich wollte gerade aussteigen, als ich einen großen Mann in einem hellen Anzug auf der anderen Seite aus einem Auto steigen und den Abwasserkanal zu Minnie überqueren sah. Auf der Veranda machte er seinen Regenschirm zu und zupfte an seinem Jackett, bevor er klopfte. Die Haustür öffnete sich und die Fliegentür gleich danach, und Minnie winkte ihn mit einem strahlenden, liebenswürdigen Lächeln hinein. Sie war von goldenem Licht eingerahmt, und ich stellte mir vor, ich roch kandierte Nüsse, die auf dem Herd kochten.

Ich fuhr weiter.

Um sieben Uhr am nächsten Morgen klingelte mein Telefon. Ich griff nach einem Glas Wasser auf meiner Kommode und trank etwas, bevor ich abnahm. Die Stimme sagte: »Hier ist Verlyn. Kann ich mit Ihnen sprechen?«

Ich traf ihn bei Starbuck außerhalb von West Gray.

Er trug olivgrüne Hosen, ein hellgrünes Polohemd, karamellfarbene Mokassins und keine Socken. In einem Ohr hatte er einen goldenen Ohrring, und an seiner Hand einen Klassenring von der Universität von Texas. Bei dem angenehmen Wetter saßen wir draußen. Er trank Saft und biss von einem trockenen Croissant ab. Ich wusste, dass es trocken war, weil ich auch eines aß.

Ich fragte ihn, ob er seine Schwester angerufen habe. Er sagte, er habe sie aufgeweckt und sich entschuldigt dafür, dass er ohne Erlaubnis abwesend war. Er hatte es ihr gesagt, bevor sie ihre Sinne beisammen hatte und ihn ausschimpfen konnte. Ab und zu dehnte er seine Schultern ein wenig und zuckte zusammen. Jedes Auto, das heranfuhr, betrachtete er ausgiebig.

Ich fragte: »Bist du nun bereit, mir zu sagen, wer der Typ ist, der was gegen dich hat?«

»Jemandem gefällt nicht, was ich weiß, okay? Jemand will mich einschüchtern.«

Er drückte seinen Mittelfinger auf den heruntergefallenen Puderzucker auf dem Papier und leckte ihn ab.

»Und ist ihm das gelungen?«

Verlyn sah mir geradewegs in die Augen. »Eine Biene flieht nicht.«

»Noch mal?«

»Wenn du nach ihr schlägst, sticht sie dich«, erklärte er mit der Mimik eines alten Mannes.

»Auf die Weise kannst du dir 'ne Menge Ärger einhandeln, Bruder.«

»Nicht, wenn du dir den Obergauner schnappst, stimmt's?« Er blies auf seinen Kaffee, trank einen Schluck und sagte dann: »Ich muss einen Computer abholen, den ich im Büro zurückgelassen habe. Ich könnte Begleitung gebrauchen.«

Arbeite ich jetzt für dich?, wollte ich gerade fragen, und da ich nicht ganz doof bin, wusste ich, der Mann hatte Geld, das er ausgeben konnte. Aber alles, was ich sagte, war nur: »Wie wär's, wenn dein Freund, wie hieß er gleich noch, mit dir kommt?«

»William? Das ist nicht der Richtige.«

»Ich verlange fünfundzwanzig die Stunde«, erklärte ich.

»Das geht klar«, meinte er, was mich überlegen ließ, wie viel er wohl in seinem Job verdiente. Er sagte: »Möglicherweise haben sie meinen Rechner inzwischen zum Pfandleiher gebracht. Der billige Kerl hat mich meinen eigenen Computer mitbringen lassen.«

»Kein Kapitalverbrechen, so weit ich sehen kann.«

»Also, da gehen Dinge vor sich …«, sagte er und lehnte

sich näher an den Tisch, sodass sein Brustkorb die Kante berührte. »Einige dieser Bohrgesellschaften, die riskante Erdölbohrungen durchführen, machen absolut jeden Mist, um Geld für das nächste Loch zu kriegen. Sie nehmen mehr Investoren an, als sie verkraften. Und sie kommen ungestraft davon, weil sie sagen, sie bohren in einem ›juristischen Niemandsland‹, etwa so, als ob sie auf dem Mond bohren würden. Also ist keiner völlig ruiniert, wenn sich die Bohrstelle als trocken rausstellt, verstehst du?«

»Klingt irgendwie plausibel«, meinte ich.

»Aber die Sache ist die. Gute Leute investieren in diese Dinge, Leute wie meine reichen Tantchen, wenn ich welche hätte, und zu oft klaut man denen einfach ihr Eigentum.«

»Das kapier ich nicht ganz.«

Er nahm einen Bissen von seinem Gebäck, kaute eine Weile und sah aus wie jemand, der sich immer noch seinen nächsten Schritt überlegt. Um den Druck etwas abzuschwächen, stellte ich ihm eine harmlose Frage. »Warum hast du dich drei Tage lang nicht auf der Arbeit blicken lassen?«

Verlyn lehnte sich zurück und schlug die Beine übereinander. »Ich war sauer«, erwiderte er, drehte sich auf seinem Stuhl und schlug die Beine anders übereinander. »Da gibt es diese eine Zeitagentur, für die ich mehr als fünf Jahre gearbeitet habe. Die hatten einen eiligen Job, also bin ich eingesprungen. Hey, ich weiß, es ist nicht regelgerecht, mit Mitchell Corporation so umzuspringen, aber was die abziehen, ist viel schlimmer. Ich meine es ernst. Ich könnte Namen nennen. Ich könnte ihnen wirklich schaden.«

»Die meisten Leute würden einfach die Augen zumachen und zum Essen gehen.«

»Das stimmt, das würden die meisten tun. Sie haben doch meine Schwester kennen gelernt? Sie hat mich richtig erzogen. Morgen geh ich zum Bezirksstaatsanwalt.«

»Das solltest du dir vielleicht noch mal überlegen.«

»Ein kluger Mann kaut nicht auf etwas rum, was ihn auffrisst.«

»Ich will mich nur nicht deinetwegen vor Minnie Chaundelle verantworten müssen, das ist alles.«

»Das würd ich auch nicht wollen«, sagte er mit einem Lächeln.

Wir gingen zu einem Hochhaus in der Nähe der Westschleife und fuhren mit einem gläsernen Aufzug hoch, von dem aus wir einen Blick über den Buffalo-Bayou hatten, wo ein dutzend graue Gestalten durch das grüne Wasser glitten – Schildkröten mit ihren langen Hälsen oder kleine Alligatoren. Auf Verlyns Lippe standen Schweißperlen.

»Hier wird niemand auf dich schießen, Junge«, meinte ich.

Er kreiste mit seiner verletzten Schulter, lächelte ein wenig und sagte: »Darauf können wir uns nicht hundertprozentig verlassen, oder?«

Verlyn ging zu einem Büro in einem großen Raum voller Schreibtisch-Zellen. Er sagte mir, ich sollte warten, also lehnte ich mich an eine Wand und machte mir mit dem Taschenmesser die Fingernägel sauber. Kurz danach hörte ich, wie jemand die Stimme erhob: »Du lässt mich einfach so auf dem Trockenen sitzen? Vielen Dank.«

Weiter vorn im Gang streckte jemand den Kopf aus einer Zelle und zog ihn wieder ein. Ich bewegte mich so weit, dass ich in das Büro schauen konnte, wo Verlyn war, und sah einen kleinen Mann mit einer Menge Kopfhaut, die von weißem Haar eingerahmt war, und einem roten Gesicht. Als der Mann mich sah, starrte er mich an, dann machte er zu Verlyn eine Geste mit der Hand, als ob er sagen wollte, geh schon, verschwinde hier.

Im Auto öffnete Verlyn seinen Laptop und startete ihn, um einen Blick auf seine Dateien zu werfen.

Was für Dateien? Der Rechner war leergeputzt.

Er fluchte und schlug mit der Außenseite seiner Faust gegen die Autotür, aber dann beruhigte er sich und schien sich damit abzufinden.

»Wie wär's, wenn wir das Heft holen, das du bei Minnie Chaundelle gelassen hast?«

Er meinte, vielleicht später, er müsste jetzt ein wenig schlafen. Ich erwischte ihn wieder bei einem Lächeln, und er sagte: »Mein Mädchen mag es, wenn ein Mann verwundet ist.«

Wieder zu Hause, rief ich Minnie an und sagte ihr, dass ihr Bruder möglicherweise vorbeikomme, vielleicht mit mir, aber ich hätte am Abend eine Arbeit zu erledigen und wüsste es deshalb noch nicht.

»Ah, mein Lieber, Gott sei Dank«, sagte sie. »Sie können jederzeit hereinschauen, ich bezahle gerne, was ich Ihnen schuldig bin.« Ich fragte mich, ob sie auf ihrer Verandaschaukel saß, während sie mit mir sprach.

Als ich aufgelegt hatte, prüfte ich meinen Kleiderschrank, um zu sehen, welche Hemden sauber waren, briet etwas Okra und Wurst mit rotem Paprika und einem Rest

Nudeln, dann machte ich ein Nickerchen und träumte von einem Teich, an dem ich als Kind gelebt hatte, und von dem gelben Schmetterling, der immer auf dem Busch draußen landete, und von dem Duft von Jasmin und Äpfeln und Kiefern.

An dem Nachmittag überprüfte ich die Akten über die Bohrfirma. Gegen die Mitchell Corporation hatte sich eine Anzahl Prozesse angesammelt, die sich schon jahrelang hinzogen. Auf eine Eingebung hin suchte ich die Vorstrafenregister des Präsidenten, des stellvertretenden Präsidenten und des Geschäftsführers, Guy Grundfest, heraus. Der Präsident hatte vor zwei Jahren eine Geschichte vor dem Familiengericht gehabt. Der stellvertretende Präsident war sauber, aber Grundfest hatte zwei Vorstrafen wegen Überfällen, eine in El Paso, eine in Houston, und einen Scheckbetrug bei Huntsville. Was mir allerdings irgendwie bekannt vorkam, war der Name des Generaldirektors, Ray Wayne Wooley. Diesen Namen hatte ich schon einmal gesehen, wusste aber nicht, wo. Ich hatte ein komisches Gefühl dabei. Je mehr ich den Namen abschütteln wollte, desto fester blieb er kleben.

In einer Stunde würde ich mich für meinen Abendjob fertig machen müssen, den ich Minnie Chaundelle gegenüber erwähnt hatte. Ich rief Stinger an. »Wen kennst du mit Namen Wooley? Ray Wayne Wooley.«

»Keine Menschenseele.«

»Klingt es nicht irgendwie vertraut, gar nichts?«

»Nein.«

»Okay, was weißt du über Bohrgesellschaften? Verlyn arbeitet für eine Firma, die möglicherweise was Krummes dreht, aber es scheint, er ist noch nicht bereit, alle Karten auf den Tisch zu legen.«

»Vielleicht muss der Junge mal eine Weile in seinem eigenen Saft schmoren«, meinte Stinger.

»Ich möchte wissen, was ich tun kann, um das zu vermeiden.«

»Du würdest gern wissen, wie Minnie Chaundelles Zucker schmeckt.«

»Das auch. Aber in der Zwischenzeit will ich nicht zusehen, wie irgendein Verrückter diesen Jungen in Scheibchen schneidet.«

»Ich werd mal rumfragen. Bist du heute Abend bei dem Parkplatz?«

»Ja. Ich hab mein Handy dabei, wenn du anrufen musst.«

»Ich weiß nicht, vielleicht brauch ich ein neues Auto. Vielleicht treff ich dich dort.«

Ich rief einen Reporter an, den ich einmal auf einer Konferenz von Ermittlern kennen gelernt hatte, ein unscheinbarer Weißer namens Jobar Wilson, der sich gerne Buck nennen ließ. Sobald man ihn sah, wusste man, wie sehr er es nötig hatte, aber es war schwierig für mich, daran zu denken, diesen Namen zu gebrauchen. Er hielt mich mit einer Geschichte über Bluesbands auf, die für das Juneteenth-Festival spielten, eine drei Tage dauernde, jährlich stattfindende Feier, und die das ungefähre Datum markierte, als die Nachricht in Texas anlangte, dass die Sklaven befreit waren.

Buck bestätigte, was mir Verlyn über Versuchsbohrungen erzählt hatte, wobei manchmal eine Ölquelle mehrfach verkauft wurde. »Ein Investor stellt die Million zur

Verfügung, die nötig ist, um ein Loch zu bohren, okay?, aber dann werden die Bohrleute gierig. Sagen wir mal, sie treffen einen Mann im Ölclub, der noch eine Million locker machen kann. Sie nehmen ihn mit rein, vergessen aber zufällig, zu erwähnen, dass sie bereits ihre Million haben, mit der sie zu bohren anfangen können. Auf die Weise sind sie sicher, genug Geld zusammen zu bekommen, falls sie Probleme kriegen. Oder sie schielen schon weiter zum nächsten Loch. Sagen wir, der Freund ihres Sohnes hat einen Daddy, der Geld zum Investieren hat. Gut, sie lassen auch ihn mit einsteigen. Das Problem ist: Die Bohrung stellt sich als erfolgreich raus. Hoppla, jetzt haben sie zu viele Leute, die sie beteiligen müssen, obwohl die Sache so viel nun auch wieder nicht abwirft.«

»Dann gehen sie Bankrott«, meinte ich. »So was passiert jeden Tag.«

»Irrtum.« Er machte eine Kunstpause wie ein Schauspieler. »Nönö. *Die machen das Loch zu.* Verschließen es und sagen, es sei trocken.«

Ich folgerte: »Und sie machen es irgendwann später wieder auf.«

»Nein. Was kümmert es sie, wenn den armen Trotteln ihre Investition nicht erstattet wird? Sie sind nicht im Raffineriegeschäft, sie sind im Bohrgeschäft.«

»Hey«, sagte ich, »überall Gauner.«

Er unterbrach kurz, und als er ans Telefon zurückkam, fragte ich: »Jobar, kannst du irgendwas mit dem Namen Ray Wayne Wooley anfangen?«

Es entstand eine Pause, und ich fragte mich, ob er mit mir spielte, bis er sagte: »Möglicherweise, Cisroe. Aber es wär mir wirklich lieber, du nennst mich Buck.«

»Entschuldige, Buck.« Ich hörte, wie er auf einer Tastatur klapperte.

»Ray Wayne Wooley«, sagte er. »Er ist der Bruder von Brant Wooley. Der ist Staatsanwalt im Gerichtsgebäude. Hab neulich den Namen auf der Gesellschaftsseite gesehen.«

Ich versuchte mehrere Male, Verlyn anzurufen. Entweder hatte er keinen Anrufbeantworter, oder er war abgestellt. Wenn Verlyn die Verbindung zwischen dem Generaldirektor der Mitchell Corporation und dem Oberstaatsanwalt der Stadt kannte, dann hatte der Junge mehr Mark in den Knochen, als ich ihm zugetraut hätte. Vielleicht war er aber auch dumm, und vielleicht war es das, was seine Schwester gemeint hatte.

Um sechs Uhr musste ich es aufgeben und zu meinem Abendjob gehen. Es war für einen reichen Bruder, der sich gebraucht einen tollen Wagen gekauft hatte und den Verdacht hatte, dass der Händler am Kilometerzähler gefummelt hatte. Er hatte mich gefragt, ob ich mich als Händler ausgeben könnte, um zu sehen, ob ich ihre Praktiken ausspionieren könne – egal, was es ihn kosten würde, es ging ums Prinzip. Ich sagte, ich würde es eine Woche lang tun, aber woher wüsste ich, dass ich überhaupt angeheuert werden würde? Er lachte, und seine Stimme klang wie ein Nagel, den man aus einem harten Holz zieht. »Du bist doch auch nur 'ne andre Art von Bauernfänger. Sag mir, es ist nicht so, und ich zeig dir, dass ein Schwein tanzen kann.«

In diesem Geschäft tut man eine Menge für ein paar Dollar.

Also war ich an der North Shepard Street, wo die Autos ausgestellt wurden, und stand draußen in einem Hemd, das zu viel Stärke in sich hatte, und hörte einen Blues-Sender über Kopfhörer, die an ein Radio angeschlossen waren, das an meinen Gürtel geklemmt war. Dann und wann drehte ich die Lautstärke zurück, nahm mein Handy raus und versuchte Verlyns Nummer.

Zwei Paare kamen herein, nahmen meine Zeit in Anspruch, und gingen wieder. Ich wollte gerade eine Klopause machen, als ich Stingers verblichenen braunen Truck sah. Er stieg aus und setzte gegen das Flutlicht seine Sonnenbrille auf. Als er bei mir war, sagte er: »Vielleicht solltest du mit mir kommen, Cisroe. Die haben deinen Jungen geschnappt.«

Verlyn Vincent Venable, vierundzwanzig Jahre alt. Ideale, Charakter, Geschichte, Verstand, Schönheit. All das, bereit ... wofür? Um als Würmerfutter in die Erde gelegt zu werden.

Die offiziellen Berichte besagten, er habe eine der Kurven am Allen Parkway, der Allee entlang des Altwassers, nicht mehr gekriegt. Stinger wusste es besser, und ich auch.

Aber erst am nächsten Morgen, um vier Uhr, wusste ich es sicher. Buck Wilson erzählte mir von dem Fund, nachdem ich ihn angerufen hatte, und er erreichte eine Kontaktperson in der Leichenhalle am Old Spanish Trail. Der Bericht besagte, ein einziger Schuss aus einer .40-Kaliber-Waffe hatte Teile von Verlyns Schädel über die schwarzen Wasser des Bayou schwirren lassen, über dem ein voller Mond schwebte. Wut und Kummer erfüllten meine Seele. Ein Glas meines Schlafzimmerfensters ging zu Bruch, als ein Schuh von mir hindurchflog. Mein Herz krampfte sich zusammen, wenn ich an Minnie dachte, diese stattliche, schöne Frau, vom Kummer gebeugt.

Ich hatte gerade vor, bei ihr vorbeizuschauen, als Stinger anrief und sagte, dass er bereits dort angerufen und eine Freundin von ihr abgenommen hatte. Im Hintergrund hatte er schreckliches Wehklagen gehört, sagte er, und was Frauen in solchen Zeiten brauchten, seien Frauen.

Nach diesen Regeln betrachtet, gab es nichts mehr, was ich für Minnie Chaundelle hätte tun können. Ich hatte kurzfristig ihren Bruder gefunden, und das war alles, wofür ich bezahlt wurde. Aber der Gedanke machte mich krank, ich hätte vielleicht etwas tun können, um zu verhindern, dass er in die Hände der Bösen fällt.

Ich ließ Minnie in Ruhe, aber ich dachte den ganzen Tag immer wieder an sie und diesen armen Jungen. Nach einer Weile erinnerte ich mich an das, was Stinger gesagt hatte von wegen sich die Stiefel nass machen und dann darüber jammern, und an das, was Verlyn selbst gesagt hatte, »spuck's aus oder schluck's runter«. Ich kam zu dem Schluss, dass ich mir das Heft noch mal anschauen wollte, das der Junge bei Minnie gelassen hatte.

Gegen fünf Uhr wollte ich gerade aus dem Haus, um mir ein Abendessen zu besorgen, als Stinger vorbeikam. Ich blieb stehen, trat an seinen Pickup heran und redete mit ihm. Auf der anderen Straßenseite hantierten Männer mit Blechstücken für ein neues Dach. Die Sonne leuchtete grau und scharf durch die Wolken, und die Helligkeit, die sie abstrahlte, fiel in einer Weise auf Stingers Gesicht, dass es ihn wirklich hart und gemein aussehen ließ. »Den kriegen wir noch«, sagte er.

»Welchen? Wir haben keine Ahnung ...«

»Von wegen keine Ahnung.«

Ich sagte: »Es könnte Grundfest sein, klar. Er hat mehrere Überfälle in seinem Vorstrafenregister. Es könnte aber auch ein großer Fisch wie Wooley sein. Oder es könnte ein kleiner Gauner wie derjenige sein, der den Jungen in die Schulter gestochen hat. Wie kriegst du raus, welcher es ist?«

»'n junger Bruder is' hin, Cisroe. Hätte Gutes tun können in dieser Welt.«

»Ich weiß. Aber es gibt Möglichkeiten, damit umzugehen.«

»Klar.«

»Legale Möglichkeiten.«

»Quatsch«, sagte er und kurbelte heftig das Fenster auf der anderen Seite hinunter, bis die Scheibe tief genug war, dass er spucken konnte. Dann zog er einen weißen Socken aus der Tasche und wischte sich damit den Mund ab. »Wer wird es Minnie Chaundelle sagen? Du?«

Nach dem Abendessen fuhren wir zu Minnie. Eine Frau namens Ardath Mae war dort. Sie hatte Silber im Haar und ein so frommes Aussehen, das Stinger plötzlich ganz schüchtern machte. Ardath Mae sagte, Minnie sei mit einer anderen Freundin weggegangen, um Verlyns Beerdigung zu regeln. »Dieses Mädel ist vollkommen fertig«, sagte Ardath Mae. »Keine Ahnung, wie sie das verkraften wird.«

Ich fragte, ob es in Ordnung sei, wenn ich in Minnies Schlafzimmer nach etwas suchte, was Verlyn vielleicht dort gelassen hat. Ardath sah Stinger an, bevor sie mir zunickte. Als ich weiterging, hörte ich sie sagen: »Was hast du so getrieben, Mista G.? Lange her, stimmt's?«

Minnies Zimmer war voller Bilderrahmen und Vasen, die mit Perlen und Nuss-Schalen beklebt waren, und noch mehr hingen in Strängen vor dem Kleiderschrank, wie etwas aus der Hippie-Zeit. Ich brauchte eine ganze Minute, um Verlyns Heft unter einer Schuhschachtel auf dem Zwischenboden im Schrank zu finden. Als ich zurückkam, standen Stinger und Ardath Mae relativ nahe beieinander. Ich zeigte ihr, was ich mitnehmen wollte, und bat sie, es Minnie zu sagen. Sie runzelte die Stirn, aber war dann doch einverstanden, und dann sah ich, wie sie Stingers Hand losließ, die hinter einer Falte ihres Rocks versteckt war.

Zurück in meiner Wohnung, stellte ich eine Flasche Johnny Walker Black auf den Tisch, holte Gläser und Eiswürfel, ein paar Peperoni und Brezeln, und las Stinger die Liste von Leuten vor, die in die Mitchell Mining and Drilling Corporation investiert hatten. Er nickte bei jedem Namen, schlürfte seinen Whiskey und ließ ihren Klang vorbeiziehen, während seine Augenlider halb geschlossen waren. Es waren elf Namen aufgeführt, mit Summen von einer Viertelmillion bis zu einer Zahl mit ganzen acht Nullen. Als ich zum neunten Namen kam, gingen Stingers Augen auf. »Lies mir den noch mal vor«, sagte er.

Houston ist reich an Gentlemen's Clubs – »Centerfolds« und »Baby Dolls«, »La Nude und Peter's Wildlife«; »Rick's« und ein Dutzend weitere. Der eine, zu dem wir fuhren, den musste man kennen. Es war ein mit Stuck verzierter Sandsteinkasten mit sanft beleuchteten Torbögen und von zwei Palmen eingerahmt, aber ohne Schild draußen. Ich kannte den Club aus Zeiten, in denen er ein Schild hatte, und erinnerte mich daran, als Stinger sagte, ich solle ihm den Namen noch mal vorlesen – Barsekian's Lounge.

Wir fanden ganz hinten am Parkplatz eine Lücke, wo wir das Auto stehen lassen konnten. In den Schatten auf der Seite saß ein Schwarzer Sheriff so unbeweglich, als ob er aus Karton wäre, in seinem Golf-Cart, und die weißen Waffeln seiner Brille machten ihn zu einer Karikatur.

Drinnen fragte ich einen Mann mit gebleichten Haaren und einem Gesicht wie ein abgebröckelter Betonblock nach Mr. Barsekian. Er musterte uns zwei Mal von oben bis unten, fragte nach unseren Namen und ging dann durch die Menge weg.

Armen Barsekian war früher einer der größten Buchmacher an der Third Coast, aber auf Geheiß des FBI hatte er sich zur Ruhe gesetzt. Vielleicht versuchte er jetzt, legale Geschäfte zu machen und mit den Spekulanten über die schlüpfrigen Straßen von Öl und Gas zu laufen. Wenn er derselbe A. Barsekian war, der in Verlyns Heft als Investor aufgeführt war, dann würde es ihm vielleicht gefallen, eine Buchhaltungsprüfung des Brickner-Deposit-Projekts anzuregen. Das einzige Problem war, wenn er der Ganove war, für den ich ihn hielt, dann war er auch die Art Typ, mit dem man sich nicht anlegt, es sei denn, man hegt eine gewisse Zuneigung zum medizinischen Personal in der Notaufnahme.

Der Mann kam zurück und sagte, Stinger könnte Mr. B. sehen, aber ich müsste an der Bar warten. Ich wollte schon protestieren, aber ich dachte, dass vielleicht Stinger mit seiner helleren Haut, schmächtigeren Figur und seinem graueren Haar für einen alten, weißen Mann nicht so Furcht einflößend wäre.

Ich ging zur Bar und bestellte ein Starkbier bei einer Frau, deren Aufmachung nicht viel der Fantasie überließ. Sie sah so aus, als ob sie gleich bersten und uns alle mit Bierschaum besprühen würde. Sie trug einen Rock, der einen Mann zum Brüllen bringen konnte, ohne dass er es merkte.

Das Publikum war gemischt, aber nicht sehr. Ich glaubte, einen Cop zu erkennen, der einer Tänzerin in einer pinkfarbenen Boa zulächelte, und dachte mir, man muss sein Vergnügen suchen, wo man nur kann. Die Musik war nicht überlaut, aber es war sowieso diese spezielle Art von Musik, und es dauerte nicht lange, bis ich ein starkes Bedürfnis empfand nach jemandem mit Leidenschaft und Duft und einem großen, freundlichen Herzen.

Als Stinger zurückkam, hatte ich gerade mein zweites Glas bekommen. Er strich sich über den Spitzbart, machte eine Kopfbewegung in Richtung der Bürotür und sagte: »Es ist geschafft, Mann. Es ist in den richtigen Händen.«

Armen Barsekian war ein einflussreicher Mann. Mir gefiel nicht sehr, was ich mir über seine verschiedenen Geschäfte vorstellen konnte, und auch nicht, wie er sie wohl abwickelte, aber manchmal, dachte ich mir, muss man einfach das Wasser die Kanäle ausgraben lassen, für die es geschaffen ist.

Minnies kleiner Bruder Verlyn Vincent Venable war an einem Mittwochabend gestorben. Am folgenden Freitag, weit draußen vor der Stadt, fand ein Jagdhund, der gerade an einem Sumpfteich in der Nähe eines Schießplatzes trainierte, Guy Grundfest, den Geschäftsführer der Mitchell Corporation, wie er in den schlammigen Tiefen versank. Und Ray Wayne Wooley erlitt ein unglückliches Missgeschick, das ihm beide Knie brach, bei einer Fahrt mit dem Jetski, Samstag Nacht auf dem Lake Houston, wie er sagte, als er zu viel getrunken hatte.

Am Montag fuhr ich geschäftlich nach Chicago und war vier Tage weg. Als ich zurückkam, hatte ich mich um andere Sachen zu kümmern, also schaffte ich es erst am folgenden Samstag, bei Minnie Chaundelle reinzuschauen.

Als ich die Gross Street entlangfuhr, war die Sonne so hell, dass sie hätte Diamanten ritzen können. Das Radio sagte, es hätte fünfunddreißig Grad und etwa die gleiche Luftfeuchtigkeit, und ich dachte, es wäre an solch einem klebrigen Tag in Ordnung, wenn es sich herausstellen würde, dass Minnie Chaundelle nicht da ist. Auf die Türklingel reagierte sie nicht. Aber dann ging ich ums Haus herum und schaute durch die dichte Gruppe grüner Eichen im Friedhof und sah diese reizende, füllige Frau – von hier aus wirkte sie winzig wie ein Kind –, die vor einem Grabstein stand.

Ich ging durch die hohen Gräser und passte auf, dass ich keiner Schlange begegnete, lief an Grabsteinen vorbei, die zerbrochen und aufeinander gelegt waren, und andere, die zwar ganz, aber umgeworfen waren, als ob ein Traktor sie umgepflügt hätte. Ich ließ mir Zeit und schaute die Steine an, da ich wollte, dass Minnie Chaundelle mich sieht und sich an mein Eindringen gewöhnt. Einige der Gräber waren so tief eingesunken, dass man kaum die Namen über der weichen Erde lesen konnte, und ich dachte mir, was für eine Schande: Diese Leute waren zum zweiten Mal gestorben.

Als ich näher kam, sah ich den frischen Erdhügel, an dem Minnie stand. An seinem oberen Ende befand sich ein glänzender schwarzer Stein mit Verlyns Daten darauf. Minnie wandte mir ihre Augen zu, die tief wie der Sorgenfluss waren. Es gab keine Worte, die für einen Augenblick wie diesen angemessen gewesen wären, deshalb versuchte ich es gar nicht erst. Ich streckte nur einen Finger in Richtung ihrer schlaffen Hand, und sie nahm ihn und hielt ihn so fest, als ob sie im Quicksand ausrutschen würde.

Sie sagte: »Das hier ist nicht der eigentliche Stein. Später wird noch mehr draufstehen.«

»Ich weiß, er wird schön sein«, sagte ich, »der Allerbeste, den es nur geben kann.«

Sie nickte und presste die Lippen aufeinander und lehnte sich an mich, während sie sich mit ihrem Handballen das linke Auge abwischte.

»Da wird draufstehen: ›Ein Sonnenstrahl wäre genug. Aber es gab dich‹.«

»Das ist wirklich schön, Minnie Chaundelle.«

»Ja, nicht wahr?«

Der Wind blies Minnies Rock nach vorn, dann wehte er durch das Gebüsch und das Laub, als ob er einen neuen Weg aufzeigen wollte. Da standen wir, Minnie Chaundelle und ich, unsere Köpfe aneinander gelehnt, die Arme umeinander geschlungen wie ein altes Liebespaar, in Erinnerungen versunken, die zu schwer waren, um sie auszusprechen. Nach einer Weile ging ich mit ihr zu ihrem Haus zurück, wo ich sie noch etwas mehr tröstete.

Später in dieser Nacht stand ich von meinem Schreibtisch auf, um ans Fenster zu gehen, wo das Mondlicht dem Sims einen blauen Anstrich gab und die Baumwipfel und Hausdächer mit dem gleichen kühlen Farbton bepuderte. Mir taten die Männer leid, die sich im Strudel der Habgier verfangen hatten, und auch die Schwachen, die die Tore öffnen, und die Frauen, die untadelig waren, die irgendwo warteten.

Und als ich mein Hemd aufknöpfte, um mich zum Schlafen auszuziehen, und den süßen Duft von Minnie noch an mir roch, da fiel eine einzelne Träne neben meinem Fuß auf den Hartholzfußboden. Ich fragte mich, was aus mir werden würde, wenn ich zuließe, dass andere Männer meine Arbeit übernehmen, sodass ich mich nicht in Redlichkeit zu einer trauernden Frau legen und ihr sagen konnte, dass Cisroe Perkins sich um die Gerechtigkeit kümmerte, auf die Art, wie er es am besten kann.

Ich beschloss, es das nächste Mal besser zu machen.

Über die Autoren

Die wilde Schönheit der Küste von Massachusetts ist die Umgebung, in der SALLY GUNNING lebt und auch ihre Kriminalromane ansiedelt. Ihr Serienheld ist Peter Bartholomew, ein kleiner Geschäftsmann, der bisher durch sechs Bücher hindurch in Morde verwickelt wurde.

Joseph Hansen ist mit seinem Detektiv Bohannon in der Kurzgeschichte »Ausritt am Morgen« erfreulicherweise zur Belletristik zurückgekehrt. Hansen ist vor allem für seine ausgezeichneten Romane um den homosexuellen Detektiv David Brandstetter bekannt. Die Bücher um Brandstetter beschreiben die kleine Welt Südkaliforniens mit viel Hintergrund, originellen Charakteren und Plots und einem sympathischen, komplexen Helden. Hansen hat in der Brandstetter-Serie bereits zehn Romane abgeliefert, und man kann nur hoffen, dass noch mehr folgen.

Sarah Shankman begann unter dem Pseudonym Alice Storey Krimis zu schreiben, um diese Bücher von ihrem Hauptwerk zu unterscheiden. Die Kriminalromane stellten sich allerdings als so erfolgreich heraus, dass sie jetzt ihre gesamte belletristische Arbeit unter ihrem eigenen Namen veröffentlicht. Ihre Serienheldin ist Samantha Adams, eine Reporterin in Atlanta, die Hauptfigur in bisher sechs Romanen. Sarah hat eine weitere Serie begonnen, die in

Nashville spielt. Ihr neuestes Buch trägt den Titel *I Still Miss My Man, But My Aim Is Getting Better.*

Nancy Pickard ist die Schöpferin der Krimi-Serie um Jenny Cain, in der sie Leben und Verbrechen in einer kleinen Stadt in Neuengland untersucht. Ihre Romane bekamen die Anthony-, Agatha- und Macavity-Awards und wurden für den Edgar-Award nominiert. Ihre Kurzgeschichten sind genauso eindrucksvoll und erscheinen in Anthologien wie *Vengeance Is Hers* und *A Woman's Eye.* Sie hat auch Anthologien herausgegeben; die bekannteste ist *Women on the Edge.*

Eleanor Taylor Bland, Buchhalterin in Waukegan, Illinois, schuf Marti MacAlister, die erste afroamerikanische Detektivin der Krimiliteratur. Geschichten von ihr erschienen kürzlich in *Women on the Case,* das von Sara Paretsky, ihrer Autorenkollegin aus Illinois, herausgegeben wird.

Brendan DuBois lässt in seinen Romanen und Kurzgeschichten die Landschaft von New England lebendig werden. Eines seiner letzten Werke »The Dark Snow«, erschien in mehreren Jahresanthologien und wurde 1996 für den Edward Award in der Kategorie Beste Kurzgeschichte nominiert. Sein Serienheld ist Lewis Cole, der an der Küste von Neu England, wo er lebt, Mord und Korruption aufdeckt.

Edward D. Hoch, ein weiterer Edgar-Preisträger, schreibt in aller Stille die besten und spannendsten Krimis. Er ist ein Meister der Kurzgeschichte, und seine Arbeiten sind seit

1973 in jeder Ausgabe von *Ellery Queen's Mystery Magazine* erschienen. Wenn er nicht gerade schreibt, dann gibt er Anthologien heraus; er hat über zwanzig Bände von *The Year's Best Mystery and Suspense Storys* zusammengestellt.

Nur wenige Autoren können Krimis so authentisch in einer Großstadt ansiedeln wie Loren D. Estleman. Sein Detroit ist die »Motor City« der Vergangenheit, der Gegenwart und der Zukunft, wo die Reichen wie die Armen ums Überleben kämpfen. In seinem Großstadtdschungel gibt es einige recht ärmliche und von Gewalt beherrschte Straßen, und Privatdetektiv Amos Walker ist genau der richtige Mann dafür. Estleman nutzt seine Erfahrung als Reporter und Redakteur für mehrere Zeitungen, um atmosphärisch dichte Romane sowohl im Krimi- als auch im Western-Genre zu schaffen.

Angela Zeman ist bekannt für ihre Geschichten um Mrs. Risk, eine ältere exzentrische Detektivin, und ihre Kumpanin Rachel. Die beiden haben zusammen einige Verbrechen in der Gegend von Long Island aufgeklärt, die alle in *Alfred Hitchcock's Mystery Magazine* erschienen sind. Weitere Geschichten von ihr sind in *Mom, Apple Pie and Murder* zu lesen. Sie sitzt im Vorstand der Mystery Writers of America und hat in *The Fine Art of Murder* über die Geschichte dieser Organisation geschrieben.

Noreen Ayres ist die Autorin dreier Romane um die Kriminalistin Samantha »Smokey« Brandon. Sie hat ein Masters Degree in Englisch und ist mehrmals für ihre Kurzgeschichten und ihre Lyrik ausgezeichnet worden. Bevor sie sich hauptberuflich dem Schreiben widmete, arbeitete sie unter anderem als Buchbinderin, Biologielehrerin, Fischputzerin und Büroangestellte.

P. D. JAMES

Was gut und böse ist

Der Bestseller der »Queen of Crime«!

Die nicht sehr beliebte, aber äußerst erfolgreiche Londoner Anwältin Venetia Aldridge erkämpft den Freispruch eines Mordverdächtigen. Keine vier Wochen später stellt ihr ihre achtzehnjährige Tochter diesen Mann als zukünftigen Schwiegersohn vor. Und eineinhalb Tage danach findet man die Staranwältin erstochen an ihrem Schreibtisch auf.

»P. D. James hat ihren bislang besten Roman geschrieben.«

DER SPIEGEL

»Ein Meisterwerk der subtilen Suggestion.«

BRIGITTE

Knaur

PAUL JOHNSTON

Die kalte Stadt

Roman

Stellen wir uns Edinburgh nach dem Millennium vor –
keine Autos, kein Fernsehen, keine Romantik. Eine
Stadt ohne Vergnügen und ohne Kriminalität, verwal-
tet von eiserner Hand. Plötzlich aber geschieht ein
Mord, und es droht das absolute Chaos. Privatdetektiv Quint Dalrymple juckt es in allen Fingern. Doch
das Verbrechen scheint ebenso perfekt wie das System ...

*»Eine ungeheuer unterhaltsame Sache – spannend
und durchdacht.«*

The Times

*»Ein faszinierendes und äußerst anregendes Debüt,
das auf viele weitere Bücher hoffen läßt.«*

Val McDermid

Knaur

VAL MCDERMID

Schlußblende

Es gibt nichts Gefährlicheres
als die Wahrheit ...

Shaz Bowman ist Mitglied eines Elite-Polizeiteams,
das das Verschwinden von 30 Mädchen aufklären soll.
Als sie einen berühmten TV-Star verdächtigt, wird sie
ausgelacht – und wenig später ermordet aufgefun-
den ...

»Val McDermid schreibt ungeheuer fesselnd!«
Minette Walters

Knaur